EIN BESCHÜTZER FÜR CAITE

SEALs of Protection: Legacy, Buch 1

SUSAN STOKER

Besuchen Sie Susan im Netz!
www.stokeraces.com
facebook.com/authorsusanstoker
twitter.com/Susan_Stoker
bookbub.com/authors/susan-stoker
instagram.com/authorsusanstoker
Email: Susan@StokerAces.com

Das Bergungsteam vom Eagle Point

Ein Retter für Lilly
Ein Retter für Elsie
Ein Retter für Bristol
Ein Retter für Caryn
Ein Retter für Finley
Ein Retter für Heather
Ein Retter für Khloe

Die Zuflucht in den Bergen

Zuflucht für Alaska
Zuflucht für Henley
Zuflucht für Reese (30 May)
Zuflucht für Cora
Zuflucht für Lara
Zuflucht für Maisy
Zuflucht für Ryleigh

Delta Team Zwei

Ein Held für Gillian
Ein Held für Kinley
Ein Held für Aspen
Ein Held für Jayme
Ein Held für Riley
Ein Held für Devyn
Ein Held für Ember
Ein Held für Sierra (1 Mar)

Die Delta Force Heroes:

Die Rettung von Rayne
Die Rettung von Emily

Die Rettung von Harley
Die Hochzeit von Emily
Die Rettung von Kassie
Die Rettung von Bryn
Die Rettung von Casey
Die Rettung von Wendy
Die Rettung von Sadie
Die Rettung von Mary
Die Rettung von Macie
Die Rettung von Annie

Mountain Mercenaries:
Die Befreiung von Allye
Die Befreiung von Chloe
Die Befreiung von Morgan
Die Befreiung von Harlow
Die Befreiung von Everly
Die Befreiung von Zara
Die Befreiung von Raven

Ace Security Reihe:
Anspruch auf Grace
Anspruch auf Alexis
Anspruch auf Bailey
Anspruch auf Felicity
Anspruch auf Sarah

SEALs of Protection:
Schutz für Caroline
Schutz für Alabama
Schutz für Fiona

Die Hochzeit von Caroline
Schutz für Summer
Schutz für Cheyenne
Schutz für Jessyka
Schutz für Julie
Schutz für Melody
Schutz für die Zukunft
Schutz für Kiera
Schutz für Alabamas Kinder
Schutz für Dakota

<u>Eine Sammlung von Kurzgeschichten</u>
Ein langer kurzer Augenblick

Für Lee. Du bist von uns gegangen, aber deine Cartoons werden ewig leben.

KAPITEL EINS

»Ist das warm genug für dich?«, fragte der Marineoffizier, als er ihr die Tür aufhielt.

Caite McCallan schenkte ihm ein freundliches Lächeln, verdrehte aber innerlich die Augen. Sie hatte natürlich damit gerechnet, dass es in Bahrain im Nahen Osten viel wärmer sein würde, als sie es von San Diego gewohnt war, aber sie war nicht darauf vorbereitet gewesen, wie heiß es tatsächlich war.

»Danke«, sagte sie, nachdem sie zügig durch die Tür gegangen war und in Richtung Aufzug ging. Sie war an diesem Morgen etwas spät dran, sonst hätte sie die Treppe genommen. Sie war keine Sportlerin. Sie saß lieber mit den Füßen im Wasser am Schwimmbecken und trank Margaritas, als ins Fitnessstudio zu gehen, zu joggen oder »zum Spaß« Volleyball zu spielen.

Aber seit sie in Bahrain war, nahm sie die Treppe hinauf zu ihrem Büro im zweiten Stock, weil ihr der Bewegungsmangel schon fast peinlich war. In der Hitze würde sie auf keinen Fall draußen laufen gehen und sie verließ nur sehr selten die sichere Umgebung ihrer Wohnung. Es sei denn, sie hielt sich auf dem amerikanischen Marinestützpunkt südöstlich der Stadt Manama auf.

Ungeduldig drückte sie auf den Knopf und seufzte erleichtert, als sich die Türen fast sofort öffneten. Caite stieg in den Aufzug und drückte den Knopf für den zweiten Stock.

Gerade als sich die Türen schlossen, schob jemand seine große Hand dazwischen und sie öffneten sich wieder.

Caite widerstand dem Drang, gereizt zu seufzen, und trat einen Schritt nach hinten, um den drei Männern, die in den Fahrstuhl stiegen, Platz zu machen.

Mit großen Augen sah sie zu ihnen auf. Sie arbeitete jetzt seit vier Monaten hier und hatte viele gut aussehende Männer in Uniform gesehen, aber diese Männer, die in dem kleinen Aufzug jeden Zentimeter Platz für sich zu beanspruchen schienen, waren zweifellos die heißesten Kerle, denen sie je begegnet war.

Alle drei hatten dunkle Bärte, die die untere Hälfte ihrer Gesichter bedeckten. Aber es war der Mann, der zuerst eingetreten war, von dem Caite den Blick nicht mehr abwenden konnte. »Üppig« war die einzige Art, sein dunkles Haar zu beschreiben. Es war länger als das Haar seiner Kameraden und sie verspürte plötzlich den Drang, mit den Fingern hindurchzustreichen, um zu fühlen, ob es so weich war, wie es aussah. Die drei Männer waren größer als sie, was nicht viel zu bedeuten hatte, da sie nur einen Meter und fünfundsechzig groß war.

Er hatte dunkle Augen und ihre Blicke trafen sich, als er den Aufzug betrat. Seine Nase war ein bisschen schief, aber das gab seinem Gesicht mehr Charakter. Er war muskulös und von größerer Statur als die anderen beiden Männer, nicht nur größer, sondern insgesamt kräftiger gebaut. Sie musste an lange Nächte und Kuscheln auf der Couch denken.

»Morgen!«, sagte der Mann mit tiefer Stimme und einem leichten Grinsen, als fände er die Situation amüsant, und Caite wusste, dass sie rot wurde.

»Hi«, murmelte sie und sah auf die Aktentasche in ihren Händen.

Der Aufzug schlingerte leicht, als er sich in Bewegung setzte. Caite hielt den Atem an und presste die Lippen zusammen. Sie wollte mit dem Mann flirten. Sie wollte das Selbstbewusstsein haben, ihm in die Augen zu sehen und zu lächeln, aber das hatte sie nicht.

Sie war nicht gerade schüchtern, aber sie hatte kein Selbstvertrauen, wenn es um Männer ging. Es war ihr angenehmer, im Hintergrund zu bleiben und Menschen zu beobachten. Auf diese Weise konnte sie eine Menge Informationen sammeln. Wie damals, als sie herausgefunden hatte, dass ihre vermeintlich beste Freundin in der Highschool sich heimlich an den Jungen herangemacht hatte, in den Caite verknallt gewesen war. Oder als sie im College einen Referenten dabei belauscht hatte, wie er einem Mädchen in der Klasse, mit dem er zusammen war, die Fragen für die anstehende Abschlussprüfung verraten hatte ... was Caite anschließend dabei geholfen hatte, den Kurs zu bestehen.

Und dann hatte sie gehört, wie ein Marineoffizier in

San Diego gegenüber einem Kollegen erwähnt hatte, wie viel mehr Regierungsangestellte verdienten, wenn sie sich freiwillig zur Arbeit im Ausland meldeten.

Deshalb war sie jetzt in Bahrain.

»Ich schwöre, dieser Ort wird bei jeder Reise heißer«, grummelte einer der Männer.

»Globale Erwärmung und so«, sagte ein anderer mehr zu sich selbst als zu seinen Kameraden.

Der dritte Mann äußerte sich nicht. Caite starrte weiter auf ihre Hände und betete, dass der Aufzug schneller fahren würde.

»Ist es hier immer so heiß?«, fragte der erste Mann.

Sie wusste, dass sie nicht einfach so tun konnte, als hätte sie ihn nicht gehört, und sah schließlich auf. Der Mann, der gefragt hatte, hatte einen kurz geschorenen Bart und sein Haar war an den Seiten fast abrasiert, während es oben länger war. Es hätte albern aussehen müssen, aber irgendwie passte der Stil zu seiner braunen Tarnuniform und es stand ihm gut.

Er war viel schlanker als der Mann, der Caite sofort ins Auge gefallen war, und seine Lippen waren besser zu sehen, da sein Bart viel kürzer geschnitten war. Er war der Kleinste von den dreien, wahrscheinlich nur fünf bis zehn Zentimeter größer als sie, aber sie hatte trotzdem das Gefühl, als würde er sie weit überragen. Vielleicht wegen seiner selbstbewussten Ausstrahlung.

Sie nickte. »Die Klimaanlage in den Aufzügen scheint nicht gut zu funktionieren, daher ist es hier immer heißer.«

»Es könnte schlimmer sein, Ace«, sagte der Mann,

den sie heimlich bewunderte. »Stell dir vor, wir hätten Training in der Sonne.«

»Stimmt«, entgegnete Ace und zuckte mit den Schultern.

In diesem Moment machte der Aufzug ein lautes schepperndes Geräusch und wackelte.

Caite streckte eine Hand aus, um sich neben ihr an der Wand abzustützen, und seufzte frustriert.

»Was zum Teufel?«, rief Ace aus.

»Scheiße!«, sagte der zweite Mann, als Ace einen weiteren leisen Fluch ausstieß.

Ohne Aufhebens stellte Caite ihre Aktentasche auf den Boden, lehnte sich gegen die Wand und ließ sich nieder. Sie war dankbar, dass sie heute eine bequeme, weite schwarze Hose trug. Sie zog die Knie an, legte die Hände darum und machte es sich bequem.

Sie wusste, dass die drei Männer sie überrascht ansahen. Bevor sie fragen konnten, was los war, sagte sie: »Das passiert mindestens zweimal die Woche. Ihr könnt es euch auch bequem machen. Das letzte Mal hat es anderthalb Stunden gedauert, bis sie den Aufzug wieder zum Laufen gebracht haben.«

»Machst du Witze?«

Caite sah zu dem Mann auf, dem sie zuvor schöne Augen gemacht hatte. »Nein.«

Seufzend ließ er sich neben ihr auf den Boden sinken. Ein Bein ausgestreckt und das andere angewinkelt, lächelte er sie an und streckte eine Hand aus. »Ich bin Blake, Blake Wise. Meine Freunde nennen mich Rocco.«

Caite starrte einen Moment lang auf seine mit Hornhaut überzogene Hand, bevor sie ihre ausstreckte. »Caite McCallan.«

»Hallo, Caite«, sagte Rocco mit so heiserer Stimme, dass sie Gänsehaut auf den Armen bekam und ihr ein Schauer über den Rücken lief.

»Rocco, du kannst doch nicht ernsthaft vorhaben, hier zu sitzen und darauf zu warten, dass sie uns rausholen? Wir können einfach …«

»Setz dich, Gumby«, unterbrach Rocco ihn. Er hielt immer noch ihre Hand und Caite wusste, dass sie wieder rot wurde.

»Aber …«

»Wir werden hier einfach mit Caite abhängen, bis uns jemand zu Hilfe kommt.« Rocco drehte sich zu ihr um. »Weiß jemand, dass der Aufzug feststeckt? Ich sehe hier kein Notruftelefon oder Ähnliches.«

Caite schluckte und nickte. »Ich bin mir ziemlich sicher, dass sie es wissen. Letztes Mal hat einer meiner Kollegen festgesteckt. Er hat gesagt, dass innerhalb weniger Minuten jemand hoch- oder runtergerufen – ich weiß es nicht mehr genau – und ihnen mitgeteilt hat, dass die Wartungsfirma an der Behebung des Problems arbeite.«

Warum hielt er immer noch ihre Hand? Caite hatte keine Ahnung. Es fühlte sich gut an, aber es war ihr unangenehm.

Schließlich fuhr er mit seinem Daumen über ihren Handrücken und ließ langsam los. Nervös verschränkte sie die Hände im Schoß.

Ace und Gumby setzten sich schließlich auf die andere Seite des kleinen Fahrstuhls.

»Das ist nicht gerade so, wie ich mir den Anfang unseres Tropenurlaubs vorgestellt habe«, scherzte Ace.

Caite schmunzelte. Bahrain war weder ihre Vorstellung von Tropen noch von Urlaub.

Offensichtlich hatte Ace ihre Belustigung über seine Bemerkung gesehen und sagte: »Hey, es ist warm, liegt am Meer und wir mussten heute Morgen keine acht Kilometer durch den Sand laufen. Klingt für mich nach Urlaub.«

Sie sah ihn an und erwiderte: »Aber es gibt keine alkoholischen Getränke. Was ist Urlaub, ohne aus einem Glas mit einem blauen Getränk mit Eiswürfeln, Früchten und einem süßen kleinen Schirmchen zu schlürfen?«

»Ich werde nie verstehen, warum Frauen diesen Mist mögen. Ich meine, was ist verkehrt an einem eiskalten Bier?«, murmelte Gumby.

»Es ist ekelhaft«, sagte Caite, ohne nachzudenken, und schlug sich dann innerlich vor Verzweiflung vor die Stirn. »Ich meine ... es ist in Ordnung ... wenn du es magst.«

Der Mann neben ihr lachte leise. »Ich nehme an, du bist keine Biertrinkerin.«

Sie warf Rocco einen Blick zu und schüttelte den Kopf. »Nein.«

»Man gewöhnt sich an den Geschmack«, sagte Ace.

Caite nickte, konnte den Blick aber nicht von Rocco lösen. Er beobachtete sie intensiv mit seinen dunkelbraunen Augen und es fühlte sich komisch an, wenn ein Mann sie so aufmerksam betrachtete. Seit ihrer Ankunft in dem arabischen Land hatte sie sich etwas daran gewöhnt, dass Männer sie anstarrten, aber Rocco sah sie anders an als die Einheimischen. Sie hatte immer das Gefühl, dass sie sie verurteilten oder irgendwie abschätzig ansahen, aber das war nicht der Ausdruck in Roccos Augen.

Es war, als könnte er ihre Gedanken lesen, als könnte er irgendwie spüren, wie sehr sie sich zu ihm hingezogen fühlte.

Der Gedanke verwirrte sie und Caite sah wieder auf ihre Hände in ihrem Schoß.

»Hey! Ist da jemand drin?«, war eine gedämpfte Stimme von unten zu hören.

»Jawohl, wir sind zu viert!«, rief Ace zurück.

»Wir arbeiten daran, Sie da rauszuholen. Halten Sie einfach durch!«, sagte die Stimme.

»In Ordnung!«, brüllte Ace.

Nach langem Schweigen sagte Gumby: »Also, dann können wir uns genauso gut kennenlernen. Diese beiden Pappnasen kenne ich, aber dich kenne ich nicht ...« Er verstummte.

Caite zuckte mit den Schultern. »Ich bin Caite.«

»Das sagtest du bereits«, erwiderte Rocco sichtlich amüsiert. »Woher kommst du? Was machst du hier? Wie lange bist du schon hier und wie lange willst du bleiben? Hast du schon Pläne fürs Abendessen?«

Bei seiner letzten Frage hob sie noch einmal den Blick und traf den seinen. Sie erwartete, dass er sie anlächelte, um sie wissen zu lassen, dass er Spaß machte, aber sie sah absolut keinen Humor in seinen Augen. Sie sah zu Ace und Gumby hinüber. Sie lächelten, aber sie schienen sich eher über ihren Kameraden lustig zu machen.

»Ähm ... ich hatte eine Wohnung in der Gegend von San Diego und ich bin jetzt seit ein paar Monaten hier. Mein Vertrag läuft ein Jahr, mit der Option ein weiteres Jahr zu verlängern, wenn ich es möchte. Ich habe mich noch nicht entschieden, ob ich das will.« Seine letzte Frage ignorierte sie absichtlich.

»Was machst du hier?«, fragte Ace.

Darauf konnte sie antworten. »Ich bin Sekretärin, Verwaltungsassistentin.«

»Was hat dich hierher verschlagen?«, fragte Gumby.

Caite zuckte mit den Schultern. »Ich brauchte das Geld.«

Die Männer schwiegen. Es fühlte sich unangenehm an, also erklärte sie schnell: »Mein Hauptfach im College war Französisch. Meine Mom hatte mir immer gesagt, dass es ein Fehler sei, aber ich habe sie ignoriert. In der Highschool habe ich mich in Paris verliebt und wollte dort leben und arbeiten. Also habe ich Französisch in der Schule als Fremdsprache gewählt und das im College fortgesetzt. Ich habe jede Sekunde geliebt, aber nach meinem Abschluss wurde mir klar, dass Mom recht gehabt hatte. In San Diego und Umgebung gibt es nicht wirklich viele Arbeitsplätze, für die ein Französischstudium nötig wäre – vielleicht Spanisch, aber nicht Französisch.

Also habe ich als Sekretärin für einen Freund meines Vaters gearbeitet, bis er vorschlug, mich um eine Stelle im Verteidigungsministerium zu bewerben. Das tat ich dann und wurde eingestellt. Ich habe dort einige Jahre gearbeitet, aber ich hatte Schulden, Studiengebühren, Auto, Kreditkarten ... ich kam nicht weiter und das Leben in San Diego ist nicht gerade billig. Posten in Übersee haben eine bessere Vergütung und als mir die Stelle hier angeboten wurde, habe ich mich beworben.« Sie zuckte mit den Schultern. »Und hier bin ich nun.«

»Macht dir die Arbeit Spaß?«, fragte Rocco.

Caite zuckte wieder mit den Schultern. »Ich hasse es nicht«, sagte sie nach einem Moment, »aber wer liebt schon seine Arbeit? Wir arbeiten, weil wir etwas zu essen brauchen.«

»Ich liebe meine Arbeit«, erwiderte Rocco.

»Ich auch«, bestätigte Ace.

Gumby nickte. »Das macht drei.«

Jetzt war Caite verlegen. »In Ordnung, natürlich. Tritt dem Militär bei und sieh die Welt und so«, sagte sie. »Nun, für mich wäre es zu beängstigend, allein durch Manama zu wandern. Frauen werden hier nicht mehr so stark unterdrückt wie früher, aber ich bin einfach nicht der risikofreudige Typ. Außerdem ist es heiß. Ich hasse diese Hitze.«

Rocco grinste. »Aber du wohnst in San Diego. Dort ist es nicht gerade kalt.«

»Ich weiß, aber es sind auch nicht über vierzig Grad. Wenn ich es so heiß haben wollte, würde ich nach Phoenix ziehen.«

»Es ist gut, dass du nicht in der Gegend herumwanderst. Das wäre nicht sicher«, sagte Rocco und wurde ernst.

»Die Kriminalitätsrate hier ist nicht gerade niedrig«, fügte Gumby hinzu.

»Bahrain ist eines der tolerantesten Länder im Nahen Osten, wenn es um Kleiderordnung geht. Frauen haben vor etwa zwanzig Jahren auch endlich das Wahlrecht bekommen, aber es gibt nach wie vor kein Gesetz, das sie vor häuslicher Gewalt schützt«, klärte Ace sie auf.

Caite nickte. »Ich weiß. Ich habe selbst recherchiert, bevor ich die Stelle angenommen habe, und es war auch Bestandteil des Orientierungskurses. Was dachtet ihr, warum ich nicht viel rausgehe? Ich meine, abgesehen von der Hitze. Allein möchte ich nicht gehen und alle anderen sind zu beschäftigt. Und die jüngeren Marinesoldaten sind mehr daran interessiert zu feiern, als mit mir rumzuhängen oder sich Sehenswürdigkeiten anzusehen. Außerdem ist es verpönt, sich mit den Militärangestellten anzufreunden.«

Rocco verzog das Gesicht. »Das klingt nicht gerade nach viel Spaß, hier zu arbeiten«, merkte er an.

Caite zuckte mit den Schultern. »Es klingt schlimmer, als es ist. Ich mag die meisten meiner Kollegen und im Büro gehen öfter interessante Leute ein und aus. Ich habe viele Leute aus der ganzen Welt getroffen. Diese Woche hat mein Chef zum Beispiel eine Besprechung mit Männern aus Gabun.«

»Hmmm.«

Ihr Lächeln verblasste. Er klang nicht so beeindruckt. »Was ist mit euch? Woher kommt ihr?«

»Interessanterweise kommen wir auch aus San Diego«, antwortete Rocco.

»Wirklich? Cool. Wie lange bleibt ihr noch hier?«

Die drei Männer schauten sich auf eine Weise an, die Caite nicht deuten konnte, bevor Gumby sagte: »Wir sind uns nicht sicher. Das hängt davon ab, wie lange unsere Mission dauert.«

»Aha. Nun … ich hoffe, ihr werdet zwischendurch Zeit haben, euch etwas vom Land anzusehen«, sagte sie etwas lahm.

Stille breitete sich aus und Caite überlegte, was sie noch sagen könnte. »Also … Gumby und Ace? Das sind nicht … das sind nicht eure richtigen Namen, oder?«

Die drei Männer lachten.

»Nein Liebes, ich bin Decker«, sagte Gumby.

»Und ich bin Beckett«, ergänzte Ace.

»Ist Caite kurz für Katherine?«, fragte Rocco.

Caite hätte schwören können, dass er näher an sie herangerutscht war, während sie seine Freunde angesehen hatte. Aber es war schwer zu sagen. Sie schüttelte den Kopf. »Nein, es ist einfach Caite – C-a-i-t-e. Ich nehme an, meine Mutter wollte, dass mein Name besonders ist, aber nicht unmöglich auszusprechen oder auf andere Weise seltsam.«

»Er ist wunderschön«, stellte Rocco fest.

Caite wusste, dass sie wieder rot wurde. Verdammt noch mal, aber sie hoffte, dass die Männer ihre roten Wangen aufgrund der Hitze falsch interpretieren würden. Die Luft im Aufzug war nicht gerade kühl und sie wusste, dass es noch wärmer werden würde, bis sie befreit wurden.

»Wo bleiben die denn?«, fragte sie, nur um etwas zu sagen.

»Wir wohnen auf dem Stützpunkt«, sagte Ace zu ihr. »Wo lebst du?«

Caite dachte nicht einmal darüber nach, dass es nicht klug war, Fremden zu sagen, wo sie wohnte. Sie sagte: »Direkt vor dem Haupttor befindet sich ein Apartmentgebäude. Ich war zu feige, um mir eine Wohnung weiter weg zu suchen, und ich brauche kein Auto, um zur Arbeit zu fahren. Ich kann einfach zu Fuß gehen. Ich bin bisher nur einmal in Manama gewesen und da bin ich mit drei anderen Mitarbeitern gegangen.«

»Vielleicht können wir dir etwas von der Stadt zeigen, wenn wir lange genug bleiben«, sagte Ace.

Caite blinzelte. Sie hatte es nicht darauf angelegt, von ihnen dazu eingeladen zu werden, aber wahrscheinlich hatte es sich so angehört. »Schon okay.«

»Wie sieht es also mit Abendessen aus?«, fragte Rocco. »Das habe ich ernst gemeint.«

Er starrte sie so intensiv an, dass es ihr kalt den Rücken hinunterlief. Er bat sie nicht ernsthaft um eine Verabredung, oder? Sie war in ihrem ganzen Leben noch nie von einem Fremden zum Abendessen eingeladen worden. Sie war ausgegangen und hatte auch ein paar Jahre einen festen Freund gehabt, aber alle ihre Beziehungen waren aus Freundschaften entstanden.

Caite hatte sich längst damit abgefunden, wer sie war und wie sie aussah. Niemand würde sie jemals als schön bezeichnen. Ihre Nase war etwas zu groß und ihre Gesichtszüge waren einfach zu schlicht. Sie mochte ihre Haare, aber sie waren in keiner Weise auffällig. Ihre hellbraunen Locken waren dünn und wenn sie versuchte, sie länger wachsen zu lassen, brachen sie an den Enden ab und sahen strähnig aus. Sie war nie die Art von Frau gewesen, der jemand hinterhersehen würde. Sie war nicht hässlich, aber sie war auch nicht besonders schön.

Sie hatte die Erfahrung gemacht, dass Männer sie einfach übersahen. Sie war nicht hübsch genug, interessant genug oder dünn genug, um einen zweiten Blick wert zu sein. Zumal sie es in der Regel vorzog, unter Menschenansammlungen allein zu bleiben. Es gab immer Frauen, die interessanter, aufgeschlossener und optisch ansprechender waren.

Aber Rocco sah sie an, als wäre sie der faszinierendste Mensch, den er in seinem ganzen Leben kennengelernt hatte. Wenn sie ehrlich war, war es ihr etwas unangenehm. Sie war es nicht gewohnt, im Mittelpunkt zu stehen.

Da sie wusste, dass sie lange geschwiegen hatte und die Dinge wieder unangenehm wurden, sagte sie schnell: »Ähm ... ja, ihr könnt mir gern einmal in der Cafeteria Gesellschaft leisten, wenn ihr wollt.«

»Das habe ich nicht gemeint, Caite«, sagte Rocco und seine tiefe Stimme verursachte erneut eine seltsame Reaktion in ihr.

Sie warf Ace und Gumby einen Blick zu. Beide lächelten sie und Rocco wieder an. Nicht auf die Art, als wollte ihr Freund sich nur an sie heranmachen, sondern auf eine wirklich zufriedene Art und Weise. Sie leckte sich über die Lippen und sah wieder auf ihre Hände. »Oh, ähm ... okay.«

»Ich weiß allerdings noch nicht wann«, fuhr Rocco fort. »Ich hätte nichts gegen heute Abend, aber ich befürchte, wir haben eine Besprechung mit dem Kommandanten des Stützpunkts. Ganz zu schweigen davon, dass wir einen Auftrag erledigen müssen, während wir hier sind. Aber ich würde mir gern die Zeit nehmen, dich besser kennenzulernen. Wenn das für dich in Ordnung ist.«

Caite wirbelten alle möglichen Gedanken durch den Kopf – große Warnzeichen einerseits. Dieser wunderschöne Mann konnte sich doch nicht wirklich für sie interessieren. Vielleicht war es nur ein Scherz. Vielleicht dachte er, sie würde mit ihm ins Bett gehen, weil sie schon so lange hier war und offensichtlich nicht oft rauskam.

Aber ... sie hatte nicht das Gefühl, dass er es auf diese Weise auf sie abgesehen hatte. Und sie war ziemlich gut darin, solche Typen zu erkennen. Rocco schien reifer zu sein und über diesen Dingen zu stehen.

Caite entschied, dass es das Aufregendste war, was ihr seit Monaten passiert war – abgesehen davon, dass sie in diesem dummen Aufzug feststeckte –, und nickte. »Das würde mir gefallen.«

Das Lächeln auf seinem Gesicht wurde breiter. »Gut, wenn du mir sagst, wo du arbeitest, kann ich dich später in der Woche ausfindig machen.«

Sie erzählte ihm, wo sie arbeitete, und sein Lächeln verblasste ein wenig.

»Was?«

Die Emotion verschwand sofort aus seinem Gesicht. »Nichts.«

Caite schüttelte den Kopf. »Irgendetwas stimmt doch nicht. Was ist los?«

»Zufälligerweise arbeitest du für den für uns zuständigen Kommandanten«, erklärte Ace bereitwillig.

»Oh.«

»Und Beziehungen unter Angestellten mag er gar nicht«, sagte Gumby.

»Das ist doch keine Beziehung«, grummelte Rocco.

»Es geht um ein Abendessen. Wir werden nicht gleich heiraten oder so.«

Caite lächelte über seinen Kommentar und bevor sie sichs versah, rutschte ihr eine Bemerkung heraus: »Genau. Aber wenn wir heiraten würden, könnte er auch nichts dagegen tun, oder?«

Ace und Gumby lachten leise, als sie Roccos entsetzten Gesichtsausdruck sahen. »Nicht dass ich glaube, du würdest das wollen. Ich meine, es ist nur Abendessen und ... Oh, verdammt«, sagte sie, schloss die Augen und legte die Stirn auf ihre Knie. »Ich werde jetzt die Klappe halten.«

Sie spürte, wie Rocco ihre Hand in seine nahm, und sah ihn widerstrebend an. »Entspann dich, *ma petite fée*, ich weiß, was du meinst.«

Caite blinzelte. Hatte er sie wirklich gerade »meine kleine Fee« auf Französisch genannt?

»Habe ich es falsch gesagt?«, fragte er und lächelte sie sanft an.

»Was wolltest du denn sagen?«, fragte sie.

»Kleine Fee.«

Sie schüttelte den Kopf. »Dann hast du es nicht falsch gesagt.«

»Gut. Ich spreche fließend Türkisch, habe aber hier und da ein paar Brocken Französisch aufgeschnappt.«

Caite wollte fragen, warum er sie so genannt hatte, war aber zu verlegen. Sie war sich nur allzu bewusst, dass seine Freunde sie anstarrten, und sie wollte auf keinen Fall hören, dass sie ihn an ein Kind erinnerte.

»Du sprichst fließend Türkisch?«, fragte sie stattdessen.

»Ja.«

Er ging nicht näher darauf ein und Caite fühlte sich unbehaglich. Sie war es nicht gewohnt, im Mittelpunkt zu stehen. Sie mochte es, anderen beim Reden zuzuhören und nicht selbst eine Unterhaltung leiten zu müssen.

In diesem Moment machte der Aufzug einen Ruck nach oben, nur um sofort wieder etwa einen Meter nach unten zu sacken, bevor er wieder zum Stillstand kam.

Caite schrie vor Angst und streckte die Hand aus, um nach etwas zu greifen, irgendetwas. Mit der Hand berührte sie Roccos Oberschenkel und packte ihn – fest. Sie hatte sich nicht geirrt. Er war verdammt muskulös. Es fühlte sich eher so an, als würde sie sich an einem Felsen festhalten als an einem Menschen.

Rocco rückte sofort näher, legte seinen Arm um ihre Schultern und zog sie an sich. Sein Bart strich kurz über ihre Wange, bevor er seine Freunde ansah. »Das reicht jetzt.« Er nickte ihnen zu, als er das sagte.

Als hätten sie auf sein Kommando gewartet, sprangen Ace und Gumby auf und machten sich sofort daran, die Luke in der Decke zu öffnen.

Caites Aufmerksamkeit wurde wieder auf den Mann an ihrer Seite gelenkt, als er auf sie herabschaute und murmelte: »Ganz ruhig, *ma petite fée*, in ein paar Minuten sind wir hier raus.«

Caite hörte ihn kaum. Sie war an seiner Seite und hatte sich noch nie so sicher gefühlt. Sie war sich sicher, dass sie nichts spüren würde, sollte der Aufzug plötzlich in die Tiefe stürzen.

Rocco roch selbst in dem kleinen, zu warmen Raum

verführerisch. Nicht nach Parfüm, nein, ein Mann wie er würde sich niemals dabei erwischen lassen, sich mit diesem Zeug einzusprühen. Er roch nach Seife und … Mann. Sie konnte es nicht erklären. Aber sollte jemand einen Weg finden, seinen Duft in Flaschen abzufüllen, würde er ein Vermögen damit machen. Sie wollte nichts lieber, als sich an ihn zu kuscheln und ihren Kopf auf seine Brust zu legen, aber sie zwang sich, den Todesgriff an seiner Hose zu lockern und sich aufzurichten. Aber er wollte sie nicht loslassen.

»Mir geht es gut«, sagte sie leise.

»Ich weiß. Halte dich einfach noch ein paar Minuten fest.« Rocco klang vollkommen ruhig.

Und da machte es klick in ihrem Gehirn.

Er und seine Freunde waren SEALs.

Sie hätte es schon längst bemerken sollen, aber sie war von seinen Blicken abgelenkt gewesen. Unter seiner Uniform bestand er nur aus Muskeln und die Tatsache, dass er und seine Kameraden auf »Mission« hier waren, war ein eindeutiges Anzeichen. Während ihrer Dienstzeit hatte sie verschiedene SEAL-Teams kennengelernt und alle hatten eine gewisse Aura gehabt.

Aber es war die Art und Weise, wie er und seine Freunde mit der Situation im Aufzug umgingen, die für sie den Ausschlag gab. Ohne viel Aufhebens oder Diskussion entriegelten Ace und Gumby die Deckenluke in dem kleinen Raum und Gumby verschwand durch das Loch, als würde er das jeden Tag tun.

»Wir sind nicht einmal sehr hoch«, beruhigte Rocco sie. »Selbst wenn der Aufzug herunterfallen würde, sind es nur ein oder zwei Stockwerke. Aber Gumby wird gleich herausfinden, wie weit wir von der nächsten Etage entfernt sind, und uns hier rausholen. Mach dir keine Sorgen.«

Caite konnte nur nicken und sein Bart streifte über ihre Schulter. Sie konnte es durch die langärmelige Bluse, die sie trug, nicht spüren, aber ihre Brustwarzen schienen sich nicht darum zu kümmern. Sie richteten sich auf und sie hoffte, dass ihr leicht gepolsterter BH seine Aufgabe erfüllte. Sie warf einen Blick nach unten und stellte erleichtert fest, dass sie Rocco und seinen Freunden keine Peepshow gab.

»Immer noch in Ordnung?«, fragte Rocco besorgt.

»Ja«, antwortete sie sofort. »Danke, ich hatte mich nur kurz erschrocken.«

»Das kann ich dir nicht verübeln«, gab Rocco zurück.

»Gute Neuigkeiten«, sagte Gumby über ihren Köpfen.

Caite blickte auf und sah, wie er durch die Luke auf sie herabstarrte.

»Der Aufzug steckt knapp unter dem ersten Oberge-schoss fest. Die Schiebetür ist leicht erreichbar. Wir können sie aufhebeln und von hier oben herausklettern.«

Rocco nickte, nahm seinen Arm von ihrer Schulter und stand auf. Caite wurde sofort kalt, was lächerlich war, da es im Aufzug mindestens dreißig Grad waren. Er hielt ihr die Hand hin. »Bereit, hier rauszukommen?«

Caite nickte und griff nach seiner Hand.

Als seine Finger sich um ihre schlossen und er ihr aufhalf, wollte sie nicht mehr loslassen.

Offenbar ging es ihm genauso. Als sie auf den Beinen war, verschränkte er seine Finger mit ihren und hielt sie fest.

Caite wurde schwindelig und wie ein Teenager bei der ersten Verabredung stand sie da, während Rocco mit Ace und Gumby über die Sicherheitsaspekte ihres Vorhabens sprach.

»Bereit?«

Caite zwang sich aufzupassen. »Was?«

Ace lächelte sie an. »Ich habe gefragt, ob du bereit bist.«

Caite schüttelte den Kopf und sagte gleichzeitig: »Ja.«

Die Männer grinsten über ihre widersprüchliche Geste. Sie war nicht gerade begeistert darüber, auf das Dach des Aufzugs zu klettern und dann durch die Schiebetüren im ersten Stock zu kriechen. Dort waren bestimmt noch andere Leute, die sie anstarren würden. Sie hasste es, im Mittelpunkt zu stehen.

»Du schaffst das, *ma petite fée*«, sagte Rocco und drückte dann ihre Hand.

Sie nickte und holte tief Luft. »Wie komme ich da hoch?«, fragte sie niemanden Spezielles.

»Ich helfe dir«, antwortete Rocco.

»Gib mir deine Aktentasche«, sagte Ace und Caite ließ sich von ihm die Tasche abnehmen.

Rocco kniete sich vor sie und hielt seine Hände hoch. »Stell dich auf meine Schultern. Ich hebe dich hoch. Ich werde dich nicht fallen lassen.«

Caite sagte das, was ihr als Erstes in den Sinn kam. »Gut, dass ich heute keinen Rock trage, sonst hättest du eine tolle Showeinlage bekommen.«

Alle drei Männer lachten erneut leise und Caite wurde wieder rot.

»Ich bin eigentlich erleichterter darüber, dass du

keine Schuhe mit Absätzen trägst«, merkte Rocco an. »Es würde höllisch wehtun, wenn du dich damit auf meine Schultern stellst.«

»Ich kann die Dinger nicht ausstehen«, sagte Caite. »Meine Füße tun darin weh und es ist nicht so, dass bei meiner Größe drei oder vier Zentimeter einen so großen Unterschied ausmachen würden. Ich wäre trotzdem noch kleiner als alle anderen.« Sie versuchte, sich etwas anderes einfallen zu lassen, um das Unvermeidliche hinauszuzögern, aber Rocco wusste ihre Körpersprache offensichtlich zu deuten.

Immer noch auf seinen Knien, sah er zu ihr auf und streckte ihr geduldig seine Hände entgegen. »Ich werde nicht zulassen, dass dir etwas passiert, Caite.«

»Ich bin schwerer, als ich aussehe«, platzte sie heraus.

Er ließ den Blick flüchtig von ihrem Gesicht über ihre Brust und ihre Hüften wandern, bevor er wieder ihrem begegnete. »Du bist perfekt«, sagte er. »Außerdem habe ich diesen Typen dort schon einmal mehr als einen Kilometer weit getragen.« Mit seinem Kopf deutete er auf Ace, der in der Nähe stand. »Das war in voller Kampfausrüstung. Im Vergleich dazu wiegst du so gut wie nichts. Komm schon, *ma petite fée*, vertrau mir.«

Wie könnte sie ihm nicht vertrauen, wenn er sie mit diesem schrecklich entzückenden französischen Akzent seine kleine Fee nannte? Sie wollte mehr darüber erfahren, wann und warum er seinen Freund hatte tragen müssen, wusste aber, dass es nur eine weitere Verzögerungstaktik sein würde. Sie griff nach seiner Hand und hob ihr Bein, um es auf seine Schulter zu stellen.

Innerhalb von Sekunden stand sie auf seinen Schultern, beugte sich vor und umklammerte seine Hände, als hinge ihr Leben davon ab.

»Ganz ruhig, Caite. Ich hab dich«, sagte Rocco, während er sich langsam aufrichtete, bis er unter der offenen Luke stand.

»Lass eine seiner Hände los und strecke sie nach oben«, forderte Gumby über ihrem Kopf.

Caite holte tief Luft. Sie wollte kein Weichei sein, aber verdammt, das machte keinen Spaß. Es dauerte ein paar Sekunden, aber die Männer setzten sie nicht unter Druck. Ganz langsam löste sie die Finger ihrer rechten Hand und streckte sie blind nach oben.

Sie spürte sofort, wie sie von Gumbys großer warmer Hand ergriffen wurde.

»Jetzt die andere«, sagte er leise.

Vorsichtig ließ sie Roccos andere Hand los. Während Gumby sie festhielt, spürte sie, wie Rocco seine Hände an ihre Waden legte, um sich zu vergewissern, dass sie sicher war.

Der Aufzug war nicht sehr hoch. Nachdem Rocco mit Caite auf seinen Schultern aufgestanden war, war sie praktisch schon auf Höhe der Deckenluke. Sie musste nur noch einen kleinen Schritt machen und würde neben Gumby stehen.

»Gleich geschafft«, sagte Gumby. Eindeutig war das keine große Sache für ihn ... oder für die anderen beiden Männer. Er war direkt aus dem Aufzug auf das Dach gesprungen, als würde er das jeden Tag tun. Während sie sich an seinen Händen festklammerte, konnte sie unter den Ärmeln seiner Uniform Tätowierungen an den Handgelenken sehen.

Sie passten zu ihm. Sie konnte sich gut vorstellen, wie er nur mit Lederweste bekleidet auf einem Motorrad die Straße entlangraste. Sie war von der Fernsehserie *Sons of Anarchy* besessen gewesen. Gumby hätte gut zu den anderen Charakteren in der Show gepasst.

»Caite?«, fragte Gumby. »Ich habe dich. Du wirst nicht runterfallen.«

Sie ermahnte sich selbst, aufmerksamer zu sein, und sagte: »Ich weiß.« Sie verlagerte ihr Gewicht und hob den rechten Fuß.

Kurz darauf und ohne Anstrengung stand sie neben Gumby auf dem Dach des Aufzugs. Der gesamte Vorgang hatte weniger als ein paar Sekunden gedauert und war so reibungslos ausgeführt worden, dass sie mit Sicherheit wusste, dass sie das schon einmal gemacht haben mussten. Sie fragte sich, wie viele andere Jungfrauen in Not sie aus stecken gebliebenen Aufzügen gerettet hatten.

Gumby hielt sie an der Taille fest, um dafür zu sorgen, dass sie einen stabilen Stand hatte. »Alles okay?«, fragte er.

»Ja.«

»Gut, dann schauen wir, dass wir von hier wegkommen, okay?«

Bevor sie blinzeln konnte, standen Ace und Rocco neben ihr. Zu viert schien das Dach des Aufzugs etwas überfüllt. Rocco stand hinter ihr und hatte Gumbys Griff um ihre Taille übernommen. Er zog sie näher an sich, bis sie seine Brust an ihrem Rücken spüren konnte. »Lass uns etwas Platz machen, damit sie ihre Arbeit erledigen können«, sagte er.

Caite wollte ihn bitten, vorsichtig zu sein und nicht zu

weit zurückzutreten. Sie wollte auf keinen Fall, dass er herunterfiel oder von den Drahtseilen erwischt wurde, sollte sich der Aufzug wieder in Bewegung setzen. Aber sie hielt den Mund und sah Ace und Gumby dabei zu, wie sie die Schiebetür öffneten.

Ace stieg als Erster aus dem Fahrstuhlschacht und legte ihre Aktentasche auf den Boden. Dann drehte er sich um und streckte die Hand aus.

Rocco schob sie vorwärts, bis sie direkt vor der Aufzugstür stand. Der Boden des ersten Stocks war auf Höhe ihrer Brust. »Auf geht's«, sagte Rocco leise und festigte den Griff um ihre Taille. Sie griff nach Ace' ausgestreckten Händen, während Rocco sie hochhob, als wäre sie leichter als ein Sack Kartoffeln. Schnell machte sie den Weg frei und sah, wie Gumby und Rocco aus dem Aufzugsschacht hüpften, als würden sie das regelmäßig tun.

Die durch die Klimaanlage gekühlte Luft fühlte sich großartig an, aber sie bekam eine Gänsehaut.

Als sie die drei Männer mit einem der Mitarbeiter der Wartungsfirma sprechen sah, wurde ihr plötzlich etwas bewusst.

Sie hätten zu jeder Zeit aus diesem Aufzug klettern können, hatten es aber nicht getan. Stattdessen hatten sie auf dem Boden gesessen und sich mit ihr unterhalten. Erst als der Aufzug ein Stück abgesackt und sie erschreckt hatte, hatten sie angefangen, sich an der Deckenluke zu schaffen zu machen.

Sie war sich nicht sicher, warum sie gewartet hatten, aber sie hatte keine Zeit, weiter darüber nachzudenken, da Rocco auf sie zukam. »Bereit?«

»Wofür?«, fragte sie dumm.

Er lächelte. »Für die Arbeit.«

Caite rümpfte die Nase und Rocco grinste. »Komm schon, wir begleiten dich und sorgen dafür, dass du keine Probleme bekommst.«

»Das ist nicht nötig«, sagte sie ehrlich. Ihr Chef war vielleicht ein Arschloch, aber es war nicht so, als könnte sie etwas dafür, dass der Aufzug stecken geblieben war. Jeder, der in diesem Gebäude arbeitete, wusste, dass dieses Ding eine Macke hatte.

»Wir müssen ohnehin in dieselbe Richtung«, informierte Gumby sie.

»Oh, richtig«, antwortete Caite verlegen. Sie hatten im Aufzug keinen anderen Knopf gedrückt als sie. Natürlich wollten sie auch in den zweiten Stock, wo sich die Rezeption für alle temporären Mitarbeiter und Matrosen befand. Außerdem war der Boss ihres Bosses der für sie zuständige Kommandant.

»Die Treppe ist da drüben«, sagte sie und deutete auf das Ende des Flurs. Caite ignorierte die Blicke der anderen Mitarbeiter, hob den Kopf und tat so, als wäre es das Normalste der Welt, mit drei der bestaussehenden Männer, die sie je gesehen hatte, aus einem Fahrstuhlschacht zu klettern.

KAPITEL ZWEI

Rocco musste sich dazu zwingen, sich nicht nach Caite umzudrehen, als er und seine Teamkameraden in Richtung der Tür am Ende des Flurs gingen. Etwas an ihr hatte sofort seine Aufmerksamkeit erregt. In dem Moment, in dem er sie in dem Aufzug gesehen hatte, hatten ihn seine Beschützerinstinkte fast überwältigt.

Sie war ungefähr einen Kopf kleiner als er, was ihn aus irgendeinem Grund faszinierte. Ihr Kopf reichte ihm gerade bis an die Schulter. Aber als er seinen Arm um sie gelegt hatte, war es, als würden sie perfekt zusammenpassen. Ihr hellbraunes Haar hatte sie glatt über ihre Schultern gebürstet. Sie hatte eine niedliche kleine Nase und jedes Mal, wenn er sie zu lange angestarrt hatte, waren ihren Wangen rot angelaufen.

Sie hatte von sich selbst gesagt, dass sie zu schwer sei, aber es gab nichts an ihr, das ihm nicht gefiel. Sie hatte reichlich Kurven, und nach dem zu urteilen, was er gespürt hatte, als sie sich an ihn gelehnt hatte, war sie an den richtigen Stellen gepolstert.

Sobald der Aufzug stecken geblieben war, hatte er einen Plan gehabt, wie er sie besser kennenlernen konnte. Er hatte nur Ace und Gumby davon abhalten müssen, die Dinge in ihre eigenen Hände zu nehmen, obwohl er wusste, wie sehr sie es hassten, herumzusitzen und zu warten. Rocco wusste, dass seine Freunde von seinem offensichtlichen Versuch, Caite zu umwerben, amüsiert gewesen waren. Aber wie echte Kameraden hatten sie ihn nicht unterbrochen oder sich lustig über ihn gemacht. Er wusste jedoch, dass sie das nachholen würden, sobald sie allein waren.

Es war bedauerlich, dass ihr temporärer Kommandant ausgerechnet der Boss ihres Bosses war. Aber so wie sie bereits festgestellt hatte, würden sie nicht gleich heiraten oder so. Sie würden nur für eine Woche im Land sein, was nicht genügend Zeit war, um sie wirklich gut kennenzulernen oder eine Beziehung zu beginnen.

Der Gedanke bedrückte Rocco auf irrationale Weise.

Dass sie ohne Umschweife zugegeben hatte, die Stelle nur wegen des Geldes angenommen zu haben, beeindruckte ihn ebenfalls. Er war aus demselben Grund der Navy beigetreten. Er hatte nicht geplant, ein SEAL zu werden oder Karriere bei der Navy zu machen. Aber nach der Grundausbildung war er mit Ace, Gumby, Bubba, Rex und Phantom in dieselbe Einheit gesteckt worden. Sie hatten sofort eine intensive Bindung miteinander aufgebaut und sich gemeinsam entschieden, sich für die Ausbildung zum SEAL zu bewerben. Diese Erfahrung hatte sie weiter zusammengeschweißt. Glücklicherweise hatten ihre Vorgesetzten bemerkt, wie gut sie zusammenarbeiteten, und sie als neues SEAL-Team aufgestellt.

Nun war es für Rocco unvorstellbar geworden, ohne seine Freunde und Teamkameraden zu sein. Sie hatten sich gegenseitig mehrmals das Leben gerettet. Die anderen Männer waren wie Blutsbrüder für ihn.

Caite war im Aufzug nervös und unsicher gewesen, aber als sie miteinander geredet hatten, hatte sie sich etwas entspannt. Sie hatte tatsächlich zugestimmt, mit ihm zum Abendessen auszugehen, aber dann hatte der Aufzug einen Ruck gemacht. Der Spitzname *ma petite fée* war ihm einfach so herausgerutscht. Im Vergleich zu ihm sah sie wie eine kleine Fee aus. Sie war geradezu winzig neben ihm.

»Wie viel Zeit haben wir, bevor die Ware bewegt wird?«, fragte Gumby leise, als sie auf das Büro des Kommandanten zugingen.

Rocco versuchte, sich auf die anstehende Mission zu konzentrieren und nicht mehr an die faszinierende Frau zu denken, die er an ihrem Schreibtisch zurückgelassen hatte. »Der Kommandant hat gesagt, dass der Zeitplan sehr eng bemessen ist«, sagte er. »Wir sind uns nicht sicher, warum der Transfer in so kurzer Zeit stattfindet, aber es sollte nicht mehr länger als ein paar Tage dauern.«

»Sind wir uns sicher, dass die bahrainische Regierung nicht involviert ist?«, fragte Ace.

Rocco zuckte mit den Schultern. »So sicher wie wir uns über alles andere auch sein können.«

»Warum sind wir überhaupt hier?«, fragte Gumby. »Wenn der Kommandant einen Verdächtigen im Auge und eine Vermutung hat, wann die Steintafeln transportiert werden sollen, dann brauchen sie uns nicht. Sie hätten einige der hier stationierten Navy-Ermittler einsetzen können.«

Rocco zuckte mit den Schultern. »Ich gehe davon aus, dass der Kommandant mit uns darüber sprechen wird.« Er lächelte und nickte dem Mann zu, der an dem Schreibtisch vor dem Büro saß, das offensichtlich dem Kommandanten gehörte. »Tut mir leid, dass wir zu spät kommen. Wir hatten leider das Pech, dass der Aufzug stecken geblieben ist.«

Der Mann lachte leise. »Dieses verdammte Ding. Eines Tages werden sie das Teil einfach stilllegen und wir müssen dauerhaft die Treppe nehmen. Kommandant Horner erwartet Sie. Sie können eintreten.«

Die drei Männer gingen in das große Büro und standen stramm.

»Rühren, Männer. Setzen Sie sich. Ich weiß es zu schätzen, dass Sie hier sind. Ich hatte ein langes Gespräch mit Storm und er hatte nur Gutes über Ihr Team zu sagen«, begann der Kommandant.

Rocco nickte. Storm North war ihr Kommandant zu Hause in San Diego. Er war siebenundvierzig Jahr alt, ungefähr im gleichen Alter wie Kommandant Horner. Rocco wusste, dass die beiden Männer einst im selben Navy-SEAL-Team gedient hatten.

»Danke Sir«, sagte Rocco respektvoll.

»Sie fragen sich sicher, warum ich nur drei Mitglieder Ihres Teams angefordert habe, anstatt Sie alle hierher zu ordern.«

»Der Gedanke ist uns durch den Kopf gegangen«, gab

Rocco zu. Es war nicht so, dass Ace, Gumby und er diesen Auftrag nicht allein erledigen könnten, aber normalerweise waren Bubba, Rex und Phantom mit dabei, wenn sie auf Mission ins Ausland geschickt wurden. »Ehrlich gesagt haben wir uns auch gefragt, warum Sie überhaupt ein SEAL-Team gerufen haben.«

»Richtig, das ist eine etwas heikle Situation. Der König von Bahrain hat offiziell bekannt gegeben, dass sein Land Schmuggel nicht duldet. Aber im letzten Jahr wurden mehr Waren über die Grenze geschmuggelt als je zuvor. Es ist ihm peinlich und er will, dass es aufhört. Seine eigenen Sicherheitskräfte sind damit überfordert, also hat er die USA um Hilfe gebeten. Wir haben ein Team darauf angesetzt, aber jedes Mal, wenn wir kurz davor sind, die Schmuggler dingfest zu machen, geht etwas anderes schief.«

»Glauben Sie, es gibt eine undichte Stelle?«, fragte Ace.

Der Kommandant nickte. »Ja, und das kotzt mich an. Es hat Monate an Ermittlungsarbeit gekostet, aber wir haben endlich einen Mittelsmann hier in Bahrain ausgemacht. Ich könnte einige meiner Leute schicken, um ihn abzufangen, aber da wir den Maulwurf noch nicht identifiziert haben, gehe ich davon aus, dass es zu demselben Ergebnis führen würde ... die Ware wird weg sein und wir werden keine Beweise haben, um den Kerl festnehmen zu können.«

»Also ist das Ganze eine verdeckte Ermittlung?«, fragte Rocco.

»Jawohl, niemand außer mir weiß, wer Sie sind und warum Sie hier sind. An diesem Wochenende veranstalten wir auf dem Stützpunkt eine Archäologie- und Museumskonferenz. Offiziell sind Sie als Mitarbeiter des Naval Criminal Investigative Services wegen der Konferenz hier. Alle sechs Mitglieder Ihres Teams einzufliegen hätte noch verdächtiger ausgesehen, als es ohnehin schon der Fall ist. Also habe ich North gebeten, nur drei von Ihnen zu schicken.«

»Macht Sinn«, murmelte Gumby.

Der Kommandant fuhr fort: »Wir haben Vertreter aus den Gemeinden rund um Manama sowie Soldaten aus dem Irak und verschiedenen afrikanischen Ländern eingeladen. Wir möchten darüber aufklären, dass es der Kultur schadet, wenn Artefakte aus der Gegend einfach mitgenommen werden. Darüber hinaus ist es illegal und die United States Navy wird alles tun, um den Schmuggel solcher Artefakte aus dem Nahen Osten zu verhindern.«

»Also sind wir hier, um einen Schmuggler ausfindig zu machen?«, fragte Gumby.

»Jawohl, er ist allerdings nicht der Einzige und ihn auszuschalten wird das Problem nicht beheben, aber ich hoffe, es wird uns etwas Zeit geben und zu neuen Hinweisen führen. Ich habe außerdem Falschinformationen in Umlauf gebracht, in der Hoffnung herauszufinden, wer der Maulwurf ist. Wir haben den verdächtigen Personenkreis bereits eingeschränkt, aber bis wir es genau wissen, sind uns die Hände gebunden. Während Sie also den Schmuggler aufspüren, werden wir in einer Nebenoperation versuchen, den Maulwurf zu finden.«

Rocco nickte. Deswegen SEALs anzufordern schien ein bisschen übertrieben, aber er verstand, warum der

Kommandant auf diese Option zurückgegriffen hatte. »Also, wer ist der Schmuggler?«

»Sein Name ist Jeo Bitoo. Er ist dreiundfünfzig Jahre alt und seit ungefähr fünfzehn Jahren im Land. Er hat einen Laden außerhalb von Manama. Wir vermuten, dass die Ware dort gelagert wird. Derzeit besucht er Verwandte in seiner Heimat Gabun. Bevor er das Land verließ, wurde sein Gepäck durchsucht, aber die Steintafeln mit Keilschrift hatte er nicht dabei. Wir nehmen an, dass er sie versteckt hat, bis er zurückkommt.«

»Warum hat er sie zurückgelassen? Ich gehe davon aus, dass er einen ordentlichen Betrag dafür kassieren kann. Es macht keinen Sinn, dass er einfach das Land verlässt, ohne sie vorher zu verkaufen«, sagte Ace.

»Seine Mutter liegt im Sterben. Er hatte keine andere Wahl, als sofort aufzubrechen«, erwiderte der Kommandant.

»Moment«, sagte Rocco, als er sich an etwas erinnerte, das Caite erwähnt hatte. »Hat er Kinder?«

»Ja, fünf Söhne. Wieso?«, fragte Kommandant Horner.

»Ich erinnere mich nur an etwas, das heute jemand erwähnt hat. Werden sie zur Konferenz kommen?«

»Ja, davon gehe ich aus.«

»Ich bin verwirrt«, sagte Gumby kopfschüttelnd.

»Halte deine Freunde in deiner Nähe und deine Feinde noch näher«, sagte Ace mit einem Lächeln. »Clever.«

Der Kommandant grinste. »Unsere Hinweise deuten auf das Familienoberhaupt hin, aber für alle Fälle wollen wir seine Jungs im Auge behalten.«

»Jungs?«, hakte Gumby nach.

»Nicht im wörtlichen Sinn. Der Älteste ist fünfunddreißig und der Jüngste fünfundzwanzig. Sie sollen sich um den Laden kümmern, während ihr Vater weg ist, aber anscheinend sind sie mehr daran interessiert zu trinken, als zu arbeiten.«

»Sind sie am Schmuggel beteiligt?«, fragte Ace.

»Nicht dass wir wüssten.«

»Warum wurden sie zur Konferenz eingeladen?«, fragte Gumby. »Wenn sie nicht mit dem alten Mann unter einer Decke stecken, sind sie sicher nicht an einer Archäologie-Konferenz interessiert, oder?«

»Nein«, entgegnete der Kommandant, »aber am Samstag findet parallel zur Konferenz eine riesige Arbeitsstellenbörse statt. Wir haben dafür gesorgt, dass Jeo davon erfährt. Er versucht seit Monaten, Arbeitsplätze für seine Söhnen zu finden, um die Familie zu unterstützen – legitime Arbeitsplätze. Vermutlich glaubt er, dass er dadurch seine Umsätze als Schmuggler verschleiern kann. Und sollte einer seiner Söhne eine Anstellung in einem Museum oder als Antiquitätenkurator bekommen, würde ihm das bei seinen Geschäften zugutekommen.«

»Also, wo kommen wir ins Spiel?«, fragte Ace.

»Sie müssen sich Jeos Laden ansehen. Wir glauben, dass er die Tafeln dort versteckt hat. Jemand muss dort einsteigen und sie finden, bevor er aus Gabun zurückkehrt. Seine Söhne haben sich nicht die Mühe gemacht, den Laden zu öffnen, seit er weg ist, daher sollte es ein Leichtes sein, unentdeckt einzusteigen, vor allem für Sie.«

»Und wenn seinen Söhnen plötzlich einfällt, besser das zu tun, was Dad ihnen gesagt hat?«, fragte Ace.

»Das wird es nicht«, erwiderte der Kommandant selbstbewusst. »Ernsthaft, diese Typen sind verdammt faul. Seit ihr Vater weg ist, sind sie jeden Abend betrunken und hängen zu Hause rum. Wir lassen sie von ein paar Insidern überwachen. Jeden Abend ab achtzehn Uhr greifen sie zur Flasche. Sie waren nicht mehr in der Nähe des Ladens, seit ihr Vater abgereist ist.«

»Sie haben Leute, die sie beobachten?«, fragte Gumby.

»Jawohl. Nicht immer, aber wir sind uns ziemlich sicher, dass sie nicht Teil des Schmugglerrings sind.«

»Hm«, sagte Rocco. Etwas störte ihn an der ganzen Sache, aber er konnte nicht genau sagen, was es war. Er würde später mit seinen Kameraden darüber reden und diskutieren, ob sie es genauso sahen.

»Wir sind also hier, um den nächsten Schmuggelversuch zu stoppen«, stellte Gumby fest. »Was passiert danach? Sie haben selbst gesagt, dass dieser Bitoo-Typ nur ein kleiner Teil des Schmugglerrings ist. Warum suchen wir nach einem Mittelsmann auf niedriger Ebene und nicht nach den Drahtziehern?«

»Oh, das werden wir«, sagte Kommandant Horner, »aber zunächst müssen wir herausfinden, wer der Verräter in unserer Abteilung ist. Informationen über unsere Vorhaben gelangen schneller nach draußen, als wir handeln können. Bitoo könnte uns neue Hinweise liefern, was dem König ausreichen wird, um zu zeigen, dass er alles tut, um den Schmuggel zu stoppen. Er will jemanden dingfest machen – irgendjemanden –, um

Israel und dem Irak zu zeigen, dass er seinen Teil dazu beiträgt, die Diebe zu stoppen. Während Sie nach den zehn vermissten Steintafeln suchen, wird der von uns fälschlich in Umlauf gebrachte andere Ort von NCIS beobachtet. Sollte jemand dort auftauchen, um nach den Tafeln zu suchen, werden wir ihn verhören. Wir werden diesen Maulwurf finden, und wenn es das Letzte ist, was ich tue.«

Rocco nickte. Der Auftrag klang interessant. Es war eine Abwechslung, auf eine Mission geschickt zu werden, bei der es nicht nur um Waffen und rohe Gewalt ging. Hier ging es mehr um verdeckte Ermittlungen als um alles andere.

Das einzige Problem war, dass es zu einfach klang.

Kommandant Horner sah auf die Uhr. »Wenn Sie mich entschuldigen, meine Herren, ich bin spät dran. Es gibt eine Versammlung mit einigen Teilnehmern der Konferenz. Ich soll vor Beginn des Morgenprogramms die Begrüßungsrede halten.« Er überreichte Rocco eine Akte. »Das sind die Informationen, die wir über Jeo Bitoo haben.«

Rocco nahm den Ordner. Er war bereits gespannt, die Unterlagen zu prüfen.

»Oh, und die fünf Söhne werden heute hier auf dem Stützpunkt sein.«

Roccos Blick traf auf den des Kommandanten. »Heute? Ich dachte, die Arbeitsstellenbörse wäre am Samstag.«

»Ist sie, aber alle Teilnehmer sollen an der Eröffnung teilnehmen, um Informationen über die Organisationen zu erhalten, die nach Arbeitskräften suchen, damit sie sich auf die Gespräche am Samstag vorbereiten können. Sie werden sich bei einem der Verwaltungsangestellten anmelden und dann in den Veranstaltungssaal im obersten Stockwerk für das Programm und zum Mittagessen gehen.«

Rocco musste sofort an Caite denken und fühlte sich unwohl. Instinktiv wusste er, dass sie wahrscheinlich zu den Mitarbeiterinnen gehörte, die für die Anmeldung der Konferenzteilnehmer zuständig war. Sie hatte gesagt, dass sie mit den ausländischen Besuchern zusammenarbeitete. Und nachdem er sie zu ihrem Schreibtisch gebracht hatte, hatte er mehrere Männer im Empfangsbereich des Büros gesehen.

Er versuchte, seine Sorge um die kleine Frau zu verdrängen, war aber nicht besonders erfolgreich. »Ist es kein Sicherheitsrisiko, Bitoos Söhne auf dem Stützpunkt zu haben?«, fragte er.

Der Kommandant schüttelte den Kopf. »Nein, wir haben sie gründlich durchgecheckt. Wenn Sie mich jetzt entschuldigen. Sie können mein Büro benutzen, wenn Sie wollen. Es ist sicher.« Dann stand er auf und strich seine Uniform glatt, bevor er den Raum verließ.

Rocco hörte, wie er dem Sekretär vor der Tür sagte, dass seine Gäste nicht gestört werden sollten und sie sein Büro so lange benutzen könnten, wie sie wollten.

»Lasst uns gehen«, sagte Rocco, sobald der ältere Mann gegangen war.

»Was?«, fragte Ace.

»Ernsthaft?«, hallte Gumby wider. »Wir müssen die Informationen überprüfen, die wir gerade erhalten haben.«

Rocco stand auf, zog sein Hemd am Rücken etwas hoch und steckte die Akte hinten in seine Hose. Dann ließ er das Hemd herunterfallen und verdeckte somit den Ordner. »Wir können es uns nicht erlauben, im Büro des Kommandanten gesehen zu werden. Niemand wird ernsthaft glauben, dass wir zufällig zu Besuch hier sind.«

»Stimmt«, murmelte Ace.

»Und ich will sichergehen, dass diese Arschlöcher Caite nicht belästigen«, fügte Rocco hinzu, während er zur Tür ging.

»Du magst sie wohl wirklich«, sagte Gumby.

Rocco blieb mit der Hand am Türknauf stehen und drehte sich zu seinen Kameraden um. »Das tue ich. Ich weiß nicht warum.«

»Vielleicht liegt es daran, dass du scharf auf sie bist«, scherzte Ace.

»Halt doch die Klappe«, sagte Rocco und sah seinen Freund ernst an. »Das war unangebracht.«

Ace sah überrascht aus. »Scheiße, du meinst es wirklich ernst. Roc, wir sind nur eine Woche oder so hier, wahrscheinlich kürzer. Sie wird noch mindestens acht Monate hierbleiben. Du kannst nicht ernsthaft darüber nachdenken, etwas mit ihr anzufangen.«

Rocco seufzte und unterdrückte die irrationale Wut auf seinen Freund. Er wusste, dass Ace recht hatte. Aber aus irgendeinem Grund konnte er nicht loslassen. Er konnte Caite einfach nicht vergessen. »Ich habe nur ... sie hat einfach etwas an sich, das mich beschäftigt.«

Ace und Gumby sahen ihn einen Moment lang schweigend an, bevor Gumby nickte. »Lasst uns gehen und nachsehen, ob es ihr gut geht. Dann suchen wir uns einen Platz zum Verkriechen und schauen uns die Unterlagen an, die der Kommandant uns gegeben hat.«

Rocco nickte und fühlte sich besser, weil er wusste, dass er Caite wiedersehen würde. Es war verrückt. Er hatte sie erst vor zwanzig Minuten gesehen. Aber zu wissen, dass sie allein mit diesen fünf Brüdern sein könnte, die – ungeachtet dessen, was der Kommandant gesagt hatte – wertvolle Artefakte aus dem Land schmuggeln könnten, reichte aus, um seinen Beschützerinstinkt aufhorchen zu lassen. Er konnte sich nicht mit verschränkten Armen an ihren Schreibtisch stellen und jeden böse anstarren, der sich näherte, aber er konnte sich vergewissern, dass vorerst alles in Ordnung war.

Ace klopfte Rocco brüderlich auf die Schulter und die drei Männer verließen das Büro.

Caite fühlte sich wie aus der Bahn geworfen. Sie hasste es, zu spät zu kommen. Besonders heute, wo sich über dreihundert Leute bei ihr für die Archäologie- und Museumskonferenz anmelden würden. Wäre es nur die Konferenz, wäre alles nur halb so schlimm, aber da jemand entschieden hatte, es wäre eine gute Idee, gleichzeitig eine Arbeitsstellenbörse zu veranstalten, musste sie sich um doppelt so viele Leute kümmern wie sonst.

Als Verwaltungsassistentin für ausländische Besucher war es ihre Aufgabe, die Besucherausweise auszustellen und dafür zu sorgen, dass alle die nötigen Unterlagen für die Konferenz hatten. Für die letzten zwanzig Minuten hatte sie Unmengen von Leuten so schnell sie konnte durch den Anmeldeprozess geführt.

Begrüßungspakete für eine Konferenz zu verteilen stand nicht gerade in ihrer Stellenbeschreibung, aber ihr Chef hatte nichts Falsches daran gesehen, sie trotzdem für diese Aufgabe einzuteilen. Sie war dafür verantwortlich, dass Besucher des Stützpunktes die nötigen Papiere für ihre Besucherausweise hatten, aber wie das dazu führen konnte, dass sie die erste Anlaufstelle für die Archäologiekonferenz war, wusste sie nicht. Es wäre in Ordnung gewesen, wenn sie nur die Willkommenspakete auszuteilen hätte, aber sie musste auch Fragen beantworten, die Mahlzeiten organisieren und dafür sorgen, dass die Räume richtig eingerichtet waren. Es war nervig.

Unglücklicherweise wusste Caite, dass eine Beschwerde bei Joshua Mullen nichts bringen würde. Ihr Chef war schon viel länger beim Verteidigungsministerium angestellt als sie. Wenn sie sich über die zusätzliche Arbeit beschwerte, wäre das eine ausgezeichnete Möglichkeit für ihn, sie loszuwerden. Und sie wusste, dass er sie loswerden wollte. Er hatte ihr mehrmals gesagt, dass einer seiner Freunde aus Virginia ihre Stelle hätte bekommen sollen. Caite hatte keine Ahnung, warum sie stattdessen ausgewählt worden war. Aber jetzt, wo sie hier war, würde sie nichts Unüberlegtes tun, was sie ihren Arbeitsplatz kosten könnte.

Sie war erst seit vier Monaten in Bahrain, aber sie hatte bereits einen Großteil ihrer Kreditkartenschulden abbezahlt und arbeitete jetzt an ihren anderen Schulden.

»Hey«, sagte eine tiefe Stimme neben ihr.

Sie war so in Gedanken versunken gewesen – was

nicht ungewöhnlich für sie war –, dass sie Rocco und seine Freunde gar nicht bemerkt hatte.

»Oh, hallo«, sagte sie schüchtern. »Alles okay?«

»Das wollte ich dich gerade fragen«, sagte Rocco.

Caite runzelte die Stirn. »Warum sollte es das nicht sein?«

»Nur so«, sagte er schnell. »Ich wollte dich nur wissen lassen, dass wir uns auf den Weg machen.«

Caite war völlig verwirrt. Es war nicht so, als wären sie und Rocco verabredet, und sie glaubte, dass sie sich bereits verabschiedet hatten, nachdem sie sie zu ihrem Schreibtisch begleitet hatten. »Oh, okay.«

Er grinste sie an. »Ich gehe davon aus, dass ich dich unter der Woche hier finden kann?«

»Ja.«

»Ich habe kein Handy, da mein Mobilfunkanbieter Bahrain nicht abdeckt, aber ich wollte mich vergewissern, wo ich dich finden kann, damit wir uns zum Abendessen verabreden können.«

»Oh!« Endlich begriff sie ... und wurde sofort rot. »Ja, das ist mein Schreibtisch. Ich habe fast das Gefühl, hier zu wohnen, aber wie du weißt, habe ich eine Wohnung direkt vorm Tor. Ich habe ein Handy, aber es ist ein Diensthandy. Ich habe meinen privaten Vertrag gekündigt, um Geld zu sparen. Aber das hilft dir wenig, wenn du keins hast, hm?« Caite wusste, dass sie Unsinn redete, aber es war eine so surreale Erfahrung, dass ein Kerl wie er tatsächlich mit ihr ausgehen wollte. »Ich weiß nicht, wie dein Zeitplan aussieht, aber normalerweise bin ich bis sechs oder so hier.«

»Sechs? Du gehst nicht um fünf nach Hause?«

Caite zuckte mit den Schultern. »Offiziell ja, aber meistens bleibe ich länger, weil ich nichts anderes zu tun habe. Es ist einfacher, Dinge zu erledigen, wenn niemand mehr da ist, um mich zu unterbrechen.«

»So wie ich es gerade tue«, sagte Rocco mit einem leichten Stirnrunzeln.

»Nein, es ist nur ...« Ihr Telefon klingelte und sie lächelte ihn entschuldigend an. »Kannst du einen Moment warten?«

»Natürlich«, antwortete er.

Caite nahm den Hörer ab und wünschte sich sofort, sie hätte das Telefon einfach klingeln lassen.

»Sie werden nicht dafür bezahlt, mit Matrosen auf Besuch zu flirten, Miss McCallan. Haben Sie den Bericht schon fertig, um den ich Sie heute Morgen gebeten habe?«

Sie seufzte. Ihr Chef war ein Arschloch. »Nein Sir, ich war damit beschäftigt, die Besucher für die Konferenz einzuchecken.« Sie wollte eigentlich sagen: »Für die Konferenz, die Sie organisiert haben, ohne mich zu fragen, ob ich bereit dazu wäre zu helfen.« Aber sie wollte ihr Glück nicht herausfordern.

»Richtig, wie wäre es dann, wenn Sie sich jetzt wieder an die Arbeit machen?«, sagte Joshua hochmütig.

»Jawohl.«

Ohne ein weiteres Wort legte er auf.

Caite hasste es, dass er ihren Schreibtisch durch das Fenster seines Büros sehen konnte. Wissentlich, dass sie Joshua höchstwahrscheinlich verärgern würde, wenn sie sich nicht sofort wieder an die Arbeit machte, stand sie auf und hielt Rocco die Hand hin. »Es war schön, dich kennenzulernen, Rocco. Ich würde gern mit dir zum Abendessen gehen. Auf die Gefahr hin, dass ich langweilig klinge, ich habe nie etwas vor und kann mich nach deinem Zeitplan richten.«

Er lächelte sie an, nahm ihre Hand und führte sie für einen Kuss auf den Handrücken an seine Lippen. »Freitag?«

Caite nickte und konnte den Blick nicht von seinem Mund nehmen. Sein Bart kitzelte auf ihrer Haut und sie fragte sich, wie er sich an anderen Stellen ihres Körpers anfühlen würde.

»Wenn ich wieder in der Gegend bin, kann ich dann bei dir vorbeischauen?«, fragte er.

»Ich ... das würde mir gefallen«, brachte sie heraus. Es war an der Zeit, dass sie aufhörte, so verdammt schüchtern zu sein, und anfing zu sagen, was sie sagen wollte. Es war nicht gerade so, als würden die Männer für sie vom Himmel fallen. Sie war fast dreißig, und wenn sie jemals eine feste Beziehung haben wollte, musste sie daran arbeiten, aufgeschlossener zu sein. Nicht dass sie Rocco heiraten wollte. Sie stellte es nur fest.

»Mir auch«, sagte der Mann vor ihr. Und dann sagte er mit einem Wahrnehmungsvermögen, wie sie es sich bei allen SEALs vorstellte: »Und jetzt lasse ich dich besser in Ruhe, damit ich deinem Boss keinen weiteren Grund gebe, dich anzuschreien.«

»Dafür braucht er keinen Grund«, platzte Caite heraus. »Er ist kein besonders freundlicher Mann.«

»Hmmm.« Rocco ließ etwas widerstrebend ihre Hand sinken.

»Es war auch schön, euch kennenzulernen«, sagte Caite höflich und sah Ace und Gumby an.

»Gleichfalls«, erwiderte Ace mit einem breiten Grinsen im Gesicht.

»Es war mir ein Vergnügen«, stimmte Gumby zu.

»Danke, dass ihr wusstet, wie man aus einem Aufzug entkommen kann«, sagte Caite zu Rocco und verlängerte ihren Abschied.

»Keine Ursache. Ich freue mich darauf, dich besser kennenzulernen, *ma petite fée*«, sagte Rocco.

Caite wusste, dass sie wieder rot wurde, schaffte es aber, den Augenkontakt mit ihm aufrecht zu halten.

»Passt auf euch auf da draußen«, sagte sie zu dem Trio.

»Und du pass *hier* auf dich auf«, gab Rocco mysteriös zurück.

Bevor sie ihn fragen konnte, was er meinte, nickte er ihr zu, drehte sich um und ging mit seinen Freunden den Flur entlang zum Treppenhaus.

Obwohl sie wusste, dass sie von ihrem Chef gerügt werden würde, stand Caite noch einen Moment lang da und starrte Roccos Hintern an, als er wegging. Die Aussicht war jede Ermahnung wert, die sie später erhalten würde.

KAPITEL DREI

Am Freitag, zwei Tage später, stand Rocco vor der Kaserne, in der er mit Ace und Gumby wohnte. Die letzten zwei Tage hatten sie damit verbracht, die Informationen zu überprüfen, die Kommandant Horner ihnen gegeben hatte. Sie hatten auch die Hilfe ihres guten Freundes Tex in Anspruch genommen. Der Mann hatte eine enge Bindung zu den SEAL-Teams zu Hause und war ein absolutes Computergenie. Rocco hatte aus erster Hand miterlebt, wie gut er war, als Tex im Alleingang herausgefunden hatte, wo Dakota und Caroline festgehalten wurden. Die Frauen zwei anderer SEALs waren vor ein paar Jahren entführt worden. Rocco war mit Tex in Kontakt geblieben und der Mann hatte angeboten zu helfen, wann und wo immer Rocco und sein Team ihn brauchten.

Das andere SEAL-Team, das sie bei der Rettung von Dakota Cutsinger unterstützt hatten, war eine Legende. Sie hatten so viele ihrer Missionen erfolgreich abgeschlossen, dass man sie »unbesiegbar« nannte.

Natürlich wusste Rocco genau wie Wolf, der berühmte Leiter des anderen Teams, dass das Quatsch war. Eine einzige Kugel würde reichen, um eine ganze Mission zu vermasseln. Rocco hatte gehört, dass Wolf und seine Teamkameraden Ende des Jahres in den Ruhestand gehen würden. Sie waren alle glücklich verheiratet und bereit, aus dem aktiven Dienst auszuscheiden und in die Ausbildung zu wechseln. Rocco war begeistert, dass sie bei der Navy blieben, um ihr Wissen mit Teams wie seinem und den jüngeren SEALs zu teilen. Jeder konnte von Wolf und seiner Crew noch etwas lernen.

Tex hatte jedoch nicht die Absicht, in Rente zu gehen. Er hatte Rocco unmissverständlich mitgeteilt, dass er nicht aufhören würde, seinem Land beim Kampf gegen Terroristen, Verbrecher und andere Arschlöcher zu helfen, bis man ihn unter die Erde brachte. Er hatte die Information von Kommandant Horner bestätigt. Jeo Bitoo besuchte derzeit seine Familie in Lambaréné, einer kleinen Stadt unweit von dem Ort entfernt, an dem Albert Schweitzer sein berühmtes Krankenhaus gebaut hatte. Er hatte auch bestätigt, dass seine Söhne zusammen in einer kleinen Hütte etwa zehn Minuten vom Laden des alten Bitoo entfernt lebten. Wenn Jeo in der Stadt war, wohnten er und seine Frau in einem Zimmer über dem Laden.

Ihren Rückflug nach Bahrain hatten sie für nächsten Montag gebucht. Das gab den SEALs viel Zeit, den Laden nach den Steintafeln zu durchsuchen. Sie mussten sie finden, bevor Jeo zurückkam und sie für den Versand fertig machen konnte.

Am Nachmittag machten Rocco, Ace und Gumby sich auf den Weg, um den Laden zu erkunden. Sie hofften, tagsüber weniger aufzufallen, als wenn sie nachts durch die Straßen zogen. Ihr Plan war es, in den Laden einzusteigen, hoffentlich die Steintafeln zu finden und wieder zu verschwinden, bevor jemand etwas merkte. Die Tatsache, dass die Söhne sich nicht die Mühe gemacht hatten, den Laden ihres Vaters während seiner Abwesenheit zu öffnen, machte die Sache etwas einfacher. Sie mussten sich keine Sorgen darüber machen, gestört zu werden. Die SEALs hatten keine Hinweise bezüglich des Maulwurfs, auf den Kommandant Horner angespielt hatte, aber das war nicht ihre Mission. Ihr Ziel war es, die Artefakte zu finden und zu verhindern, dass sie außer Landes gebracht wurden.

Obwohl er mit der Mission beschäftigt war, war Rocco in den letzten Tagen ... unruhig gewesen.

Gumby hatte ihn darauf angesprochen. »Geh zu ihr«, forderte er.

»Zu wem?«, fragte Rocco, der genau wusste, von wem sein Freund sprach.

Gumby zog nur eine Augenbraue hoch. »Hör zu, was auch immer euch verbindet, vielleicht seid ihr füreinander bestimmt. Ich habe meine Frau vielleicht noch nicht gefunden, aber ich bin kein Idiot. Du bist nicht konzentriert und wirst es nicht sein, solange du nicht zu Caite gehst. Sprich mit ihr.«

Rocco fuhr sich mit der Hand durch sein dichtes Haar. »Ich weiß nicht, warum sie mir so schnell unter die Haut gegangen ist. Ich kenne sie nicht einmal.«

»Es ist egal. Wolf und seine Teamkameraden haben

es immer wieder erlebt. Warum sollte es bei uns anders sein?«, fragte Ace.

»Weil ich nicht sie bin«, sagte Rocco. »Frauen regen mich normalerweise nicht besonders auf. Und wie du richtig festgestellt hast, reisen wir ab, sobald diese Mission erledigt ist. Es wäre nicht fair, etwas mit ihr anzufangen und dann zu verschwinden. Verdammt, wir alle wissen, dass es nicht einfach ist, mit einem SEAL zusammen zu sein. Und ich kann ihr nicht einmal sagen, dass ich ein SEAL bin.« Er schüttelte den Kopf. »Was für eine gequirlte Scheiße.«

»Hör auf, so viel darüber nachzudenken«, verlangte Gumby. »Geh zu ihr und bestätige den Termin fürs Abendessen. Danach kannst du dir um den ganzen anderen Scheiß Sorgen machen. Vielleicht fällt dir auf, dass sie mit offenem Mund kaut, oder sie bestellt einen Salat, obwohl sie unbedingt ein Steak will. Oder sie hat andere nervige Eigenarten, mit denen du nicht umgehen kannst. Du musst dich voll und ganz auf das konzentrieren, was wir tun, und das schaffst du nicht, wenn du dir so viele Sorgen um sie machst wie jetzt.«

Rocco nickte. »Du hast recht. Und ich gebe zu, dass ich sie sehen möchte. Ich muss sichergehen, dass es ihr gut geht. Zu wissen, dass sie in der Nähe dieser Brüder war, hat mich in den letzten zwei Tagen beunruhigt.«

»Es geht ihr gut«, beruhigte Ace ihn. »Du hast sie die letzten beiden Abende auf dem Heimweg gesehen.«

»Ich weiß, ich weiß«, sagte Rocco. Er war ihr beide Abende unbemerkt zu ihrem Wohnhaus gefolgt, nur um sicherzugehen, dass niemand sie belästigte. Es ging ihr gut und sie hatte keine Ahnung, dass sie verfolgt wurde –

was ihn ebenfalls störte. Sie war beide Abende direkt nach Hause gegangen. Aber er machte sich trotzdem Sorgen um sie. Es könnte immer noch etwas im Gebäude passieren. Ihr Chef machte ihr vielleicht ebenfalls weiter das Leben schwer. Wussten die Brüder, dass gegen ihren Vater ermittelt wurde? Wenn ja, würde sie dadurch in Gefahr geraten?

Er hatte keine Ahnung, ob er sich mehr oder weniger Sorgen machen würde, wenn er Caite wiedersah, aber es bestand kein Zweifel daran, dass er sie sehen wollte. »In Ordnung, ich gehe einfach zu ihr und frage, ob sie zehn Minuten Pause machen kann oder so. Wir treffen uns später hier in der Kaserne und dann machen wir uns auf den Weg.«

Gumby nickte. »Grüße sie von uns.«

Rocco wollte seinem Freund gerade sagen, er solle sich verpissen, als er merkte, dass er es ernst meinte. Er kniff die Augen zusammen.

»Hey! Ich mag sie«, sagte Gumby und hob kapitulierend die Hände. »Nicht so wie du, aber sie war ziemlich gefasst, als wir aus dem Aufzug geklettert sind. Es gefiel ihr nicht und sie hatte offensichtlich Angst, aber sie hat sich zusammengerissen. Das hat mich beeindruckt.«

»Ja, sie ist nett«, fügte Ace hinzu. »Es scheint, als wäre sie eine anständige Frau, die nicht nur auf einen Freifahrtschein aus ist, indem sie einen Mann beim Militär heiratet. Und du hast eine nette Frau verdient, die dir nicht nur ständig an die Wäsche will.« Ace grinste.

Rocco verdrehte die Augen. Es hatte Zeiten gegeben, in denen sich alle mehr für das interessiert hatten, was sich unter der Kleidung einer Frau befand, als für das in ihrem Kopf. Aber im Laufe der Jahre hatten sie zu schätzen gelernt, dass sie selbst mehr als nur ein Stück Fleisch waren, und sie hatten angefangen, Frauen anders zu behandeln. »Ich werde eure Grüße ausrichten«, sagte er lahm. »In dreißig Minuten bin ich zurück.«

Die anderen beiden Männer nickten und gingen zur Tür der Kaserne. Rocco drehte sich um und ging schnell über den Stützpunkt zu Caites Bürogebäude. Er trat ein und ging zur Treppe. Er war tatsächlich froh, dass »Außer Betrieb« am Fahrstuhl stand. Nach dem zu urteilen, was Caite gesagt hatte, war es höchste Zeit dafür, so oft wie das verdammte Ding stecken blieb.

Er ging den Flur entlang zu ihrem Schreibtisch und lächelte, als er sie sah. Sie hatte den Kopf über ein paar Unterlagen gebeugt und murmelte vor sich hin.

»Bekommst du manchmal eine Antwort?«, fragte Rocco, als er direkt vor ihrem Schreibtisch stehen blieb.

Sie erschrak und sah zu ihm auf.

»Verdammt, du hast mich erschreckt«, sagte sie und hob eine Hand an ihre Brust.

Rocco konnte nicht anders, als ihrer Handbewegung mit seinem Blick zu folgen. Er konnte sehen, wie sich ihre Brust unter ihren schnellen Atemzügen auf und ab bewegte, während sie versuchte, die Fassung wiederzuerlangen. Ihre Brüste waren klein, aber sie passten perfekt zu ihrer Figur. Sie hatte bei ihrem letzten Treffen behauptet, zu schwer zu sein, und er hatte es zu dem Zeitpunkt genauso lächerlich gefunden wie jetzt. Er konnte ihre Beine nicht sehen, da sie unter dem Schreibtisch versteckt waren, aber er erinnerte sich, dass ihr

Körper eine perfekte Mischung aus kurvig und üppig war, ohne dick zu sein.

Leider verstanden Frauen nicht, dass es den meisten Männern letztlich egal war, wie groß ihre Titten waren. Männer liebten einfach Brüste, alle Größen und Formen. Und wenn sie zu der Frau gehörten, für die sie sich interessierten, wären sie absolut perfekt.

Außerdem war es ihm wichtiger, was für ein Mensch sie war. Er kannte Caite noch nicht wirklich, aber er hatte mit anderen Mitarbeitern auf dem Stützpunkt gesprochen, die sie kannten. Zufällig hatte er das Telefonat eines Matrosen überhört, der auf derselben Etage in seiner Kaserne eingezogen war. Er hatte jemandem erzählt, wie sehr Miss McCallan ihm geholfen hatte. An einem anderen Tag hatte er sie gerade in der Kantine verpasst. Er sah noch, wie sie einem älteren Menschen half, sein Essen an seinen Tisch zu bringen, bevor sie ging. Er hatte sogar Kommandant Horner nach ihr gefragt, und er hatte nur Gutes darüber zu sagen gehabt, wie hilfsbereit, effizient und nett sie war. Das beeindruckte ihn.

»Tut mir leid, dass ich dich erschreckt habe«, sagte er leise.

»Es ist okay«, sagte sie sofort und ließ ihn vom Haken. »Ich habe nur gerade versucht herauszufinden, was mein Chef aufgeschrieben hat. Seine Handschrift ist grauenhaft. Er hat sich freigenommen und wird erst am Montag zurück sein, aber er hat mir diese Anweisungen für die Konferenz hinterlassen.«

»Er hat sich freigenommen? Ich dachte, er wäre der Veranstalter?«, fragte Rocco.

Caite zuckte mit den Schultern. »Ist er, aber jeder weiß, dass es die kleinen Angestellten wie ich sind, die solche Dinge tatsächlich organisieren und durchführen.«

Da hatte sie recht. »Okay, da Mr. Grumpy nicht hier ist ... kannst du eine Pause machen?«

Sie sah ihn sofort besorgt an. »Ist alles in Ordnung?«

»Natürlich«, beruhigte er sie. Es gefiel ihm, dass sie sich Sorgen um ihn machte. »Ich habe dich nur zwei Tage lang nicht gesehen und wollte das nachholen ... und sichergehen, dass für unsere Verabredung fürs Abendessen alles abgesprochen ist.«

»Oh, obwohl ich mir nicht sicher bin, wie wir das ›nachholen‹ können, wenn wir uns noch nicht einmal wirklich kennen.«

Er lachte leise. »Da hast du recht. Also, ich habe dich vermisst und wollte nur Hallo sagen. Ist das besser?«

Rocco war fasziniert davon, wie ihre Wangen bei seinem Geständnis rot wurden. Es war lange her, dass er eine Frau mit solch unschuldigen Worten erröten lassen konnte.

»Oh.«

»Also ... kannst du dir zehn Minuten Zeit für mich nehmen?«, fragte er erneut.

Caite nickte. »Natürlich, lass mich nur ein paar Sachen ordnen.« Sie fing an, Papiere von ihrem Schreibtisch wegzuräumen. Er war beeindruckt, dass sie wusste, wie wichtig es war, alle Unterlagen sicher wegzuschließen, auch wenn sie nur für ein paar Minuten wegging. Sie schloss die Schreibtischschublade ab, sperrte ihren Computer und stand auf.

Sie trug eine weite schwarze Hose mit einer kurzärmeligen weißen Bluse. Er konnte die Umrisse des Hemdchens sehen, das sie unter der Bluse trug. Aber es war dezent und wirkte nicht unanständig. Durchsichtige Damenmode wurde in diesem Land missbilligt.

»Im Flur gibt es einen Pausenraum. Wir können dorthin gehen«, sagte sie.

Rocco wollte nicht in einem Raum sein, wo sie jemand belauschen könnte. Er wollte sie ganz für sich haben.

»Wollen wir nach draußen gehen?«

Er lachte leise, als er sich daran erinnerte, wie sehr sie die Hitze hasste. »Es wird nicht lange dauern. Ich bin nur kein Fan von geschlossenen Räumen«, sagte er zu ihr. Und das war die Wahrheit. Nach seiner Gefangenschaft bei den Taliban vor einigen Jahren war er jetzt lieber draußen als drinnen. Ganz zu schweigen davon, dass er keine Ahnung hatte, wer der Maulwurf in Kommandant Horners Abteilung war. Er konnte es nicht riskieren, belauscht zu werden.

»Oh, natürlich. Das ist in Ordnung. Kein Problem«, sagte Caite und entschuldigte sich schnell.

Rocco bedeutete ihr voranzugehen und nutzte die Gelegenheit, sich ihren Hintern anzusehen, als sie vorbeiging. Er war schon sehr lange nicht mehr mit einer Frau zusammen gewesen, aber das bedeutete nicht, dass er einen gut aussehenden Körper nicht schätzte.

Und Caite McCallan hatte einen perfekten Hintern. Er vermutete, dass sie vielleicht an diesen Körperteil gedacht hatte, als sie ihr Gewicht erwähnt hatte. Aber ihr Knackarsch war unglaublich. Seine Finger zuckten förmlich vor Begeisterung, ihren Hintern in die Hände zu bekommen.

Sie sah über ihre Schulter und lächelte ihn schüchtern an. »Kommst du?«

»Ich bin direkt hinter dir«, sagte er automatisch und tadelte sich geistig.

Sie gingen die Treppe hinunter und hinaus in die Hitze. Es waren mindestens achtunddreißig Grad. So sehr er auch Zeit mit Caite verbringen wollte, wollte er nicht, dass sie unter der Hitze leidet. Er deutete auf eine kleine Bank, die unter einer Baumgruppe stand. Dort war es schattig und vor allem menschenleer.

Sie setzten sich auf die Bank und ihre Knie stießen beinahe aneinander.

»Also ...«, sagte sie nach einem Moment.

»Also«, wiederholte er grinsend. »Wie geht es dir?«

»Mir geht es gut. Und dir? Läuft alles mit deinem Ding?«

»Mit meinem Ding?«

»Ja, die Sache, wegen der ihr hier seid – deine Mission, dein Auftrag, dein Ding.«

Nett und rücksichtsvoll. »Ja, mein Ding läuft gut. Wir machen uns gleich hiernach auf den Weg, um weitere Informationen zu sammeln«, sagte er.

Caite runzelte die Stirn. »Ist es sicher?«

Er hätte die Frage abtun sollen, aber ihre aufrichtige Besorgnis rührte ihn zutiefst. »Es ist sicher«, sagte er. »Nicht alles, was wir tun, ist sicher, aber diese Sache ist relativ harmlos. Wir müssen nur ein paar Erkundigungen in einem örtlichen Geschäft einholen.«

»Gut.«

Rocco wollte sie fragen, ob ihr bei der Arbeit etwas Seltsames aufgefallen war. Er wollte sehen, ob er herausfinden könnte, wer der Maulwurf war, von dem Kommandant Horner gesprochen hatte. Aber erstens hatte er keine Zeit und zweitens zog er es vor, bei seinem kurzen Besuch mehr über sie zu erfahren. »Wie läuft es mit der Konferenz? Irgendwelche Probleme?«

Caite zuckte mit den Schultern. »Nicht mehr als sonst. Die Menschen sind überall auf der Welt gleich.«

»Was meinst du?«

»Manche denken, dass die Regeln für sie nicht gelten. Sie ›vergessen‹ die Unterlagen, die sie mitbringen sollen, sie wollen mehr, als ihnen zusteht, sie denken, sie sind wichtiger als alle anderen. Manche sind einfach unhöflich, reden zu laut oder sagen unangemessene Dinge.«

Mit jedem Wort, das aus ihrem Mund kam, wurde Rocco wütender. »Jemand hat unangemessen mit dir geredet?«, fragte er in einem harten Ton.

»Rocco, die Leute sind immer so zu mir. Ich bin nur eine Sekretärin. Ich habe keine Rangabzeichen auf meinen Schultern und ich bin eine Frau. Aber ich mache mir nichts daraus.«

»Du solltest dich beschweren.«

Sie warf ihm einen zweifelnden Blick zu. »Bei wem? Joshua? Er würde mir nur sagen, ich solle nach Hause fliegen, wenn ich mit der Arbeit nicht klarkomme. Falls es dir noch nicht aufgefallen ist, es gibt hier nicht viele weibliche Angestellte. Ich denke, es liegt daran, dass wir im Nahen Osten sind. Ich habe einige interessante Leute kennengelernt, aber ich habe viel mehr schlechte Erfahrungen gemacht, als ich zählen kann. Auch hier bin ich nur eine Sekretärin und ich bin eine Frau. Das sind zwei Tatsachen, die hier gegen mich sprechen.«

Rocco biss die Zähne zusammen. »Das ist nicht richtig.«

»Nein, da hast du recht, es ist nicht richtig. Aber ein Kerl aus dem Irak, der wegen meines Geschlechts nicht mit mir sprechen will, ist kein Weltuntergang. Genauso wenig wie eine Gruppe von Männern, die darüber diskutiert, wie ich wohl im Bett wäre ...«

»Nein, das haben diese Kerle verdammt noch mal nicht getan!«, unterbrach Rocco sie aufgebracht. »Wir leben im einundzwanzigsten Jahrhundert. So dürfen sie nicht mit dir reden!«

»Beruhige dich«, sagte Caite und legte ihre Hand auf seinen Oberschenkel. »Sie haben nicht *mit* mir geredet. Sie haben untereinander auf Französisch gesprochen und gedacht, ich würde sie nicht verstehen. Und wegen ihres Akzents habe ich sie fast nicht verstanden, obwohl ich fließend Französisch spreche.«

»Das macht es nicht besser.«

»Da hast du auch wieder recht, aber du verstehst nicht, worauf ich hinauswill.«

»Du willst auf etwas hinaus?«, fragte Rocco.

»Ja. Ich weiß, dass ich nicht hierhergehöre. Das Militär war schon immer eine Männerdomäne. Das wusste ich, als ich die Stelle angenommen habe. Aber wie gesagt, ich brauche das Geld.«

»Für Geld muss man sich diese Scheiße nicht gefallen lassen.«

»Muss ich nicht?« Sie lächelte. »Ich wüsste nicht, wer sonst meine Studentendarlehen für mich abbezahlt, oder für die exorbitante Miete in San Diego oder für meine Mahlzeiten, Benzin und alles andere, was ich brauche, aufkommt. Ich sage nur, dass ich ein dickes Fell habe. Als Frau in einer Männerwelt habe ich viel darüber gelernt, mich zurückzuhalten und den Ball flach zu halten. Du würdest staunen, was ich auf diese Weise schon alles herausgefunden habe, anstatt mich mit den Leuten anzulegen, wenn sie unhöflich sind.«

»Zum Beispiel?«, fragte Rocco. Er wollte weiter argumentieren und ihr sagen, dass er ihr helfen würde, wenn sie ihn ließe, aber jetzt war weder der richtige Zeitpunkt noch der richtige Ort dafür.

Caite lächelte wieder und sah sich verstohlen um, als wollte sie sich vergewissern, dass niemand zuhörte, bevor sie ein großes Geheimnis preisgab. »Zum Beispiel, dass drei neue Typen in der Kaserne leben, die verdammt heiß sind.«

Rocco blinzelte. Meinte sie das ernst?

»In der Cafeteria habe ich zwei Seefrauen darüber sprechen hören, dass du und deine Freunde noch nicht im Klub wart. Sie sind jeden Abend dort, nur für alle Fälle. Und wenn du, Ace oder Gumby auch nur das geringste Interesse zeigen würdet, wären sie mehr als bereit dazu«, sie räusperte sich und errötete, als sie fortfuhr, »in ihrer Wohnung Frühstück zu machen, bevor ihr am nächsten Morgen geht.«

Rocco hätte nicht überrascht sein sollen, aber er war es. »Wir sind wegen der Arbeit hier«, sagte er ernst.

Caite kicherte. »Du hast gefragt, was ich gehört habe. Ich sage es dir nur.«

»Du machst Scherze, oder?«

Sie schüttelte den Kopf. »Nein, ich weiß auch, dass es einen Unteroffizier gibt, der seine Frau mit einer Offizierin der australischen Marine betrügt. Dann ist da ein anderer Unteroffizier, der wegen Kinderpornographie auf seinem Arbeitscomputer festgenommen wurde. Die PR-Abteilung hatte alle Hände voll zu tun, einen Skandal zu verhindern, als ein Konteradmiral, der zu Besuch auf dem Stützpunkt war, von der örtlichen Polizei auf dem Straßenstrich erwischt wurde.«

Rocco konnte sie nur noch anstarren.

Caite lehnte sich zurück und sah sehr zufrieden mit sich aus. »Sieh mich nicht so geschockt an, Rocco. Du wärst überrascht zu hören, was Leute erzählen, wenn sie glauben, dass ihnen niemand zuhört. Ich habe nur gelernt, ruhig zu bleiben und zuzuhören. Es ist verrückt, was die Leute miteinander oder am Telefon sagen, wenn sie sich nicht die Zeit nehmen, sich umzusehen, wer vielleicht zuhört. Ich gehe oft im Hintergrund unter und die Leute neigen dazu, mich nur zu bemerken, wenn sie wirklich hinschauen.« Sie zuckte mit den Schultern. »Es ist einfacher und sicherer, sich zurückzuhalten und kein Aufhebens zu machen, als zu versuchen, sich mit den Leuten anzulegen.«

Rocco schüttelte den Kopf. »Erstens gehst du nicht im Hintergrund unter. Ich habe keine Ahnung, warum du das denkst.«

»Weil es so ist«, beharrte Caite. »Das ist gut so. Es stört mich nicht. Ich wüsste gar nicht, was ich tun sollte, wenn Männer mich ständig anmachen oder Frauen ständig mit mir reden wollten.«

»Ich habe dich in der Sekunde gesehen, in der wir

den Aufzug betreten haben«, sagte Rocco. »Und nicht nur, weil du die einzige Person dort warst. Dein Gesicht war gerötet von der Hitze und du sahst irritiert aus, dass ich es wagen würde, mich zu dir in den Aufzug zu zwängen.«

Sie starrte ihn mit riesigen, schuldvollen Augen an.

Er fuhr fort: »Du warst überrascht, dass wir uns überhaupt die Mühe gemacht haben, Hallo zu sagen. Und als der Aufzug stecken blieb, warst du nicht überrascht, sondern hast dich einfach auf den Boden sinken lassen, ohne dich zu beschweren.«

»Ich habe dir gesagt, dass ich es hasse, mich zu beschweren, weil es nie etwas bringt«, sagte sie und errötete noch mehr.

»Ich glaube, die Leute, die du in deinem Leben kennengelernt hast, sind blind«, sagte Rocco. »Entweder das oder sie sind so narzisstisch, dass sie sich nicht die Zeit nehmen, sich umzusehen und andere zu bemerken. Es tut mir leid, wenn sich andere dir gegenüber wie Arschlöcher verhalten, besonders wenn es Kollegen der Marine sind. Es tut mir leid, dass du dich mit ihrem unhöflichen Verhalten abfinden musst. Es tut mir leid, dass du noch niemanden gefunden hast, bei dem du dich sicher genug fühlst, um Bahrain zu erkunden. Es ist ein tolles Land mit wunderbaren Menschen. Ja, ihre Kultur unterscheidet sich sehr von unserer, aber das macht es nicht weniger wunderbar. Wenn ich länger hierbleiben könnte, würde ich dir auf jeden Fall eine Tour geben. Ich würde dir zeigen, von welchen Gegenden du dich fernhalten solltest und wie du dich in der Stadt zurechtfinden kannst. Ich würde dir zeigen, wie lecker Falafel und

Majboos sind, und dich zu Tariq Pastries mitnehmen, damit du dort in Schokolade getauchtes Baklava probieren kannst.«

Caite leckte sich über die Lippen, als sie ihn anstarrte. Die Sehnsucht auf ihrem Gesicht war fast schmerzhaft.

Rocco hob langsam eine Hand und strich mit den Fingerrücken über ihre Wange. Er starrte in ihre dunkelblauen Augen und sagte: »Mach dich nicht kleiner, als du bist, *ma petite fée*. Ich glaube nicht, dass dich niemand sieht. Ich sehe dich. Diese Arschlöcher, die auf Französisch über dich geredet haben, haben dich auch gesehen. Und ich wette, dein Chef fühlt sich von dir bedroht, also sieht er dich auch. Du bist eine erwachsene Frau. Du kannst tun und lassen, was du willst, solange du mir versprichst, vorsichtig zu sein. Ruhig zu bleiben ist oft eine gute Idee, bis es nicht der Fall ist.«

»Das verstehe ich nicht«, flüsterte sie.

»Es gibt Momente, wo es gut ist zu schweigen, und es gibt Momente, wo es besser ist, so laut zu schreien, wie du kannst. Du wirst den Unterschied erkennen, wenn die Zeit kommt.«

Caite holte tief Luft und richtete sich auf. Rocco zwang sich, seine Hand zurückzuziehen. Ihre Haut war weich und er wollte nichts sehnlicher, als mit seinen Fingern durch ihr Haar zu fahren, ihren Kopf zu neigen und herauszufinden, ob ihre Lippen so weich und süß waren wie der Rest von ihr.

Rocco räusperte sich und sagte: »Also ... heute Abendessen?«

Caite nickte.

»Bitte sag mir nicht, dass du zu Taco Bell auf dem Stützpunkt gehen möchtest«, scherzte er.

Sie lächelte. »Nein.«

»Gut, es gibt ein Restaurant in Block 338, das dir gefallen könnte.«

»Block 338?«

Rocco sah sie überrascht an. »Ja, einige der Viertel rund um Manama sind nummeriert. Der Marinestützpunkt ist zum Beispiel gleich neben Block 338 und das Ritz-Carlton liegt nördlich von hier auf der anderen Seite in Block 428. Und dann gibt es Gebiete, die man einfach nicht besuchen sollte, egal was passiert, wie Block 404 und 424. Dort ist es nicht sicher.«

Sie nickte. »Ich habe eine Unterweisung bekommen, als ich hier ankam. Die US-Botschaft veröffentlicht Karten mit Orten, die man meiden soll. Ich erinnere mich nicht mehr an die Blocknummern, aber sie haben uns einen Stadtplan mit rot markierten Bereichen gegeben.«

»Gut, Block 338 ist jedenfalls nicht weit vom Stützpunkt entfernt. Dort gibt es ein Restaurant in einem Hotel, das wirklich gut ist. Es heißt Kolors und bietet so ziemlich jede Art von internationalen Gerichten, die du dir wünschen kannst. Aber sollte nichts Passendes dabei sein, können wir bei Miz Natasha alles nach deinen Wünschen bestellen, auch wenn es nicht auf der Karte steht. Ich wusste nicht, ob du dich so weit entfernt vom Stützpunkt wohlfühlen würdest, aber vielleicht vertraust du mir genug, um ein bisschen weiter zu gehen, als du es bisher getan hast.«

Caite nickte sofort, was ihm ein gutes Gefühl gab. »Das würde mir gefallen.«

»Dann ist es abgemacht.« Rocco konnte nicht aufhören zu lächeln, als sie wieder rot wurde. Er konnte einen Schimmer von Schweiß auf ihrer Stirn sehen und wusste, dass es an der Zeit war, sein Mädchen wieder hineinzubringen.

Bei diesem Gedanken verstummte er – sein Mädchen. Die Idee war irrational und viel zu früh, aber es fühlte sich nicht falsch an.

Er stand auf und streckte die Hand aus. »Komm schon, es ist Zeit, wieder hineinzugehen, bevor du schmilzt.«

»Es ist heiß hier draußen«, sagte sie zu ihrer Verteidigung, während sie aufstand.

»Du weißt nicht, was heiß ist, bis du auf Terroristenjagd in der irakischen Wüste warst, in Uniform mit kugelsicherer Weste und Helm, bei Temperaturen von fast fünfzig Grad unter glühender Sonne«, sagte Rocco, ohne nachzudenken. »Dagegen fühlt sich das hier wie ein schöner Frühlingstag an.«

Sie legte eine Hand an seinen Arm und hielt ihn fest. Die Sorge stand ihr ins Gesicht geschrieben. »Danke Rocco.«

»Wofür?«

»Für das, was du tust. Für deinen Dienst an unserem Land. Dafür, dass du durch die fünfzig Grad heiße Wüste wanderst, um Leute wie mich zu beschützen. Einfach ... danke.«

Sein Herz schmolz dahin. »Es sind Worte wie deine, die es lohnenswert machen.«

Und ohne lange nachzudenken, tat er das, was sich richtig anfühlte. Er beugte sich vor und strich sanft mit seinen Lippen über ihre.

Es war ein kurzer, keuscher Kuss, aber die Wirkung, die er auf Rocco hatte, war so intensiv, als wäre er vom Blitz getroffen worden.

Er beobachtete, wie sie sich über die Lippen leckte, als wollte sie seinen Geschmack auf ihrer Zunge spüren. Rocco selbst war sprachlos, was er sonst nie war. Um seine Überraschung über die Tiefe seiner Gefühle zu verbergen, ergriff er Caites Hand und legte sie auf seinen Arm. Seite an Seite gingen sie zurück zum Gebäude.

»Ich hole dich hier um fünf ab, wenn du Feierabend hast. Dann bringe dich zu deiner Wohnung, damit du dich umziehen kannst. Von dort nehmen wir ein Taxi zum Restaurant, okay?«

Sie nickte und starrte ihn an.

Rocco musterte sie für einen kurzen Moment. Sie war wirklich winzig im Vergleich zu ihm. Mit einem Meter und neunzig war er größer als die meisten Menschen, aber mit Caite fühlte es sich richtig an. Er war groß genug, um sie vor jedem zu beschützen, der sie bedrohen könnte. Es war ein seltsamer Gedanke, aber in letzter Zeit bestimmten ihn diese Gedanken.

»Dann sehen wir uns heute Abend.«

»Versprochen?«, fragte sie mit einem kleinen Grinsen.

Er lächelte zurück. »Nichts kann mich davon abhalten«, versprach er und tat, was er tun wollte, seit seine Lippen ihre verlassen hatten. Er beugte sich noch einmal herunter. Diesmal ging sie auf Zehenspitzen, um ihn auf halbem Weg zu treffen.

Der Kuss war wieder kurz und süß, aber die Leidenschaft dahinter umso intensiver.

Diesmal war es Rocco, der sich über die Lippen leckte. »Bis später, *ma petite fée*.«

»Bis später.«

Er drehte sich um und widerstand irgendwie dem Drang, noch einmal zurückzublicken. Er machte sich auf den Weg zur Kaserne, wo Ace und Gumby auf ihn warteten.

Sie hatten recht gehabt. Obwohl er sich mehr auf heute Abend freute als auf alles, was er in den letzten anderthalb Jahren oder so erlebt hatte, war sein Geist klarer.

Caite ging es gut. Sie konnte sich behaupten. Sie war klug und als Frau, die in einem von Männern dominierten Bereich arbeitete, besonders hier in Bahrain, hatte sie ihm in zehn Minuten bewiesen, dass sie so sicher wie möglich war. Sie schlug keine Wellen und tat nichts, was Leute verärgern könnte. Auch wenn er sich wünschte, sie würde ein bisschen mehr für sich selbst einstehen und mehr Selbstwertgefühl haben, wenn es um ihre Reize ging, war er sich sicher, dass sie nicht in Gefahr war.

Was man von ihm leider nicht behaupten konnte.

Zwei Stunden später lagen Rocco, Ace und Gumby auf dem feuchten Boden unter dem Gemischtwarenladen in Block 424, einem der gefährlichsten Orte in Manama.

Der Laden hätte geschlossen und menschenleer sein sollen, da Jeo Bitoo und seine Frau Verwandte in Afrika besuchten und ihre Söhne bei der Konferenz auf dem amerikanischen Marinestützpunkt sitzen sollten.

Die SEALs hatten sich gerade im Laden umgesehen, als die Hintertür aufflog und zehn bis fünfzehn mit Baseballschlägern bewaffnete Männer eintraten. Obwohl die SEALs im Nahkampf durchaus mithalten konnten, waren sie dieser Überzahl nicht gewachsen. Es wurde nicht viel gesprochen. Rocco hörte gerade genug, um den Eindruck zu gewinnen, dass die Bitoo-Brüder unter den Männern waren und von jemandem in der Nachbarschaft den Hinweis bekommen hatten, dass die Männer in das Geschäft ihres Vaters eingebrochen waren. Offensichtlich hatten sie auf dem Weg zum Laden Verstärkung geholt. Das Ergebnis war, dass die SEALs fast zu Tode geprügelt und kurzerhand durch ein Loch im Boden gestoßen worden waren.

Rocco lag auf dem Rücken und starrte durch das nicht geschwollene Auge nach oben, als die Luke im Boden über ihnen geschlossen wurde und sie in völliger Dunkelheit zurückblieben. Sie befanden sich in einem Lagerkeller, mindestens fünf Meter unter dem Laden.

»Scheiße«, murmelte er vor sich hin, da er wusste, dass Ace und Gumby bewusstlos waren und nicht reagieren würden. Es war offensichtlich, dass sie aus ihrer aktuellen Lage nicht so einfach herauskommen würden ... wenn überhaupt. »Ich schätze, ich werde Caite heute doch nicht zum Abendessen treffen können.« Das war das Letzte, was er sagen konnte, bevor er selbst ohnmächtig wurde.

KAPITEL VIER

Caite sah zum hundertsten Mal auf die Uhr, fünf Uhr zweiunddreißig.

Zuerst hatte sie angenommen, Rocco würde sich einfach verspäten. Dann hatte sie gedacht, er hätte sie versetzt ... aber als sie sich an seinen Gesichtsausdruck erinnerte, wie er ihr so feierlich versichert hatte, dass ihn nichts davon abhalten würde, sie zu sehen, fing sie an, sich Sorgen zu machen.

Sie nahm an, dass etwas nicht stimmte, aber sie hatte absolut keine Möglichkeit, nach ihm zu sehen.

Er hatte kein Handy, die meisten Mitarbeiter waren bereits nach Hause gegangen und Caite hatte keine Ahnung, ob überhaupt irgendjemand wusste, dass sie Navy SEALs waren. Verdammt, sie war sich dieser Tatsache selbst nicht einmal sicher.

Aber so sehr sie sich auch um ihn sorgte, die Zweifel, die an ihr nagten, wollten nicht nachlassen. Es war nicht so, als würde sie ihn wirklich kennen. Er hatte versprochen, mit ihr auszugehen, aber er hätte es sich anders überlegt haben können.

Seufzend stand Caite von der Bank auf, auf der sie gesessen hatte, und ging auf das Tor des Stützpunktes zu. Sie würde ihre Zeit nicht damit verschwenden, stundenlang herumzusitzen und auf jemanden zu warten, der wahrscheinlich niemals auftauchen würde.

»Sein Pech«, flüsterte sie ... aber das Zittern ihrer Lippen konnte sie nicht unterdrücken.

<hr>

Rocco stöhnte und drehte sich herum. Er öffnete die Augen – nun ja, das eine Auge, das er öffnen konnte –, konnte aber trotzdem nichts sehen. Es war stockdunkel und es roch nach Schimmel und Dreck.

»Ace? Gumby?«, krächzte er.

»Ja«, antwortete Gumby schwach.

»Ich bin hier«, sagte Ace.

Rocco seufzte erleichtert. Sie waren nicht in Sicherheit, aber zumindest waren seine Kameraden bei Bewusstsein. Er hob den Arm und biss bei dem Schmerz, den die Bewegung verursachte, die Zähne zusammen. Er drückte auf den Knopf an der Seite seiner Uhr und fluchte, als er sah, dass es acht Uhr abends war. Sie waren stundenlang bewusstlos gewesen.

»Status?«, fragte er.

»Wir sind in einer Art Keller«, sagte Gumby zu ihm. »Während du und Ace ein Nickerchen gemacht habt, habe ich mich umgesehen, so gut ich konnte. Ich habe weder eine Leiter noch Stufen entdeckt, muss aber zugeben, dass ich noch nicht wirklich gründlich gesucht habe. Aber willst du die gute Nachricht hören?«

Rocco hatte keine Ahnung, was zum Teufel an der Situation gut sein könnte, aber pflichtbewusst antwortete er: »Klar.«

»Wir werden nicht verhungern«, sagte Gumby. »Hier unten gibt es kistenweise Nahrungsmittel. Ich habe sogar einen Vorrat an Wasserflaschen entdeckt.«

»Gut«, grummelte Ace. »Aber wie kommen wir hier raus?«

»Das ist der schwierigere Teil«, sagte Gumby. »Ich bin mir ziemlich sicher, dass mein Knöchel nicht einsatzfähig ist. Ich bin falsch aufgekommen, als uns diese Arschlöcher hier runtergeschubst haben. Was ist mit euch?«

»Mein Handgelenk ist im Arsch«, antwortete Rocco. »Aber meine Beine scheinen in Ordnung zu sein. Eines meiner Augen ist zugeschwollen.«

»Mein Kopf blutet, aber ich bin mir ziemlich sicher, dass es nichts Schlimmes ist«, fügte Ace hinzu.

»In Ordnung, es geht uns also gut«, sagte Gumby.

Rocco lächelte nicht einmal. Sein Teamkamerad hatte recht. Für normale Menschen mochten ihre Verletzungen unüberwindbar sein, aber SEALs waren nicht normal. Solange sie nicht verbluteten oder vollkommen bewegungsunfähig waren, konnten sie immer noch kämpfen. »Kurz bevor ich ohnmächtig wurde, habe ich zu der Luke hochgeschaut«, sagte Rocco zu den anderen, »und der Raum muss etwa fünf Meter hoch sein.«

»Kinderspiel«, sagte Gumby und Rocco konnte sein Lächeln förmlich hören.

»Solange sie die Luke nicht verbarrikadiert oder anderweitig abgesperrt haben«, sagte Ace.

»Ja«, stimmte Gumby zu.

Mit jeder Sekunde, die verging, wurde Roccos Kopf klarer. Ja, sein Handgelenk und sein Kopf taten weh, aber er war sauer. Er hatte seine Verabredung mit Caite verpasst. Er hatte versprochen, sie nicht zu versetzen, und stattdessen saß er hier fest. Er konnte den Gedanken nicht ertragen, wie sie vergeblich vor dem Bürogebäude auf ihn gewartet hatte. Er wollte nicht einmal darüber nachdenken, was sie jetzt über ihn dachte. Wahrscheinlich, dass er nur ein Spiel mit ihr trieb. Bei ihrem Selbstwertgefühl dachte sie wahrscheinlich, dass es an ihr lag, dass er nicht aufgetaucht war.

Mit zusammengebissenen Zähnen zwang Rocco sich auf die Beine. Sie mussten aus diesem Loch herauskommen. Es war gar nicht gut, dass die Brüder sie im Laden ihrer Eltern auf frischer Tat ertappt hatten.

»Gumby, hast du eine Taschenlampe gefunden, als du dich umgesehen hast?«

»Nein, aber ein paar Kerzen und ich habe meinen Feuerstein bei mir.«

Rocco lächelte. »Diese Steintafeln könnten irgendwo hier unten versteckt sein. Oder die Informationen des Kommandanten könnten falsch sein. Er dachte, dass der Vater der Einzige sei, der in den Schmuggel involviert ist. Ich nehme an, dass die Söhne mehr wissen, als der Kommandant glaubt. Und wenn diese Tafeln hier unten sind, müssen sie irgendwann zurückkommen und die Luke öffnen.«

»Das heißt, wir sind am Arsch«, stellte Ace fest. »Von

dort oben wird es nicht schwer sein, uns auszuschalten.« Er deutete auf die Luke über ihren Köpfen.

Rocco stimmte voll und ganz zu. Wenn sie die Steintafeln fanden, wäre das ihre Bestätigung dafür, dass die Brüder früher oder später zurückkommen würden. Und dann würden sie höchstwahrscheinlich mehr als nur Baseballschläger dabeihaben.

»Sieht so aus, als wäre es Zeit, sich zu verstecken«, sagte Rocco. »Wir wissen nicht, wie viel Zeit wir haben, also schauen wir uns diesen ganzen Scheiß besser an und überlegen uns dann einen Plan. Ich weiß nicht, wie es euch geht, aber ich möchte es diesen Arschlöchern so schwer wie möglich machen, uns zu töten.«

Die anderen beiden Männer stimmten zu und innerhalb weniger Minuten zündeten sie mehrere Kerzen an. Zu dritt machten sie sich an die Arbeit, jeden Winkel ihres provisorischen Gefängnisses zu durchsuchen.

»Es ist schön, von dir zu hören, Liebling«, sagte Caites Mutter.

Allein beim Klang ihrer Stimme bekam Caite Heimweh. Meistens mochte sie ihre Arbeit und es war aufregend, einen anderen Teil der Welt zu sehen, was nicht viele erlebten, aber heute Abend war sie deprimiert und wollte eine vertraute Stimme hören.

»Es ist auch schön, dich zu hören«, sagte sie.

»Oh, oh«, sagte ihre Mutter. »Was ist passiert?«

»Woher weißt du, dass etwas passiert ist?«, fragte Caite.

»Ich tue es einfach. Also, was ist los?«

Caite seufzte. »Ich wurde heute Abend versetzt ... und das ist scheiße.«

»Das tut mir leid. Was ist passiert?«

Caite erzählte ihrer Mutter alles über Rocco. Wie sie sich kennengelernt hatten, wie kompetent er und seine Freunde im Aufzug gewesen waren, wie sie sich unter den Bäumen unterhalten hatten und wie er versprochen hatte, sie heute Abend auszuführen. Sie erzählte ihrer Mutter sogar von den Küssen und der Wirkung, die sie auf sie gehabt hatten. »Er hat mir ein gutes Gefühl gegeben. Ich dachte, er war wirklich interessiert an mir. Ich dachte, ich hätte diese Art von Spielchen hinter mir gelassen. Aber ich kann mir einfach nicht erklären, warum er am Nachmittag noch zu mir gekommen ist, nur um mich heute Abend zu versetzen. Er hat kein Handy ... ich kann nicht glauben, dass ich tatsächlich darauf reingefallen bin.«

Am anderen Ende des Telefons herrschte eine Weile Stille, bevor ihre Mutter sprach. »Schatz, du bist hübsch. Ich habe nie verstanden, wie man das nicht sehen kann. Aber das ist nebensächlich. Du bist eine gute Menschenkennerin. Ich habe noch nie erlebt, dass du dich so schnell zu einem Mann hingezogen gefühlt hast. Nach dem zu urteilen, was du erzählt hast, glaube ich nicht, dass Rocco Spielchen mit dir treibt. Wenn er so nett ist, wie du behauptet hast, warum sollte er sich die Mühe machen, dich um eine Verabredung zu bitten, wenn er nicht auftauchen wollte?«

»Vielleicht hat er jemand anderes kennengelernt?«

»In den paar Stunden nach eurem Treffen am Nachmittag?«, fragte ihre Mutter skeptisch.

Caite seufzte. »Ich weiß, aber ... es fällt mir leichter, das zu glauben, als über die Alternativen nachzudenken.«

»Glaubst du, ihm ist etwas zugestoßen?«

Das war die Sache, genau das tat sie. Rocco hatte gesagt, dass ihn nichts davon abhalten würde, heute Abend mit ihr auszugehen, aber er war nicht aufgetaucht. Seine Mission heute sollte nur der Aufklärung dienen, aber was, wenn etwas schiefgegangen war? Was, wenn er verletzt ... oder getötet wurde? Sie würde gern glauben, dass seine Kameraden sie aufsuchen und ihr sagen würden, ob das der Fall war, aber sie war sich einfach nicht sicher.

»Caite?«, fragte ihre Mutter.

»Ich weiß es nicht. Es ist möglich. Er hat es mir gegenüber nicht zugegeben, aber ich glaube, er ist ein Navy SEAL. Im Allgemeinen bleiben die Seeleute, die hierher versetzt werden, nicht nur für eine Woche. Es sei denn, sie tun etwas Supergeheimes. Ich bin mir nicht sicher, wen ich überhaupt nach ihm fragen kann, ohne ihn in Schwierigkeiten zu bringen.«

»Klingt, als wärst du in einer schwierigen Situation«, sagte ihre Mutter. »Mein Vorschlag ist, dass du versuchst, etwas Schlaf zu bekommen. Morgen früh sieht alles vielleicht etwas klarer aus. Du musst morgen arbeiten, oder?«

»Ja, Joshua hat sich freigenommen und ich muss die Leute einchecken, die am Samstag zur Arbeitsstellenbörse kommen. Für das geplante Mittagessen muss ich mich darum kümmern, dass die Caterer alles bereit haben, danach kann ich gehen.«

»Bevor jemand das Land verlässt, muss er sich bei euch abmelden, oder?«

»Ja.«

»Dann sieh im Computer nach, ob dein junger Mann das getan hat. Wenn nicht, kannst du vielleicht herausbekommen, wo er sich aufhält, und ihn aufsuchen.«

»Mom!«, rief Caite aus. »Das kann ich nicht tun!«

»Warum nicht?«

»Zum einen ist es illegal und zweitens ...« Ihre Stimme wurde leiser. »Was ist, wenn er die Tür öffnet und eine Frau bei sich hat? Oder es wird superpeinlich, weil er versucht hat, mich zu ghosten.«

»Dich ghosten? Was in aller Welt ist das?«

»Wenn jemand nicht den Mut hat, jemandem zu sagen, dass er ihn nicht mehr sehen möchte oder seine Dienste in Anspruch nehmen oder was auch immer. Man hört einfach auf, E-Mails und SMS zu schreiben oder anzurufen, in der Hoffnung, dass die andere Person die Botschaft versteht. Ich möchte nicht die Tussi sein, die den Wink mit dem Zaunpfahl nicht ertragen kann.«

»Meine Güte«, sagte ihre Mutter verärgert. »Ich verstehe euch Leute nicht. Willst du es nicht lieber wissen, als dir tagelang Sorgen um ihn zu machen? Und sag mir nicht, dass du dir keine Sorgen machen würdest. Ich kenne dich.«

»Ja.«

»Dann tu es. Es ist ja nicht so, als würdest du eine versiegelte Militärakte öffnen. Schau einfach nach, wo er wohnt, während er dort ist.«

Caite nickte vor sich hin. Es war eine gute Idee. »Okay Mom, werde ich.«

»Gut. Und Liebling?«

»Ja?«

»Wenn dieser Typ dich versetzt hat, dann zur Hölle mit ihm.«

»Mom!«

»Was, darf ich nicht fluchen? Im Ernst, wenn er nicht sehen kann, was für ein erstaunlicher, großartiger, schöner, wundervoller Mensch du bist, dann hat er dich nicht verdient.«

»Danke Mom«, flüsterte Caite. Sie war sich nicht sicher, ob sie sich in Bezug auf Rocco besser fühlte, aber ihre Mutter schaffte es immer, dass sie sich in Bezug auf sich selbst besser fühlte.

»Lass mich wissen, wie es läuft«, forderte ihre Mutter.

»Werde ich.«

»Ich lasse dich jetzt in Ruhe. Schlaf etwas. Ich hab dich lieb.«

»Ich dich auch«, gab Caite zurück. »Grüß Dad von mir und sag ihm, dass ich ihn lieb habe.«

»Natürlich, pass auf dich auf.«

»Immer. Ich verlasse niemals den Stützpunkt ... was soll mir schon passieren?«, antwortete Caite.

»In Ordnung, gute Nacht, meine Liebe.«

»Tschüss Mom.«

»Tschüss.«

Caite beendete das Gespräch und rollte sich in ihrem Bett wieder auf die Seite. Sie schloss die Augen. Sie konnte nicht einschlafen. Sie musste immer wieder darüber nachdenken, warum Rocco nicht aufgetaucht war. Schließlich fiel sie aber in einen unruhigen Schlummer.

»Bingo!«, sagte Ace.

In dem dunklen, feuchten Raum und mit ihren Verletzungen war die Suche nicht einfach gewesen, aber es sah so aus, als hätte sich ihre Beharrlichkeit endlich ausgezahlt.

Ace hielt etwas hoch, das in Zeitungspapier eingewickelt war, und grinste.

»Jesus!«, rief Gumby. »Leg das ab, bevor du es fallen lässt und zerbrichst.«

»Ich werde es nicht fallen lassen«, sagte Ace ruhig und begann, das Zeitungspapier zu entfernen. Es war schimmelig und roch komisch, aber keiner der Männer bemerkte es. Sie beugten sich über die Keilschrifttafel und starrten sie ehrfürchtig an. Sie war hellbraun und alle erkannten, dass die Schriftzeichen darauf in Mesopotamien verwendet worden waren. Die Tatsache, dass dieses Artefakt Tausende von Jahren alt war und überlebt hatte, war wirklich ein Wunder.

»Heilige Scheiße«, sagte Rocco leise.

»Wie viele sind es?«, fragte Gumby.

Ace wickelte die Tafel vorsichtig wieder ein und gab sie Rocco. Dann wandte er sich wieder der Kiste zu und durchsuchte sie einen Moment lang. »Sechs.«

»Nur sechs?«, fragte Rocco stirnrunzelnd. Er erinnerte sich, dass Kommandant Horner ihm gesagt hatte, dass es mehr gäbe.

»Jawohl.«

»Wir sollten weitersuchen«, sagte Rocco. »Ich glaube, es sollten zehn sein.«

Ohne sich zu beschweren, nickten die anderen. Es war nicht so, als hätten sie im Moment etwas anderes zu tun. Sie mussten diese Steintafeln finden, bevor sie einen Fluchtversuch unternahmen. Außerdem verbesserte es ihre Chancen, unentdeckt zu entkommen, je später es wurde – vorausgesetzt, sie würden es schaffen, aus dem Keller herauszukommen. Sie hatten ihre Fähigkeit, in dieser gefährlichen Gegend unerkannt zu bleiben, überschätzt. Selbst mit Bart und gebräunter Haut waren sie offensichtlich aufgefallen.

Rocco warf einen Blick auf die Uhr. Ein Uhr morgens. Er hoffte, dass Caite schlief und dass es ihr gut ging. Er hoffte, dass sie nicht zu böse auf ihn war.

Es war ihm noch nie passiert, dass er mitten in einer Mission nicht aufhören konnte, an eine Frau zu denken. Aber sie war nicht irgendeine x-beliebige Frau. Er fragte sich, was sie gerade machte, was sie dachte, ob es ihr gut ging.

Er sollte sich Sorgen um seinen eigenen Arsch machen. Darüber, wie zum Teufel er aus dieser Grube herauskommen sollte, und über die Suche nach den fehlenden Steintafeln.

Aber stattdessen konnte er nur daran denken, wie enttäuscht er war, dass er das Abendessen mit Caite verpasst hatte, dass er sein Versprechen gebrochen hatte und dass er ihr nicht das Leben außerhalb der Tore des Marinestützpunktes hatte zeigen können.

»Hilf mir mit dieser Kiste«, sagte Gumby, während er

sich abmühte, eine schwere Kiste von einem großen Stapel zu heben.

Als Rocco seinem Teamkameraden half, versuchte er, sich wieder auf die Mission zu konzentrieren. Je eher sie diese verdammten Tafeln fanden, desto schneller konnten sie von hier verschwinden ... und er könnte zu Caite gehen und sie um Verzeihung bitten.

***

Caite wusste, dass sie schrecklich aussah. Sie hatte nur etwa zwei Stunden geschlafen. Sie hatte Tränensäcke unter den Augen und es war ihr egal gewesen, was sie an diesem Morgen angezogen hatte. Sie hasste es, am Wochenende zu arbeiten, weil sie die Zeit brauchte, um ihre Batterien wieder aufzuladen. Normalerweise las sie ein paar Bücher und entspannte in ihrer Wohnung.

Aber heute war sie wieder bei der Arbeit, musste sich mit Männern beschäftigen, die dachten, sie seien besser als alle anderen, und versuchte, ihre Gelassenheit wiederzufinden. Die Veranstaltungen am Vormittag waren reibungslos verlaufen, aber die Caterer kamen zu spät und das Mittagessen musste um dreißig Minuten nach hinten verschoben werden, was den Zeitplan für das Nachmittagsprogramm durcheinanderbrachte.

Einer der Leutnants war nicht glücklich darüber gewesen und hatte sie angeschrien. Es machte ihr nichts aus, zur Rede gestellt zu werden, außer wenn es nicht ihre Schuld war. Aber wie immer hatte sie einfach nur dagestanden, mit dem Kopf genickt und ihr Bestes getan, um den jungen Offizier zu besänftigen. Sie verstand, dass der Mann den Messeteilnehmern nicht die schlechte Nachricht überbringen wollte, aber solche Dinge passierten nun einmal.

Auch die Vertreter der Organisationen und Unternehmen waren nicht glücklich. Sie hatten im Voraus Vorstellungsgespräche arrangiert und nun waren alle ihre Terminpläne durcheinander. Aber es war nicht ihre Schuld. Sie hatte die Caterer richtig eingeplant, aber einer der Lieferwagen hatte unterwegs eine Reifenpanne. Bis dahin war die Konferenz wie am Schnürchen gelaufen. Wenn die Teilnehmer mit einer dreißigminütigen Verspätung der Mittagspause nicht umgehen konnten, war das nicht ihr Problem.

Glücklicherweise war das Mittagessen fast zu Ende und Caite saß an einem der leeren Tische in dem großen Raum. Sie versuchte, nicht daran zu denken, dass sie heute Morgen etwas getan hatte, was sie noch nie zuvor getan hatte ... nämlich den Computer nach Roccos Zimmernummer zu durchsuchen. Es war nicht so, als würde sie Staatsgeheimnisse verkaufen, aber sie fühlte sich trotzdem schuldig. Sie hatte herausgefunden, dass er und seine Kameraden noch für ein paar Tage ihre Zimmer belegen sollten. Sie waren also noch nicht abgereist.

Sie kritzelte etwas auf ein Blatt Papier, das vor ihr lag. Sie versuchte, sich die Zeit zu vertreiben und dabei beschäftigt auszusehen, damit niemand sie unterbrach. Sie dachte darüber nach, was sie Rocco sagen wollte. Nach Ende der Messe würde sie zum Wohnheim gehen und ihm sagen, was sie von ihm hielt – dass er ein Arschloch war, sie einfach zu versetzen.

Stimmen hinter ihr erregten ihre Aufmerksamkeit. Sie rührte sich nicht und hörte nicht auf zu kritzeln, aber sie hörte unverhohlen der Unterhaltung zu. Es war dieselbe Gruppe von Männern, die neulich Französisch gesprochen hatte. Die Männer, die besprochen hatten, wie sie im Bett sein würde, und ob sie es vielleicht mit fünf Brüdern auf einmal aufnehmen würde. Sie wusste nicht, wer sprach, da sie der Gruppe den Rücken zugewandt hatte, und sie musste sich sehr konzentrieren, um sie zu verstehen, da sie in einem starken lokalen Akzent sprachen. Aber diesmal sprachen sie nicht über sie.

Nein, sie redeten über etwas viel Furchterregenderes.

»Warum sind wir hier? Wir müssen zurück zu Dads Laden und diese Arschlöcher umbringen.«

»Schhhh, sei leise.«

»Wir sprechen Französisch. Niemand versteht uns.«

»Was ist mit dieser Schlampe da drüben?«

»Sie? Ich bitte dich. Sie ist Amerikanerin. Jeder weiß, dass Amerikaner sich nicht die Mühe machen, eine andere Sprache zu lernen. Egozentrische Arschlöcher.«

»Woher weißt du das?«

»Darum. Pass auf. Hey Schlampe, ich will, dass du herkommst und meinen Schwanz lutschst.«

Caite reagierte nicht. Sie sah weiter auf das Papier vor sich und kritzelte vor sich hin, als kümmerte sie sich um nichts. Ihr Herz schlug so heftig, dass sie über das dumpfe Pochen kaum etwas hören konnte. Jeder Muskel in ihrem Körper war angespannt, bereit, sich in Sicherheit zu bringen, wenn es nötig war. Das Mittagessen, das sie kürzlich gegessen hatte, drohte wieder hochzukommen. Sie musste mehrmals kräftig schlucken, um den Brechreiz zu unterdrücken.

Caite hatte nicht oft in ihrem Leben wirklich Angst gehabt, aber in diesem Moment hatte sie Angst. Diese Männer hatten Anfang der Woche so grobe Dinge über sie gesagt. Sie konnte kaum noch denken, so sehr fürchtete sie sich. Sexuell missbraucht zu werden war das Letzte, was ihr in ihrem Leben noch gefehlt hatte.

Aber es waren viele andere Leute im Raum. Sie würden sie nicht einfach von ihrem Stuhl reißen und sie zwingen mitzukommen ... oder? Sie hatte keine Ahnung und es half nicht, dass sie den Männern den Rücken zugewandt hatte. Sie konnte nicht sehen, ob sie sich an sie heranschlichen. Sie wäre nicht in der Lage, sich zu verteidigen, wenn sie nichts sehen konnte. *Scheiße, scheiße, scheiße!*

»Siehst du?«

»In Ordnung, aber halte deine Stimme trotzdem gesenkt.«

»Gut, jetzt zu meiner Frage, warum sind wir bei dieser blöden Konferenz, anstatt uns um diese Soldaten in Dads Laden zu kümmern?«

»Entspann dich, sie kommen da nicht raus.«

»Aber sie sind mit den Tafeln im Keller! Wir müssen sie so schnell wie möglich da rausholen.«

»Und das werden wir. Aber wir können nichts machen, solange diese Arschlöcher da unten sind.«

»*Und? Jetzt lassen wir sie einfach da unten? Sie werden nicht auf magische Weise verschwinden. Wir müssen etwas tun.*«

»*Waffen.*«

»*Was?*«

»*Waffen. Wir müssen sie aus dem Weg schaffen. Das hätten wir letzte Nacht schon tun sollen. Wir müssen zurück und sie töten.*«

Caites Herz schlug jetzt noch schneller. Soldaten in einem Laden. Sie mussten über Rocco, Ace und Gumby reden ... oder? Das Gespräch war verwirrend, weil sie so schnell redeten und es durch den Akzent undeutlich war.

Wenn sie bereits geglaubt hatte, dass die Männer, denen sie begegnet war, in Schwierigkeiten steckten, war die Gefahr soeben real geworden. Sie hatte bereits Angst gehabt, als diese Kerle über sie gesprochen hatten, aber zu wissen, dass sie möglicherweise über Rocco und die anderen redeten, war noch beängstigender.

Caite wollte aufstehen und zu einer Gruppe von Männern gehen, die sich auf der anderen Seite des Raumes unterhielten, aber sie konnte sich nicht bewegen. Sie schwitzte und zitterte gleichzeitig vor Kälte.

»*Woher bekommen wir eine Waffe?*«

»*Ich weiß nicht. Vielleicht kann Chambers uns helfen.*«

»*Dieses Arschloch ist auch Amerikaner. Er kümmert sich um nichts anderes als darum, diese Tafeln zu seinem Käufer zu bringen.*«

»Es wird ihn interessieren, wenn seine kostbaren Tafeln von der US Navy beschlagnahmt werden.«

»Haltet die Klappe, ihr zwei. Henri hat recht. Diese Kerle gehen im Moment nirgendwo hin, aber wir kommen nicht an die Steintafeln, bis wir uns um sie gekümmert haben.«

»Bist du sicher, dass sie nicht entkommen können?«

»Natürlich, sie waren alle bewusstlos, als wir sie da unten abgeladen haben. Wir haben ihnen ordentlich zugesetzt. Selbst wenn sie es irgendwie schaffen sollten, an die Luke zu kommen, haben wir den Tisch mit den Ausstellungsstücken darüber geschoben. Der ist höllisch schwer.«

»Was ist mit den Waffen?«

»Kannst du eine Sekunde an etwas anderes als Waffen denken?«

»Wir müssen sie töten. Sie werden sonst hierher zurückkommen und uns melden.«

»Natürlich werden sie das. Es ist nicht so, als wären sie zufällig dort gewesen. Wir werden sie töten, aber nicht heute Nacht. Wir müssen uns zurückhalten und uns ein Alibi besorgen. Wir bleiben hier und tun weiterhin so, als wären wir an dieser Scheiße interessiert. Dann müssen wir uns in der Nachbarschaft sehen lassen, um den Verdacht von uns abzulenken. Wir lassen diese Arschlöcher noch eine Nacht da unten und kehren Sonntagabend zurück.«

»Und die Waffe?«

»Ich werde mich darum kümmern. Ich kenne einen Typen.«

»Kann ich einen erschießen?«

»Das ist nicht fair. Ich will auch.«

»Haltet eure Klappen! Gott, ihr zwei seid erbärmlich.«

»Aber wir sind zu fünf und sie nur zu dritt. Ich will auch meinen Spaß haben.«

»Gut, du kannst einen töten. David kann den zweiten haben und Marc darf den letzten töten.«

»Was machen wir mit ihren Leichen?«

»Wir lassen sie dort verrotten.«

»Aber ... werden sie nicht anfangen zu stinken?«

»Ja, Dad wird sie finden und die Polizei rufen. Sie werden ihn verhaften und Mom muss nach Gabun zurück. Dann werden wir den Laden übernehmen. Das ist die perfekte Lösung. Sieh mich nicht so an, Emirck. Du willst genauso wenig zurück nach Hause wie der Rest von uns. Es ist der einzige Weg.«

»Ich weiß, aber ...«

»Kein Aber, du bist entweder für uns oder gegen uns.«

»Ich bin für euch.«

»Gut, also sind wir alle auf der gleichen Seite. Alles klar, dann verteilt euch. Und versucht, ein wenig interessiert an dieser Scheiße auszusehen. Wir treffen uns nach der Messe und fahren nach Hause. Ich hole die Waffe und morgen Abend gegen acht gehen wir zurück in den Laden, verstanden?«

»Ja.«

»Jawohl.«

»Guter Plan.«

»Cool.«

Drei Soldaten.

Caite kam die Galle hoch und sie war kurz davor, sich über den ganzen Tisch zu übergeben, als sie eine Bewegung zu ihrer Linken sah. Sie hob den Kopf und zwang sich zu einem Lächeln, als drei der gabunischen Männer an ihrem Tisch vorbeigingen. Sie grinsten sie an und sie betete in Gedanken, dass sie sie nicht angreifen würden. Als sie ihre intensiven Blicke sah, zwang sie sich zu fragen: »Alles in Ordnung?«

»Perfekt«, antwortete der größte der Männer.

»Genießen Sie den Rest der Konferenz«, sagte sie so freundlich sie konnte, als sie weitergingen.

Sie sagten nichts weiter und verließen den Raum durch die Tür, die in den Veranstaltungssaal führte. Sie hatte nicht einmal die Ansage gehört, dass der Raum jetzt für die Bewerber geöffnet sei.

Als sie verschwanden, sprang Caite auf. Sie zitterte, aber sie zwang sich, so schnell wie möglich zur Tür auf der gegenüberliegenden Seite des Zimmers zu gehen, ohne panisch zu wirken.

Sie kam an einem der Caterer vorbei und lächelte ihn an, bekam aber kein Wort aus ihrer verengten Kehle. Als sie auf die Uhr sah, stellte sie fest, dass es ein Uhr nachmittags war. Sie musste mit jemandem reden. Sie musste jemanden dazu bringen, ihr zuzuhören, aber wen?

Ihr Chef hatte frei und er hatte ihr unmissverständlich gesagt, dass sie ihn nicht kontaktieren solle, wenn er nicht bei der Arbeit war. Dies war ein Notfall, aber sie glaubte nicht, dass es ihn interessieren würde. Er würde wahrscheinlich glauben, dass sie sich alles ausgedacht hatte.

Sie hatte Joshuas Chef, Kommandant Horner, mehrmals getroffen. Er war an diesem Morgen sogar dort gewesen und hatte sich mit Konferenzteilnehmern unterhalten, aber sie hatte keine Ahnung, wie sie ihn am

Wochenende erreichen sollte. Es war nicht so, als hätte sie seine Handynummer. Sie könnte nachsehen, ob er eine Adresse im System hatte, aber ... würde er ihr glauben?

Scheiße, sie würde Joshua anrufen müssen. Sie wollte nicht, aber sie hatte keine Ahnung, wer ihr sonst helfen könnte. Immerhin war er ihr direkter Vorgesetzter und könnte ihr zumindest die Telefonnummer des Kommandanten geben oder die Informationen weitergeben.

Morgen Abend um acht wollten diese Männer Rocco und die anderen töten, also blieb nicht viel Zeit, um jemanden davon zu überzeugen, dass sie nicht verrückt war, sondern dass drei Navy-Soldaten in großen Schwierigkeiten steckten.

Sie eilte die Treppe hinunter zu ihrer Etage und ging direkt zu ihrem Schreibtisch. Eine Sekunde saß sie da und versuchte, sich zu sammeln. Ihre Hände zitterten und sie wusste, dass sie schwitzte wie ein Schwein.

Caite holte tief Luft, um sich zu beruhigen, bevor sie Joshua anrief. Es fühlte sich an, als wäre sie gerade einen Kilometer gesprintet. Ihre Nacken- und Schultermuskeln schmerzten von der Anspannung und sie hatte höllische Kopfschmerzen. Es war schwer, klar zu denken, aber sie musste sichergehen, dass sie ruhig und besonnen klang, wenn sie mit ihrem Chef sprach. Er würde nie auf sie hören, wenn sie wie eine Verrückte klang.

Sie sah sich ein letztes Mal um, um sich zu vergewissern, dass sie allein war, und griff nach dem Telefonhörer. Sie wählte schnell Joshuas Privatnummer und wartete mit angehaltenem Atem auf seine Antwort.

»Hallo?«

»Hallo, Mr. Mullen, hier ist Caite. Ich habe ein Problem und brauche Ihre Hilfe. Ich war heute auf der Konferenz und ...«

»Sie sollten mich besser nicht wegen einer dummen Kleinigkeit belästigen, Miss McCallan. Ihre Aufgabe ist es, sich selbst um diese Dinge zu kümmern. Und wenn Sie etwas so Einfaches wie eine Konferenz nicht bewältigen können, muss ich vielleicht jemand anderen finden, der das kann.«

Gereizt zwang Caite sich, ruhig zu bleiben. »Nein, so ist es nicht. Es gab ein Problem mit dem Mittagessen, aber darum habe ich mich gekümmert. Ich rufe an, weil ich etwas mitbekommen habe, und ich glaube, einige Navy-Mitarbeiter benötigen Hilfe ...«

»Nein!«

Caite blinzelte bei der groben Unterbrechung. »Was?«

»Ich sagte: ›Nein.‹ Ich kann nicht glauben, dass Sie mich wegen irgendwelchem Klatsch und Tratsch anrufen! Habe ich Ihnen nicht gesagt, dass ich bis nächste Woche im Urlaub bin? Sie wissen, dass ich es nicht leiden kann, gestört zu werden, wenn ich mit meiner Familie zusammen bin.«

»Ja Sir, aber ...«

»Wenn Sie noch ein Wort sagen, werde ich Sie melden«, sagte Joshua und ließ sie nicht ausreden. »Und wenn ich mitbekomme, dass Sie versucht haben, andere mit diesem Unsinn zu belästigen, den Sie aufgeschnappt haben, werde ich dafür sorgen, dass Sie Ihren Posten verlieren und so schnell zurück in die Staaten geschickt werden, dass es Ihnen den Kopf verdreht. Verstanden?«

Caite war so geschockt über Joshuas wütende Worte,

dass sie nicht reagieren konnte, selbst wenn sie gewollt hätte.

»Jetzt gehen Sie wieder an die Arbeit«, forderte Joshua, bevor er auflegte.

Caite starrte auf den Hörer in ihrer Hand, bevor sie ihn langsam wieder auf das Telefon legte. Was jetzt? Ihr Chef hatte sie mundtot gemacht und ihr damit praktisch jede Möglichkeit genommen, Rocco und seinen Freunden zu helfen.

Sie könnte sich ihm widersetzen und versuchen, die Telefonnummer des Kommandanten auf andere Weise herauszufinden ... aber sie brauchte diesen Job.

Angestrengt dachte sie nach und überlegte, was sie als Nächstes tun könnte. Sie könnte versuchen zu vergessen, was sie gehört hatte. Aber der Gedanke daran, dass diese Männer in den Laden gingen, um Rocco, Ace und Gumby abzuschlachten, obwohl sie etwas dagegen hätte unternehmen können, war inakzeptabel.

Informationen, sie brauchte Informationen.

Alle Teilnehmer der Konferenz mussten grundlegende Angaben zu ihrer Person machen, bevor sie eingelassen wurden. Sie schloss ihre Schreibtischschublade auf und schnappte sich den Ordner mit den Teilnehmern der Konferenz. Sie blätterte durch die Papiere, bis sie fand, wonach sie suchte.

Timothee, Henri, David, Marc und Emirck Bitoo.

Die Bilder, die für ihre Besucherausweise gemacht worden waren, lagen ihren Akten bei. Timothee war mit fünfunddreißig der Älteste. Sie nahm an, dass er derjenige war, der das Gespräch geleitet und gesagt hatte, er würde sich um die Waffe kümmern. Das Alter der Brüder lag eng beieinander. Emirck war mit fünfundzwanzig der Jüngste.

Schnell überflog sie die Seiten und ihre Hoffnung flog dahin. Auf allen fünf Anträgen war dieselbe Wohnadresse eingetragen. Die Männer hatten aber ausdrücklich gesagt, dass Rocco und die anderen im Laden ihres Vaters festgehalten wurden.

Panisch blätterte sie zurück zu Timothees Bewerbung und zwang sich, jedes Wort langsam und sorgfältig zu lesen. Sie brauchte ein Wunder. Sie musste wissen, wo dieser Laden war. Sie hatte keine Ahnung, was sie mit dieser Information anfangen sollte, aber sie brauchte sie.

Erst als sie bei Emircks Bewerbung angekommen war, atmete sie endlich erleichtert auf. Auf die Frage nach einem Notfallkontakt hatte der Jüngste der Bitoo-Familie seinen Vater angegeben ... und eine andere Adresse beigefügt. Er hatte sogar notiert, dass es sich sowohl um die Arbeits- als auch um die Privatadresse seines Vaters handelte.

Caite wollte ihren Computer nicht einschalten, falls jemand überprüfen sollte, wann sie sich angemeldet hatte, und zog ihr Telefon hervor. Sie gab die Adresse ein – und hätte fast angefangen zu weinen.

Wie sie vermutet hatte, befand sich der Laden ausgerechnet in der Mitte des Gebiets, von dem sie sich aufgrund der hohen Kriminalitätsrate fernhalten sollte.

Sie biss sich auf die Lippe und ärgerte sich, bis ein Geräusch im Flur sie erschreckte. Sie zuckte zusammen, drehte den Kopf herum und sah, wie einer der Hausmeister aus dem kürzlich reparierten Aufzug stieg. Sie lächelte ihn an, legte die Bewerbungen schnell wieder in die Mappe und steckte sie zurück in die Schreibtisch-schublade.

»Immer noch bei der Arbeit, was?«, fragte der ältere Herr.

Caite nickte, als sie die Schublade wieder verschloss. »Ja, aber jetzt bin ich fertig. Gott sei Dank. Ich hasse es, am Wochenende zu arbeiten.«

»Ich mag es. Es ist ruhiger«, sagte der Hausmeister mit einem Lächeln.

»Das glaube ich.« Caite hasste Small Talk, wusste aber, dass sie sich so normal wie möglich verhalten musste. »Gott sei Dank ist meine Arbeit für die Konferenz erledigt. Ich musste nur noch einen letzten Bericht über die Verspätung der Caterer schreiben. Jetzt kann ich nach Hause gehen und den Rest meines Wochenendes genießen.«

»Tun Sie nichts, was ich nicht auch tun würde«, sagte der Mann fröhlich und Caite zuckte innerlich zusammen. Worüber sie nachdachte, war etwas, das niemand tun sollte.

»Werde ich nicht«, gab sie zurück, als sie sich auf den Weg zum Treppenhaus machte.

»Bis bald.«

»Bis bald«, erwiderte sie und winkte, als sie die Tür aufstieß. Im Treppenhaus angekommen, lehnte Caite sich gegen die Tür und holte tief Luft. Sie nahm ihr Handy und schaltete es wieder ein. Erschrocken starrte sie auf die Karte. Sie wollte wirklich, wirklich nicht selbst dorthin gehen. Aber ihr Chef hatte ihr kaum eine andere Wahl gelassen. Sie musste tun, was sie konnte, um Rocco, Ace und Gumby zu helfen. Wenn ihnen etwas zustoßen sollte und sie hätte etwas dagegen tun können, würde sie sich das nie verzeihen.

Laut den Bitoo-Brüdern würden sie sich bis morgen Abend vom Laden fernhalten. Also hatte sie Zeit, dorthin zu gehen und zu tun, was sie konnte, um Rocco rauszuhelfen, und schnell zum Stützpunkt zurückzukehren.

Caite wusste, dass es eine unglaublich dumme Idee war. Sie presste die Lippen zusammen und joggte die Treppe hinunter. Sie musste in ihre Wohnung und sich umziehen. Es war US-Militärangehörigen, ihren Familien und Mitarbeitern des Stützpunktes verboten, die traditionelle bahrainische Abaya zu tragen, aber dies war ein Notfall. Sie konnte nicht gerade in ihren amerikanischen Jeans durch die Stadt streifen. Sie musste sich anpassen.

Sie hatte letzten Monat eine wunderschöne Abaya von einer Straßenhändlerin gekauft. Schwarz mit rosa Akzenten am Saum und an den Handgelenken. Sie hatte vorgehabt, sie als Bademantel zu tragen, aber nachdem sie sie in ihre Wohnung gebracht hatte, hatte sie sie zu hübsch dafür gefunden, sie nur zu Hause zu tragen. Die Verkäuferin hatte sie sogar überredet, einen Hijab zu kaufen. Caite hatte nicht Nein sagen können, besonders als eines der kleinen Kinder der Verkäuferin seinen Kopf unter dem Tisch hervorgestreckt hatte. Sie hatte die Kopfbedeckung gekauft, obwohl sie wusste, dass sie sie nie tragen würde.

Aber jetzt dankte sie ihrem Glücksstern, dass sie es getan hatte. Sie musste jetzt nur noch den Mut finden, allein im Dunkeln nach Manama aufzubrechen, in einen

Teil der Stadt, der für Ausländer bekanntermaßen gefährlich war.

Sobald sie sich umgezogen hatte, hätte sie fast den Mut verloren. Caite starrte sich im Spiegel an und fragte sich, was zum Teufel sie hier tat.

Aber dann dachte sie an Rocco, der in diesem Keller festsaß, obwohl er geschlossene Räume nicht mochte. Er war wahrscheinlich schwer verletzt, genau wie Ace und Gumby, wenn man den Worten der Bitoo-Brüder trauen konnte. Sie konnten nicht allein dort raus. Sie musste ihnen helfen.

Sie holte tief Luft, schloss die Augen und schluckte schwer. Dann drehte sie sich ohne einen weiteren Blick auf die Frau im Spiegel, die als Einheimische verkleidet war, um und betete, dass niemand sie erkennen würde, als sie aus ihrer Wohnung ging und sich in Richtung Norden aufmachte. Sie nahm ein Taxi, sobald sie weiter vom Stützpunkt entfernt war. Nachdem sie das Stadtzentrum erreicht hatte, stieg sie um, um zu verhindern, dass jemand bemerkte, dass sie in den Sperrbereich fuhr.

»Du solltest besser dort sein«, flüsterte sie sich selbst zu, während sie mit gesenktem Kopf den Bürgersteig entlangeilte und auf ihre Füße starrte.

KAPITEL FÜNF

Sie würden sterben.

Es gab wirklich keinen Weg daran vorbei.

Und das war scheiße.

Der Möglichkeit, dass sie auf einer Mission sterben würden, waren sich Rocco und die anderen immer bewusst gewesen, aber diese Art und Weise schien einfach so falsch zu sein. Er hatte sich immer vorgestellt, dass es auf viel dramatischere Weise passieren würde. Eine Bombe am Straßenrand, einen seiner Teamkameraden vor einer Kugel retten oder im direkten Gefecht mit Terroristen.

Zu versuchen, hinter verbeulten alten Kisten und Tüten mit Lebensmitteln in Deckung zu gehen, während er von oben beschossen wurde, hätte er sich selbst in seinen kühnsten Träumen nicht vorstellen können.

Es war wirklich Mist, dass sie sich nicht von den anderen verabschieden konnten. Bubba, Rex und Phantom würden sie vermissen. Sie waren mehr als nur Teamkameraden, sie waren wie Brüder. Sie hatten übers

Sterben gesprochen und sie waren sich alle einig gewesen, dass sie es vorziehen würden, alle zusammen draufzugehen, wenn sie schon für ihr Land sterben müssten. Es war makaber, aber für Männer wie sie war das nichts Ungewöhnliches.

Rocco und die anderen waren eine Weile still gewesen, hatten sich ausgeruht und sich den Kopf darüber zerbrochen, einen Ausweg aus ihrem Gefängnis zu finden, bevor die Bitoo-Brüder zurückkehrten. Und sie würden zurückkehren. Sie konnten nicht einfach drei fremde Männer unter dem Laden ihres Vaters zurücklassen. Und Rocco war sich sicher, dass die Brüder wussten, dass die Steintafeln im Keller versteckt waren.

Sie hatten jedoch keine weiteren Tafeln mehr gefunden. Rocco erinnerte sich, dass Kommandant Horner von zehn Tafeln gesprochen hatte. Aber sie hatten jeden Zentimeter des Kellers abgesucht und keine mehr gefunden.

Er warf einen Blick auf die Uhr. Es war elf Uhr Samstagabend. Sie saßen nun bereits seit über vierundzwanzig Stunden unter der Erde fest. Vierundzwanzig Stunden waren vergangen, seit er Caite hätte abholen sollen. Er wusste, dass er aufhören musste, an sie und die verpasste Verabredung zu denken, aber er konnte nicht.

Es gab viel dringendere Dinge, über die er sich Gedanken machen musste – wie die Tatsache, dass sie nicht aus dem Keller herauskamen, in den sie geworfen worden waren.

Da Gumbys Knöchel angeschlagen und Roccos Handgelenk definitiv nicht hundertprozentig einsatzfähig war, hatten sie Ace zur besten Person bestimmt, zu versuchen, die Luke hoch über ihren Köpfen zu öffnen. Bei ihrer ausgiebigen Suche hatten sie hinter einigen Kisten eine Trittleiter gefunden. Rocco war ein paar Stufen hochgestiegen und hatte sich aufgerichtet. Ace war mit einem Besen in der Hand auf seine Schultern gestiegen, um zu sehen, ob sie die Luke öffnen konnten. Was auch immer die Männer darübergelegt hatten, rührte sich nicht. Egal wie sehr Ace sich bemühte, er konnte nicht genügend Kraft aufbringen, um die Luke zu öffnen.

Sie hatten stundenlang darüber gesprochen, was ihr Plan war, wenn die Männer zurückkehrten – und sie würden zurückkehren, das war unvermeidlich. Und höchstwahrscheinlich würden sie Verstärkung mitbringen.

Die SEALs waren geliefert. Alle drei Männer wussten es. Sie waren gute Kämpfer. Sie konnten sich behaupten, aber da sie verletzt waren, wussten sie, dass jeder Kampf extrem einseitig verlaufen würde. Selbst wenn die Gabuner keine Verstärkung mitbringen sollten, saßen sie hier im Keller wie auf dem Präsentierteller. Sie brauchten nur ein Gewehr oder eine Pistole und könnten einen nach dem anderen ausschalten, ohne dass Rocco oder die anderen etwas dagegen tun könnten.

Sie hatten darüber diskutiert, sich zu verstecken und so den Anschein zu erwecken, als wären sie entkommen. Wenn jemand herunterkäme, um nach ihnen zu suchen, würden sie herausspringen. Aber das würde ihnen nicht helfen, heil herauszukommen, da die anderen höchst-wahrscheinlich oben im Laden auf sie warten würden.

Ihre einzige, wenn auch sehr geringe, Chance war

das Überraschungsmoment. Sobald jemand die Barrikade der Luke entfernte, mussten sie zuschlagen. Gumby war sehr gut mit seinem Messer. Er konnte jemanden in Sekunden ausschalten. Ace war erschreckend effektiv darin, seine bloßen Hände als tödliche Waffen einzusetzen. Aber sie mussten zuerst aus dem Keller heraus.

Der Plan sah also vor, dass Rocco Ace im Grunde nach oben aus der Luke werfen würde, sobald sie ungesichert oder geöffnet wurde. Trotz seines verletzten Handgelenks war er der Kräftigste von ihnen.

Sie alle wussten, dass es höchstwahrscheinlich ein Selbstmordkommando war, aber sie hatten keine andere Wahl. Ace würde sein Bestes tun, jeden, der da oben wartete, auszuschalten, sobald die Luke geöffnet wurde. Oder im Ernstfall zumindest versuchen, ein paar Kugeln abzufangen, bis Rocco Gumby hochhelfen konnte. Wenn sie es bis dahin schaffen sollten, würden sie für Rocco ein Seil herunterlassen und er würde sich dem Kampf anschließen.

Es war riskant und wahrscheinlich zum Scheitern verurteilt. Unter den gegebenen Umständen war es aber ihre beste Option. Teamkameraden aus einem Loch zu werfen hatten sie in Kalifornien trainiert, nachdem die Taliban begonnen hatten, ihre Gefangenen in Löcher zu werfen, in der Hoffnung, sie würden verdursten und ihre Körper einfach verrotten und zu Staub zerfallen, ohne dass es jemand bemerken würde. Also hatten Rocco und sein Team sich mit Wolf, Abe, Cookie, Mozart, Dude und Benny beraten und einen Weg gefunden, aus fast jedem Loch herauszukommen.

Eine leicht modifizierte Variante hatten sie eingesetzt, um Caite aus dem Aufzug zu holen ...

Scheiße, war das erst vor ein paar Tagen gewesen? Es schien so viel länger her zu sein.

Ein Mann stellte sich auf die Schultern eines anderen. Der Mann am Boden hielt dann die Füße des anderen Mannes fest, ging in die Hocke und im richtigen Moment sprang er hoch und drückte seine Arme nach oben. Der Mann, der oben stand, sprang hoch und durch die Kombination von Größe und Sprungkraft könnten sie eine Höhe von etwa sechs Metern überwinden ... wenn sie es richtig machten.

Sie hatten es immer wieder im Fitnessstudio auf dem Stützpunkt in Kalifornien trainiert. Sie hatten die Partner gewechselt und jeder hatte beide Positionen eingenommen, um ein Gefühl dafür zu bekommen, wie es war, unten und oben zu sein.

Gumby würde mit seinem angeschlagenen Knöchel unten nicht viel ausrichten können, aber er könnte nach oben geworfen werden. Roccos Handgelenk würde durch seine Verletzung schmerzen, aber er würde es aushalten. Sie mussten aus diesem verdammten Loch herauskommen.

Aber im Moment saßen sie fest, bis jemand kam, egal ob Freund oder Feind, es spielte keine Rolle. Sie würden nirgendwohin gehen, bis jemand die Luke öffnete.

»Bedauerst du es?«, fragte Ace leise, während sie sich setzten und warteten.

Sofort kam ihm Caite in den Sinn. »Sie wird nie erfahren, warum ich nicht aufgetaucht bin«, sagte er leise. »Sie wird denken, dass ich sie versetzt habe.«

Seine Freunde sagten nichts. Es gab nichts zu sagen. Sie wussten beide, auf wen Rocco sich bezog und dass er recht hatte. Es war nicht so, als würde irgendjemand ihr etwas von der streng geheimen Mission erzählen, auf der die SEALs gewesen waren. Zur Hölle, niemand wusste überhaupt, dass sie in seinem Leben existierte. Er war nur ein Mann, der sie um eine Verabredung gebeten und sie dann geghostet hatte. Das war Mist.

»Ich wollte immer einen Hund«, sagte Gumby.

Niemand lachte und sagte ihm, dass es verrückt sei, an einen Hund zu denken, kurz bevor er höchstwahrscheinlich getötet wurde.

»Als ich aufwuchs, sind wir oft umgezogen und mein Dad hat sich geweigert, einen anzuschaffen. Er sagte, es sei zu schwierig, eine gute Wohnung vom Militär zu bekommen, wenn man einen Hund hat. Aber ich habe Hunde immer geliebt. Später habe ich mir gesagt, dass es nicht fair wäre, ein Haustier zu haben, wenn ich so viel unterwegs bin. Aber verdammt, ich wünschte, ich hätte es trotzdem getan.«

»Welche Rasse?«, fragte Rocco.

»Pitbull«, antwortete Gumby sofort. »Ich weiß, dass sie einen schlechten Ruf haben, aber ich habe so viele kennengelernt, die unglaublich verschmust waren. Und das waren auch ehemalige Kampfhunde. Ich behaupte nicht, dass alle gut erzogen und sicher sind, aber ich wollte schon immer einem eine zweite Chance geben und ihm oder ihr zeigen, wie es ist, einen mitfühlenden und freundlichen Besitzer zu haben.«

Einen Moment lang schwiegen sie. Weder Ace noch Rocco hatte aufmunternde Worte für ihren Kameraden.

»Ich bedaure, dass ich nie Kinder bekommen werde«, sagte Ace nach einer Weile. »Ich dachte immer, ich hätte noch viel Zeit, um mich zur Ruhe zu setzen und welche zu haben.«

»Wie viele willst du?«, fragte Rocco.

»So viele, wie meine Frau zulässt«, war seine Antwort. »Es ist mir egal, ob es Jungen oder Mädchen sind. Ich bin als Einzelkind aufgewachsen und habe immer meine Freunde beneidet, die eine große Familie hatten. Jetzt, wo meine Eltern beide gestorben sind, habe ich nicht mehr viel Familie. Ich wollte schon immer viele Kinder haben, damit sich nie jemand allein fühlen muss.«

Wieder hatte niemand eine passende Antwort und Stille breitete sich über die Gruppe aus.

Der Keller war überraschend schalldicht. Sie konnten nichts anderes hören als den Atem der anderen und Wasser, das irgendwo tropfte.

Obwohl sie von ihren Kampffähigkeiten überzeugt waren, wussten alle drei, dass die Chancen diesmal gegen sie standen. Wenn Bubba, Rex und Phantom da wären, könnten sie vielleicht einen Plan entwickeln, um zu entkommen. Verdammt, Phantom würde wahrscheinlich irgendeinen Weg finden, sie herauszugraben. Aber die Stimmung unter den drei SEALs war nachdenklich.

Rocco war nicht bereit aufzugeben. Ein SEAL gab niemals auf, bis zum bitteren Ende. Aber er war auch Realist.

Es tut mir leid, Caite. Ich hoffe, du findest einen Mann, der deine Schönheit zu schätzen weiß.

Es war elf Uhr dreißig abends und es fühlte sich immer noch an, als wären es draußen mindestens fünfunddreißig Grad. Caite schwitzte, als wäre sie einen Marathon gelaufen. Ihr Kopf juckte unter dem Hijab und die Abaya verwickelte sich ständig um ihre Beine und sie geriet ins Stolpern. Sie war es nicht gewohnt, mit so viel Stoff am Körper zu gehen.

Caite konzentrierte sich lieber auf die Hitze als auf ihre Angst. Es gab einen Grund, warum die US-Behörden diesen Teil der Stadt zum Sperrgebiet erklärt hatten. Sie hatte bereits Dinge gesehen, von denen sie dachte, dass es sie nur in Filmen gab. Prostituierte an jeder Ecke, Männer, die mitten auf der Straße Drogen nahmen, eine riesige Schlägerei vor einer Kneipe und sogar eine Frau, die ihrer Meinung nach in einer dunklen Gasse vergewaltigt wurde.

Der Taxifahrer hatte sich geweigert, sie weiter als bis an den Rand dieses Stadtteils zu fahren. Er hatte Mitleid mit ihr gehabt und ihr eine Wegbeschreibung zu der Gegend gegeben, in der sich der Laden befand. Sie hatte dem Kerl hundert Dollar angeboten, aber er hatte sich trotzdem geweigert, sie dorthin zu fahren.

Und so musste sie die letzten Kilometer zum Laden zu Fuß gehen. Caite sah sich immer wieder um, um zu sehen, ob sie verfolgt wurde. Aber sie konnte nichts entdecken. Sie war extrem paranoid. Und sie forderte definitiv ihr Glück heraus. Bisher hatte sie Glück gehabt, aber sie wusste, dass ihr Glück früher oder später ein Ende haben würde.

In Gedanken war sie immer wieder durchgegangen, was sie auf der Konferenz von den Brüdern gehört hatte.

Jemand musste gesehen haben, wie Rocco, Ace und Gumby zu dem Laden gegangen waren, und hatte die Bitoos kontaktiert. Woher hätten sie sonst wissen sollen, dass jemand im Laden ihres Vaters war? Und wenn jemand die Navy SEALs bemerkt hatte, die wahrscheinlich wirklich gut darin waren, unerkannt zu bleiben, würde derjenige sie sicherlich ebenfalls bemerken. Frauen sollten nicht allein unterwegs sein. Sie sollten immer von einem Mann begleitet werden. Darüber hatten sie gerade erst beide Taxifahrer belehrt.

Es spielte keine Rolle, dass sie vorgab, eine Einheimische zu sein. Wahrscheinlich war es sogar schlimmer, auf diese Weise allein gesehen zu werden, als wenn sie die Tatsache zur Schau gestellt hätte, dass sie eine Ausländerin war. Es war jetzt zu spät, um es zu ändern.

Sie hielt den Atem an, eilte den Bürgersteig entlang und ignorierte den Schweiß, der ihr den Rücken herunterlief. Sie trug ein schwarzes Trägerhemd und Leggings unter der Abaya und es fühlte sich an, als würde sie im Hochsommer einen Wollmantel tragen. Sie wusste, dass sie ihr Hemd wahrscheinlich buchstäblich auswringen könnte, so schweißgebadet war sie. Sie wollte nichts sehnlicher, als sich auszuziehen und sich vor einen aufgedrehten Ventilator zu setzen.

Caite war so darauf konzentriert, wie heiß es war, dass sie fast nicht bemerkte, dass sie ihr Ziel erreicht hatte. Mehrere einstöckige Gebäude standen nebeneinander mit gerade genügend Platz dazwischen, um auf die Rückseite zu gelangen ... oder um sich dort zu verstecken und sie zu überfallen.

Bei dem Gedanken sah Caite sich zitternd um und versuchte, das richtige Gebäude zu finden.

Dort, versteckt zwischen einem Friseur und einer Art Tabakladen war ein verblasstes, kaputtes Schild mit der Aufschrift »Bitoos Lebensmittel«. An der Vorderseite war eine Metalljalousie heruntergezogen, die mit einem großen Vorhängeschloss verriegelt war. Das Gebäude war genauso heruntergekommen wie die anderen und sah aus, als würde es beim nächsten Sturm zusammenfallen.

Da sie von vorn nicht in den Laden kam und von der Straße wegwollte, atmete Caite tief durch und schlich sich in die dunkle, enge Gasse neben dem Laden. Es roch nach Urin und verfaulten Lebensmitteln, aber sie hielt nicht inne, um nachzusehen, worauf sie trat. Sie hoffte nur, dass sie nicht über jemanden stolperte, der zwischen den Gebäuden schlief.

Als sie die Rückseite erreichte, seufzte sie erleichtert auf und war nicht überrascht, dass es keine Straßenlaternen gab. Wenn das überhaupt möglich war, dann war es noch gruseliger als die Vorderseite. Aber im Moment war die Dunkelheit ihr Freund. Dass jemand sie sehen und womöglich belästigen würde, konnte sie auf keinen Fall gebrauchen.

Auf der Rückseite des Gebäudes gab es eine vielversprechend aussehende Holztür. Sie drehte den Türknauf und drückte, aber sie bewegte sich nicht. Die verschlossene Tür kam nicht infrage, aber sie war nicht so weit gekommen, um jetzt aufzugeben. Sie betrachtete das kleine Fenster. Sie könnte das Glas zerbrechen und dadurch einsteigen, aber das würde viel Lärm machen und sie konnte nicht riskieren, Aufmerksamkeit auf sich zu ziehen.

Caite ging zu dem kleinen Fenster hinüber und drückte auf Gutdünken dagegen.

Es öffnete sich so leicht nach innen, dass Caite nach vorn stolperte und beinahe mit dem Kopf gegen das Fensterbrett geknallt wäre.

Sie blinzelte überrascht durch das jetzt geöffnete Fenster. Es war ungefähr schulterhoch und es würde nicht leicht sein hindurchzusteigen, aber Caite zog eine übel riechende Kiste vor das Fenster, um es leichter erreichen zu können. Sie hatte keine Ahnung, was sich darin befand, aber der Gestank war schrecklich. Sie hielt den Atem an, trat vorsichtig auf die geschlossene Kiste und betete, dass ihr Fuß nicht einbrechen und das berühren würde, was so schrecklich roch.

Sie bewegte sich schnell, stützte ihre Hände auf dem Fensterbrett ab und sprang hoch. Ihr Bauch landete auf dem Holzrahmen, der sich in ihren Magen grub. Aber sie ignorierte das leichte Stechen und rutschte vor, bis ihr Oberkörper im Laden war.

Drinnen war es dunkel und es roch nach Weihrauch. Die Stille war beunruhigend, aber Caite ließ sich nicht davon abhalten. Da sie nicht wusste, was sie sonst tun sollte, rutschte sie weiter vor, bis sie auf Händen und Knien auf dem kalten, harten Boden aufkam. In dem stillen Raum verursachte die Landung ihres Körpers einen ungeheuren Lärm. Sie hielt einige Sekunden lang den Atem an, um herauszufinden, ob jemand sie draußen möglicherweise bemerkt hatte.

Als sie einen Moment später niemanden hörte, stand

sie auf, drehte sich um und schloss das Fenster. Die Kiste unter dem Fenster war Hinweis genug, dass jemand auf diese Weise eingebrochen war. Sie wollte nicht auch noch das Fenster offen lassen.

In letzter Sekunde, bevor sie ihre Wohnung verlassen hatte, hatte sie sich noch eine kleine Taschenlampe geschnappt. Sie holte sie jetzt aus dem Bund ihrer Leggings und schaltete sie ein.

Als sie sich im Laden umsah, fiel ihr auf, wie wenig Lebensmittel es gab. Es gab kein frisches Gemüse in den Regalen und nur ein paar Konserven Dosenfleisch und Suppe. Auf einem Regal standen ein paar Tüten Chips und ein paar Flaschen Wasser, aber das war es auch schon in der Lebensmittelabteilung. Es gab jedoch eine Menge anderer Artikel zum Verkauf. Die meisten sahen für Caite wie Schrott aus. Es sah aus wie auf einem Flohmarkt. Auf den Regalen standen Dinge, die nach gebrauchten Töpfen, Pfannen und anderen Küchenutensilien aussahen. Daneben war ein Regal voller Kleidung, die schon bessere Tage gesehen hatte.

Caite verlor schnell das Interesse daran, was Mr. Bitoo in seinem Laden verkaufte. Sie war aus einem anderen Grund hier. Auf Zehenspitzen schlich sie über den Boden – was albern war, weil es nicht so aussah, als wäre jemand in der Nähe – und entdeckte einen großen Tisch in der Mitte des Raumes. Er hatte ein massives Bein in der Mitte, das sich unten zu vier Füßen ausbreitete. Es sah aus, als wäre er aus Beton oder Stein.

Oben auf dem Tisch lagen Holzschnitzereien und einige Batiken. Von den Straßenhändlern vor dem Stützpunkt wusste sie, dass es sich wahrscheinlich um das afrikanische Handwerk handelte, von dem einer der Bitoo-Brüder gesprochen hatte.

Sie ging vor dem Tisch auf die Knie und strich mit den Händen über den Boden. Sie spürte etwas, das sich wie ein Griff anfühlte, und leuchtete mit ihrer Taschenlampe darauf. Jawohl, ein kleiner Ring war im abgewetzten und schmutzigen Boden des Ladens versteckt.

Caite war so erleichtert, dass sie fast ohnmächtig wurde. Sie hatte es geschafft! Sie hatte Rocco, Ace und Gumby gefunden.

Sie wollte ihnen zurufen, um ihnen zu sagen, dass sie da war und dass sie die Luke öffnen würde, aber sie schwieg. Sie hatte keine Ahnung, wie dünn oder dick die Wände waren, und sie durfte nicht riskieren, dass sie jemand hörte, der zufällig am Laden vorbeikam.

Sie stand so schnell auf, dass sie mit dem Kopf gegen die Tischplatte schlug. Sie stöhnte und legte ihre Hand auf ihren Hinterkopf und schloss für eine Sekunde die Augen, um einen Schmerzensschrei zu unterdrücken.

Als der Schmerz auf ein vernünftiges Maß nachgelassen hatte, kroch sie langsam unter dem Tisch hervor und versuchte, ihn von der Falltür im Boden zu schieben.

Er rührte sich kein Stück.

Fluchend versuchte sie es noch einmal und grunzte vor Anstrengung, als sie sich bemühte, den Tisch etwa einen halben Meter nach hinten von der Luke zu schieben. Da das gesamte Gewicht auf dem einen Tischbein ruhte, war es viel zu schwer für sie, verdammt.

Sie begann, einige der Holzschnitzereien vom Tisch zu nehmen, in der Hoffnung, dass er dadurch leichter werden würde. Sie legte die Dinge auf den nahe gelegenen Tresen.

Nach ungefähr fünf Minuten versuchte sie erneut, den Tisch von der Luke zu schieben.

»Verdammt!«, fluchte sie, als der Steintisch immer noch zu schwer war, um ihn bewegen zu können. Aber sie war nicht so weit gekommen, um jetzt zu scheitern – auf keinen Fall, verdammt noch mal.

Sie leuchtete mit ihrer Taschenlampe durch den Raum und suchte nach etwas, das sie benutzen konnte, um den Tisch zu bewegen.

Fast hätte sie es übersehen.

Hinter drei riesigen Töpfen war eine Seilrolle. Brandneu und noch in Plastik eingeschweißt.

Caite stolperte hinüber und schnappte sie sich. Schnell öffnete sie die Verpackung und fühlte sich plötzlich schuldig. Der arme Mr. Bitoo hatte keine Ahnung, was seine Söhne taten. Nach Aussage seiner Söhne befand er sich im Moment zu Hause in Gabun.

Sie griff in die Tasche ihrer Abaya – einer der Gründe, warum sie sich für diesen Stil gegenüber einigen der kunstvolleren Exemplare entschieden hatte, die die Verkäuferin ausgestellt hatte. Sie trug nichts, was keine Taschen hatte – und zog einen Fünfdollarschein heraus. Sie hatte ausreichend Bargeld eingesteckt, um die Taxis bezahlen zu können. Sie legte die Banknote auf das Regal, von dem sie das Seil genommen hatte.

Jetzt, wo sie nicht mehr stahl, fühlte sie sich besser und beeilte sich, das Seil abzuwickeln. Ein Ende band sie um das Tischbein und das andere wickelte sie um eine riesige Holzspule, die in der Nähe stand.

Sie benutzte das Seil als eine Art Flaschenzug und zog mit aller Kraft daran.

Zuerst sah es nicht so aus, als würde es funktionieren, aber langsam, ganz langsam bewegte sich der Tisch. »Komm schon, komm schon«, murmelte sie und stemmte sich mit ihrem ganzen Gewicht in das Seil.

Endlich, endlich hatte sie den Tisch so weit bewegt, dass er nicht mehr dort stand, wo sie die Bodenluke vermutete.

Stolz auf sich selbst und ihr vollendetes Werk machte sie sich auf den Weg zu der Luke.

Abgelenkt von dem Schweiß unter ihren Armen, der ihr Trägerhemd durchnässte, und den Schweißtropfen, die ihr unter dem Hijab hervor in den Nacken liefen, war Caite nicht darauf vorbereitet, dass die Luke krachend aufflog.

Das Geräusch, als die Klappe auf den Boden schlug, war ohrenbetäubend.

Aber der Mann, der aus dem Loch im Boden in ihr Gesicht geflogen kam, war das größere Problem.

Kreischend vor Schreck trat Caite einen Schritt zurück und stolperte über den Stoff ihrer Abaya. Sie fiel nach hinten, als der Mann sie am Hals packte, und beide fielen zu Boden.

***

»Hört ihr das?«, flüsterte Gumby.

»Ja«, sagte Ace.

Zur gleichen Zeit sagte Rocco: »Ja, verdammt!«

»Sie sind zurück«, stellte Gumby unnötig fest.

Die drei Männer verfolgten die Bewegung über ihren Köpfen anhand der Geräusche der Schritte.

»Es klingt nur wie eine Person«, sagte Ace. »Könnte einer von ihnen dumm genug sein, allein zurückzukommen?«

»Vielleicht will er die Tafeln für sich allein und seine Brüder betrügen«, schlug Rocco vor.

»Vielleicht kommen wir doch noch in einem Stück davon«, sagte Ace. Der Eifer in seiner Stimme war leicht zu hören.

»Werd nur nicht übermütig«, mahnte Rocco. »Es könnten noch weitere da sein.«

Über sich hörten sie jemanden grunzen und wie Dinge bewegt wurden.

»Was macht er da?«, flüsterte Ace.

»Keine Ahnung. Bereit?«, fragte Rocco.

Ace nickte und Rocco stieg langsam und lautlos auf die Trittleiter, die sie unter die Luke gestellt hatten. Er sah auf und vergewisserte sich, dass er direkt unter der Luke positioniert war. Wenn er es vermasselte, wenn er Ace hochwarf, könnte er seinem Freund ernsthaft wehtun.

Weitere Kratzgeräusche waren über ihren Köpfen zu vernehmen. Sie wussten, dass es bald an der Zeit war. Wer auch immer oben war, schob den Tisch von der Luke. Sobald dieser weg war, würde Ace nur ein kurzes Zeitfenster bleiben, um die Person zu überraschen und zu entwaffnen. Es war nicht ihr Ziel, jemanden zu töten, aber sie würden nicht zögern, wenn es notwendig wäre.

Ace kletterte hinter Rocco hinauf und stieg selbstbewusst auf seine Schultern. »Okay?«, fragte Ace.

»Gut«, erwiderte Rocco. Er fühlte Gumbys Hand auf seinem Rücken. In der nächsten Sekunde würde Ace nach oben gestoßen werden. Danach würde Gumby seinen Platz einnehmen und Rocco würde ihn ebenfalls aus dem Keller werfen. Dann würde er beiseitetreten und darauf warten, dass einer seiner Kameraden ein Seil herunterwarf, damit er hinaufklettern und sich dem Kampf anschließen konnte.

Ace hob einen Fuß und Rocco legte seine Hand unter Ace' Stiefel. Dann tat er das Gleiche mit dem anderen. Langsam ging er in die Knie, um so viel Schwung wie möglich zu holen, um Ace in die Luft zu schleudern.

»Gleich ...«, sagte Ace. Rocco schaute auf die Stufen der Leiter vor ihm. Er vertraute darauf, dass Ace wusste, wann der richtige Zeitpunkt war.

»Bereit?«, fragte Ace leise.

»Bereit«, bestätigte Rocco.

»Auf drei. Eins, zwei, drei.«

In der Sekunde, in der das Wort seinen Mund verließ, stieß Rocco ein Grunzen aus und stieß Rocco so fest er konnte nach oben. Er streckte seine Arme durch und spürte, wie Ace sich selbst abstieß. Mit einem gewaltigen Knall schlug die Luke auf.

Rocco sah nicht einmal hoch. Er hockte sich sofort wieder hin und hob die Hände an seine Schultern, um sich auf Gumby vorzubereiten. Er wusste, dass der Knöchel seines Freundes schmerzte, aber sie hatten ihn so gut wie möglich mit dem bandagiert, was sie im Keller gefunden hatten. Er wusste auch, dass Gumby sich nicht über seine Schmerzen beklagen würde. Er würde seine Aufgabe so gut machen, wie er konnte.

»Bereit«, sagte Gumby selbstbewusst.

»Auf drei«, sagte Rocco. »Eins, zwei, drei!«

Dann sprang Rocco erneut nach oben. Diesmal war es etwas umständlicher, da Gumby größer und schwerer war und Rocco nicht den Luxus hatte, dass er von hinten abgestützt wurde, wie Gumby es getan hatte, als er Ace hochgestoßen hatte. Aber der andere Mann schaffte es trotzdem ohne Probleme aus dem Keller.

Rocco schob schnell die Trittleiter beiseite und sah nach oben.

Es dauerte einige Augenblicke und Rocco hörte kein Gerangel. Er hörte nur einen dumpfen Schlag, nachdem Ace aus der Luke geflogen war, dann ein leises überraschtes Kreischen ... dann nichts mehr.

Nach einer gefühlten Ewigkeit erschien Gumbys Kopf über der Luke. Langsam ließ er eine Strickleiter nach unten. »Vergiss die Tafeln nicht«, sagte Gumby.

»Alles okay?«, fragte Rocco.

»Die Tafeln, Rocco«, wiederholte Gumby, ohne zu antworten.

»Scheiße«, murmelte Rocco, drehte sich um und schnappte sich die Kiste mit den unbezahlbaren Artefakten. Sein Handgelenk pochte, aber er ignorierte es, hielt die Kiste unter einem Arm und kletterte mit der anderen die schwankende Leiter hoch, als wäre es ein Kinderspiel.

Was er sah, als er oben ankam, verschlug ihm den Atem.

Gumby legte eine Hand auf seinen Arm und sagte: »Es geht ihr gut, Mann. Keine Panik.«

»Was zum Teufel?«, fragte Rocco.

Auf dem Boden lag eine Frau. Ace kniete mit einer

Hand auf ihrer Schulter neben ihr. Sie blinzelte und sah zu ihm auf.

»Hallo Rocco.«

»Caite?«, fragte Rocco, der nicht verstand, was zum Teufel los war. Er konnte sein Gehirn nicht dazu bringen, die Tatsache zu verarbeiten, dass die Person auf dem Boden nicht einer der Bitoo-Brüder war, sondern eine Frau. Eine Frau in traditioneller Abaya und Hijab.

Caite.

Es war Caite.

Sie setzte sich langsam auf und stöhnte.

Innerhalb von Sekunden hatte Rocco die Kiste mit den Tafeln auf den Boden gestellt, als wären sie nichts wert, und eilte an ihre Seite. Er legte seinen Arm um ihren Rücken und half ihr, sich aufzurichten. »Bist du in Ordnung?«

»Ja. Und du?«

Rocco war nie sprachlos. Er hatte immer etwas zu sagen. Aber im Moment fiel ihm nichts ein, was er sagen könnte. Caite hier in diesem Aufzug zu sehen war etwas, womit er nie im Leben gerechnet hätte. Es fiel ihm schwer, überhaupt einen klaren Gedanken zu fassen.

»Wir müssen hier raus«, sagte Ace leise. »Wir haben genügend Lärm gemacht, um die ganze Nachbarschaft aufzuschrecken, zumal der Laden leer sein sollte.«

Rocco wusste, dass sein Freund recht hatte, aber er konnte sich nicht bewegen. »Caite, was zum Teufel machst du hier? Wie hast du uns gefunden? Was hast du an?«

Sie zuckte zusammen. »Das ist eine lange Geschichte. Eine sehr lange Geschichte.«

»Eine, für die wir keine Zeit haben«, mahnte Gumby. »Wir müssen verschwinden.«

»Verdammt«, fluchte Rocco, stand aber auf. Er zog Caite ebenfalls vorsichtig mit hoch und musterte sie von oben bis unten. »Bist du in Ordnung? Was ist hier oben passiert?«

Sie wollte ihm nicht in die Augen sehen, also sah Rocco zu Ace.

»Ich habe das getan, was wir geplant hatten. Ich habe die erste Person angegriffen, die ich gesehen habe. Aber sie war bereits dabei, rückwärts umzufallen. Ich habe sie am Hals gepackt, sowohl um sie am Fallen zu hindern als auch um meine eigene Vorwärtsbewegung zu stoppen. Wir sind beide zu Boden gestürzt und sie ist mit dem Kopf aufgeschlagen. Aber es geht ihr gut. Wir müssen jetzt gehen.«

Rocco wusste, dass sein Adrenalinspiegel noch nicht abgeklungen war. Er konnte förmlich spüren, wie es durch seine Adern floss. »Du hast sie am Hals gepackt?«, zischte er seinen Freund an.

»Rocco«, sagte Caite, legte eine Handfläche auf seine Wange und versuchte, ihn dazu zu bringen, sie anzuse- hen. »Er wusste nicht, dass ich es war. Und er hat mir nicht wehgetan. Mir geht es gut.«

Er liebte das Gefühl ihrer Hand auf seiner Haut. Ihre Handfläche kitzelte an seinem Bart und er wollte seinen Kopf am liebsten gegen ihre Hand drücken. »Wie kommst du hierher?«, fragte er, immer noch unglaublich verwirrt.

»Ich habe gehört, wie die Brüder darüber gesprochen haben, dass sie euch in den Keller des Ladens ihres Vaters geworfen haben. Sie wollten morgen Abend zurückkommen, um euch zu erschießen. Ich ... ich wusste nicht, mit wem ich darüber reden sollte, und mein Chef wollte mir nicht zuhören. Ich war mir nicht sicher, wer über eure Mission hier Bescheid weiß, also habe ich die Adresse des Ladens auf einem der Anmeldebögen der Brüder rausgesucht und ... hier bin ich nun.«

Ihre Geschichte hatte so viele Lücken, dass Rocco nicht wusste, wo er anfangen sollte.

»Nicht jetzt«, mahnte Gumby noch einmal. »Wir müssen verdammt noch mal hier raus. Ich nehme die Tafeln. Du und Caite geht voraus und Ace und ich werden euch den Rücken freihalten. Wir folgen euch, bis wir diese Gegend verlassen haben. Dann können wir ein Taxi rufen, aber da wir kein Geld haben, müssen wir den Fahrer rausschmeißen.«

»Ähm ... ich habe Geld«, sagte Caite zögernd.

»Natürlich hast du das«, sagte Gumby mit einem leichten Lächeln. »Gut, also folgen wir euch beiden, bis wir ein Taxi finden. Es kann ein langer Marsch werden. Es ist nicht gerade die beste Gegend für Taxis.«

»Ich musste auf dem Hinweg fast zwei Kilometer gehen. Mein Taxifahrer hatte sich geweigert weiterzufahren«, informierte Caite sie.

Rocco drehte sich der Kopf. Er konnte es verdammt noch mal nicht glauben. »Du bist zwei Kilometer durch diese Gegend gegangen? Allein?«

Caite nickte.

»Scheiße, es ist ein Wunder, dass du es in einem Stück bis hierher geschafft hast«, zischte er.

»Ich weiß.« Ihre Antwort war leise und ihre Stimme wackelte ein wenig.

Rocco fühlte sich wie Scheiße. Er hatte sie nicht erschrecken wollen, besonders weil es offensichtlich war, dass sie genauso gut wusste wie er, wie gefährlich die Gegend war.

In dem Moment fiel ihm noch etwas ein. Sie hatte sich bisher noch nie so weit vom Stützpunkt entfernt, weil sie sich unbehaglich dabei gefühlt hatte. Und doch war sie allein in eines der schlimmsten Stadtviertel gekommen ... weil er Hilfe gebraucht hatte.

Er wusste, dass er niemals in seinem Leben etwas so Mutiges tun könnte wie das, was Caite heute getan hatte.

»Woher wusstest du, dass sie über uns gesprochen haben?«, fragte er Caite und legte seine Hände auf ihre Schultern. Er brauchte eine Antwort auf diese eine Frage, bevor sie gehen konnten. »Es hätte doch sein können, dass sie über einen Drogendealer aus der Nachbarschaft oder ein anderes Arschloch gesprochen haben.«

»Sie haben euch Soldaten genannt und einer sagte etwas über die US Navy. Ich erinnere mich nicht an den genauen Wortlaut. Nachdem du Freitagabend nicht aufgetaucht warst, habe ich im Computer nachgesehen und festgestellt, dass ihr noch nicht aus eurer Unterkunft ausgecheckt hattet. Ich dachte zunächst, du hättest es dir vielleicht einfach anders überlegt. Ich meine, ich würde es dir nicht verübeln, wenn es so gewesen wäre. Aber dann haben diese Typen über drei Soldaten geredet, die sie Sonntagabend töten wollten. Ich hatte einfach das Gefühl, dass ihr das seid. Es war dumm.«

Rocco legte einen Finger unter ihr Kinn und hob ihren Kopf, sodass sie ihm in die Augen sehen musste. Ihr Gesicht war von der Hitze gerötet und er konnte

Schweißperlen auf ihrer Stirn erkennen. Sonst konnte er nichts von ihr sehen. Weder ihr Haar, da es von dem Hijab bedeckt war, noch andere Körperteile, die in ähnlicher Weise von dem kilometerlangen Material der Abaya umschlungen waren. Aber ihre Augen sagten ihm alles, was er wissen musste.

Es hatte ihr schwer zugesetzt, als er nicht gekommen war, genau wie er es angenommen hatte.

Er hasste es, dass er sie enttäuscht und verärgert hatte, auch wenn es nicht seine Schuld war. »Das war nicht dumm«, erwiderte Rocco. »Du hast uns das Leben gerettet, *ma petite fée*. Ich bin mir nicht sicher, wie wir dir das jemals zurückzahlen können.«

Sein Lob machte sie offensichtlich nervös. »Das hätte doch jeder getan.«

»Da irrst du dich«, sagte Rocco zu ihr. Und das meinte er ernst. Sie trafen immer wieder auf Menschen, denen es mehr darum ging, ihre eigene Haut zu retten, als anderen zu helfen. Und darunter waren Seeleute und SEALs genauso wie Zivilisten. Er konnte die Anzahl der Menschen in seinem Leben an einer Hand abzählen, die ihn so beeindruckt hatten wie Caite.

»Rocco ...«, ermahnte Ace ihn.

Er wusste, dass seine Zeit abgelaufen war. »Bist du bereit, in deine Wohnung zurückzukehren?«

»Mehr als bereit«, antwortete sie, offensichtlich erleichtert über den Themenwechsel. »Und dann werde ich sie nie wieder verlassen.«

Er lächelte sie an.

»Wir werden euch folgen. Es wird weniger Aufmerksamkeit erregen, wenn wir nicht alle zusammen gehen.«

»Oh!«, sagte Caite, kramte in ihrer Tasche, zog ein paar Geldscheine heraus und hielt sie Ace hin. »Hier, es sind Bahrain-Dinar und amerikanische Scheine. Ich war mir nicht sicher, was die Taxifahrer akzeptieren würden.«

Ace streckte die Hand aus, nahm das Bargeld und gab die Hälfte Rocco. »Am besten nimmst du das, nur für den Fall.«

Rocco nickte. Es wäre nicht gut, wenn Caite mit Geld in der Tasche erwischt würde. Es wäre ein Wunder, wenn sie es zurück zum Stützpunkt schaffen würden, ohne auf einen der unangenehmeren Bewohner der Stadt zu treffen.

»Wir treffen uns am Stützpunkt, Rocco«, sagte Gumby.

Er nickte. Sie mussten die Steintafeln zu Kommandant Horner bringen und eine Nachbesprechung durchführen. »Kommst du mit deinem Knöchel zurecht?«, fragte er seinen Freund.

Gumby lächelte. »Kleinigkeit.«

Rocco wusste, dass er seine Verletzung herunterspielte, aber sie konnten im Moment nichts dagegen tun. Sie mussten warten, bis sie wieder auf dem Stützpunkt waren. Dasselbe galt für sein Handgelenk und Ace' Kopf.

»Seid vorsichtig«, war alles, was er sagte.

»Ihr auch«, gaben sowohl Ace als auch Gumby zurück.

Rocco sah zu, wie Ace das Seil vom Tisch und der Spule löste und es unter eines der Regale schob. Gumby zog die Strickleiter wieder hoch und hängte sie an einen Haken an der Wand. Ace schloss die Luke und beide Männer schoben den Tisch wieder an seinen Platz.

Schnell legten sie die afrikanischen Schnitzereien wieder darauf.

»So, jetzt sieht es wieder so aus wie vorher. Das wird uns etwas Zeit verschaffen, sollte jemand hier vorbeischauen. Die Brüder werden ziemlich überrascht sein, wenn sie morgen Abend nach uns sehen wollen«, scherzte Ace. »Sie werden sich tagelang fragen, wie zum Teufel wir entkommen sind.«

»Wie bist du hier reingekommen?«, fragte Gumby Caite.

Sie zeigte auf das Fenster. »Es war nicht verriegelt.«

»Verdammt«, sagte Ace und schüttelte den Kopf. Gemeinsam gingen sie hinüber und Ace stieg als Erster aus. Es war eng, aber nichts, was sie nicht schon einmal gemacht hätten. Gumby folgte ihm.

Als Rocco mit Caite allein im Laden war, nahm er ihr Gesicht zwischen die Hände und lehnte seine Stirn an ihre. »Ich bin sauer auf dich«, sagte er zärtlich zu ihr.

»Ich weiß«, erwiderte sie und hielt sich mit einem Todesgriff an seinen Unterarmen fest.

»Du hättest getötet werden können.«

»Ich weiß«, wiederholte sie.

»Vergewaltigt.«

»Hm.«

»Zur Prostitution gezwungen.«

Diesmal nickte sie wortlos.

»Danke«, sagte er flüsternd. Rocco hatte nicht daran geglaubt, sie oder irgendjemanden sonst je wiederzusehen. Er hatte sich damit abgefunden zu sterben und sich tatsächlich darauf gefreut, im Kampf unterzugehen. Aber ein Blick auf Caite, wie sie auf dem Boden lag, an dem

Ort, wo er sie niemals erwartet hätte, hatte ihm klargemacht, dass er noch nicht bereit war zu sterben.

»Gern geschehen«, flüsterte sie zurück.

»Roc?«, flüsterte Ace von draußen. »Hilf ihr raus.«

»Bereit, hier rauszukommen?«, fragte Rocco sie.

»Gott, ja«, sagte sie begeistert.

Er wusste, wenn er sie jetzt küssen würde, könnte er sich nicht mit einem keuschen Kuss auf die Lippen zufriedengeben, also zog er sich zurück und drehte sie herum, sodass sie zum Fenster blickte. »Heb die Arme über den Kopf. Stell dir vor, du würdest aus dem Fenster springen. Ace und Gumby werden dich auffangen. Spanne deinen Körper an, bis du draußen bist, okay?«

Sie nickte und hob pflichtbewusst die Arme. Rocco hob sie leicht hoch und sie tat genau, was er gesagt hatte. Es war nur eine Frage von Sekunden, bis sie aus dem Laden war.

Rocco schaute sich ein letztes Mal um, schüttelte den Kopf und folgte ihr dicht auf den Fersen. Je eher er Caite aus diesem gefährlichen Stadtteil zurück in ihre Wohnung brachte, desto besser. Er hatte eine Menge Fragen an sie, aber erst, wenn sie in Sicherheit waren. Er wollte mehr darüber wissen, was zum Teufel los war, aber er würde warten. Ihre Sicherheit stand an erster Stelle. Punkt.

KAPITEL SECHS

Caite atmete erleichtert auf, als das Taxi vor ihrem Apartmentgebäude neben dem Stützpunkt hielt. Es hatte mehrere Situationen gegeben, in denen sie dachte, sie würde es nicht in einem Stück zurückschaffen.

Aber als sie Rocco ansah, spürte sie keine Reue, dass sie das Risiko eingegangen war. Er sah mitgenommen aus, aber wie es für viele Soldaten und Seeleute typisch war, hatte er sich kein einziges Mal beschwert. Sein Auge war zugeschwollen und die blauen Flecke in seinem Gesicht sahen alarmierend aus.

Er hatte kein Problem damit gehabt, ihr in dem Laden aus dem Fenster zu helfen, aber im Taxi hatte er mehrmals sein Gewicht verlagern müssen. Sie nahm an, dass er am Rest seines Körpers auch Blutergüsse hatte. Sein Haar war zerzaust und wenn sie ihm zum ersten Mal so begegnet wäre, wie er jetzt aussah, wäre sie wahrscheinlich schnell in die andere Richtung gelaufen.

Caite stieg aus und wartete darauf, dass Rocco dasselbe tat. Sie hatten es gerade so aus dem Stadtviertel geschafft, in dem sich Mr. Bitoos Laden befand. Eine Gruppe von Männern war ihnen fast von dem Moment an gefolgt, in dem sie wieder auf der Straße waren. Rocco hatte sie über einen Kilometer weit in irrem Tempo vorangetrieben. Die Männer hinter ihnen hatten sie den ganzen Weg über verspottet und bedroht.

Sie hatten Dinge auf Arabisch gesagt, dann auf Englisch und sogar auf Französisch. Rocco hatte in keiner Weise reagiert. Er hatte so getan, als könnte er sie nicht einmal hören. Aber der stählerne Griff um ihren Arm sagte etwas anderes aus als sein entspanntes Äußeres. Jeder Muskel in seinem Körper war angespannt gewesen und irgendwann hatte er ihr zugeflüstert, sie solle weglaufen, wenn etwas passieren sollte.

Als ob! Sie hatte nicht ihr Leben riskiert, um ihn zu finden und zu retten, nur damit Rocco auf der Straße erstochen oder erschossen würde. Nein, wenn die Männer sie angegriffen hätten, wäre sie bereit gewesen, alles zu tun, um zu helfen.

Aber am Ende war es nicht nötig gewesen. Ein Taxi fuhr zufällig an ihnen vorbei, als es brenzlich zu werden schien. Rocco war buchstäblich vor den Wagen gesprungen und hatte den Fahrer gezwungen, entweder anzuhalten oder ihn zu überfahren. Es war wirklich keine Überraschung, dass der Fahrer tat, was Rocco verlangt hatte, und anhielt, bis beide eingestiegen waren. Er war groß und sah so wütend aus, als würde er gleich alles zusammenschlagen.

Rocco hatte Caite in den Wagen gestopft und brauchte dem Fahrer nicht zweimal zu sagen, das Gaspedal durchzutreten. Sobald die Tür geschlossen war, raste der Wagen los und sie ließen die Gruppe von Männern hinter sich zurück, die brüllten und ihre Fäuste hoben.

Caite hoffte, dass Ace und Gumby auch ein Taxi gefunden hatten. Aber als sie den Mund geöffnet hatte, um Rocco zu fragen, wie es wohl seinen Freunden ging, hatte er den Kopf geschüttelt und auf den Fahrer gedeutet. Sie hatte sich auf die Lippe gebissen und versucht, ihre Atmung unter Kontrolle zu bekommen.

Rocco hatte ihre Hand in seine genommen und sie während der gesamten Fahrt in Richtung Süden zum Stützpunkt festgehalten.

Sobald sie aus dem Taxi stiegen, fuhr es zurück in Richtung Zentrum von Manama.

Er führte sie zu einem beleuchteten Bereich in der Nähe der Tür zu ihrem Wohnhaus und drehte sich zu ihr um. »Ich habe nicht viel Zeit, Caite, aber ich muss wissen, wie du uns gefunden hast.«

Sie holte tief Luft und erzählte ihm die Kurzfassung.

Als sie fertig war, runzelte Rocco die Stirn. »Ich kann nicht glauben, dass du uns mit so wenigen Informationen aufgespürt hast.«

Caite rieb sich müde die Schläfen. »Ich kann mich nicht mehr an alles erinnern, was sie gesagt haben. Ich hatte Angst, sie würden bemerken, dass ich sie verstehen konnte. Es ist alles irgendwie verschwommen, wenn ich ehrlich bin. Ich erinnere mich nur an die Dinge, die ich dir erzählt habe. Dann habe ich die Anmeldeformulare durchgesehen und die Adresse des Ladens gefunden. Es war wirklich mehr Glück als alles andere.«

»Bist du dir sicher, dass du dich an nichts anderes erinnerst?«, fragte Rocco.

Caite runzelte die Stirn. Sie war so überwältigt von allem, was passiert war, es fühlte sich an, als wäre es Wochen her, dass sie das Gespräch der Brüder belauscht hatte. Sie schüttelte den Kopf.

»Okay, mach dir keine Sorgen. Wenn du dich später noch an etwas Wichtiges erinnerst, lass es mich wissen, okay?«

»Natürlich.« Caite war sich nicht sicher, ob es noch etwas anderes gab, an das sie sich erinnern würde. Und am liebsten würde sie die ganze Sache vergessen. »Willst du mit hochkommen?«, fragte sie und wechselte das Thema.

Er sah mit einem Gesichtsausdruck auf sie herab, den sie nicht deuten konnte. Einerseits wusste sie, dass er Dinge zu erledigen hatte ... aber sie wollte nicht, dass er schon ging.

»Ich wünschte, ich könnte.«

Caite verzog das Gesicht. »In Ordnung.« Sie versuchte, einen Schritt zurückzutreten, aber er festigte seinen Griff um ihre Hand, die er die letzten zwanzig Minuten nicht losgelassen hatte.

»Stopp«, sagte er.

Sie erstarrte.

»Ich wünsche mir nichts sehnlicher, als mit in deine Wohnung zu kommen und Zeit mit dir zu verbringen. Wenn ich damit durchkommen könnte, würde ich mir von dir ein riesiges Sandwich zubereiten lassen, weil ich nach dem Mist, den ich in diesem Keller gegessen habe, am Verhungern bin. Ich würde mich auf deine Couch setzen und du würdest mir erzählen, was in jeder Sekunde passiert ist, seit ich nicht zu unserer Verabredung aufgetaucht bin. Nachdem ich dir das Versprechen abgenommen habe, dass du nie wieder etwas so Tollkühnes und Gefährliches tust, würde ich dir ins Badezimmer folgen, dich nackt ausziehen und dafür sorgen, dass du von Kopf bis Fuß sauber bist. Dann würde ich dich ins Bett bringen und dir zeigen, wie stolz ich auf dich bin, indem ich den Rest der Nacht Liebe mit dir mache.«

Caite starrte ihn mit großen Augen an. Ihr Herz raste und ihr wurde schwindelig.

Das wollte sie. Alles, was er gerade gesagt hatte.

Sie hatte noch nie zuvor einen One-Night-Stand gehabt. Aber anstatt seine Worte unangemessen oder zu direkt zu finden, klang es nach dem, was sie für ihn durchgemacht hatte, genau richtig. Sie wollte ihn in sich spüren und auf animalische Weise wissen, dass es ihm gut ging.

Die ganze Geschichte war sehr knapp gewesen. Sie wusste genau, dass sie Glück gehabt hatten. Wenn sie nicht Französisch könnte oder nicht zugehört hätte oder wenn jemand sie aufgehalten hätte oder sie keine Abaya zum Anziehen gehabt hätte ... es hätte so vieles schiefgehen können. Aber das war es nicht. Und sie wollte auf die natürlichste Art und Weise bestätigen, dass sie beide noch am Leben und wohlauf waren – mit Sex.

»Aber ich kann nicht.«

Seine Worte rissen sie aus der erotischen Fantasie. In ihrem Kopf hatte sie bereits begonnen, sich vorzustellen, wie sie beide nackt auf ihrem Bett herumrollten. Caite wollte protestieren und ihm sagen, dass er es könnte und dass sie ihn brauchte, aber stattdessen leckte sie sich über die Lippen und wartete darauf, dass er fortfuhr.

»Ace und Gumby erwarten mich. Wir müssen diese Tafeln den Behörden übergeben und unserem Kommandanten berichten, was passiert ist. Wir müssen voraussichtlich auch unsere Stellungnahme bei den örtlichen Behörden abgeben. Es fehlen noch vier weitere Tafeln und die Brüder müssen festgenommen und verhört werden. Es gibt unendlich viele Dinge, die erledigt werden müssen ... aber nichts davon fühlt sich im Moment so wichtig an wie du. Ich möchte, dass du das weißt. Aber ich habe keine Wahl. Ich muss tun, wofür ich hergekommen bin.«

»Muss ich auch aussagen oder mit jemandem sprechen?«, fragte sie.

Rocco schüttelte den Kopf. »Nein, du bist fertig. Du bist aus dieser Sache raus. Ich möchte nicht, dass jemand weiß, dass du etwas damit zu tun hast. Nicht, weil ich nicht verdammt stolz auf dich bin, sondern weil ich möchte, dass du in Sicherheit bist. Du wirst noch mindestens acht Monate hierbleiben. Auf keinen Fall will ich riskieren, dass jemand dich angreift, um Vergeltung zu üben.«

Daran hatte Caite noch nicht einmal gedacht. Es war äußerst erschreckend. Sie nickte und fragte: »Was wirst du sagen, wie ihr aus dem Keller entkommen seid?«

»Wir werden einfach sagen, dass wir eine Weile gebraucht haben, um uns von unseren Verletzungen zu erholen, aber dann haben wir es geschafft, die Luke zu erreichen und zu öffnen.«

Caite war sich nicht sicher, ob Kommandant Horner das glauben würde, aber sie widersprach Rocco nicht.

»Bist du in Ordnung?«, fragte er leise.

»Ja. Du?«

»Ich lebe und das ist mehr, als ich erwartet hatte, als die Luke sich öffnete«, sagte er trocken. »Es ist nicht einfach, einen Navy SEAL zu überraschen, Caite, aber heute Abend hast du uns alle drei überrascht.«

»Das tut mir leid.« Es war das erste Mal, dass er zugab, ein SEAL zu sein.

»Muss es nicht«, erwiderte er sofort. Er führte ihre Hand an seine Lippen. »Ich werde nie vergessen, was du für uns getan hast – für mich.«

Es klang, als würde er sich verabschieden, und das war scheiße.

»So, das ist es also?« Sie konnte nicht anders, als zu fragen.

»Es?«

»Der Abschied?«

»Für den Augenblick«, gab er traurig zurück. »Wir werden mit Besprechungen beschäftigt sein und dann werden wir nach Hause in die USA zurück zum Rest unseres Teams fliegen.«

»Oh.«

»Aber das heißt nicht, dass ich dich nicht wieder-sehen will, wenn du nach Hause kommst. Wir können etwas trinken gehen oder das Abendessen nachholen, das wir gestern Abend verpasst haben.« Seine Worte waren zögerlich, als wäre er nicht sicher, ob sie zustimmen würde.

»Das würde mir gefallen«, sagte Caite sofort.

»Ich gebe dir meine Nummer«, sagte Rocco. »Aber nur, wenn du versprichst, dich bei mir zu melden. Zwing mich nicht, meine Verbindungen zu nutzen, um dich aufzuspüren«, neckte er.

»Glaubst du, du könntest mich finden?«, fragte sie.

»Auf jeden Fall! Wenn du mir auch nur den geringsten Grund dafür gibst, wirst du mich nicht mehr los, *ma petite fée*.«

»Du kennst mich nicht einmal«, protestierte sie, obwohl sie das gern hörte.

»Das ist mir egal«, erwiderte er. »Ich weiß alles, was ich wissen muss, um mir absolut sicher zu sein, dass ich dich wiedersehen und mit dir ausgehen will. Ich will herausfinden, wohin die Dinge mit uns führen könnten ... und ich meine nicht nur sexuell. Ich habe keinen Zweifel, dass wir in diesem Bereich Feuer und Flamme sein werden.«

Sie errötete. »Das kannst du nicht wissen.«

»*Ma petite fée*, jedes Mal wenn ich in deine Nähe komme, bin ich aufgeregter, nur deine Hand zu halten, als ich es jemals in der Nähe einer anderen Frau war. Und wenn diese beiden kurzen Küsse ein Vorgeschmack waren, werden wir im Bett keine Probleme haben.«

Er hatte recht. Sie hatte genauso empfunden. Das war einer der Gründe, warum sie so enttäuscht und verletzt gewesen war, als er am Freitag nach der Arbeit nicht aufgetaucht war.

»Wenn ich dir meine Nummer gebe, wirst du sie dir merken?«, fragte er.

Sie nickte.

Er nannte ihr seine Telefonnummer und forderte sie

auf, sie mehrmals zu wiederholen, bis er sich sicher war, dass sie sich daran erinnern würde. »Schick mir eine Nachricht, sobald du wieder in San Diego bist«, forderte Rocco. »Ich werde bis dahin die Tage zählen.«

»Du wirst ...« Sie verstummte.

»Was? Du kannst mich alles fragen.«

»Ich wollte dir keine Frage stellen. Ich wollte dir nur sagen, dass du vorsichtig sein sollst. Ich hatte geahnt, dass du ein SEAL bist, schon bevor du es mir heute Abend erzählt hast, und ich weiß, dass das, was ihr tut, nicht ganz ungefährlich ist.«

»Normalerweise ist es viel langweiliger als das, was hier passiert ist«, sagte er zu ihr.

»Bestimmt«, erwiderte sie skeptisch.

»Ich werde vorsichtig sein«, sagte er. »Es gibt da diese Frau, mit der ich ausgehen will, wenn sie nach San Diego zurückkommt«, sagte er leise.

Sie errötete noch mehr.

»Und ich möchte, dass sie den Rest meines Teams kennenlernt.«

»Wieso?«

»Wieso?«

»Ja.«

»Weil ich keinen Zweifel habe, dass die anderen dich genauso mögen werden wie Gumby und Ace.«

Sie grinste. »Wie können sie mich mögen? Sie haben mich nicht einmal richtig kennengelernt.«

Rocco lachte leise. »Sie wissen alles über dich, was wichtig ist. Dass du deine Ängste überwunden und getan hast, was getan werden musste, als es hart auf hart kam. Es war nicht schlau und du hättest getötet werden können, aber du hast es trotzdem getan. Wir hätten nicht weniger von dir gehalten, wenn du nichts unternommen hättest, aber die Tatsache, dass du es getan hast, hat dir einen Platz in unseren Herzen und Köpfen verschafft. Solltest du dir auf dem Heimweg vielleicht, ohne dass ich es gemerkt habe, den Kopf angeschlagen und eine Gehirnerschütterung zugezogen haben, und es vergessen haben ... du hast uns heute Abend unser aller Leben gerettet. Wir saßen in diesem Keller ohne Ausweg fest. Und wie du gesagt hast, wollten die Bitoos zurückkommen und uns töten. Bubba, Rex und Phantom werden sich die Beine ausreißen, um dir zu beweisen, wie sehr sie dich dafür schätzen.«

»Hmmm, na ja, ich bin eigentlich nicht der Typ für mehrere Männer gleichzeitig«, neckte sie. Sein Lob gefiel ihr. Sie hatte heute Angst gehabt, aber sie hätte nicht mit ihrem Gewissen leben können, wenn sie nichts unternommen hätte.

Rocco grinste. »Das hoffe ich doch.« Er schaute auf die Uhr. »Ich muss wirklich los.«

»Gut.« Caite versuchte, einen weiteren Schritt zurückzutreten, aber wieder ließ er ihre Hand nicht los.

»Einen Kuss für den Weg?«, fragte er.

Es hätte kitschig klingen sollen, tat es aber nicht. Sie hatte plötzlich einen trockenen Mund, nickte aber.

Rocco machte einen Schritt auf sie zu, schlang einen Arm um ihre Taille und zog sie an sich. Die andere Hand legte er hinter ihren Kopf. Sie wünschte, er könnte ihr Haar fühlen und seine Finger darin vergraben, aber sie hatte vergessen, den Hijab abzunehmen.

Sein Barthaar kitzelte für einen Moment auf ihrer

Haut, genau wie bei den letzten beiden Küssen. Voller Erwartung lief ihr ein Schauer den Rücken herunter.

Seine Lippen waren warm auf ihren und sie öffnete sich sofort für ihn. Er fuhr mit seiner Zunge in ihren Mund und sie schloss die Augen und gab sich ihm hin.

Rocco enttäuschte sie nicht. Er übernahm die Führung und Caite hätte schwören können, dass sie Sterne sehen konnte.

Sie hatte keine Ahnung, wie lange sie sich küssten, aber schließlich zog er sich zurück. Er bewegte sich jedoch nicht. »Verdammt, ich hasse meine Arbeit manchmal.«

Bei seinen Worten atmete Caite scharf ein. Er hasste seine Arbeit nicht, wenn sie ihn fast umbrachte, aber er hasste sie, wenn er aufhören musste, sie zu küssen? Heilige Scheiße, sie wusste nicht, was sie dazu sagen sollte. Es war das schönste Kompliment, das sie je bekommen hatte. Nicht dass sie sehr viele bekommen hätte, aber dieses war einzigartig.

»Pass auf dich auf Caite«, sagte er. »Bahrain ist ein ziemlich sicherer Ort, es sei denn, du gerätst mitten in einen Schmugglerring und schleichst in der Dunkelheit im schlimmsten Stadtviertel von Manama herum.«

Sie schenkte ihm ein kleines Lächeln. »Ich glaube, meine Tage als Superheldin sind gezählt.«

»Das will ich hoffen«, stimmte er zu, beugte sich dann hinunter und küsste sie noch einmal. Dieser Kuss war nicht so intensiv wie der vorherige, aber es war mehr als nur ein Kuss auf die Lippen.

»Dir ist warm«, stellte er fest, als er sich schließlich zurückzog.

»Versuch du mal, in dieser Hitze mit diesem Outfit herumzulaufen, und sag mir dann, wie du dich fühlst«, gab Caite zurück.

Statt zu lächeln, runzelte er die Stirn. »Bekomm keinen Hitzeschlag«, sagte er. »Trink viel Wasser, sobald du in deiner Wohnung bist, und nimm eine lange kalte Dusche. Wenn du dich benommen fühlst oder dir schwindelig wird, such einen Arzt auf.«

»Das werde ich«, beruhigte sie ihn.

Rocco holte tief Luft, nickte und wich dann zurück. Er hielt ihre Hand bis zur letzten Sekunde.

»Pass auf dich auf«, sagte Caite noch einmal.

»Du auch.«

»Wir sehen uns in ein paar Monaten.«

»Mit Sicherheit.«

Sie standen vor ihrer Wohnung und starrten sich einen langen Moment an, bevor er schließlich sagte: »Du musst dich umdrehen und reingehen.«

»Ich weiß.«

»Bitte, *ma petite fée*. Ich kann nicht gehen, bis du es tust.« Roccos Stimme klang gequält.

Sie würde nie vergessen, wie sein Spitzname für sie klang. Sie nickte, drehte ihm den Rücken zu und ging zur Wohnungstür. Sie öffnete die Tür und trat ein. Sie drehte sich noch einmal um, um nach ihm zu sehen.

Er war gegangen.

KAPITEL SIEBEN

Die nächsten Arbeitstage verliefen ereignislos. Caite hielt die Augen nach Rocco, Ace und Gumby offen, aber sie tauchten nicht auf. Sogar Kommandant Horner war in den letzten Tagen abwesend gewesen. Schließlich konnte sie die Ungewissheit nicht mehr ertragen und schaute im Computer nach, ob die SEALs noch auf dem Stützpunkt waren.

Zu ihrer Enttäuschung waren sie es nicht mehr. Sie hatten am Dienstag ausgecheckt.

Seufzend wandte sie die Aufmerksamkeit wieder dem Abschlussbericht der Archäologie- und Museumskonferenz zu. Sie war dafür verantwortlich, den Bericht abzutippen, den Joshua seinen Vorgesetzten vorlegen musste. Natürlich hatte die Arbeit im Moment keinen Reiz für sie. Aber allein in ihrer Wohnung zu sitzen und sich nach Rocco zu sehnen, klang auch nicht besser.

»Miss McCallan, kann ich Sie bitte in meinem Büro sehen?«, fragte ihr Chef und erschreckte Caite fast zu Tode.

»Natürlich«, sagte sie und schob ihren Stuhl zurück.

Sie folgte Joshua in sein Büro und setzte sich auf den Stuhl vor seinem Schreibtisch.

Sie kam nicht dazu zu fragen, was los war. Er begann sofort zu sprechen. »Mir wurde berichtet, dass Sie letztes Wochenende mit einer Abaya und einem Hijab den Stützpunkt verlassen haben. Ist das wahr?«

Caite öffnete den Mund und schloss ihn wieder. Sie wusste nicht, was sie sagen sollte.

»Und lügen Sie mich nicht an«, sagte Joshua düster und mit einem Anflug von Schadenfreude im Gesicht.

Sie biss sich auf die Zähne und presste die Lippen zusammen, während sie überlegte, was sie antworten konnte, ohne sich selbst in Schwierigkeiten zu bringen oder Details über die SEALs preiszugeben.

»Wenn ich es mir genau überlege«, sagte Joshua und hielt seine Hand hoch, »will ich Ihre Ausreden gar nicht hören. Sie kennen die Vorschriften. Sie wissen, dass das Tragen der traditionellen bahrainischen Tracht gegen die Vorschriften der Navy verstößt. Sie haben eine Erklärung unterschrieben, als Sie diese Stelle angenommen haben.«

»Ich weiß, aber ...«

»Kein Aber«, unterbrach Joshua sie. »Haben Sie es getan oder nicht?«

Ihr wurde übel, aber sie konnte nicht lügen und sagte: »Das habe ich. Aber ...«

»Sie sind entlassen«, sagte ihr Chef mit einem kleinen Grinsen. »Ich wusste, dass Sie dieser Arbeit nicht gewachsen sind. Weil Sie nicht gelogen haben, werde ich davon absehen, den Sicherheitsdienst zu rufen und Sie vom Gelände führen zu lassen. Ich habe die Aufzeichnungen der Überwachungskamera vor Ihrem Wohngebäude. Sie haben Ihre Wohnung in dieser Kleidung verlassen, sind erst mitten in der Nacht zurückkommen und haben direkt vor dem Gebäude mit jemandem rumgemacht und somit gegen die Benimmregeln verstoßen«, sagte er selbstgefällig.

Caite wollte protestieren und sagen, dass sie nicht gegen die Benimmregeln verstoßen haben kann, da sie gar nicht bei der Navy angestellt war. Außerdem war sie nicht einmal auf dem Stützpunkt gewesen, als sie Rocco geküsst hatte. Aber es war offensichtlich, dass Joshua nur nach einem Grund gesucht hatte, sie zu feuern.

Und sie hatte in der Tat Abaya und Hijab getragen, obwohl sie gewusst hatte, dass es verboten war. Obwohl sie einen guten Grund dafür gehabt hatte. Einen Grund, den sie Joshua auf keinen Fall nennen würde. Seit dem Moment, in dem sie das Gebäude betreten hatte, hatte er die Stelle an seinen Freund vergeben wollen. Jetzt würde er seine Chance bekommen.

»Ich habe mit dem Kommandanten gesprochen und weil Sie sonst eine zufriedenstellende Angestellte waren, werden die Kosten für Ihren Rückflug übernommen. Ihr Flug geht übermorgen. Ich schlage vor, Sie packen Ihre persönlichen Dinge zusammen und geben die Elektronik zurück, die Ihnen zur Verfügung gestellt wurde.«

Caite starrte Joshua ungläubig an. Übermorgen? Er machte keine Witze.

Sie stand wortlos auf und wandte sich der Tür zu. Sie sollte um ihren Arbeitsplatz kämpfen, aber sie hatte es auch satt, die ganze Arbeit zu erledigen, für die Joshua dann das Lob kassierte. Außerdem war sie die Hitze in diesem Land leid und vermisste ihre Mutter. Ehrlich gesagt hatte sie Heimweh.

»Ach, und Caite?«, sagte Joshua, als sie die Tür erreicht hatte.

Sie drehte sich um, um ihn anzusehen.

»Vergessen Sie nicht, mir den Konferenzbericht zuzuschicken, bevor Sie gehen.«

Caite machte sich nicht die Mühe zu antworten und verließ wortlos sein Büro.

Arschloch! Sie würde ihm überhaupt nichts mehr schicken. Vielleicht hätte er selbst an dieser verdammten Konferenz teilnehmen sollen, für die er verantwortlich gewesen war.

Sie ging zu ihrem Schreibtisch zurück, ohne Blickkontakt mit jemandem aufzunehmen, und setzte sich. Sie entsperrte ihren Computer und löschte sofort die Word-Datei, die sie gerade gespeichert hatte. Dann öffnete sie den Papierkorb und löschte die Datei auch dort. Es würde einen Computerexperten nicht davon abhalten, die Datei wiederherzustellen, aber es würde Joshua zumindest für eine Weile ins Schwitzen bringen.

Sie packte die wenigen persönlichen Dinge zusammen, die sie mitgebracht hatte, und ging.

Der Sicherheitsbeamte hielt sie auf, bevor sie das Gebäude verließ. »Es tut mir leid, Caite, aber ich muss Ihnen Ihren Dienstausweis abnehmen.«

Das war der letzte Strohhalm. Tränen schossen ihr in die Augen, als sie den Firmenausweis des Verteidigungsministeriums von ihrer Bluse löste und ihm überreichte.

»Wenn es Sie tröstet, jeder weiß, dass Joshua ein Trottel ist«, sagte er mitfühlend.

»Vielen Dank, passen Sie auf sich auf.«

»Sie auch, Caite.«

Sie nickte und verließ das Gebäude, ohne sich noch einmal umzusehen.

Zwei Tage später saß Caite auf einem der Mittelsitze in einem voll besetzten Flugzeug, das zurück nach Kalifornien flog. Sie hatte keine Zeit gehabt, viel nachzudenken, außer darüber, zu packen und herauszufinden, wie sie die paar Sachen, die sie mit nach Bahrain gebracht hatte, nach Hause transportieren sollte. Sie hatte ihre Mutter angerufen und geweint. Dann hatte sie tief durchgeatmet und sich über den Rest ihres Lebens Gedanken gemacht. Sie brauchte eine Wohnung, ein Auto und Arbeit. Und sie musste ihre eingelagerten Sachen holen.

Aber jetzt, wo sie im Flugzeug saß, hatte sie endlich Zeit, darüber nachzudenken, was passiert war.

Joshua hatte behauptet, es gab Aufnahmen einer Überwachungskamera vor ihrer Wohnung. Sagte er die Wahrheit? Es machte Sinn, da Überwachungskameras jetzt ein normaler Teil des Lebens waren ... aber wie war er an die Aufnahmen gekommen? Und warum? Der Teil machte keinen Sinn.

Aber um ehrlich zu sein, hatte er ihr einen Gefallen getan. Ihr kleiner Ausflug nach Manama hatte geschafft, was die vier Monate zuvor nicht vollbracht hatten. Sie war mehr als bereit dafür, wieder nach Hause zu fliegen. Nur die Tatsache, dass sie wahrscheinlich nie wieder für die Regierung arbeiten könnte, war Mist. Sie wusste, dass

Joshua ihr kein gutes Zeugnis ausstellen würde. Und warum sollte jemand sie einstellen, wenn sie entlassen wurde?

Sie seufzte.

Nach Jahren beim Militär müsste sie wieder ganz von vorn anfangen. Glücklicherweise hatte sie alles, was sie während ihres Auslandaufenthaltes verdient hatte, gespart, um ihre Schulden zu begleichen, und sie hatte noch einen ordentlichen Betrag auf ihrem Sparkonto. Aber ohne vernünftige Arbeit würde sie schon bald wieder in derselben Position sein, die sie gezwungen hatte, diese Stelle überhaupt anzunehmen.

Caite entschied, dass sie im Moment absolut nichts dagegen tun konnte. Sie legte den Kopf in den Nacken und versuchte, das mürrische Kind, das gegen ihre Rückenlehne trat, und den großen, etwas stinkenden Mann neben ihr zu ignorieren.

»Gefeuert?«, fragte Rocco ungläubig. »Wofür zum Teufel?«

»Für das Tragen von Abaya und Hijab in der Öffentlichkeit«, sagte Tex.

Rocco hatte zu Hause vor dem Fernseher gesessen, als sein Telefon geklingelt hatte. Er war überrascht gewesen, den ehemaligen SEAL am anderen Ende der Leitung zu hören. Jetzt war er wütend.

»Das ist doch Schwachsinn!«, rief er aus.

»Richtig. Aber ich frage mich, ob es nicht noch einen anderen Grund gab«, sagte Tex ruhig.

Rocco verstummte. »Zum Beispiel?«

»Es war schon ein ziemlich großer Zufall, dass sie entlassen wurde, gleich nachdem du und die anderen das Land verlassen hattet. Es scheint mir so, als wüsste jemand, dass sie etwas mit dem Auffinden der Steintafeln und diesem Schmuggelring zu tun hatte.«

»Scheiße«, fluchte Rocco. »Haben die Bitoo-Brüder preisgegeben, wer ihre Kontaktperson war?«

»Nein, sie sind immer noch auf der Flucht«, sagte Tex. »Weder die örtlichen Behörden noch die Navy können sie finden.«

»Nun, das ist Mist. Es würde die Dinge einfacher machen, wenn sich jemand die Mühe machen würde, sie zu finden und dazu zu bringen, ihre Kontaktperson zu benennen«, sagte Rocco.

»Ja, das würde es«, sagte Tex. »Wie auch immer, es gibt Gerüchte, dass vier dieser Steintafeln wohlbehalten hier in den USA angekommen sind«, sagte Tex.

Rocco schüttelte den Kopf. Es war fast beängstigend, worüber Tex alles Bescheid wusste. »Weißt du, wer sie hat?«

»Ich weiß, wie sie ins Land gelangt und wohin sie geliefert werden sollten. Aber ich garantiere dir, dass man bei einer Razzia bei diesem Mann nichts finden würde. Er ist kein Idiot und sein Anwalt hat sich bereits eingeschaltet. Sie werden diese Tafeln niemals finden. Die sind weg, puff, verschwunden.«

»Was verheimlichst du mir?«, fragte Rocco. Diese verdammten Steintafeln kümmerten ihn nicht. Ja, sie waren ein Teil der Geschichte, aber er hatte seinen Auftrag erledigt und einige davon zurückgebracht. Jetzt lag es an der irakischen Regierung, diese sechs Exemplare zu schützen.

»Jemand hat bei diesem Handel viel Geld verloren«, sagte Tex. »Ich bin sicher, dass derjenige nicht glücklich darüber ist. Und das wird nach unten durchgereicht, wenn du verstehst, was ich meine. Wenn der Boss nicht glücklich ist, dann sind seine Handlanger es auch nicht.«

»Denkst du, jemand hat Wind davon bekommen, dass Caite involviert war, und sie deshalb feuern lassen?«

»Ich denke, dass du auf dich aufpassen musst«, sagte Tex. »Jemand mit viel Geld steckt dahinter. Ich bezweifle, dass er sich selbst die Hände schmutzig macht, aber er könnte seinen Verlust an jemand anderem auslassen, der sich dann wiederum an denen rächen will, die ihm in die Quere gekommen sind. Ich weiß nicht, ob dein Name auf dieser Liste steht, aber es ist möglich.«

»Und Caite?«

»Vielleicht war ihre Entlassung bereits die Rache an ihr. Aber vielleicht war es das auch nicht. Ich sage nur, dass alles, was da drüben in Bahrain passiert, stinkt. Kommandant Horner versucht, diesem Mist ein Ende zu setzen. Aber bis dahin haben eine Menge Leute ihre Hände im Spiel.«

Wie Tex gesagt hatte, war es ein merkwürdiger Zufall, dass Caite direkt nach der Rückgabe der Steintafeln an die irakischen Behörden gefeuert wurde. Ja, sie hatte gegen eine Regel verstoßen, aber entweder hatte sie niemandem gesagt, warum, oder jemand wollte sie so oder so aus dem Weg schaffen.

Rocco hatte keine Zweifel daran, dass Caite den

Mund gehalten hatte. Auf keinen Fall hatte sie jemandem erzählt, was passiert war. Das war einfach nicht ihre Art.

»Ich werde sie im Auge behalten«, sagte Rocco zu Tex.

»Ich hatte geahnt, du würdest das sagen«, gab der andere Mann zurück. »Also, hast du in letzter Zeit Wolf oder die anderen gesehen?«

»Ich habe mich mit dem gesamten Team getroffen, als wir zurückkamen. Ich wollte sie wissen lassen, dass unser Training für die Flucht aus Erdlöchern auf dieser Mission von unschätzbarem Wert war.«

»Gut. Meine Frau nervt bereits, dass wir mal wieder rüberkommen sollen. Vielleicht packe ich die Familie ein und schaue mal bei ihnen vorbei.«

»Ich bin sicher, das würde ihnen gefallen«, sagte Rocco zu Tex. »Hey, noch eine Frage, bevor wir Schluss machen.«

»Sicher.«

»Hast du schon Caites Kontaktinformationen? Ich habe ihr meine Nummer gegeben, aber nach allem, was passiert ist, habe ich das Gefühl, dass sie sich vielleicht nicht bei mir melden wird.«

»Ich habe gerade recherchiert, bevor ich dich angerufen habe. Ich habe aber noch nichts gefunden außer der Adresse von einem Lagerhaus, wo sie ihre Sachen untergebracht hat. Sie hat noch keinen neuen Mietvertrag unterschrieben und noch kein Handy angemeldet.«

»Okay, sag mir Bescheid, wenn du etwas rausbekommst.«

»Werde ich tun«, beruhigte Tex ihn.

»Danke.«

»Gern geschehen. Bis bald.«

»Bis bald.«

Rocco legte auf und starrte ausdruckslos auf den Fernseher. Er war nicht glücklich, dass Caite seinetwegen gefeuert worden war. Sie würde es wahrscheinlich nicht so sehen, aber er wusste, dass es so war.

Er wollte mit ihr reden. Er wollte sich davon überzeugen, dass es ihr gut ging. Er konnte auch nicht aufhören, darüber nachzudenken, was Tex gesagt hatte. Ja, sie hatten sechs Steintafeln geborgen und technisch gesehen waren die anderen vier, die aus Bahrain herausgeschmuggelt worden waren, nicht mehr seine Angelegenheit. Es war die Sache des Zolls, die Verantwortlichen zu fassen.

Aber die Tatsachen, dass Kommandant Horner davon ausging, es gäbe einen Maulwurf in seiner Abteilung, und dass Caite gefeuert worden war, ließen ihn nicht los. Vielleicht hatte es nichts miteinander zu tun. Aber was, wenn doch? Ein hochrangiger Schmuggler würde sich einen Dreck um eine Sekretärin scheren. Aber wie Tex vermutete, könnte es jemand auf unterer Ebene auf sie abgesehen haben, besonders wenn er oder sie wegen der misslungenen Operation in Schwierigkeiten geraten war.

Er hoffte, dass Caite ihn anrief, aber wenn nicht, dann würde er sie ausfindig machen, nachdem er ihr etwas Zeit gegeben hatte, sich einzugewöhnen. Sollte sie sich nicht an ihn wenden, würde er ihre Kontaktdaten von Tex bekommen und ihr »zufällig« über den Weg laufen. Er würde sie wissen lassen, dass er immer noch mit ihr ausgehen wollte, so wie er es versprochen hatte.

»Ich habe dir gesagt, dass du dich um sie kümmern solltest«, brüllte der Mann in dem Moment ins Telefon, in dem seine Kontaktperson in Bahrain den Hörer abnahm.

»Habe ich!«

»Warum sucht sie dann in San Diego nach Arbeit und einer Wohnung?«

Am anderen Ende der abhörsicheren Leitung herrschte für einen Moment Stille, bevor der jüngere Mann sagte: »Wollten Sie, dass ich sie töte?«

Der Mann, der in seinem Büro auf dem Marinestützpunkt in San Diego saß, musste seinen Zorn zurückhalten und sagte: »Das bedeutet ›sich um sie kümmern‹.«

»Woher soll ich das wissen? Ich bin ein Computerfreak, ich habe keine Ahnung, wie man sich *um jemanden kümmert*. Ich habe mich in die Überwachungskameras vor ihrer Wohnung gehackt und das Video von ihr in diesen arabischen Klamotten an ihren Chef geschickt. Am nächsten Tag wurde sie gefeuert – Problem gelöst.«

»Das Problem ist nicht gelöst«, sagte der Mann ungeduldig. »Sie hat gehört, wie diese Idioten meinen Namen gesagt haben. Sie weiß, wer ich bin.«

»Hätte sie nicht längst etwas gesagt, wenn es so wäre?«

»Vielleicht, vielleicht auch nicht, aber dieses Risiko kann ich nicht eingehen. Ich habe mein Leben lang dafür gearbeitet, dahin zu gelangen, wo ich jetzt bin, und das lasse ich mir nicht von einem Idioten in seinen Zwanzigern nehmen. Es sind noch mindestens fünf weitere Lieferungen in Arbeit. Damit werde ich ausgesorgt haben. Wenn du dir nicht sicher warst, was meine Anweisungen bedeuteten, hättest du nachfragen müssen«, sagte der Mann.

»Aber ich war mir sicher«, erwiderte der Typ. »Ich dachte, Sie wollten, dass sie gefeuert wird.«

»Verdammte inkompetente Dummköpfe«, murmelte der ältere Mann leise. Dann sagte er lauter: »Du weißt von nichts. Wenn du auch nur in meine Richtung furzt, wirst du es bereuen.«

Der vierundzwanzigjähre junge Mann, der gerade das College abgeschlossen hatte, wusste, dass er eindeutig in Schwierigkeiten steckte. Er bemühte sich, den Mann am anderen Ende der Leitung zu beruhigen. »Ja, Sir. Also ich meine natürlich nein, Sir. Ich würde niemals auch nur ein Wort sagen. Ich brauche diesen Job. Meine Freundin erwartet bald einen Ring und ich brauche das Geld. Ich werde den Mund halten. Jawohl, Sir!«

»Das will ich für dich hoffen, andernfalls wird deine Freundin den Tod ihres Beinahe-Verlobten betrauern müssen.« Er legte auf, bevor der Jüngling noch etwas sagen konnte. Er steckte das abhörsichere Prepaid-Telefon tief in seine Tasche und nahm sich vor, es auf dem Heimweg zu entsorgen.

Der Navy-Offizier lehnte sich in seinem Stuhl zurück und verschränkte die Hände hinter dem Kopf. Seine Uniform war perfekt gebügelt. Alle Abzeichen auf seiner Brust saßen gerade. Er wirkte so ehrlich, wie ein Berufs-offizier es nur tun konnte. Er mochte seine Arbeit. Schade nur, dass die Bezahlung so beschissen war.

Und jetzt musste er sich mit Caite McCallan ausein-andersetzen. Seine andere Kontaktperson in Bahrain hatte die idiotischen Brüder verhören können, bevor die

Behörden« sie in die Hände bekamen. Sie hatten zugegeben, auf einer Konferenz, an der sie teilgenommen hatten, über ihren Plan, die SEALs loszuwerden, gesprochen zu haben. Aber sie hatten geschworen, dass niemand sie hatte verstehen können.

Natürlich hatten sie nicht gewusst, dass diese verdammte Sekretärin im College Französisch als Hauptfach hatte. Sie hatte jedes Wort verstanden und offensichtlich ihre eigenen Verbindungen genutzt, um die SEALs zu retten – zusammen mit sechs der zehn Steintafeln, die er einem Sammler in Washington, D.C. versprochen hatte.

Die Sekretärin hatte seinen Namen gehört. Sie musste sterben. So einfach war das.

Es wäre einfacher gewesen, wenn sich dieser Jüngling darum gekümmert hätte, als sie noch in Bahrain war. Es wäre so einfach gewesen, sie dort von der Straße zu zerren und zu töten. Jeder hätte gedacht, dass es ein zufälliger Angriff gewesen wäre. Jetzt war sie zurück in den USA und die Dinge waren schwieriger.

Aber das änderte nichts daran, dass sie sterben musste. Sie wusste zu viel. Auch wenn er vermutete, dass sie es noch nicht bemerkt hatte.

Der Mann richtete sich auf und stützte die Ellbogen auf den Schreibtisch vor ihm. Er verschränkte die Finger, während er darüber nachdachte, was seine nächsten Schritte sein würden.

»Sir?«, sagte seine Sekretärin über die Gegensprechanlage seines Telefons.

Er drückte auf einen Knopf und antwortete: »Ja?«

»Ich wollte Sie wissen lassen, dass Ihr zwei Uhr Termin hier ist.«

»Danke. Schicken Sie ihn rein.«

Er hatte im Moment keine Zeit, das Problem Caite McCallan zu lösen, aber er würde sich darum kümmern. Die Schlampe musste von der Bildfläche verschwinden. Nur so würde er sicher sein.

KAPITEL ACHT

»Ernsthaft, Caite?«, fragte ihre Mutter mit leicht irritierter Stimme.

»Ja, Mom, ich brauche Arbeit und im Moment ist es das Einzige, was ich bekommen kann.«

»Aber in einem Lebensmittelladen? Das ist der gefährlichste Arbeitsplatz, den du dir hättest suchen können. Auf dem Sender, den ich schaue, werden dort jeden Tag Menschen bei Schießereien und Raubüberfällen getötet.«

Caite wollte lachen, konnte aber nicht. »Mom, du musst aufhören, diese Shows zu schauen. Bald wirst du das Haus nicht mehr verlassen wollen. Der Laden liegt in einem guten Stadtteil von San Diego und in der Nähe meiner neuen Wohnung. Es ist sicher.«

»Es gefällt mir nicht.«

Caite mochte es ehrlich gesagt auch nicht besonders. Aber sie war verzweifelt. Die Arbeit als Kassiererin würde etwas des dringend benötigten Geldes einbringen, während sie nach etwas suchte, das besser zu ihrer

Ausbildung und zu ihrem Hintergrund passte. Nach ihrer Rückkehr aus dem Ausland hatte sie fast zwei Wochen nach einer Stelle als Sekretärin gesucht. Nachdem sie nichts gefunden hatte, entschied sie, jede Stelle anzunehmen, die sie in der Zwischenzeit bekommen konnte.

»Es ist nur vorübergehend«, versuchte sie, ihre Mutter zu beruhigen. »Sobald ich eine Stelle im Büro gefunden habe, kündige ich.«

Ihre Mutter seufzte. »Wenn du Geld brauchst, musst du nur deinen Vater und mich fragen. Wir helfen gern.«

Caite wusste das, aber auf keinen Fall wollte sie die Art von Tochter sein, die von den Almosen ihrer Eltern lebte. »Danke, Mom, das weiß ich zu schätzen. Im Moment geht es mir gut.«

»Ich mache mir nur Sorgen um dich.«

»Ich weiß. Ich hab dich lieb. Ich leg jetzt auf, ich bin fast zu Hause.«

»Du solltest nicht telefonieren, wenn du unterwegs bist, sondern besser auf deine Umgebung achten«, schimpfte ihre Mutter.

»Das tue ich.«

»In Ordnung. Wir machen jetzt aber nur Schluss, damit du besser aufpasst, was um dich herum passiert.«

»Okay.«

»Ich liebe dich, mein Schatz.«

»Ich dich auch, Mom. Richte Dad meine Grüße aus und sag ihm, er soll nicht so hart arbeiten.«

Die ältere Frau kicherte. »Ja genau, auf Wiedersehen.«

»Wiedersehen.«

Caite schaltete das Billighandy aus, das sie am Abend zuvor gekauft hatte, und steckte es in ihre Handtasche. Sie ging weiter die Straße entlang zu ihrer Wohnung. Sie hatte Glück gehabt und eine Einzimmerwohnung nicht weit von ihrer alten Wohnung entfernt gefunden. Sie kannte die Buslinien und aus einer Laune heraus hatte sie sich bei dem rund um die Uhr geöffneten Lebensmittelladen nach einer Stelle erkundigt.

Sie war sofort eingestellt worden. Dem Manager hatte sie gesagt, dass sie nicht in der Nachtschicht arbeiten könne. Sie hatte sich eine Geschichte über ein nicht existierendes Kind ausgedacht, für das sie zu Hause sein müsste, und er hatte zugestimmt. Caite fühlte sich schlecht, weil sie gelogen hatte, aber sie war keine Idiotin. Sie hatte viele der gleichen Sendungen gesehen wie ihre Mutter. Sie kannte die Statistiken und wusste, dass es nachts in diesen Läden gefährlich war.

Den Kauf eines Autos schob sie vorerst auf. Sie wollte das Geld auf ihrem Sparkonto so weit wie möglich aufstocken. Obwohl sie die meisten ihrer Kreditkarten abbezahlt hatte, hatte sie immer noch ein Studentendarlehen und jetzt ihre Miete und andere Lebenshaltungskosten zu bezahlen.

Der Gehweg war rissig und Caite schaute nach unten, um nicht zu stolpern. Sie kam an der Bushaltestelle vor ihrer Wohnung vorbei und ging zu ihrem Wohnhaus. Die Türen zu den einzelnen Wohnungen in diesem Apartmentgebäude waren draußen, was sie nicht besonders begeisterte, aber sie konnte es sich nicht leisten, wählerisch zu sein.

»Wenn du eine richtige Arbeit findest, kannst du umziehen«, sagte sie sich, als sie auf die Treppe zuging, die in den ersten Stock führte, wo sich Wohnung Nummer drei befand.

»Du hast mir nicht geschrieben«, sagte eine tiefe Stimme und Caite schreckte überrascht zusammen.

Sie blickte auf und sah Rocco, der an einem blauen Wagen lehnte.

Zuerst freute sie sich, ihn zu sehen, aber dann erinnerte sie sich, warum sie ihn nicht kontaktiert hatte.

Aus Verlegenheit.

Rocco stieß sich vom Wagen ab und ging auf sie zu. Als er näher kam, musterte er sie vom Kopf bis zu den Füßen. »Geht es dir gut?«, fragte er leise.

Caite nickte. Dann runzelte sie die Stirn und fragte: »Wie hast du mich gefunden?«

»Ich habe gehört, dass du entlassen wurdest, und als du dich nicht mit mir in Verbindung gesetzt hast, habe ich meine Kontakte genutzt, um dich ausfindig zu machen.« Er sah zu der Wohnung hoch und dann wieder zu ihr. »Brauchst du Hilfe, um deine Sachen aus dem Lager zu holen?«

Caite hätte wütend darüber sein sollen, wie viel er wusste. Besonders nachdem sie gefeuert worden war, weil jemand ihr nachspioniert hatte. Aber das war Rocco, sie konnte nicht wütend auf ihn sein.

»Ich wollte mir die Mühe nicht machen«, sagte sie ihm ehrlich. »Ich habe eine Luftmatratze und meine Sachen aus der Wohnung in Bahrain. Es ist in Ordnung, bis ich eine neue Wohnung gefunden habe. Ich wollte mir nicht die Mühe machen, mit allem zweimal umzuziehen.«

Rocco schüttelte den Kopf. »Auf keinen Fall wirst du

auf dem verdammten Boden schlafen«, sagte er mehr zu sich selbst als zu ihr. Dann zog er sein Telefon heraus, tippte darauf herum und hielt es an sein Ohr.

»Was machst du?«

»Hey Bubba, hier ist Rocco. Ich brauche ein wenig Hilfe ... Caites Sachen sind immer noch eingelagert. Sie ist noch nicht dazu gekommen, sie in ihre neue Wohnung zu holen ... Großartig, das würde ich zu schätzen wissen. In einer Stunde klingt gut. Bis dann.«

»Rocco! Nein! Es geht mir gut, ich brauche nicht ...«

»Es ist schon erledigt, *ma petite fée*. Das Team ist schon auf dem Weg zum Lagerhaus, um deine Sachen zu holen. Kannst du dort anrufen und Bescheid sagen, dass die Männer deine Erlaubnis haben, das Schloss aufzubrechen und deine Sachen rauszuholen?«

Caite verschränkte die Arme vor der Brust und funkelte Rocco an.

Er grinste, wurde aber schnell ernst. Er hob eine Hand und strich ihr eine Haarsträhne hinters Ohr. »Caite, du brauchst deine Sachen. Es ist kein großes Ding für uns, dir zu helfen. Wir haben deinen Kram hier, bevor es dunkel wird. Außerdem kannst du dir die Miete für den Lagerraum sparen.«

Er hatte recht, aber es fühlte sich trotzdem komisch an. »Ich habe nur ...« Ihre Stimme brach ab. Sie wusste nicht, was sie sagen wollte.

»Es tut mir leid, dass du entlassen wurdest«, sagte Rocco leise. »Das hast du nicht verdient. Du hättest dagegen protestieren können. Hast du deinem Vorgesetzten erzählt, warum du die Abaya getragen hast und was passiert ist?«

Sie schüttelte sofort den Kopf. »Nein, ich wollte euch nicht in Schwierigkeiten bringen.«

»Süße, wir wären nicht in Schwierigkeiten geraten. Wir waren auf offizieller Mission im Land.«

»Ich weiß, aber du hast gesagt, du wolltest mich nicht involvieren.«

»Zu deiner eigenen Sicherheit«, entgegnete er. »Wenn ich gewusst hätte, dass du gefeuert wirst, hätte ich dafür gesorgt, die Dinge klarzustellen. Ich hätte Kommandant Horner zumindest gesagt, wer du bist. Er weiß, dass eine Frau an unserer Rettung beteiligt war. Das haben wir deutlich gemacht. Aber er hat meinen Wunsch respektiert, es nicht zu dokumentieren. Es tut mir so leid, *ma petite fée*.«

Caite zuckte mit den Schultern. »Es ist okay. Ich habe meinen Chef gehasst und ehrlich gesagt habe ich mich nach dieser Nacht nicht mehr sicher gefühlt. Selbst hier auf der Straße fühle ich mich sicherer als dort.«

»Lass uns helfen«, flehte er.

Caite gingen die Argumente aus und sie nickte schließlich.

»Danke. Jetzt lass mich deine Wohnung sehen.«

Das wollte sie auf keinen Fall. Es war nicht so, dass ihr ihre Wohnung peinlich war, aber sie war noch nicht bereit, Besuch zu empfangen. »Wir könnten essen gehen oder so, während wir auf deine Freunde warten.«

Rocco schüttelte den Kopf. »Nein, ich möchte wissen, was du gemacht hast, seit du zurück bist. Hast du eine neue Stelle gefunden? Kann ich dir irgendwie helfen?«

»Wir können uns beim Mittagessen unterhalten«, sagte Caite hoffnungsvoll.

Rocco musterte sie kritisch. »Warum willst du mich nicht in deine Wohnung lassen? Hast du deine Meinung darüber, mit mir auszugehen, geändert?«

Er trat einen Schritt zurück und Caite fühlte sich sofort schlecht, dass er das auch nur für einen Moment gedacht hatte. »Nein«, platzte sie heraus.

»Was ist es dann?«

»Es ist mir peinlich, okay?«, sagte sie leise. »Ich habe keine Möbel und nichts an den Wänden. Ich hatte noch keine Zeit, etwas auszupacken, und ich ... es ist einfach peinlich.«

»Caite, du bist gerade erst wieder ins Land gekommen. Ich würde nie abfällig über deine Wohnung denken. Es sei denn, dort liegen Müllberge herum oder so.« Er grinste.

Sie schüttelte den Kopf. »Nein, es ist sauber. Es ist nur ... sehr spärlich.«

»Mit Spärlichkeit kann ich umgehen. Komm schon.« Rocco streckte die Hand aus und nahm ihre. Caite erinnerte sich sofort wieder an Bahrain, als er dasselbe getan hatte. Es fühlte sich gut an ... und richtig.

Er führte sie die Treppe hinauf direkt zu ihrer Wohnung und sie bemerkte, dass er wirklich Informationen über sie von jemandem bekommen hatte. Es hätte sie beunruhigen sollen, aber das tat es nicht. Bei Rocco fühlte sie sich sicher. Sie hatte ihm das Leben gerettet und irgendwie verband sie das enger, als alles andere es hätte tun können.

Er wartete, während sie den Schlüssel aus der Tasche zog und die Wohnungstür aufschloss. Er hielt sie ihr auf und folgte ihr hinein. Caite ließ ihn an sich vorbeigehen und beobachtete seine Reaktion auf ihre Wohnung, während er sich umsah.

Sein Gesichtsausdruck änderte sich nicht, als er den Kopf zur Küche und dann zum Wohnbereich drehte. Das einzige Möbelstück, das sie hatte, war einer dieser niedrigen Terrassenstühle. Er hatte einen Riss auf der Sitzfläche, aber es war besser, als auf dem Boden zu sitzen.

»Möchtest du etwas zu trinken?«, fragte sie. Sie war zumindest im Lebensmittelgeschäft gewesen und hatte sich eingedeckt.

Rocco drehte sich wieder zu ihr um und sagte lange nichts, bevor er den Kopf schüttelte. »Nein danke.«

Es vergingen mehrere unangenehme Sekunden. »Los, sag etwas. Ich weiß, du willst etwas sagen.«

»Über deine Wohnung?«, fragte er.

Sie nickte.

In dem Moment kam er so schnell auf sie zu, dass sie unfreiwillig ein paar Schritte zurücktrat und mit dem Rücken direkt an der Wand stand. Rocco lehnte seine Unterarme an die Wand neben ihrem Kopf und schwebte vor ihr. Sie hob die Hände und legte sie auf seine Brust, drückte ihn aber nicht weg.

»Du willst wissen, was ich von deiner Wohnung halte?«

Caite schluckte schwer und nickte.

»Sie gefällt mir nicht.«

Darauf hatte sie keine Antwort parat. Sie hatte ihn gefragt. Aber er gab ihr sowieso keine Chance, etwas zu sagen.

»Es gefällt mir nicht, dass alles, was du hier hast, ein verdammter Stuhl ist, den jemand weggeworfen hat. Es fehlt jede Art von Persönlichkeit, und das ist einfach falsch, denn Persönlichkeit strömt aus jeder deiner Poren. Ich stelle dich mir in einer Wohnung mit geordnetem Chaos vor. Bilder, Blumen, im Fernsehen läuft eine Hausrenovierungsshow, flauschige Kissen auf der Couch. Aber ich werde mein Bestes tun, um dir das zurückzugeben, *ma petite fée*. Wir bringen deine Sachen rein und dann sehen wir, was du sonst noch brauchst. Wir werden unsere Freunde um Hilfe bitten. Wolf und sein Team und ihre Frauen werden sich darum kümmern. Wir bringen das wieder in Ordnung.«

Caite zog sich die Kehle zu. Er hatte recht. Ihre Wohnung war leer und deprimierend und etwas beängstigend. Sie hatte die letzten anderthalb Wochen vollkommen verängstigt dort geschlafen. Bei jedem noch so kleinen Geräusch war sie zusammengezuckt. Sie hatte sogar den beschissenen Plastikstuhl vor ihre Tür gestellt, in der Hoffnung, es würde einen Einbrecher aufhalten.

»Ich werde einen Extrariegel an deiner Tür anbringen. Diese Gegend ist nicht die schlimmste, aber auch nicht die beste. Ich mag es nicht, dass deine Tür direkt zur Straße aufgeht, aber ich verstehe, dass du dir derzeit nichts anderes leisten kannst. Ich werde dir dabei helfen, dich hier sicher zu fühlen. Was immer du brauchst, ich besorge es dir, okay?«

Caite nickte. Über ein zusätzliches Schloss an der Tür würde sie sich mehr freuen als über einen Fernseher oder einen Esstisch.

»Also ... hast du schon Arbeit gefunden?«, fragte er, ohne sich von ihr zu entfernen.

Caite wollte ihm sagen, er solle sich zurückziehen,

aber andererseits mochte sie es, ihn so nahe bei sich zu haben. »Ja, gerade heute.«

»Das sind gute Nachrichten. Wo?«

Sie wusste, dass diese Frage kommen würde. »Im Lebensmittelgeschäft die Straße runter.« Er runzelte die Stirn und sie fuhr schnell fort: »Ich weiß, ich weiß, aber es war das Einzige, was ich im Moment bekommen konnte. Ich suche immer noch etwas in meinem Bereich, aber es gibt nicht allzu viele Stellen für jemanden, der Französisch gelernt hat. Und ich bin mir ziemlich sicher, dass ich auf dem Marinestützpunkt keine Arbeit mehr bekommen werde, wenn man bedenkt, dass ich in Bahrain gefeuert und aus dem Land geschmissen wurde. Und Verwaltungsassistenten gibt es wie Sand am mehr. Aber ich werde bald etwas finden, da bin ich mir sicher.«

Rocco sagte nichts, aber Caite beobachtete, wie sich der Muskel in seinem Kiefer anspannte. »Sag mir wenigstens, dass du nicht nachts arbeitest.«

»Ich arbeite nicht nachts«, bestätigte sie sofort. »Ich habe den Manager angelogen und gesagt, dass ich ein Kind habe, das ich nachmittags vom Bus abholen und dann zu Hause betreuen muss.«

Roccos Lippen verzogen sich. »Zumindest ist das etwas«, sagte er nach einem Moment. Dann richtete er sich auf und Caite ließ ihre Arme zu ihren Seiten sinken. Sanft ergriff er ihren Ellbogen. »Komm, lass uns nachsehen, was du hier zu essen hast«, sagte er. »Die Männer werden bald hier sein.«

Er zog sie in die Küche und bedeutete ihr, sich auf die Arbeitsplatte zu setzen. Sie tat es und sah dann zu, wie er ihren Kühlschrank öffnete und sich hinunterbeugte.

Caite konnte nicht anders, als auf seinen Hintern zu schauen. Rocco trug eine abgetragene blaue Jeans, die eng an seinem erstaunlichen Körper anlag. Er hatte schon in seiner Cargohose und der schwarzen Hose in Bahrain gut ausgesehen, aber nichts ging über einen Mann in einer eng anliegenden Jeans.

»Starrst du auf meinen Arsch?«, fragte er und sah über seine Schulter. Der Humor in seinem Tonfall war leicht zu hören.

»Auf jeden Fall«, sagte Caite zu ihm, während sie errötete.

»Gut, dann mach weiter«, scherzte Rocco und drehte sich wieder um, um den Kühlschrank zu durchsuchen.

Rocco hatte sich zurückhalten müssen, von Caite nicht zu verlangen, ihren neuen Job auf der Stelle wieder zu kündigen. In einem Lebensmittelgeschäft? Verdammt noch mal, das war der gefährlichste Arbeitsplatz, den er sich für sie vorstellen konnte.

Aber er versuchte, sich nicht wie ein Idiot aufzuführen. Technisch gesehen waren sie nicht einmal zusammen, da er es noch nicht geschafft hatte, sie zu einer einzigen Verabredung auszuführen.

Und ihre Wohnung machte ihn unglaublich traurig. Er wusste, dass es ihr peinlich war, wie wenig sie hatte, doch das war ihm egal. Aber sie hatte so viel mehr verdient. Er wusste auch, dass es nicht gut ankommen würde, wenn er ihr Geld anbot. Und er selbst hatte keine Ahnung, wo er anfangen sollte, wenn es darum ging, für eine Frau einzukaufen. Aber ... Caroline, Alabama und die anderen Frauen von Wolfs SEAL-Kameraden würden es wissen. Sobald sie von ihren Umständen erfahren hätten, würden sie dafür sorgen, dass sie gut eingerichtet war.

Wenigstens hatte sie genügend Lebensmittelvorräte. Das beruhigte ihn. Er machte ihnen Sandwiches und sie erzählte ihm mehr über das Gespräch mit ihrem Chef, als sie gefeuert worden und danach schneller außer Landes gebracht worden war, als er es jemals zuvor erlebt hatte. Sie erzählte ihm auch über ihre Eltern und wie großartig sie waren. Ihre Mutter hatte angeboten, aus San Francisco zu ihr zu kommen, um ihr bei der Eingewöhnung zu helfen, aber Caite hatte abgelehnt.

Sie hatte keine Geschwister und ironischerweise waren auch ihre Eltern Einzelkinder, also hatte sie auch keine Tanten und Onkel und weder Cousins noch Cousinen, auf die sie sich stützen könnte.

Rocco freute sich darauf, ihr seine anderen Teamkameraden vorzustellen. Er wusste ohne Zweifel, dass sie sie alle so sehr mögen würden wie er. Nun, vielleicht nicht ganz so sehr wie er.

Es klopfte an der Tür und Rocco sagte: »Bleib sitzen, ich werde aufmachen.« Sie saßen beide auf der Küchentheke, weil es keinen anderen Ort zum Essen gab. Caite nickte und er spürte, wie sie ihn ansah, als er zur Tür ging.

Er mochte die Art, wie sie ihn betrachtete.

Rocco war kein Idiot, er wusste, dass er gut aussah. Aber es war lange her, dass er sich dafür interessiert hatte. Er war zu beschäftigt mit Training und Missionen gewesen. Er hatte es sattgehabt, in Kneipen angemacht zu werden und kurzlebige Beziehungen zu führen. Er war zu alt für diesen Scheiß. Fünfunddreißig war nicht wirklich alt, aber wenn er sich mit den Mitte Zwanzigjährigen in der Kneipe rumtrieb, kam er sich vor wie ein Greis. Außerdem hatte er festgestellt, dass er sich nach etwas sehnte, das er nicht in Worte fassen konnte, nachdem er Wolf und die anderen mit ihren wachsenden Familien kennengelernt hatte.

Es war mehr, als nur eine Frau und Kinder zu haben. Verdammt, er könnte losziehen und die erstbeste Frau heiraten, die ihn nehmen würde, wenn das alles wäre. Nein, er wollte diese Art von Verbindung fühlen, wie die anderen sie hatten. Er wollte bis ins Mark seiner Knochen wissen, dass er geliebt wurde, und jemand anderem dieselbe Liebe schenken.

Er wusste nicht, ob Caite dieser Mensch war oder nicht, aber er empfand viel mehr für sie als für jede andere Frau, die er in den letzten fünf Jahren kennengelernt hatte. Es war beeindruckend, dass sie selbstlos und mutig gewesen war und ihre Karriere für ihn, Ace und Gumby aufs Spiel gesetzt hatte.

Rocco warf einen Blick durch den Spion und sah seine Teamkameraden vor der Tür stehen. Rocco öffnete. »Hey.«

»Hey.«

»Jo.«

»Hallo.«

Die anderen beiden Männer nickten ihm zu.

»Ist im Lagerhaus alles gut gegangen?«, fragte Rocco.

»Ja, es gab keine Probleme«, sagte Rex, als er die Wohnung betrat.

Die anderen traten ein und Rocco ging direkt auf Caite zu, die jetzt in der Küche stand und unsicher aussah. Er griff nach ihrer Hand und wurde sofort ruhiger, als sie umgehend seine Hand ergriff.

Er brachte sie ins Wohnzimmer, wo sein Team auf sie wartete. »Caite, ich möchte dir meine besten Freunde und Teamkameraden vorstellen. Gumby und Ace kennst du bereits.« Er nickte den beiden Männern zu.

»Ja, hallo«, sagte Caite leise. Die Männer sahen viel besser aus als das letzte Mal, als sie sie gesehen hatte. Wie Rocco hatten sie keine blauen Flecke mehr im Gesicht und sie hatten ihre Bärte gestutzt.

Gumby trat vor und zog sie in eine innige Umarmung. Sie musste Roccos Hand loslassen oder sie hätte sich den Arm hinter ihrem Rücken verdreht.

»Mach Platz, ich bin dran«, forderte Ace. Als Gumby sie losließ, zog Ace sie an sich.

Gumby hielt seine Hand auf ihrem Oberarm, während Ace sie umarmte und sagte: »Danke Caite.«

»Das war keine große Sache«, murmelte sie.

»Keine große Sache?«, fragte Bubba. Er zog Ace beiseite und legte jetzt seine Hände auf Caites Schultern. »Du hast meine Freunde davor bewahrt, ermordet zu werden. Das ist definitiv eine große Sache.«

»Leute«, mahnte Rocco, aber sie ignorierten ihn.

Bubbas Hände auf Caite gefielen ihm nicht. Er war mit einunddreißig der Jüngste im Team und der Typ, zu dem sich die meisten Frauen hingezogen fühlten. Er war der Einzige von ihnen, der keinen Bart hatte. Rocco hatte gesehen, wie sich Frauen buchstäblich auf ihn stürzten, wenn sie zu viel getrunken hatten. Auf keinen Fall wollte er, dass sein Kumpel Caite mit seinem guten Aussehen den Kopf verdrehte.

Aber er hätte sich keine Sorgen machen müssen. Caite hatte keine Zeit, sich von Bubba blenden zu lassen, denn Phantom gesellte sich zu ihrem kleinen Gedränge und gab seinen Senf auch noch dazu. »Diese Kerle mögen manchmal Arschlöcher sein, aber wir sind ein Team, seit wir die SEAL-Ausbildung abgeschlossen haben. Ich weiß nicht, wie es den anderen geht, aber ich glaube nicht, dass ich weitermachen könnte, wenn einer von ihnen nicht mehr da wäre.«

Dann schob Rex, der gruseligste Mann in ihrem Team, Bubba aus dem Weg und stellte sich vor Caite.

Sie bekam große Augen und starrte ihn an. Er war nicht der Größte in der Gruppe, aber mit einem Arm voller Tattoos, seinem langen und etwas wilden Haar und mit dem finsteren Ausdruck auf seinem Gesicht sah es aus, als würde Caite am liebsten davonlaufen. Sogar Rocco musste zugeben, dass Rex wie der Stereotyp eines Holzfällers aussehen würde, wenn man ihn in ein kariertes Flanellhemd stecken und eine Axt über die Schulter legen würde. Nur die langen Haare passten nicht ganz ins Bild.

Rex berührte Caite nicht. Er beugte sich nur zu ihr vor und starrte sie an. »Du siehst nicht so aus, als könntest du einer Fliege etwas zuleide tun«, sagte er trocken. »Was hast du dir dabei gedacht, als du losgezogen bist, um meine Freunde zu retten?«

»Ähm, nichts?«, krächzte sie.

»Rex«, sagte Rocco in einem tiefen, harten Ton, aber er ignorierte ihn.

»Du bist also als Frau in einem Land, das für seine Frauenfeindlichkeit bekannt ist, in einen der gefährlichsten Stadtteile gezogen, um drei Navy SEALs aufzuspüren?«

Caite sagte nichts, aber sie schluckte schwer.

»Und du hast sie nicht nur gefunden, du hast es auch geschafft, sie aus ihrem Gefängnis zu befreien und ihnen zu helfen, sich aus der Gegend zu schleichen, ohne dass ein Schuss abgegeben und ohne dass jemand verletzt wurde. Wie zum Teufel kannst du auch nur eine Sekunde glauben, dass das keine große Sache ist?«

Caite biss sich auf die Lippe und zuckte leicht mit den Schultern. »Weil ihr das die ganze Zeit macht? Weil ich nicht einfach nur herumsitzen und nichts tun konnte? Wie hätte ich damit umgehen sollen, wenn ich in den Nachrichten davon gehört hätte, dass drei unserer Navy-Männer ermordet aufgefunden wurden, obwohl ich etwas dagegen hätte unternehmen können? Hätte ich einfach nach Hause gehen und alles vergessen sollen, was ich gehört hatte? Vergessen, dass Rocco mich um eine Verabredung gebeten hatte? Weißt du, wie lange es her ist, dass das jemand getan hat? Es könnte Jahre dauern, bis ich wieder die Gelegenheit dazu bekomme.«

Am Ende ihrer kleinen Rede wusste Rocco, dass sie sich ein wenig entspannte, wodurch er sich auch besser fühlte. Aber auf Rex' Antwort war er nicht vorbereitet.

»Ich würde dich ausführen. Du musst mir nur Ort und Zeit nennen.«

»Ich auch«, wiederholte Bubba.

»Das ist nicht fair, wir haben sie zuerst kennengelernt«, grummelte Gumby. »Wenn sie mit jemandem ausgeht, dann sollte es mit Ace oder mir sein.«

Rocco hatte genug. »Jetzt haltet alle mal die Klappe«, sagte er zu seinen Freunden und griff nach Caite. Er packte sie um die Taille und zog sie nach hinten, bis sie vor seiner Brust war. Zur Sicherheit legte er seinen anderen Arm diagonal um ihren Oberkörper, um seinen Anspruch weiter zu betonen. »Sie geht mit keinem von euch aus. Sie geht mit mir aus.«

Rex grinste, aber sein Lächeln verblasste, als er wieder Caite ansah. »Es war eine große Sache, Liebes. Vielleicht nicht besonders schlau, aber eine große Sache. Und ob es dir gefällt oder nicht, du hast mit uns jetzt sechs große Brüder. Wenn du etwas brauchst, musst du nur nach einem von uns rufen. Wir holen dein Zeug auch zwanzigmal aus einem Lagerhaus und bringen es in deine Wohnung und es wird uns nichts ausmachen. Wenn du jemanden brauchst, der deine Einkäufe für dich trägt, ruf uns an. Brauchst du hundert Dollar, um deine Stromrechnung zu bezahlen? Wir sind für dich da. Du brauchst eine Verabredung für deine Cousine zweiten Grades? Ruf einen von uns an und wir sind da. Was ich damit sagen will, was du in Bahrain getan hast, war überragend, und als Dank dafür werden wir immer für dich da sein, egal was passiert, verstanden?«

»Fünf Brüder«, korrigierte Rocco in Caites Ohr. Er spürte, wie sie zitterte, aber sie ließ Rex nicht aus den Augen.

»Ja, verstanden.«

»Gut.«

»Obwohl ich beim Leihen von größeren Geldbeträgen die Grenze ziehen würde. Es kommt nie etwas Gutes dabei heraus, wenn man sich Geld von Familienmitgliedern leiht.«

Ace fluchte leise.

»Tolle Ansage, Arschloch«, murmelte Gumby.

Rex lächelte nur, antwortete aber nicht. Rocco fragte sich, ob sie schon ein paar Scheine in ihren Sachen versteckt hatten. Er würde es ihnen zutrauen.

»Wie wäre es, wenn wir jetzt deine Sachen reinholen?«, fragte Bubba. »Diese Wohnung schreit förmlich nach Möbeln.«

»Richtig«, sagte Rex, dann beugte er sich vor und strich mit seinen Lippen über Caites Wange, was Rocco zwang, sie loszulassen. »Danke.« Dann, ohne auf ihre Antwort zu warten, ging er zur Tür.

Die anderen folgten ihm, aber nicht bevor sie ebenfalls ihre Wange geküsst hatten, so wie Rex es getan hatte.

Nachdem die fünf Männer gegangen waren, drehte Rocco Caite zu sich um. »Alles in Ordnung?«

»Deine Freunde sind sehr intensiv«, sagte sie.

»Findest du?«, fragte er.

»Du nicht?«, erwiderte Caite.

Rocco schüttelte den Kopf. »Ich nehme an, ich habe sie in zu vielen prekären Situationen gesehen, um zu denken, dass das gerade intensiv war.«

»Richtig, wir sollten helfen.«

»Nein, sie schaffen das allein.«

Caite zog an seinem Arm. »Im Ernst, Rocco, wir sollten helfen. Es sieht aber so aus, als wäre Gumbys Knöchel wieder in Ordnung.«

»Ernsthaft Caite, es ist in Ordnung. Ja, Gumbys Knöchel geht es gut. Uns geht es allen gut. Alles ist problemlos verheilt. Du musst hierbleiben und ihnen sagen, wo sie dein Zeug hinstellen sollen, wenn sie es hereinbringen.«

Sie nickte, als machte das Sinn. »Warum hilfst du nicht?«

»Ich muss hierbleiben und aufpassen, dass meine Freunde nicht wieder ihre Lippen auf deine Haut legen.«

Caite verdrehte die Augen, aber sie lächelte. »Du bist verrückt. Sie haben mir nur gedankt.«

Rocco wollte ihr nicht sagen, dass es ihr Ernst gewesen war, dass sie mit ihr ausgehen würden. Wenn sie einem von ihnen auch nur den geringsten Hinweis gab, dass sie an ihm interessiert wäre, würde es zu einem Kampf kommen. Und sie zu küssen, ja, es war, um ihr zu danken, aber sie wollten ihn auch provozieren. Sie wussten, dass er sich ärgern würde. Der einzige Mensch, der sie mit seinen Lippen berühren sollte, war er.

Die nächsten anderthalb Stunden vergingen schnell mit Gelächter und Neckereien zwischen den Männern und Caite. Rocco stellte mit Erleichterung fest, dass sie gut mit ihrem Geplänkel mithalten konnte, sobald sie in Gegenwart des Teams aufgetaut war.

Die Männer halfen ihr beim Auspacken der Kartons und als sie fertig waren, war die Wohnung immer noch nicht voll, aber immerhin hatte sie eine kleine Couch, ein paar Stühle und vor allem ein Bett zum Schlafen.

»Wir müssen los«, sagte Bubba. Dann wandte er sich an Rocco. »Wenn du noch Hilfe brauchst, lass es uns wissen.«

»Werde ich.«

»Wir sehen uns morgen früh beim Training«, sagte Gumby zu Rocco, als er ging.

Die anderen vier Männer folgten ihm und bald waren Rocco und Caite allein.

»Kann ich deine Nummer haben?«, fragte er.

Caite nickte. »Natürlich, obwohl ich vorerst nur ein Prepaid-Telefon habe, bis ich mir ein anständiges besorgen kann.«

»Kann ich das für dich erledigen?«, fragte Rocco, der die Antwort bereits kannte, aber trotzdem fragte.

»Danke, aber nein. Ich werde mein altes Telefon mitnehmen, damit sie im Laden alle meine Kontakte und Bilder übertragen können. Ich bin nur noch nicht dazu gekommen und es war einfacher, mir dieses Billigteil zu holen. Ich muss sowieso mein altes Telefon aufrüsten, und jetzt scheint ein guter Zeitpunkt dafür zu sein.«

»Wird dir das wehtun?«, fragt er.

»Du meinst finanziell?« Als Rocco nickte, schüttelte sie den Kopf. »Nein, ich habe Geld dafür zurückgelegt. Ich werde mir vorerst kein Auto kaufen, bis ich eine besser bezahlte und dauerhafte Anstellung finde. Aber ein Telefon kann ich mir leisten.«

»Bist du sicher?«

»Ich bin sicher. Aber danke.«

»Kann ich dir mit etwas anderem helfen?«, fragte Rocco frustriert.

Caite lächelte ihn an. »Du kannst mich anrufen und mir schreiben. Im Laufe der Jahre habe ich festgestellt, dass meine Kollegen nur ›Arbeitsfreunde‹ sind. Wir verstehen uns, solange ich auf der Arbeit bin, aber sobald ich weg bin, ruft niemand mehr an oder schreibt. Ich könnte jemanden zum Reden gebrauchen, außer meiner Mutter.«

»Das ist leicht, *ma petite fée*. Das hatte ich sowieso vor. Ich meinte, kann ich sonst noch etwas für dich tun?«

Sie biss sich auf die Unterlippe. »Du hast etwas davon gesagt, einen weiteren Riegel an meiner Tür anzubringen?«

»Jawohl, ich werde die Sachen dafür besorgen und morgen wiederkommen, wenn das für dich in Ordnung ist.«

Caite nickte. »Ich arbeite morgen von acht bis vier, also danach.«

»Abgemacht. Soll ich etwas zum Abendessen mitbringen?«

»Bist du überhaupt echt?«, fragte Caite.

»Ich bin echt«, beruhigte Rocco sie. »Was soll ich mitbringen?«

»Ich bin nicht wählerisch. Hole einfach etwas auf dem Weg. Ich werde es dir zurückbezahlen.«

Rocco verdrehte die Augen. »Als ob.«

Sie kicherte. »Du klingst wie ein Teenager.«

Er lächelte nicht. »Du wirst es mir nicht zurückbezahlen, Caite. Wenn ein Mann einer Frau das Abendessen mitbringt, dann zahlt sie nicht dafür. Arbeitest du dieses Wochenende?«

Sie nickte.

»Aber nicht abends, oder?«

»Nein.«

»Wie wäre es dann mit Samstagabend für unsere Verabredung?«

»Du bringst morgen schon das Abendessen mit. Ist das nicht unsere Verabredung?«, fragte sie.

Es ärgerte ihn etwas, dass sie es ernst zu meinen schien. Er trat einen Schritt auf sie zu und legte seinen Arm um ihre Taille. Er liebte es, wie sie ihre Hände sofort auf seine Brust legte. »Nein, *ma petite fée*, das ist nicht das Abendessen, um unsere verpasste Verabredung in Bahrain wiedergutzumachen. Aber es ist trotzdem eine Verabredung.«

»Okay«, sagte sie mit einem kleinen Lächeln.

»Okay«, wiederholte er. Nach einem Moment fügte er hinzu: »Es fällt mir schwer zu gehen.«

Sie kicherte. »Soll ich etwas Zickiges sagen, um es dir einfacher zu machen?«

Rocco schüttelte den Kopf. »Ich glaube nicht, dass du zickig sein kannst.«

»Oh doch, das kann ich«, konterte sie. »Ich bin mir sicher, dass ich früher oder später etwas sagen werde, bei dem du dich fragen wirst, was zum Teufel du hier tust.«

»Dasselbe gilt für mich. Ich bin nicht perfekt«, erklärte er.

Das Lächeln auf ihrem Gesicht ließ nicht nach. »Bin ich auch nicht. Rocco, ich erwarte von niemandem, wie aus dem Bilderbuch zu sein. Ich bin sehr leicht zufriedenzustellen. Sei nett zu mir und sei nicht unhöflich zu anderen Menschen, wenn wir zusammen sind, dann geht es mir gut.«

»Ich bin nett«, bestätigte Rocco, obwohl er nicht sicher war, ob das immer der Fall war.

Als könnte sie seine Gedanken lesen, stellte sie klar: »Ich meine, sei nett zu Leuten, die es verdient haben. Du musst nicht nett zu jemandem sein, der dir die Vorfahrt nimmt oder dir einen Vogel zeigt, wenn du dich um deine eigenen Angelegenheiten kümmerst, oder der sich weigert, dich oder das, was du beruflich machst, zu respektieren.«

»Du bist ein blutrünstiges kleines Ding, nicht wahr?«

»Du hast ja keine Ahnung«, sagte Caite mit einem Grinsen. »Nun ... muss ich etwas Gemeines sagen, um dich zum Gehen zu bewegen?«

»Nein, ich gehe. Aber zuerst ...« Rocco beugte sich hinunter und küsste sie sanft auf eine Wange, dann auf die andere. »Ich muss das Gefühl ihrer Lippen auf deiner Haut mit meinen ersetzen.«

Caite entspannte sich und Rocco hatte sich noch nie so männlich gefühlt wie jetzt, wo er sie in seinen Armen hielt. Sie hatte wunderbare Kurven und er kämpfte damit, seine Hände dort zu behalten, wo sie waren, und nicht ihren Hintern zu befummeln.

»Ich glaube, Rex hat auch meine Lippen berührt«, neckte sie. »Obwohl ich mir wegen seines Bartes nicht sicher sein kann. Es ist ein bisschen seltsam, dass ihr alle Bärte habt, oder?«

Rocco machte sich nicht die Mühe, ihre Frage zu beantworten und zu erklären, dass die Bärte dabei halfen, sich anzupassen, wenn sie auf Mission gingen, und presste seinen Mund, ohne zu zögern, auf ihren.

Wie lange sie in ihrer Wohnung standen und sich küssten, wusste er nicht. Er konnte sich nicht erinnern, wann er das letzte Mal eine Frau geküsst hatte, ohne zu erwarten weiterzugehen. Er wollte mehr, aber im Moment wäre es nicht richtig. Er war vollkommen zufrieden damit herauszufinden, was sie mochte, und ihre Hände auf seiner Brust zu spüren.

Als sie anfing, sanft an seiner Unterlippe zu saugen, zog Rocco sich schließlich zurück.

»Hat dir das nicht gefallen?«, fragte sie. Ihre Wangen waren gerötet und ihre blauen Augen waren leicht geweitet.

»Mir hat es zu gut gefallen. Und ich versuche, nett zu sein.«

»Nett ist scheiße«, murmelte Caite.

Rocco lachte. »Wir haben viel Zeit, Caite«, beruhigte er sie.

»Das hast du in Bahrain auch gesagt und sieh, was passiert ist. Ich musste dir den Hintern retten«, scherzte sie.

Rocco lachte und sagte: »Punkt für dich. Aber diesmal meine ich es ernst. Ich komme morgen mit Abendessen wieder und werde das zusätzliche Schloss anbauen. Ich rufe an, du schreibst und wir lernen uns besser kennen. Samstag gehen wir aus und dann sehen wir, wie es weitergeht.«

Caite lächelte und nickte.

Rocco küsste sie noch einmal und trat dann zurück. »Sobald du dein neues Telefon hast, möchte ich der erste Mensch sein, dem du schreibst. Bring mich nicht wieder dazu, dich aufspüren zu müssen«, sagte er spöttisch.

»Du hast mir noch nicht erzählt, wie du mich gefunden hast«, sagte Caite mit gerunzelter Stirn.

»Nein, das muss nur ich wissen und du wirst es nie herausfinden«, neckte er. »Ich habe das Gefühl, dass ich ein Ass im Ärmel brauche, um dir immer einen Schritt voraus zu sein.«

Caite verdrehte wieder die Augen. »Wie auch immer. Ich bin vollkommen harmlos.«

»Wie auch immer«, wiederholte Rocco, lächelte aber, als er es sagte.

»Danke, dass du mir heute geholfen hast«, sagte Caite zu ihm.

»Gern geschehen. Und das meine ich so.«

Sie nickte.

»Bis morgen«, sagte Rocco und ging dann rückwärts zur Tür.

»Fahr vorsichtig.«

»Werde ich. Du sei vorsichtig bei der Arbeit.«

»Natürlich. Tschüss Rocco.«

»Tschüss, *ma petite fée*.«

Rocco schloss widerstrebend ihre Tür und hörte, wie sie sie hinter sich abschloss. Er ging die Treppe hinunter zu seinem Wagen. Er hasste es, sie zu verlassen, aber es war nicht so, als könnte er bleiben. Sie waren noch nicht einmal miteinander ausgegangen.

Aber Samstag würden alle Hürden fallen. Ja, es ging schnell, aber es war leicht zu erkennen, dass Caite es genauso wollte. Er wusste nicht, wann es angemessen wäre, Sex zu haben, wenn man anfing, mit jemandem auszugehen. Aber am Ende spielte es keine Rolle, ob er eine Woche oder ein Jahr warten müsste, er hatte das Gefühl, dass sie es wert sein würde.

Als er zu seiner Wohnung fuhr, kam Rocco plötzlich der Gedanke, dass er es kaum erwarten konnte, Caite Wolf und Caroline vorzustellen. Er respektierte den

Mann mehr, als er sagen konnte, und die Tatsache, dass er wollte, dass der pensionierte SEAL Caite kennenlernte, sprach Bände.

Er merkte nicht einmal, dass er während der ganzen Heimfahrt lächelte.

***

»Sie hat gerade eine Stelle in diesem heruntergekommenen Laden in der Nähe ihrer Wohnung bekommen«, sagte der Mann am anderen Ende der Leitung.

Der Navy-Offizier nickte. »Okay, hat sie ein Auto?«

»Nein.«

»Also geht sie zu Fuß zur Arbeit?«

»Ja.«

»Perfekt. Da bietet sich doch ein Unfall mit Fahrerflucht an. Ich bin mir sicher, du wirst irgendwo einen Wagen stehlen können, der sich dafür eignet. Pass auf, dass niemand dein Gesicht sieht, und sorg dafür, dass du sie so triffst, dass sie tot ist. Ich möchte nicht, dass sie im Krankenhaus aufwacht und noch am Leben ist.« Er hatte auf die harte Tour gelernt, dass er klare Anweisungen geben musste. Keine »kümmere dich um sie«-Scheiße mehr.

»Ich will, dass sie tot ist«, wiederholte er.

»Ja, ja, das habe ich verstanden«, sagte der Mann. »Das wird erledigt. Wann werde ich bezahlt?«

»Die Hälfte vorab und der Rest, wenn sie im Leichenschauhaus liegt«, sagte der gereizte Mann in seinem Büro auf dem Marinestützpunkt.

»Ich werde an der Tankstelle warten, wo wir uns für die Übergabe der ersten Hälfte des Geldes getroffen haben. Heute Abend um fünf«, antwortete das Bandenmitglied. »Komm nicht zu spät.«

Der Offizier legte ohne Antwort auf und rutschte ungeduldig auf seinem Stuhl hin und her. Mit jedem Tag, der verging, hatte Caite McCallan mehr Zeit, sich an seinen Namen zu erinnern. Das musste er um jeden Preis verhindern.

Er blickte zu der Tür seines Büros, nahm schnell das Prepaid-Telefon und wählte noch einmal. Eine weitere Lieferung unbezahlbarer Artefakte war auf dem Weg in die USA und diesmal durfte es nicht vermasselt werden. Der Käufer war misstrauisch und nervös und ein mieses Arschloch. Alles musste reibungslos ablaufen, wenn er sein Geld bekommen und einen weiteren Tag erleben wollte.

<hr>

KAPITEL NEUN

<hr>

Am Samstagmorgen lächelte Caite auf dem Weg zur Arbeit. Sie ging den Bürgersteig entlang der Hauptstraße. Sie las Nachrichten auf ihrem Handy und schaute gelegentlich auf, um sich zu vergewissern, dass sie mit niemandem zusammenstieß.

Rocco: Guten Morgen, meine Schöne.

Caite: Guten Morgen. Kannst du mir nicht verraten, wohin wir heute Abend gehen?

Rocco: Auf keinen Fall. Du magst wohl keine Überraschungen?

Caite: Nein, das macht mich verrückt. Woher soll ich wissen, was ich anziehen soll? Was für Schuhe?

Rocco: Vielleicht brauchst du keine Kleidung. Vielleicht gehen wir schwimmen.

Caite: Nun, das wäre blöd, da ich nicht schwimmen kann.

Rocco: Was? Ernsthaft?

Caite: Ja.

Rocco: Nun, dann müssen wir wirklich gehen, damit du es lernst.

Caite: Ich kann mich treiben lassen, aber nicht sehr gut.

Rocco: Wir fangen im Meer an. Durch das Salzwasser ist es leichter.

Rocco: Caite? Bist du noch da?

Caite: Ich bin mir nicht sicher, ob das eine so gute Idee ist. Ich möchte einen guten Eindruck machen und dich nicht nerven, weil ich nicht schwimmen kann.

Rocco: Kannst du gerade reden?

Caite: Wir reden doch.

Rocco: Ich rufe dich an.

Caite tippte gerade eine Antwort ein, als das Telefon in ihrer Hand klingelte. Sie blieb an einer Ampel stehen und wartete darauf, dass es grün wurde, als sie antwortete: »Hey.«

»Ich werde nicht genervt sein, weil du nicht schwimmen kannst«, sagte er, anstatt die Begrüßung zu erwidern.

Sie seufzte. »Ich weiß. Es ist nur komisch, dass ich nicht schwimmen kann. Ich bin in San Francisco aufgewachsen und wir sind oft zum Strand gegangen, aber ich habe immer nur im Sand gespielt. Als ich alt genug war, hat meine Mom mich für einen Schwimmkurs angemeldet, aber ich habe vor Angst geschrien und mich geweigert, das zu tun, was der Schwimmlehrer wollte. Also haben meine Eltern nachgegeben und beschlossen, es noch einmal zu versuchen, wenn ich älter wäre. Ich kann den Gedanken nicht ertragen, Wasser über meinem Kopf zu spüren.«

»Du kannst also wirklich nicht schwimmen?«, fragte Rocco.

Caite hörte keinen Tadel in seiner Stimme, nur Neugier. »Ich kann mich etwas treiben lassen«, erklärte sie ihm. »Solange ich mit dem Kopf nicht unter Wasser muss, ist es in Ordnung. Besonders im Meer finde ich es wirklich unangenehm.«

»Wieso?«

»Wieso? Rocco, es ist voller Tiere mit großen Zähnen! Und wenn es nicht Haie oder Krabben sind, dann gibt es Quallen. Diese Dinger haben vielleicht keine Zähne, aber sie können trotzdem stechen.« Sie schauderte. »Nein! Wenn ich schon ins Wasser muss, dann muss es flach, gechlort und sauber sein.«

»Du weißt aber, dass Schwimmbecken nicht wirklich sauber sind, oder?«, fragte Rocco.

»Oh Gott, bitte sag es mir nicht«, flehte Caite, als sie über die Straße ging.

»Du vertraust mir, oder?«, fragte Rocco.

»Ja.« Caite musste nicht einmal über ihre Antwort nachdenken. Sie vertraute ihm mehr als jedem anderen in ihrem Leben. Er hatte sie wie versprochen besucht und den zusätzlichen Riegel an ihrer Tür angebracht. Dann waren sie lange aufgeblieben und hatten über ihr Leben geredet und sich besser kennengelernt. Er hatte ihr erzählt, wie schwer die SEAL-Ausbildung gewesen war und wie nahe er und seine Freunde sich in dieser Zeit gekommen waren. Sie kannte ihn schon viel besser. Ganz zu schweigen davon, wie er sie durch die Straßen von Bahrain begleitet hatte. Ja, sie vertraute ihm.

Sie hatte ihm erzählt, dass sie in der Highschool ein paar enge Freundinnen gehabt hatte, aber nachdem alle auf verschiedene Colleges gegangen waren, hatten sie sich aus den Augen verloren. Während des Studiums hatte sie auch viele Freundinnen gehabt, die aber alle unterschiedliche Karrierewege eingeschlagen hatten und nicht wirklich mit ihr in Kontakt geblieben waren.

Caite gab zu, dass sie ihrer Mutter sehr nahestand, aber sie konnte sie nicht so oft sehen, wie sie wollte. Sie hatte ihm mehr darüber erzählt, wie viel Angst sie in Bahrain gehabt hatte, als sie allein versucht hatte herauszufinden, wo er und die anderen versteckt waren.

Aber schon in der Sekunde, in der sie Rocco kennengelernt hatte, hatte sie sich bei ihm sicher gefühlt. Sie hätte nie zugesagt, mit ihm auszugehen, wenn es nicht so wäre. Und nichts, was seitdem passiert war, hatte etwas daran geändert.

»Gut, du vertraust mir also. Glaubst du dann wirklich, ich würde etwas tun, das dich in Verlegenheit oder in Gefahr bringen würde?«, fragte er.

Caite wich einer Familie aus, die ihr auf dem Weg zum Laden entgegenkam, und lächelte sie an. »Nein.«

»Verdammt richtig, das würde ich nicht. Wenn ich verspreche, dass du nicht von Haien gefressen wirst, wärst du dann bereit, mit an den Strand zu kommen und dir von mir ein paar Dinge beibringen zu lassen?«

Caite biss sich auf die Lippe. Ihre erste Reaktion war, Nein zu sagen. Sie konnte nicht schwimmen und hatte zu viel Angst.

Aber dies war Rocco. So sehr sie sich auch nicht blamieren wollte, sie wollte ihn auch nicht enttäuschen. »Und du versprichst mir, dass mich nichts beißen wird?«

»Auf jeden Fall keine Meeresbewohner«, antwortete Rocco.

Es dauerte eine Minute, aber als sie seine Antwort verstanden hatte, errötete Caite.

»Entschuldige«, sagte Rocco ohne Reue in seiner Stimme. »Das ist mir so rausgerutscht. Du wirst mich in Badehose sehen, wenn du zustimmst ...«

»Du bist nicht fair«, sagte Caite lachend.

»Nein, nicht wenn es um etwas geht, was ich will.«

»Ich bin mir nicht sicher, Rocco. Ich bin in Bezug auf neue Dinge nicht so selbstbewusst wie du.«

»Caite, ich schwöre dir, dass es lustig werden wird. Ich werde dich nicht dazu zwingen, einen Kilometer in unruhiger See zu schwimmen. Ich werde dafür sorgen, dass wir an einem Tag fahren, an dem das Wasser ruhig ist. Du wirst so leicht auf dem Wasser treiben, dass du dich fragen wirst, warum du jemals Angst hattest. Salzwasser schmeckt scheiße, aber es ist der beste Weg, schwimmen zu lernen.«

»Okay, aber nur, wenn ich dich in deiner Badehose so lange anstarren darf, wie ich will.«

»Abgemacht, aber nur, wenn ich dasselbe tun darf.«

Caite lachte. »Ich bin mir nicht sicher, ob ich in dieser Liga mitspielen kann«, sagte sie ehrlich.

»Falsch«, sagte Rocco sofort. »Du erregst mich schon,

wenn ich dich vollständig bekleidet ansehe. Du im Badeanzug? Ich habe keinen Zweifel, dass ich mich selbst lächerlich machen werde, wenn ich hart werde. In einer Badehose kann ein Mann das nicht wirklich verbergen.«

Caite wurde wieder rot, aber sie kicherte trotzdem. »Danke.«

»Wofür?«

»Dafür, dass du so bodenständig bist. Dafür, dass ich mich darauf freue, wieder mit jemandem auszugehen.«

»Das ist eigentlich mein Satz«, sagte Rocco.

»Ich bin gleich bei der Arbeit«, sagte Caite zu ihm. »Ich muss Schluss machen.«

»Okay, ich hole dich um halb sechs ab. Ist das genügend Zeit für dich, um nach Hause zu gehen und dich fertig zu machen?«

»Ja, ich habe um vier Feierabend.«

»Pass auf dich auf. Wir sehen uns später.«

»Hey, warte«, sagte Caite plötzlich.

»Ja?«

»Wohin gehen wir? Du hast es mir immer noch nicht gesagt.«

»Nein, das habe ich nicht.«

»Rocco ... ich habe immer noch keine Ahnung, was ich anziehen soll«, beschwerte sich Caite.

»Wir werden keinen Schlammlauf machen und wir gehen auch nicht in die Oper«, sagte Rocco zu ihr. »Zieh dich so an, wie du dich für eine erste Verabredung anziehen würdest.«

Caite nickte. Er hatte recht. Sie dachte zu viel darüber nach. Obwohl Rocco extrem fit war, würde er sie nicht zum Klettern mitnehmen oder so. Zumindest nicht bei ihrer ersten offiziellen Verabredung.

»Okay, das bekomme ich hin.«

»Bis später, *ma petite fée.*«

»Bis später.« Caite legte auf und steckte das Telefon vorsichtig in ihre Handtasche. Ihr war schon mehr als einmal das Telefon heruntergefallen und der Bildschirm zerbrochen. Da dieses Telefon brandneu und ihr Geld knapp war, wollte sie es nicht riskieren.

Lächelnd überquerte sie die letzte Straße und ging über den Parkplatz zum Laden. Nachdem sie ein paar Tage dort gearbeitet hatte, fühlte sie sich wohler. Die Arbeit war nicht schwer, aber es war etwas anstrengend, den ganzen Tag auf den Beinen zu sein.

Caite nahm sich vor, sich an diesem Wochenende nach einer Stelle als Verwaltungsassistentin umzusehen. Sie öffnete die Tür und ging ins Hinterzimmer, um ihre Handtasche zu verstauen, bevor sie mit der Arbeit begann.

Als ihre Schicht vorbei war, war Caite erschöpft. Sie war den ganzen Tag auf den Beinen gewesen und ihr Gesicht tat weh vom vielen Lächeln. Von ihrer Arbeit als Sekretärin war sie es gewohnt, mit Menschen zusammenzuarbeiten, aber die Arbeit im Laden war ganz anders. Sie musste nach Ladendieben Ausschau halten und hilfsbereit und zuvorkommend sein, auch wenn die Kunden es nicht waren. Sie musste die Regale auffüllen, Eis in den

Getränkeautomaten geben, Verschüttetes aufwischen und allgemein den Laden sauber halten.

Und zu allem Überfluss kam die Mitarbeiterin für die Spätschicht auch noch zu spät. Caite verließ den Laden also erst um sechzehn Uhr zwanzig, was bedeutete, dass sie nicht mehr so viel Zeit zum Duschen und Umziehen hatte. Ganz zu schweigen davon, dass sie noch überlegen musste, was zum Teufel sie für ihre Verabredung mit Rocco anziehen sollte.

Sie überlegte, ob sie ihn anrufen und darum bitten sollte, fünfzehn Minuten später zu kommen, entschied letztlich aber, dass sie es schaffen würde. Sie glaubte ehrlich gesagt auch nicht, dass Rocco ein Problem damit haben würde, einen Moment zu warten, wenn sie bei seiner Ankunft noch nicht ganz fertig war. Sie wusste nicht, ob er irgendwo reserviert hatte, was wahrscheinlich war, aber sie war zuversichtlich, dass sie es rechtzeitig schaffen würde, sich fertig zu machen.

Caite holte ihr Handy heraus und scrollte durch ihre E-Mails, während sie nach Hause ging. Sie wollte nachsehen, ob sich jemand auf ihre Bewerbungen gemeldet hatte. In ihrer Mittagspause hatte sie sich etwas Zeit genommen, um sich online auf ein paar Stellen zu bewerben. Sie war enttäuscht, keine Antworten zu sehen, erinnerte sich dann aber daran, dass es Samstag war. Die meisten Büros waren am Wochenende geschlossen.

Caite lächelte, als sie eine E-Mail von ihrem Dad sah. Ihr Vater war exzentrisch. Er war auch einer der klügsten Männer, die sie kannte. Er machte gern die Kreuzworträtsel der New York Times und schaffte es fast immer, sie in einer Sitzung zu lösen.

Er schickte ihr auch E-Mails über den Schutz der Erde und kleine Geschichten darüber, was er tat. Aber am liebsten mochte sie es, wenn er ihr einen von seinen handgezeichneten Cartoons schickte. Das Themengebiet reichte von Politik bis Unsinn. Manchmal verstand sie es nicht einmal, wenn was immer er parodierte, über ihr Auffassungsvermögen hinausging. Aber sie mochte es trotzdem.

Sie hatte gerade die E-Mail geöffnet und wartete darauf, dass das Bild seines neuesten Cartoons geladen wurde, als Caite hinter sich ein Geräusch hörte. Sie drehte sich um und ein Mann, der auf sie zulief, rief: »Vorsicht!«

Für eine Sekunde war Caite wie erstarrt, als sie realisierte, was gerade passierte.

Ein großer schwarzer Wagen raste direkt auf sie zu.

Die Räder auf der Beifahrerseite waren auf dem schmalen Grasstreifen neben der Straße und alles, was sie sehen konnte, war der riesige Kühlergrill.

Instinktiv sprang Caite zur Seite und schrie vor Schmerz, als sie mit der Schulter gegen das Backsteingebäude neben ihr stieß. Ihr Haar wehte ihr ins Gesicht, als sie gegen die Mauer prallte, und sie konnte buchstäblich den Luftzug des vorbeirasenden Wagens spüren.

Irgendwie schaffte Caite es, aufrecht zu bleiben und ihr Telefon festzuhalten.

Der Wagen schoss über den Bürgersteig auf den Mann zu, der sie gewarnt hatte, und bog dann abrupt wieder auf die Straße ab. Als alle vier Räder wieder auf der Straße waren, raste er davon, als wären die Höllenhunde hinter ihm her.

Caite stand einen Moment lang wie versteinert an dem Backsteingebäude.

»Heilige Scheiße! Du wurdest fast überfahren. Geht es dir gut?«, rief der Mann, als er sie erreichte.

Caite nickte leicht benommen. »Ja, es geht mir gut.«

Der Mann drehte sich um und starrte in die Richtung, in die der Wagen gefahren war. »Ich konnte das Kennzeichen nicht sehen. Es ging alles so schnell«, sagte er und sah sie dann wieder an. »Bist du sicher, dass es dir gut geht? Du bist ziemlich hart gegen die Wand geprallt.«

Caite schenkte ihm ein zittriges Lächeln. »Mir geht es besser, als wenn der Wagen mich überfahren hätte.«

»Das stimmt. Verdammte Scheiße! Das war verrückt. Das Arschloch war wahrscheinlich an seinem Telefon. Zum Glück geht es dir gut.« Und damit ging der Mann murmelnd und kopfschüttelnd seines Weges an Caite vorbei und den Bürgersteig hinunter.

Caite holte tief Luft und sah automatisch zurück auf ihr Handy. Der Cartoon von ihrem Vater war fertig geladen. Es war eine seiner typischen Strichmännchen-Zeichnungen und Caite konnte nicht anders, als den Kopf zu schütteln.

Im ersten Bild sagte eine Person zu der anderen: »Weißt du, was das Problem daran ist, schlau zu sein? Du weißt meistens ziemlich genau, was als Nächstes passieren wird.«

Im nächsten Bild fragte die andere Person: »Also, was wird als Nächstes passieren?«

Und im letzten Bild erwiderte die erste Person: »Ich weiß es nicht.«

Es brachte sie zum Lachen. »Ich wünschte, ich hätte

gewusst, was passieren würde, um schneller aus dem Weg gehen zu können«, murmelte sie. Caite speicherte das Bild auf ihrem Handy und holte tief Luft. Sie warf einen Blick auf die Uhr und fluchte. Jetzt war sie noch später dran.

Sie verdrängte den erschütternden Vorfall, eilte den Bürgersteig hinunter und überlegte, was sie anziehen würde. Sie schwankte zwischen einem Rock und einer schönen schwarzen Hose. Sie war nicht wirklich der Typ für Röcke und Kleider, aber es war ihre erste richtige Verabredung. Sie wollte einen guten Eindruck hinterlassen. Sie wollte gut für Rocco aussehen.

Als sie in ihrer Wohnung ankam, hatte sie den Vorfall mit dem Wagen fast vergessen und sagte sich, dass es wahrscheinlich so war, wie der Mann gesagt hatte. Der Fahrer hatte während der Fahrt eine SMS geschrieben und nicht auf die Straße geachtet. Manche Leute waren einfach Idioten.

Schnell ging sie in ihre Wohnung, warf ihre Handtasche auf die Küchentheke und zog ihr Hemd aus, noch bevor sie im Zimmer war. Sie wusste, dass sie wahrscheinlich nicht fertig sein würde, wenn Rocco eintraf.

Zwanzig Minuten später hatte Caite sich für einen blauen Rock anstelle der Hose entschieden. Wegen der extrem konservativen Gesinnung in Bahrain hatte sie dort nur Hosen getragen. Also beschloss sie, heute etwas anzuziehen, das nicht alltäglich für sie war, und trug einen Rock kombiniert mit fünf Zentimeter hohen Schuhen. Eine weiße, schulterfreie Bluse vervollständigte ihr Outfit. Sie musste sich immer noch die Haare föhnen und etwas Make-up auftragen, als Rocco klopfte.

Sie öffnete die Tür, drehte sich aber sofort wieder um und ging in Richtung Badezimmer. »Fühl dich wie zu Hause«, sagte sie im Gehen. »Ich bin noch nicht fertig.«

Sie war fast an der Tür, als Rocco einen Arm um ihre Taille legte und sie nach hinten zog. Sie kicherte und ließ sich in seinen Armen umdrehen.

»Ich weiß, dass ich zu spät bin, es tut mir so leid«, plapperte sie. »Ich bin spät von der Arbeit gekommen und wollte dich anrufen, aber ich dachte, ich würde es schaffen, bevor du eintriffst.«

»Du riechst wunderbar«, sagte Rocco, bevor er seine Nase an ihrem Hals vergrub.

Caite legte den Kopf schief, um ihm Platz zu machen. »Rocco, ich muss meine Haare föhnen.«

»Mmmmm.«

Das war nicht hilfreich. »Rocco«, beharrte sie. »Ich gehe davon aus, dass du irgendwo reserviert hast, da es Samstagabend ist. Wenn du mich nicht loslässt, werden wir es nicht schaffen und müssen bei McDonald's oder so essen … nicht dass mir das etwas ausmacht … ich liebe Pommes frites, aber ich dachte, du hast vielleicht etwas anderes geplant.«

»Wir gehen nicht zu McDonald's«, sagte er und fuhr mit der Nase an ihrem Hals hoch und runter.

Caite zitterte unter seiner Berührung. Sein Bart kitzelte auf ihrer Haut und sie wollte ihm am liebsten sagen, dass sie nirgendwo hingehen, sondern ihn auf ihr Bett werfen und sich auf ihn setzen wollte.

Aber sobald ihr dieser Gedanken kam, richtete er sich auf. Er sah sie von den Haarspitzen bis zu den Zehen an. »Ich mag den Rock«, sagte er nach einem Moment.

»Danke«, entgegnete Caite schüchtern.

»Du siehst perfekt aus, so wie du bist«, sagte er und strich ihr eine feuchte Haarsträhne hinters Ohr.

»Ich muss mich fertig machen«, sagte sie fast flüsternd.

Rocco nickte und trat einen Schritt zurück.

»Nimm dir etwas zu trinken, wenn du willst. Oder irgendetwas anderes.«

»Danke.«

»Okay ... ich beeile mich.«

»Alles gut, *ma petite fée*, lass dir Zeit. Unsere Reservierung ist erst für sieben.«

»Oh, okay.« Dann lächelte sie ihn an, drehte sich um und ging ins Badezimmer.

Fünfzehn Minuten später war sie fertig und lächelte über den Anblick, der sich ihr bot.

Rocco saß auf ihrer Couch, hatte eines ihrer Liebesbücher in der Hand und schien sie nicht zu bemerken.

»Ich bin bereit«, sagte sie.

Er zuckte nicht zusammen und Caite realisierte, dass er die ganze Zeit gewusst hatte, dass sie da war. Er legte das Buch zurück auf den Tisch neben der Couch, wo sie es liegen gelassen hatte, und stand auf.

»Ich hätte nicht gedacht, dass du der Typ für Liebesromane bist«, sagte sie etwas nervös.

Rocco ging auf sie zu, bis er direkt vor ihr stand. Sie musste den Kopf heben, um Blickkontakt mit ihm zu halten.

»Normalerweise bin ich das nicht, aber was ich gerade gelesen habe ... ist gut«, gab er zurück.

»Die romantische Spannung ist fesselnd. Ich mag es,

wenn es am Ende einen äußeren Konflikt gibt, anstatt einen Kampf oder so etwas zwischen Held und Heldin. Mir gefällt es auch, wenn die Heldin widerstandsfähig ist und keine Angst hat.«

»Hmmm. Du siehst wunderschön aus«, sagte Rocco.

Caite wusste, dass sie über das Buch geredet hatte, weil sie nervös war, und presste die Lippen zusammen, um sich davon abzuhalten, noch etwas Dummes zu sagen.

Rocco beugte sich hinunter und strich mit seinen Lippen über ihre Wange.

Caite hatte sich vorher nicht die Zeit genommen, ihn genauer anzusehen, tat es aber jetzt. Er trug eine Cargohose und ein weißes Polohemd. Sein braunes Haar war glatt gekämmt und stand nicht ab, wie es sonst der Fall war. Es sah so aus, als hätte er sogar seinen Bart gestutzt. Kurz gesagt, er sah zum Anbeißen aus.

Dann fiel ihr etwas anderes auf.

»Unsere Hemden passen farblich zusammen«, platzte sie heraus.

Er lächelte. »Das tun sie.«

»Ich kann mich umziehen«, sagte sie und überlegte angestrengt, was sie sonst noch anziehen könnte, das zu ihrem Rock passte.

»Wieso?«, fragte er und griff nach ihrer Hand. Er verschränkte seine Finger mit ihren und sagte: »Ich mag es.«

»Gibt es etwas, das dir nicht gefällt?«, fragte sie und neigte den Kopf.

Er lachte leise. »Vieles, wie Arschlöcher, die es auf Schwächere abgesehen haben, Erbsen, Klimawandel.

Aber dass wir die gleiche Farbe tragen, irritiert mich nicht im Geringsten.«

Caite lächelte. »Okay.«

Rocco zog sie näher an sich und Caite stolperte. Sie streckte den Arm aus und ihre Hand landete mitten auf seiner Brust. Er fing sie leicht auf und hielt sie fest. »Ruhig.«

»Entschuldige«, sagte sie. »Ich bin so ungeschickt.«

Er schüttelte den Kopf. »Ich hätte dich nicht überraschen sollen. Obwohl es mir definitiv nichts ausmacht, deine Hände auf meiner Brust zu spüren. Bereit zu gehen?«

Caite drehte sich bei dem schnellen Themenwechsel der Kopf, aber sie nickte.

Sie gingen zur Tür und sie nahm sich einen Moment Zeit, sich eine kleine Handtasche zu schnappen und ihr Portemonnaie und ihr Telefon hineinzustecken, bevor sie gingen. Er wartete geduldig hinter ihr, ohne sie zu hetzen, als sie die Tür abschloss. Sie steckte ihren Schlüssel in die Handtasche und wandte sich lächelnd Rocco zu.

Er lächelte zurück und sie gingen die Treppe hinunter zu seinem Wagen. Er hielt ihr die Tür auf und schloss sie vorsichtig, sobald sie saß.

Caite holte tief Luft und beobachtete Rocco, als er um den Wagen zur Fahrerseite ging. Er war ein verdammt gut aussehender Mann und sie konnte nicht glauben, dass sie mit ihm verabredet war. Sie war nichts Besonderes und hatte keine Ahnung, was er an ihr fand. Aber das bedeutete nicht, dass sie nicht alles tun würde, um interessant für ihn zu sein. Denn er war definitiv das Beste, was ihr seit langer Zeit passiert war.

Er war tapfer und ehrenhaft und vertrauenswürdig ... ganz zu schweigen von seinem guten Aussehen. Caite glaubte fest daran, dass Dinge aus einem bestimmten Grund passierten, und im Moment hätte sie nicht glücklicher sein können, dass sie gefeuert worden war. Denn wenn nicht, würde sie immer noch in Bahrain sitzen und für dieses Arschloch von Chef arbeiten und von ihrem Navy SEAL nur träumen können.

Rocco konnte den Blick nicht von Caite nehmen. Sie sah so verdammt gut aus, dass es ihm schwerfiel, nicht über sie herzufallen. Als er ihre Wohnung betreten und sie gesehen hatte, war er sofort hart geworden. Bei dem Anblick ihres nassen Haares musste er daran denken, sie so zu sehen, nachdem sie zusammen geduscht hatten. Es war gut, dass sie zurück ins Badezimmer gegangen war, um sich fertig zu machen. Andernfalls hätte er vielleicht die Kontrolle verloren.

Aber nachdem sie ihr Haar getrocknet und ein bisschen Make-up aufgetragen hatte, war er völlig hin und weg gewesen. Sie war so schön, er hatte keine Ahnung, wieso sie nicht schon längst unter der Haube war. Was auch immer der Grund war, jetzt war sie bei ihm.

Er hatte sie zu einem kleinen Fischrestaurant am Strand neben dem Marinestützpunkt gebracht. Es war nicht besonders schick, aber es war auch kein Drecksloch. Er kannte die Besitzer und sie hatten ihnen einen Tisch direkt am Strand gegeben.

Die letzten drei Stunden hatten sie damit verbracht, zu lachen und sich kennenzulernen.

»Danke, dass du mich hierhergebracht hast«, sagte sie.

Sie hatten den Sonnenuntergang beobachtet und sich die letzte Stunde unterhalten und Wein getrunken. Rocco wollte nicht, dass dieser Abend zu Ende ging, aber leider schloss das Restaurant bald. »Sehr gern. Bist du bereit zu gehen?«

Sie sah einen Moment auf ihr leeres Glas hinab und dann wieder zu ihm hoch. »Ja und nein.«

»Das musst du erklären«, sagte Rocco.

»Ja, weil wir mit dem Essen fertig sind und ich von der Arbeit erschöpft bin und meine Füße wehtun, und nein, weil ich nicht möchte, dass dieser Abend zu Ende geht.«

Ihre Antwort fasste genau das zusammen, was er selbst dachte ... abgesehen davon, dass seine Füße nicht wehtaten. Der Kellner hatte ihm seine Kreditkarte bereits vor einer Stunde zurückgegeben, also stand Rocco auf und reichte ihr seine Hand. »Komm, *ma petite fée*, ich bringe dich nach Hause, bevor du dich in einen Kürbis verwandelst.«

Seufzend nahm sie seine Hand und er half ihr auf. Er legte einen Arm um ihren Rücken und führte sie aus dem Restaurant. Er achtete darauf, auf der Seite des Bürgersteigs zu gehen, die der Straße zugewandt war, als sie zum Parkplatz schlenderten. Sie sagten nichts und genossen es einfach nur, zusammen zu sein.

Sie blieben vor seinem Wagen stehen und Caite stand mit dem Rücken zur Tür. Sie sah zu ihm auf und er konnte die Vorfreude und Begeisterung in ihrem Gesicht sehen. Wahrscheinlich sah er genauso aus.

Er legte einen Finger unter ihr Kinn und fragte: »Darf ich?«

Caite nickte. »Bitte.« Dann leckte sie sich über die Lippen.

Rocco beugte sich hinunter und küsste sie.

Sie machten für eine Weile herum. Es könnten Sekunden oder Minuten gewesen sein. Es war ihnen egal, dass sie in der Öffentlichkeit waren und vermutlich aussahen wie zwei verliebte Teenager. Es war lange her, dass Rocco eine Frau so lange und so intensiv geküsst hatte. In der Vergangenheit waren Küsse für ihn nur Vorspiel gewesen, aber mit Caite war es anders. Er konnte den Wein schmecken, den sie getrunken hatte. In Kombination mit ihrem natürlichen Geschmack war es einfach köstlich.

Sie strich mit den Händen über seinen Rücken und ab und zu sogar über seinen Hintern. Er tat dasselbe. Ihre üppigen Kurven zu berühren half nicht gerade dabei, seine Erektion zu kontrollieren. Er drückte sich gegen ihren Bauch und stöhnte, als sie den Druck erwiderte.

Schließlich zog Rocco sich zurück. Er musste jetzt aufhören oder er würde riskieren, sie in Verlegenheit zu bringen. Außerdem wollte er nicht, dass Caite glaubte, er wäre nur auf das Eine aus und würde nicht das schätzen, was sie ihm gab.

»Wir müssen aufhören«, sagte er mit vor Verlangen heiserer Stimme.

»Ich weiß«, sagte sie ebenso leise.

Rocco zog sie an sich, legte seine Arme um sie und hielt sie einfach fest. Sie legte ihren Kopf an seine Schulter und hielt ihn genauso fest. Rocco war sich nicht sicher, wie lange sie dort standen, aber schließlich machten Rufe vom Strand klar, dass es Zeit war zu gehen. Er wollte Caite nicht in Gefahr bringen, indem sie hier in der Dunkelheit standen.

Die Stimmen schienen auch für sie den Bann zu brechen, als sie sich zurückzog und ihn reumütig anlächelte. Wortlos öffnete er die Tür und half ihr hinein. Dann joggte er zur Fahrerseite. In der Sekunde, in der er vom Parkplatz fuhr, griff er hinüber und nahm ihre Hand.

Den ganzen Weg bis zu ihrer Wohnung hielten sie Händchen. Rocco half ihr aus dem Wagen und brachte sie zu ihrer Tür. Nachdem sie aufgeschlossen hatte, wartete er darauf, dass sie sich umdrehte.

»Möchtest du mit reinkommen?«, fragte Caite schüchtern.

»Du weißt, dass ich das will, aber du bist müde«, sagte er sanft. »Ich sage nicht, dass etwas passieren muss, wenn ich mit reinkomme, aber nach dem zu urteilen, wie dieser Abend verlaufen ist, wissen wir wohl beide, wohin das führen würde. Und ich könnte nicht glücklicher darüber sein, aber ich bin nicht irgendein Arschloch, das dich nur ausgeführt hat, um mit dir ins Bett zu gehen. Ich mag dich, Caite. Ich mag dich sehr. Und ich kann sehen, dass wir auf lange Sicht ein Paar sein können. Wenn wir das erste Mal miteinander schlafen, möchte ich, dass du bereit dafür bist ... und wach.« Er lächelte. »Ich möchte nicht, dass du einschläfst, während ich dich verführe.«

Er konnte sehen, wie sie wieder rot wurde, und er liebte es. »Ich würde nicht einschlafen«, protestierte sie.

Rocco streckte die Hand aus und berührte sanft ihren Hals. »Manchmal macht Vorfreude alles noch intensiver ... besser.«

Sie runzelte die Stirn und wandte den Blick ab. Er war sich nicht sicher, was sie dachte, bis sie sagte: »Wenn du mich nur vertrösten willst, weil du mir nicht sofort sagen willst, dass du kein Interesse hast, hätte ich es lieber, wenn du es gleich sagst.«

»Caite«, schimpfte Rocco sanft, »habe ich dir irgendein Signal gegeben, dass ich das zwischen uns beenden möchte?«

Sie schüttelte den Kopf, so gut sie konnte, während er ihren Hals festhielt.

»Weil ich das nicht will. Ich versuche nur, anständig zu sein. Ich sehe, wie müde du bist, und es ist mir lieber, wenn du jetzt reingehst und schläfst, als dass ich mit reinkomme und dich noch müder mache, okay?«

»Ja. Ich ... ich mag dich nur und ich möchte auch wirklich herausfinden, wie die Dinge zwischen uns laufen. Ich bin nur in Panik geraten. Es tut mir leid.«

Er entspannte sich. Er wusste, dass sie reflexartig reagiert hatte, um sich selbst zu schützen. Allein das machte ihn etwas sauer. Nicht wegen dem, was sie gesagt hatte, sondern weil jemand sie wie Scheiße behandelt haben musste, dass sie überhaupt so dachte. »Du musst morgen arbeiten, oder?«, fragte er sanft.

Sie nickte.

»In Ordnung. Ich fühle mich geschmeichelt, dass du nicht möchtest, dass ich gehe, *ma petite fée*. Und glaub mir, ich möchte dich mehr nackt unter mir sehen als alles andere, aber wir haben keine Eile. Es wird passieren, das weiß ich.«

»Wie konnte ich nur so viel Glück haben?«, fragte Caite.

Rocco schüttelte den Kopf. »Hey, das ist mein Spruch«, sagte er mit einem Lächeln. »Wie wäre es mit einem Kuss für den Weg?«

Ohne ein weiteres Wort trat Caite auf ihn zu und stellte sich auf die Zehenspitzen. Sie legte ihre Arme um seinen Hals und hob den Kopf. Rocco hielt sie mit seiner Hand im Nacken fest, die andere legte er auf ihren Hintern und zog sie an sich. Der Kuss war heiß und feucht und voller Leidenschaft.

Rocco knabberte an ihrer Unterlippe, bevor er sie widerstrebend losließ.

»Wenn jemand anderes seine Hand an meinen Nacken legen würde, würde ich sauer sein und wahrscheinlich denken, er will mich kontrollieren, aber wenn du es tust, lässt es mich dahinschmelzen. Tu mir nicht weh, Rocco«, sagte Caite mit einem Anflug von Verzweiflung. »Ich hatte ein paar harte Wochen und es würde mich umbringen, wenn du nur mit mir spielst.«

»Ich spiele nicht mir dir«, sagte Rocco. Er konnte nicht einmal sauer sein, dass sie auf den Gedanken gekommen war. Er verstand, dass sie versuchte, ihr Herz zu schützen. »Ich will alles von dir, Caite. Alle deine Ängste und Hoffnungen und Träume. Ich möchte der Mann sein, auf den du dich stützen kannst, wenn das

Leben scheiße läuft. Ich möchte der erste Mensch sein, mit dem du redest, wenn du dir Luft machen oder etwas feiern musst. Und ich würde dir nie wehtun. Ich möchte meine Hände auf eine Art und Weise an dich legen, die du noch nie zuvor erlebt hast, aber ich werde das niemals aus Wut tun oder um dich zu kontrollieren, verstanden?«

»Verstanden«, bestätigte sie. Dann streckte sie die Hand aus und strich über seinen Bart. »Der ist wirklich weich.«

»Er ist zu lang geworden. Ich muss ihn noch mehr stutzen als heute Abend vor unserer Verabredung.«

Schüchtern sah sie ihm in die Augen. »Vielleicht noch nicht. Ich war noch nie mit einem Mann mit Bart zusammen.«

Bei ihren Worten fing er an zu fantasieren und zwang seine Gedanken zurück. »Ich kann es kaum erwarten«, sagte er zu ihr. Er küsste sie auf die Stirn. Dann zwang er sich, sie loszulassen und einen Schritt zurückzutreten. »Ich schreibe dir morgen«, sagte er. »Sei vorsichtig bei der Arbeit.«

»Werde ich.«

»Ich hatte einen wundervollen Abend. Danke.«

»Ich danke dir«, gab sie zurück. »Wir reden später.«

»Ja«, sagte Rocco. »Jetzt geh rein und schließ die Tür ab.«

Sie nickte, biss sich auf die Lippe und wich dann zurück. Sie hielt Blickkontakt mit ihm bis zur letzten Sekunde, bevor sich die Tür schloss.

Rocco hörte, wie die Schlösser einrasteten, und nickte zufrieden. Als er auf dem Weg zurück zu seinem Wagen auf die Uhr schaute, wurde ihm klar, dass es wirklich noch nicht so spät war. Für einen Moment kam ihm die Idee, zurück zu Caites Wohnung zu gehen, aber er verwarf den Gedanken. Nein, sie brauchte ihren Schlaf. Wenn er das erste Mal mit ihr Liebe machte, wollte er sich nicht darum sorgen müssen, dass einer von ihnen am nächsten Morgen zur Arbeit musste. Er wollte sich Zeit lassen und sie so lieben, wie er es sich wünschte.

Auf der Rückfahrt zu seiner Wohnung schüttelte Rocco den Kopf. Er hätte nie gedacht, dass er so verrückt nach einer Frau sein könnte wie nach Caite. Es bestand immer noch die Möglichkeit, dass die Dinge zwischen ihnen nicht funktionieren würden. Dass sie etwas Verrücktes tat oder nicht damit umgehen könnte, dass er ein SEAL war. Es bestand die gleiche Chance, dass er es vermasseln und etwas sagen oder tun könnte, das sie ihm nicht verzeihen könnte.

Aber zum ersten Mal in seinem Leben war er begeistert über die Aussicht, eine langfristige Beziehung mit einer Frau einzugehen. Er fürchtete sich nicht davor oder machte sich Sorgen, dass sie tiefere Gefühle hegte als er. Wenn überhaupt, machte er sich Sorgen, dass seine Gefühle intensiver waren als ihre.

Rocco holte tief Luft und beschloss, die Dinge Schritt für Schritt anzugehen. Wie er ihr gesagt hatte, hatten sie alle Zeit der Welt.

***

»Willst du mich verarschen?«, rief Hauptmann Isaac Chambers aus. Er stand in Unterwäsche auf der Terrasse seines Hauses, in dem er mit seiner Frau und seinen drei

Kindern lebte. Er hatte ihr gesagt, dass er kurz telefonieren musste, hatte das Prepaid-Telefon genommen und war nach draußen gegangen, damit sie nicht mithören konnte.

»Leider nein. Ich habe es versucht, aber es gab Zeugen. Ich hatte sie im Visier und sie war so gut wie erledigt, als ein Arschloch auftauchte und sie gewarnt hat. Sie ist zur Seite gesprungen und in letzter Sekunde entkommen.«

»Verdammt, wie konntest du das vermasseln? Es ist nicht so, dass ich dir eine besonders schwere Aufgabe gegeben hätte.«

»Ich habe versucht, es wie einen Unfall aussehen zu lassen.«

»Wieso? Scheiß drauf, du bist sowieso abgehauen. Warum bist du nicht zurück und hast sie verfolgt?«

»Weil da Leute waren«, zischte der Mann am anderen Ende der Leitung. »Hör zu, fünf Riesen sind nicht genug, um zu riskieren, dass ich im Gefängnis lande.«

»Das hättest du verdammt noch mal sagen sollen, bevor du die Hälfte des Geldes angenommen hast. Beweg deinen Arsch und sorg dafür, dass sie verdammt noch mal tot ist!«

»Ich bin raus«, sagte der Mann ohne jede Emotion in der Stimme.

»Oh nein, das bist du nicht. Du hast zweitausendfünfhundert Dollar bekommen und du wirst das hier beenden!«, befahl Chambers.

»Vergiss es. Ich bin nicht einer von deinen Navy-Jungs, die du herumkommandieren kannst. Ich bin raus.

Such dir jemand anderen, der für dich die Drecksarbeit erledigt.«

Chambers knirschte mit den Zähnen. »Dann gib mir mein Geld zurück.«

»Nein, verklage mich doch, Arschloch«, sagte der Mann und legte auf.

In der Sekunde, in der das Gespräch unterbrochen wurde, warf Isaac Chambers das Telefon so fest er konnte gegen die Hauswand. Das Gerät zerbrach in seine Einzelteile. Ein Stück Plastik flog zurück und verpasste ihm einen Schnitt im Gesicht, bevor er ausweichen konnte.

Fluchend beugte er sich vor, stützte seine Hände auf die Oberschenkel und versuchte, sich unter Kontrolle zu bringen. Er verlor schneller Geld, als er es verdienen konnte. Seine Frau jammerte ständig darüber, dass sie Geld brauchte, um einkaufen zu gehen, und er musste ständig für irgendwelche Camps seiner Kinder bezahlen.

Aber das war nicht das Hauptproblem. Sein Ruf als Schmuggler war in Mitleidenschaft gezogen worden und er musste sichergehen, dass diese letzten Lieferungen ohne Komplikationen über die Bühne gingen. Er brauchte das Geld, das er damit einnahm, die antiken Artefakte aus dem Irak an die Sammler hier in den USA zu liefern.

Und wenn Caite McCallan sich an seinen Namen erinnerte, wäre sein Ruf endgültig ruiniert.

Er hatte bereits dafür gesorgt, dass die Familie Bitoo einen sehr unglücklichen Unfall hatte. Er konnte das Risiko nicht eingehen, dass die Polizei die Männer zuerst aufsuchen würde. Einer der Brüder – er wusste nicht welcher, und es war ihm auch egal – war dumm genug gewesen, ihn zu kontaktieren und ihm alles darüber zu erzählen, was in Bahrain passiert war, einschließlich der Gefangennahme und Flucht der SEALs. Er hatte seine Kontaktperson auf dem Marinestützpunkt in Bahrain angerufen und sich Kopien des Berichts besorgt, den die SEALs Kommandant Horner gegeben hatten.

Sie hatten Caite McCallan nicht erwähnt, aber als er ihren Lebenslauf gesehen hatte, war ihm sofort aufgefallen, dass die Schlampe fließend Französisch sprach. Die Bitoo-Brüder hatten bereits zugegeben, dass sie auf der Konferenz darüber geredet hatten, wo die SEALs waren und was sie mit ihnen vorhatten. Also war es nicht schwer gewesen zu schlussfolgern, dass sie sie belauscht haben musste.

Chambers hatte mehr Geld ausgeben müssen, als ihm lieb war, um dafür zu sorgen, dass die Bitoos für immer schweigen würden. Er wusste nicht, wo die Leichen waren oder wie sie getötet worden waren. Ihn interessierte nur, dass sein Name nicht beschmutzt wurde.

Aber jetzt musste Caite McCallan sterben. Tote Männer – oder in diesem Fall Frauen – würden keine Geschichten mehr erzählen. Sie musste zum Schweigen gebracht werden. Es war nur eine Frage der Zeit, bis sie sich an seinen Namen erinnerte. Er musste handeln, bevor sie es tat.

Isaac Chambers ließ die Überreste seines Telefons liegen und ging zurück ins Haus. Er musste jemand anderen finden, der sie tötete. Das sollte nicht schwer sein. Es gab immer Leute, die Geld brauchten. Er musste nur jemanden finden, der verzweifelter war als die letzte

Person, die er angeheuert hatte ... und ihm weniger bezahlen.

Er hatte zweitausendfünfhundert Dollar verloren und konnte es sich nicht leisten, noch einmal so einen Fehler zu machen. Er würde irgendeinen Drogensüchtigen finden und sie zum halben Preis aus dem Weg schaffen lassen.

KAPITEL ZEHN

»Guten Morgen, *ma petite fée*«, sagte Rocco, als Caite den Hörer abnahm. Seit ihrer Verabredung waren ein paar Tage vergangen und sie hatten seitdem jeden Tag miteinander gesprochen. Er hatte sich darauf gefreut, sie wiederzusehen, aber das musste leider warten.

»Guten Morgen«, antwortete Caite heiser.

Rocco liebte es, ihre Stimme zu hören. »Hast du gut geschlafen?«, fragte er.

»Hmm. Wie könnte ich das nicht, nachdem ich kurz vor dem Schlafengehen mit dir gesprochen hatte?«

Rocco rückte seinen harten Schwanz zurecht und zwang sich, sich auf das zu konzentrieren, was er ihr sagen musste. »Das ist süß.«

»Ich habe dieses Wochenende frei«, sagte sie. »Der neue Zeitplan kam heute Morgen per E-Mail.«

Rocco fluchte innerlich. »Das ist großartig, aber leider habe ich schlechte Nachrichten.«

»Was?«

Er hasste, was er ihr mitteilen musste. »Das Team und ich müssen heute Nachmittag die Stadt verlassen.«

Für einen Moment herrschte am anderen Ende der Leitung Stille. Plötzlich wünschte Rocco sich, er hätte ihr die Nachricht persönlich überbracht, besonders beim ersten Mal, wenn er ohne Vorwarnung auf Mission musste. »Caite?«

»Ich bin da. Ich gehe davon aus, dass du mir nichts darüber sagen kannst, wohin du gehst oder wie lange du weg sein wirst?«

»Ich wünschte, ich könnte.«

»Okay, bitte sei vorsichtig.«

Scheiße! Er hätte es ihr unbedingt persönlich sagen sollen. »Werde ich«, sagte er sanft. »Es ist das, was ich tue. Es ist scheiße für andere, das verstehe ich. Wenn du mich anrufen und mir sagen würdest, du müsstest die Stadt verlassen, ohne mir sagen zu können, wohin oder wie lange, würde ich wahrscheinlich den Verstand verlieren. Es ist nicht fair von mir, dir das anzutun und zu erwarten, dass du damit einfach klarkommst.«

»Es ist nicht so, dass ich mit dem, was du tust, nicht klarkomme«, protestierte Caite sofort. »Ich bin stolz auf dich, Rocco. Ich bewundere dich und deine Freunde und ich weiß, dass wir nur euretwegen unser Leben hier in Amerika so führen können. Es ist nur anders, jetzt, wo ich dich kennengelernt habe.«

»Ich weiß. Die Freundin oder Ehefrau eines SEALs zu sein ist nicht einfach.«

»Bin ich das? Deine Freundin?«, fragte sie zögernd.

»Caite, wir haben jeden Tag gesprochen, seit ich dich aufgespürt habe. Es vergeht keine Stunde, in der ich nicht an dich denken muss und mich frage, was du gerade tust. Ich schwöre, ich kann dich immer noch auf meinen Lippen schmecken und träume davon, dich zu küssen. Ich fantasiere darüber, wie es sein wird, wenn wir endlich miteinander schlafen. Ja ... ich würde definitiv sagen, du bist meine Freundin.«

»Oh.«

»Oh? Das ist alles, was du dazu zu sagen hast?«, neckte er. »Bin ich denn auch dein Freund?«

»Jawohl.«

Ihre Antwort kam sofort und von Herzen und trug wesentlich dazu bei, jeden Zweifel auszuräumen, den Rocco möglicherweise hatte.

»Gut.«

»Wann wirst du aufbrechen?«, fragte Caite.

Rocco runzelte die Stirn. »In ungefähr vier Stunden.«

»Verdammt.«

»Ja. Ich wünschte, ich könnte dich vorher noch einmal sehen, aber wir müssen in eine Besprechung und unsere Ausrüstung vorbereiten und einsatzbereit machen.«

»Ich verstehe.«

Roccos Stimme wurde leiser. »Ich werde dich vermissen, *ma petite fée*. Du hast keine Ahnung, wie sehr.«

»Äh ... ich glaube, das tue ich, denn ich werde dich genauso vermissen. Ich habe mich irgendwie an dich gewöhnt.«

»Ja?«

»Rufst du an, wenn du zurück bist?«

»Natürlich. Wenn das in Ordnung ist, komme ich so schnell wie möglich zu dir.«

»Bitte.« Dann seufzte sie.

»Was ist los?«

»Mir ist gerade erst aufgefallen, wie viel ich in letzter Zeit mit dir geredet habe. Du bist der erste Mensch, den ich anrufe, wenn ich Feierabend habe, und wir haben uns sogar jeden Morgen unterhalten, bevor ich in den Laden gegangen bin. Ich werde es vermissen, jemanden zum Reden zu haben.«

Rocco gab sich selbst einen geistigen Tritt, weil er sie Caroline und den anderen SEAL-Frauen noch nicht vorgestellt hatte, und sagte: »Es tut mir leid, dass ich dich ganz für mich behalten habe.«

»Das muss es nicht. Mir tut es nicht leid.«

»Trotzdem, wenn ich zurückkomme, werde ich dir einige der Frauen vorstellen, die mit meinen SEAL-Freunden verheiratet sind. Nun, sie sind jetzt SEALs im Ruhestand, aber sie helfen immer noch beim Training aus. Ihre Frauen sind großartig und ich weiß, dass sie dir viel darüber erzählen können, wie du die Zeit besser durchstehen kannst, wenn ich auf Mission bin.«

Sie sagte fast eine ganze Minute lang nichts und Rocco fragte: »Caite?«

»Ich bin noch da.«

»Was ist los?«

»Mich ihnen vorzustellen klingt nach einer ernsten Sache.«

Rocco seufzte verzweifelt. »Was habe ich gerade gesagt, *ma petite fée*? Wir sind zusammen, fester Freund und feste Freundin, ein Paar. Wenn ich etwas tun kann, um dir die Zeit während meiner Missionen zu erleichtern, werde ich das tun. Ich hasse den Gedanken, dass du allein bist, während ich weg bin. Hast du Aussicht auf eine Stelle im Büro?«

Er wusste, dass der Themenwechsel abrupt kam, aber er hatte sich gerade daran erinnert, dass er sie fragen wollte.

»Noch nicht.«

»Verdammt.«

»Mir geht es in dem Laden im Moment gut.«

»Ist es sicher?«, fragte Rocco.

»Natürlich.«

»Ich meine es ernst, Caite. Die Zahlen über Gewaltverbrechen in solchen Läden sind durch die Decke gegangen.«

»Ich weiß. Rocco, nur weil du weg bist, heißt das nicht, dass es mehr oder weniger gefährlich wird. Es ist, was es ist. Ich bin auf der Suche nach einer anderen Stelle, aber das ist nicht so einfach.«

Er konnte die Verärgerung in ihrer Stimme hören. »Ich weiß. Aber solange ich außer Landes bin, kann ich dir nicht helfen, wenn etwas passiert.«

Seine Worte schienen sie zu beruhigen. »Es wird mir gut gehen. Ich habe eine Schulung bekommen, was zu tun ist, wenn jemand den Laden überfällt. Außerdem arbeite ich nicht in der Nachtschicht. Und ich werde nichts Unüberlegtes tun.«

Rocco wollte ihr sagen, dass seine Mission nicht sehr lange dauern und er in einer Woche oder weniger wieder zu Hause sein sollte. Aber er konnte ihr nichts sagen. Er war noch nie so frustriert über die Geheimhaltungspflicht gewesen, die mit seiner Arbeit einherging.

»Ich würde dir gern die Telefonnummern von einigen Männern geben, denen ich vertraue ... nur für den Fall.«

Caite seufzte und fragte dann: »Du machst dir wirklich Sorgen, was?«

»Allerdings.«

»Weißt du, ich sollte diejenige sein, die sich Sorgen macht. Wenn dir etwas passiert, werde ich es wahrscheinlich niemals erfahren. Ich weiß, wie das beim Militär funktioniert. Du hast wohl vergessen, dass ich jahrelang dort gearbeitet habe. Wir sind nicht verheiratet. Wenn du verletzt oder, Gott bewahre, getötet wirst, werde ich es nie erfahren. Ich sollte diejenige sein, die dich belehren sollte, auf dich aufzupassen, nicht umgekehrt.«

Sie hatte recht. »Ich werde meinem Freund Wolf sagen, dass er sich sofort bei dir melden soll, wenn etwas passiert.«

»Dadurch fühle ich mich nicht wirklich besser«, sagte sie flüsternd.

Scheiße. Er hatte es definitiv vermasselt. »Wenn ich wiederkomme, gehen wir aus. Und wenn ich dich nach Hause bringe, werde ich mich nicht vor deiner Tür verabschieden. Ich werde die ganze Nacht damit verbringen, diese Verbindung mit dir zu vertiefen. Ich kann es kaum erwarten, jeden Zentimeter deines wundervollen Körpers zu sehen und zu berühren.«

»Das war gemein«, protestierte Caite. »Jetzt bin ich traurig und erregt, und ich habe keine Zeit, etwas dagegen zu tun, bevor ich zur Arbeit muss.«

»Wer ist jetzt gemein?«, fragte Rocco und stellte sich vor, wie sie nackt mit einer Hand zwischen ihren Beinen auf dem Bett lag.

»Danke, dass du mir gesagt hast, dass du auf Mission musst«, sagte sie leise.

»Es wird Zeiten geben, in denen wir nicht so viel Zeit haben, uns vorzubereiten, wie heute«, erklärte er ihr ehrlich. »Aber ich werde niemals gehen, ohne dich darüber zu informieren. Das würde ich dir nicht antun.«

»Okay.«

»Und jetzt muss ich wirklich los. Die Männer warten auf mich.«

»Bitte sei vorsichtig«, sagte Caite.

»Immer«, sagte Rocco zu ihr. »Ich schicke dir später ein paar Nummern. Bitte benutze sie, wenn du etwas brauchst.«

»Es wird mir gut gehen.«

Es war nicht das, was er hören wollte, aber er hatte jetzt keine Zeit, sie weiter zu überreden. Er würde sie Wolf und Cutter vorstellen und wenn sie sie erst persönlich kannte, würde sie sich vielleicht wohler dabei fühlen, sie anzurufen, während er weg war. Er würde auch zusehen, dass Caroline, Dakota und die anderen Frauen Caite unter ihre Fittiche nahmen. Er erinnerte sich, dass Wolf ihm erzählt hatte, wie allein Caroline sich zu Beginn ihrer Beziehung gefühlt hatte, als seine Teamkameraden noch keine Freundinnen hatten. Caite würde es wahrscheinlich genauso gehen.

Die Worte »Ich liebe dich« lagen ihm auf der Zunge, aber er konnte sie noch nicht aussprechen. Es war zu früh. Sie würde ihn für verrückt halten. »Pass auf dich auf«, sagte er stattdessen.

»Du auch.«

»Ich rufe an, sobald ich zurück bin.«

»Okay.«

»Bis bald, *ma petite fée*.«

»Bis bald, Rocco.«

Er legte auf und war verunsichert und nervös. Er wünschte sich definitiv, er hätte ihr persönlich sagen können, dass er wegmusste.

Seufzend steckte er sein Handy ein, drehte sich um und ging in den Konferenzraum. Kommandant Storm North und der Rest seines Teams warteten auf ihn, bevor sie mit der Besprechung begannen. Rocco wusste nur, dass sie nach Afrika mussten. Sie sollten Hinweisen über weitere geschmuggelte Artefakte im Nahen Osten nachgehen.

Drei Tage waren vergangen, seit Rocco sie angerufen hatte, um ihr mitzuteilen, dass er auf Mission musste, und Caite war deprimiert. Es war wirklich albern. Sie war es gewohnt, einsam zu sein. Als sie im Ausland gearbeitet hatte, hatte sie wochenlang mit niemandem außerhalb des Büros gesprochen.

Aber Rocco hatte ihr etwas gegeben, auf das sie sich freuen konnte. Sie hatte ihn angerufen, wenn sie auf dem Weg nach Hause von der Arbeit war, und dann hatten sie jeden Abend telefoniert, bevor sie einschlief.

Jeden Morgen hatte er sie angerufen, um sich zu vergewissern, dass sie wach war. Da er sehr früh aufstand, um zu trainieren, war er immer vor ihr wach. Meistens war sie schon aufgestanden, aber sie liebte es, mit ihm zu reden, bevor sie in den Laden ging.

Sie hatten über nichts Wichtiges gesprochen, aber irgendwie hatte sie Rocco in den letzten Wochen besser kennengelernt als jeden anderen Mann, mit dem sie in der Vergangenheit ausgegangen war. Sie wusste, dass seine Eltern in Florida lebten. Er hatte keine Geschwister, aber er betrachtete seine Teamkameraden in jeder Hinsicht als Brüder.

Er hasste helle Farben und konnte Tomaten nicht leiden. Er mochte Meeresfrüchte und Äpfel, aber Sushi und Apfelkuchen konnte er nicht ausstehen. Er liebte das Training und obwohl die meisten seiner Freunde Tätowierungen hatten, verspürte er nicht den Drang, seinen Körper auf diese Weise zu verzieren.

Dadurch, dass er sich die Zeit genommen hatte, mit ihr zu reden und zu schreiben und sie als Menschen besser kennenzulernen, hatte er erreicht, was kein anderer Mann zuvor geschafft hatte. Caite war ungeduldig, ihre Beziehung zu vertiefen.

Sie wollte Rocco. Sie sehnte sich nach ihm. Schon bei dem Gedanken an ihn wurden ihre Brustwarzen hart vor Erregung.

In der Vergangenheit hatte sie mit den wenigen Männern, mit denen sie ausgegangen war, geschlafen, weil es erwartet wurde. Aber sie hatte sich niemals nach jemandem gesehnt, nicht wie nach Rocco.

Sie vermisste es, mit ihm zu reden, ihm von ihrem Tag zu erzählen und ihn über seinen reden zu hören. Es war faszinierend, ihm zuzuhören, wenn er über seine Arbeit sprach. Sie hatte keine Ahnung gehabt, dass SEALs so viel trainieren mussten wie Rocco und sein Team. Sie trainierten pausenlos. Dinge, wie aus Löchern im Boden zu entkommen und wie sie ihre Feinde überlisten konnten. Sie hatte selbst für das Militär gearbeitet, aber keine Ahnung gehabt.

Caite fragte sich, wo er in diesem Moment war und was er tat. Sie betete, dass er in Sicherheit war. Sie war keine Idiotin. Sie wusste, was und wo auch immer seine Mission war, dass es wahrscheinlich gefährlich war. Er könnte erschossen, gefangen genommen oder gefoltert werden.

Stöhnend wischte sie sich mit der Hand übers Gesicht und richtete sich auf. Im Moment war es ruhig im Laden. Sie hatte die Regale aufgefüllt und die Zigaretten hinter der Theke geordnet. Es war niemand im Laden und ihr Kollege machte angeblich Inventur, rauchte aber vermutlich Gras. Caite war es egal. Es war schwer, sich über irgendetwas zu ärgern, wenn Rocco weg war.

Die Glocke über der Tür läutete und Caite sah auf. Erschrocken richtete sie sich auf und starrte den Mann an, der mit einer Skimaske über dem Kopf den Laden betrat.

Er hob eine Waffe und richtete sie auf sie. Caite hob sofort die Arme und zeigte ihm, dass sie unbewaffnet war.

»Gib mir das Geld«, knurrte der Mann mit tiefer, heiserer Stimme.

Nickend drückte sie sofort den Knopf an der Kasse und öffnete die Schublade. Beim Öffnen klingelte eine kleine Glocke. Caite nahm schnell die Scheine heraus und schob sie dem Mann über die Ladentheke zu.

Außer seinen Augen, die im Licht böse funkelten,

konnte sie nichts von seinem Gesicht erkennen. Sie wusste, dass die Überwachungskamera alles aufnahm, und betete, dass der Mann etwas sagen oder tun würde, das der Polizei helfen würde, ihn zu identifizieren.

Er schnappte sich das Geld, ohne es auch nur anzusehen.

Caite sah in seinen Augen, was er vorhatte, und warf sich instinktiv zur Seite, als ein Schuss ertönte.

Ein brennender Schmerz durchfuhr ihren Arm, als sie zu Boden fiel. Mit dem Kopf schlug sie gegen ein Regal hinter der Theke und für einen Moment musste sie daran denken, wie sauer Rocco sein würde, wenn er nach Hause kam und erfuhr, dass sie bei einem verdammten Raubüberfall ums Leben gekommen war.

Mit verschwommener Sicht konnte sie gerade noch sehen, wie der Mann über die Ladentheke spähte und Caite anstarrte, die auf dem Boden lag, während sich eine Blutlache um ihren Kopf bildete. Dann wirbelte er herum und lief aus dem Laden. Der Klang der Glocke über der Tür verblasste und sie verlor das Bewusstsein.

Acht Stunden später lag Caite in ihrer Wohnung auf der Couch. Sie hatte ihr Handy in der Hand und starrte auf die letzte SMS, die Rocco ihr vor seiner Abreise geschickt hatte. Es war eine Liste von Namen und Telefonnummern der Männer, von denen er gesagt hatte, dass sie sie anrufen sollte, wenn etwas passierte.

Sie wusste, dass sie anrufen könnte ... aber was sollte

sie sagen? »Hallo, ich bin Caite, du kennst mich nicht, aber ich wurde heute angeschossen.«

Was sollten sie tun? Sie mussten sich um ihre eigenen Familien kümmern. Sie kannten sie nicht. Außerdem war sie zu Hause und am Leben.

Caite überlegte, ob sie ihre Eltern anrufen sollte, beschloss aber, auch damit ein paar Tage zu warten. Wenn sie ihrer Mutter davon erzählte, würde sie sich sofort auf den Weg gen Süden machen. So sehr sie ihre Mutter und ihren Vater liebte, das wäre ihr im Moment zu viel.

Der ganze Vorfall im Laden war unwirklich gewesen. Sie war auf dem Boden hinter der Theke aufgewacht, während Sanitäter sie anstupsten und ihr Fragen stellten.

Die Kugel hatte ihren Oberarm lediglich gestreift. Sie hatte Glück gehabt. Caite wusste das besser als alle Ärzte, Sanitäter und Polizisten zusammen, die ihr das immer und immer wieder gesagt hatten.

Die Wunde an ihrem Kopf hatte stark geblutet, aber der Arzt hatte gesagt, dass es nur eine oberflächliche Schnittwunde war, nachdem er sie gereinigt hatte. Der Schnitt am Kopf wurde mit drei Stichen genäht und ihr Arm mit vier weiteren. Auf dem MRT waren keine Anzeichen für eine Gehirnerschütterung zu sehen und ihr war weder übel noch schwindelig. Der Notarzt wollte sie über Nacht zur Beobachtung im Krankenhaus behalten, aber Caite hatte sich geweigert. Sie wusste, dass allein die Rechnung für den Ausflug in die Notaufnahme mehr war, als sie sich von ihrem mageren Gehalt leisten konnte.

Aber jetzt war sie zu Hause und ihr Arm pochte. Sie

hatte Kopfschmerzen und jammerte über sich selbst. Der Marktleiter hatte ihr für die nächsten drei Tage »großzügig« freigegeben, aber Caite überlegte zu kündigen.

Im Moment war ihr alles zu viel. Es fühlte sich an, als würde ihr Leben über ihr zusammenstürzen. Kein Geld, sie vermisste Rocco, der Schmerz ihrer Verletzungen, sie wäre fast gestorben. Sie war keine Frau, die jammerte, wenn es im Leben hart auf hart ging, aber sie war lange genug stark gewesen. Tränen liefen über ihr Gesicht, bevor sie sie aufhalten konnte.

Caite rollte sich zu einer Kugel zusammen, achtete darauf, ihren Arm nicht zu verdrehen oder Druck auf ihre Kopfwunde auszuüben, und ließ ihren Tränen freien Lauf, nachdem sie sie den ganzen Tag zurückgehalten hatte. Sie war nicht einmal zusammengebrochen, als die Polizisten darüber gesprochen hatten, dass die Kugel sie wahrscheinlich mitten ins Herz getroffen hätte, wäre sie nicht zu Seite gesprungen.

Sie war es gewohnt, stark zu sein und auf sich selbst aufpassen zu müssen. Aber im Moment wollte sie nicht allein sein. Sie wollte bei Rocco sein.

Rocco war froh, wieder in Kalifornien zu sein. Sie waren nur drei Tage weg gewesen, aber es kam ihm viel länger vor. Er hatte nicht bemerkt, wie sehr er es genossen hatte, mit Caite zu sprechen, wie viel Licht sie in sein Leben gebracht hatte. Er war nicht mehr ausschließlich darauf konzentriert, ein SEAL zu sein. Er dachte ständig an sie und fragte sich, was sie tat und ob sie sich Zeit zum

Mittagessen nahm. Er wollte ihre Stimme hören und über seinen und ihren Tag sprechen.

Nach der Nachbesprechung mit Kommandant North und dem Rest seines Teams wollte er unbedingt Caite anrufen und ihr sagen, dass er wieder zu Hause war. Es war spät, aber er glaubte nicht, dass es ihr etwas ausmachen würde.

»Sie ist die Eine für dich, nicht wahr?«, fragte Gumby, als das Team den Besprechungsraum verließ.

Er sah seinen Freund an und nickte. Es überraschte ihn nicht, dass Gumby nach Caite fragte. Rocco hatte in den letzten Tagen viel über sie gesprochen. »Ja, ich bin mir ziemlich sicher, dass sie es ist. Ich meine, ich habe keine Ahnung, was die Zukunft für uns bereithält, aber sie ist mir verdammt wichtig.«

»Das ist großartig«, sagte Gumby.

»Machst du dir keine Sorgen, was das für einen Einfluss auf dich hat?«, fragte Phantom.

Rocco drehte sich um und starrte ihn an. Er wusste, dass Phantom eine schreckliche Kindheit gehabt hatte und im Grunde nur zur Navy gegangen war, um seiner missbräuchlichen Familie zu entkommen, aber er war sich nicht sicher, woher seine beschissene Einstellung kam.

»Hast du ein Problem damit, dass ich mit Caite zusammen bin?«, fragte er und blieb im Flur stehen, um ihn zu konfrontieren.

Der Rest des Teams blieb ebenfalls stehen.

»Ja, wenn das bedeutet, dass du mehr auf eine Muschi konzentriert bist als darauf, uns bei unserer Mission zu unterstützen.«

Jetzt war Rocco sauer. »Würdest du das auch zu Wolf sagen oder zu Dude und Cookie? Diese Männer würden für ihre Frauen und Kinder sterben und sie gehören zu den härtesten SEALs, die ich je getroffen habe.«

»Bei denen ist es etwas anderes«, beharrte Phantom.

»Wieso?«, forderte Rocco zu wissen.

Der Muskel im Kiefer des anderen Mannes pulsierte, als er über seine Reaktion nachdachte. »Weil du nicht sie bist.«

»Was soll das bedeuten?«, hakte Rocco nach.

Phantom fuhr sich mit der Hand durch sein bereits zerzaustes Haar. »Es bedeutet, dass ich dich wie einen Bruder liebe. Wir haben den schlimmsten Scheiß durchgemacht, den man jemals zusammen durchmachen kann. Ich will nicht, dass eine Tussi das vermasselt.«

Rocco zwang sich, seine Muskeln zu entspannen. Er trat einen Schritt auf Phantom zu und legte ihm eine Hand auf die Schulter. »Caite wird sich nicht zwischen uns stellen. Niemals. Dieses Team ist meine Familie. Nur weil Bubba einen Zwillingsbruder hat, bedeutet das nicht, dass wir weniger wichtig sind. Caite ist mir wichtig, das gebe ich gern zu. Ich gebe auch zu, dass ich sehen möchte, wie sich die Dinge zwischen uns langfristig entwickeln, und dass ich während dieser Mission manchmal an sie gedacht habe. Aber das bedeutet nicht, dass ich meine Arbeit nicht erledigen kann, wenn es zur Sache geht. Ich werde immer alles tun, um dich und alle anderen in diesem Team zu unterstützen.«

Niemand sagte ein Wort, als Phantom und Rocco sich anstarrten.

Schließlich nickte Phantom. »Es ist nur ... Veränderungen fallen mir schwer.«

»Ich weiß. Aber Caite ist nicht wie die Frauen, mit denen wir in der Vergangenheit herumgevögelt haben. Ich wünschte, du hättest sie in Bahrain erleben können, Phantom. Sie war verdammt phänomenal. Sie hatte Angst, aber dennoch hat sie das getan, was sie für richtig und notwendig gehalten hat. Gib ihr eine Chance.«

»Das brauche ich nicht«, sagte der andere Mann. »Ich mag sie bereits. Ich mache mir nur Sorgen um dich. Du warst bei dieser Mission viel ruhiger als sonst und sie ist die einzige Veränderung, die mir in den Sinn gekommen ist.«

Rocco nickte. »Wenn Wolf und sein Team Familien haben und trotzdem ihren Job erledigen können, dann können wir das auch.«

Alle Männer nickten zustimmend.

»Jetzt, wo wir das geklärt haben ... muss ich telefonieren.«

Alle grinsten, gingen weiter den Flur entlang und redeten darüber, was sie die nächsten zwei Tage, die sie freihatten, machen würden. Kommandant North gab ihnen immer ein paar Tage frei, wenn sie von einer Mission zurückkamen. Sie mussten natürlich für die Nachbesprechung ins Büro, um darüber zu berichten, was während ihrer Mission im Ausland passiert war, aber sie versuchten immer, das zeitnah nach ihrer Rückkehr zu erledigen, damit sie sich danach eine Auszeit nehmen konnten.

Als sie den Parkplatz erreichten, verabschiedeten sich alle und Rocco stieg in seinen Acura. Schnell schaltete er sein Telefon ein ... und runzelte die Stirn, als er weder Anrufe noch SMS sah. Er hatte damit gerechnet, dass Caite mindestens einmal probiert hätte, ihn zu kontaktieren, auch wenn sie wusste, dass er nicht antworten konnte.

Er tippte auf ihren Namen und wartete.

Überraschenderweise ging der Anruf direkt zur Voicemail.

Er schickte ihr eine SMS und tippte ungeduldig auf sein Lenkrad. Rocco hatte sich so darauf gefreut, mit ihr zu sprechen, ihre Stimme zu hören. Jetzt, wo er es nicht konnte, war er enttäuscht. Nicht nur das, er war auch ein wenig besorgt.

Caite war die Erste, die zugab, dass sie kein aufregendes Leben nach der Arbeit hatte. Es war beunruhigend, dass sie – Rocco sah auf die Uhr – abends um halb sechs nicht ans Telefon ging.

Er tippte noch einmal auf ihren Namen und als der Anruf erneut zur Voicemail ging, traf er eine Entscheidung. Rocco startete den Motor und machte sich auf den Weg, um nach ihr zu sehen. Nur um sich davon zu überzeugen, dass sie nicht verletzt oder tot in ihrer Wohnung lag und nicht in der Lage war, ans Telefon zu gehen.

Es war irrational, aber Rocco wusste, dass er nicht schlafen könnte, wenn er nicht mit eigenen Augen sah, dass es ihr gut ging.

Die Fahrt zu ihrer Wohnung verlief ohne Zwischenfälle. Er hielt auf ihrem Parkplatz und sah zu ihrer Wohnung hinauf. Es brannte kein Licht, aber das musste nichts bedeuten. Einen Moment lang zögerte er. Vielleicht schlief sie und er würde sie erschrecken, wenn er an die Tür klopfte. Aber er schüttelte den Gedanken ab. Er würde sie vielleicht erschrecken, aber er hoffte, dass sie froh sein würde, ihn zu sehen.

Rocco nahm jeweils zwei Stufen auf einmal, ging auf ihre Tür zu und klopfte, ohne zu zögern, laut an.

Er wartete, trat von einem Bein aufs andere. Alles schien ruhig zu sein. Es gab keine Partys und falls ihre Nachbarn zu Hause waren, waren sie leise.

Nach einem Moment klopfte er erneut.

Wenn sie nicht aufmachte, würde er Rex anrufen. Der Mann konnte Schlösser besser knacken als jeder andere. Er würde Caites Tür innerhalb von Sekunden öffnen. Er könnte zum Hausverwalter gehen, aber er wollte sich nicht erklären und dem Mann dabei zuhören müssen, wie er über Gesetze und andere Scheiße jammerte.

Wenn es um Caite ging, scherte Rocco sich nicht um Gesetze.

Dieser Gedanke hätte ihn erschrecken sollen, aber das tat er nicht. Wenn Caite in Schwierigkeiten war, musste er zu ihr.

In dem Moment, in dem er sein Handy hob, um Rex anzurufen, hörte Rocco Geräusche hinter der Tür.

Sie war wach und schloss die Tür auf.

Er zauberte ein breites Lächeln auf sein Gesicht und wartete mit angehaltenem Atem darauf, sie wiederzusehen.

Aber sein Lächeln verblasste, als die Tür aufging und er Caite sah.

Sie sah scheiße aus. Ihr Haar war durcheinander und sie hatte tiefe Furchen auf der Stirn. Ihre Augen waren rot und blutunterlaufen und er konnte sehen, dass sie geweint hatte.

»Was zum Teufel?«, sagte er leise, als er einen Schritt nach vorn machte. Er drückte sanft die Tür auf und zwang Caite, einen Schritt zurückzutreten. Er betrat die Wohnung und schloss die Tür schnell wieder ab. Er legte seine Hände auf ihre Schultern, beugte sich vor und fragte eindringlich: »Was ist passiert?«

Anstatt zu antworten, brach Caite in Tränen aus.

Erschrocken nahm Rocco sie sofort in die Arme. Sie protestierte nicht, sondern legte einfach einen Arm um seinen Hals und ihr Gesicht an seine Brust.

Er konnte fühlen, wie die Tränen durch sein Hemd sickerten, aber es war ihm egal. Er führte sie zur Couch, setzte sich und legte sie auf seinen Schoß. Er sah die vielen benutzten Taschentücher auf dem Boden. Dann bemerkte er die Medikamente auf dem Tisch neben der Couch.

»Caite? Sprich mit mir«, forderte er jetzt panisch.

Als Reaktion darauf packte sie ihn nur noch fester.

Rocco holte tief Luft und zwang sich, sich zu beruhigen. Caite war in seinen Armen. Sie war am Leben. Alles andere würde er früher oder später herausfinden.

Es dauerte ein paar Minuten, aber irgendwann versiegten ihre Tränen und sie schniefte nur noch. Rocco beugte sich vor, zog ein Taschentuch aus der Schachtel auf dem Beistelltisch und reichte es ihr. Ohne Worte nahm Caite es und wischte sich die Augen ab, bevor sie sich die Nase putzte.

»Bist du in Ordnung?«, fragte Rocco nach einem Moment.

Sie nickte. »Mir geht es gut. Ich hatte nur einen wirklich schlechten Tag.«

»Das tut mir leid, *ma petite fée*.«

Sie richtete sich in seinem Schoß auf und schenkte ihm ein schwaches Lächeln. »Du bist zurück.«

»Ja, ich bin heute Nachmittag zurückgekommen. Ich war zur Nachbesprechung im Büro und als du nicht ans Telefon gegangen bist, bin ich direkt hierhergefahren. Ich habe mir Sorgen gemacht.«

Sie sah verwirrt aus und sah sich dann um. »Du hast angerufen? Ich habe es nicht klingeln gehört. Wo ist mein Telefon?«

Sie fanden es zwischen den Sofakissen. Und irgendwie hatte es sich ausgeschaltet. Kein Wunder, dass sie das Klingeln nicht gehört hatte.

»Ich freue mich, dass du zurück bist«, sagte sie.

»Erzähl mir, was passiert ist«, bat Rocco. Dann entdeckte er etwas, das er zuvor übersehen hatte. »Was zum Teufel ...«, fragte er, als er seine Finger an ihre Schläfe führte. Die Stiche waren von ihrem Haar verdeckt gewesen. Sanft strich er eine Haarsträhne zurück, damit er die Wunde genauer untersuchen konnte.

»Der Laden wurde heute überfallen«, sagte sie mit so tonloser Stimme, dass es Rocco beunruhigte. »Ich habe dem Kerl das Geld gegeben, wie er es wollte, aber ich habe irgendwie gewusst, dass er sich nicht einfach umdrehen und fliehen würde. Ich bin zur Seite gesprungen, als er auf mich geschossen hat. Dabei habe ich mir den Kopf an einem Regal aufgeschlagen, wodurch ich ohnmächtig wurde. Ich nehme an, dass er dachte, er hätte mich erledigt, als er das Blut um meinen Kopf gesehen hat. Er ist verschwunden und ich bin aufgewacht, als die Sanitäter eintrafen.«

Da waren so viele Informationen auf einmal, dass sich Rocco der Kopf drehte. »Er hat auf dich geschossen?«

Caite nickte.

»Du warst bewusstlos?«

Sie nickte wieder.

»Haben sie ihn erwischt?«

Diesmal schüttelte sie den Kopf.

»Scheiße, scheiße, scheiße!«, fluchte Rocco.

»Mir geht es gut«, sagte sie. »Die Kugel hat mich nur gestreift. Es geht mir gut.«

»Du wurdest getroffen?«, rief Rocco. »Wo? Warum bist du nicht im Krankenhaus? Verdammt!«

Sie legte ihre Hand auf seine Brust und versuchte, ihn zu beruhigen. »Es war nur ein Streifschuss. Mir geht es gut. Ich war im Krankenhaus und es wurde genäht. Dann haben sie mich gehen lassen. Ich habe keine Gehirnerschütterung oder Ähnliches und wollte die Nacht nicht dort verbringen.«

Wortlos stand Rocco wieder auf, ignorierte die Art und Weise, wie Caite sich versteifte und ein leises Stöhnen ausstieß, als er sie hochhob. Er trug sie zu ihrem Bett und setzte sie sanft auf die Bettkante. »Lass es mich sehen«, verlangte er.

»Rocco, es ist nichts.«

»Du wurdest verdammt noch mal angeschossen! Das ist, als wäre mein schlimmster Albtraum wahr geworden. Du warst verletzt und ich war nicht hier, um dir zu helfen. Lass es mich sehen, Caite. Ich muss selbst sehen, dass es dir gut geht.«

Sie starrte einen Moment lang zu ihm auf, dann rutschte sie auf dem Bett hin und her und zog ihren Arm durch den langen Ärmel des Hemdes, das sie trug. Sie entblößte ihren Arm für ihn und hielt den Rest ihres Oberkörpers bedeckt – nicht dass Rocco in diesem Moment an etwas anderes als ihre Wunde dachte.

Ein breiter weißer Verband war um ihren Oberarm gewickelt und Rocco spürte, wie sich ihm bei dem Anblick der Magen umdrehte. Er sank neben ihr auf das Bett.

In seinem Leben hatte er schon viele schreckliche Dinge gesehen, abgetrennte Gliedmaßen, die Soldaten weggeblasen worden waren, Verbrennungen, die so entsetzlich waren, dass er nicht einmal das Gesicht der Soldaten erkennen konnte, die mit ihm gekämpft hatten, Kinder, die von selbst gebauten Bomben in Stücke gerissen worden waren – aber nichts hatte ihn körperlich so mitgenommen wie der weiße Verband um Caites Arm.

Mit zitternden Fingern griff er nach ihr und wickelte langsam den Verband ab. Genauso vorsichtig löste er die Mullbinde, die um ihren Arm gewickelt war, und starrte dann auf die Wunde. Es waren nur ein paar Stiche, genau wie sie gesagt hatte, aber er schauderte trotzdem, als er es sah. Die schwarzen Fäden sahen aus wie Insektenfühler, die aus ihrer Haut kamen. Die Wunde war rot und geschwollen und sah schmerzhaft aus, auch wenn sie klein war.

Er hatte Wunden wie diese schon oft gesehen und sogar selbst gehabt. Allein durch den Anblick der Wunde wusste er, wie knapp sie dem Tod entgangen war, und es riss ihm den Boden unter den Füßen weg.

Er beugte sich vor und küsste sanft die Haut rechts und links von der Wunde. Er schloss die Augen, saß einen Moment da und versuchte, seine Gefühle zu kontrollieren.

»Rocco?«

Er öffnete die Augen und sah Caite an. Sie hatte wieder Tränen in den Augen und er hasste den Ausdruck der Verletzlichkeit auf ihrem Gesicht. »Ja, *ma petite fée*?«

»Kannst du ... würdest du hierbleiben, nur für heute Nacht?«

»Ja, das kann ich«, antwortete er.

Ungesagt blieb, dass er sie auf keinen Fall allein lassen würde, selbst wenn sie ihn gebeten hätte zu gehen.

Vorsichtig verband er ihren Arm wieder und fragte: »Hast du etwas gegen die Schmerzen genommen?«

Sie schüttelte den Kopf. »Ich habe nichts gegessen und der Arzt hat gesagt, ich sollte die Tabletten nicht auf nüchternen Magen nehmen. Ich war zu müde, um aufzustehen und mir etwas zu machen.«

Rocco hasste es. »Okay, bleib hier und ruh dich aus. Ich mache dir eine Suppe. Du hast Suppe da, oder?«

»Ja, aber das musst du nicht tun. Ich kann aufstehen und ...«

Rocco legte seine Hände auf ihre Schultern und drückte sie sanft zurück auf die Matratze, als sie versuchte aufzustehen. »Ich mache das, Baby. Ruh dich aus. Ich kümmere mich um dich.«

Ihre Lippe zitterte und auf einmal standen ihr wieder

die Tränen in den Augen. Sie schloss sie, aber nicht bevor Rocco es gesehen hatte.

»Caite?«

»Mir geht es gut«, sagte sie nach einer Weile. »Ich … ich habe mich vorhin selbst bemitleidet, weil ich so allein war. Und jetzt bist du hier, hilfst mir und bist so nett. Ich sollte mich nach dir erkundigen, aber ich habe nur … ich hatte so einen schlechten Tag.« Die letzten Worte erstickten unter ihrem Schluchzen.

Rocco hob Caite sanft hoch, drückte sie an sich und ließ sie weiter an seiner Brust schniefen. Er wollte mehr tun. Er wollte das Arschloch aufspüren, das es gewagt hatte, sie zu verletzen, aber im Moment konnte er sie nur festhalten und versuchen, ihr ein besseres Gefühl zu geben.

Nach einer Weile zog sie sich zurück und er legte sie zurück aufs Bett. »Besser?«, fragte er.

Sie nickte.

»Okay, ich werde dir die Suppe machen und deine Schmerztabletten holen.«

»Danke.«

Er fuhr mit den Fingerspitzen über ihre Wange. »Du musst mir nicht danken.«

»Du musst nicht bleiben. Ich hatte nur einen schwachen Moment. Ich bin sicher, du musst morgen zur Arbeit und du brauchst ein paar Sachen.«

»Ich habe meine Tasche mit ein paar sauberen Klamotten im Wagen«, erklärte er ihr. »Ich weiß nie, wann wir einberufen werden, also habe ich für alle Fälle immer eine Tasche dabei. Und ich habe die nächsten zwei Tage frei. Unser Kommandant sorgt immer dafür, dass wir eine Auszeit haben, wenn wir von einer Mission zurückkommen. Ich muss also nirgendwo anders sein als hier bei dir.«

Caite leckte sich über die Lippen. »Das ist wundervoll.«

Er lächelte. »Ja.« Dann beugte er sich vor und küsste sie auf die Stirn. »Mach ein Nickerchen. Ich bin im Handumdrehen wieder da.«

Rocco wartete, bis sie die Augen geschlossen hatte und ihre Atmung gleichmäßiger wurde. Dann stand er lautlos auf und ging zurück in den Wohnbereich. Zuerst hob er die Taschentücher auf und legte die auf den Boden gefallene Decke zusammen. Er schnappte sich ihre Tabletten und nahm sie mit in die Küche, während er das Etikett las. Er war froh zu sehen, dass es im Grunde nur sehr starke Paracetamol waren. Nicht dass er dachte, Caite würde von irgendwelchen Pillen abhängig werden, aber er war froh, dass die Ärzte davon ausgingen, dass sie nichts Stärkeres benötigte.

Er wärmte eine Dose Hühnernudelsuppe auf und brachte sie in den Schlafbereich, bevor er Caite sanft weckte und sie dann beobachtete, während sie die Suppe löffelte. Sie war still und immer noch schläfrig. Er gab ihr eine der Schmerztabletten und sie schluckte sie ohne Protest herunter. Rocco deckte sie liebevoll wieder zu, setzte sich an ihre Seite und beobachtete sie beim Einschlafen.

Nach einer Stunde oder länger brachte er endlich das Geschirr zurück in die Küche und ging zu seinem Wagen, um seine Tasche zu holen. Als er zurückkam, zog er eine Jogginghose an und kletterte zu ihr ins Bett. Er blieb auf der Decke liegen, drehte sich auf die Seite und beobachtete sie weiterhin beim Schlafen.

Es dauerte eine Weile, aber schließlich schlief er selbst ein, obwohl sein Schlaf im Gegensatz zu ihrem unruhig war. Er träumte immer wieder davon, wie Caite angeschossen wurde, während er mit seinen Freunden in einer Kneipe am anderen Ende der Stadt trank und lachte.

***

»Bist du sicher, dass sie tot ist?«, fragte Isaac Chambers den Mann, den er angeheuert hatte, um Caite McCallan zu töten.

»Auf jeden Fall. Sie lag auf dem Boden in einer Blutlache, als ich abgehauen bin.«

Chambers ging in seiner Küche auf und ab. Es war zwei Uhr morgens und er war aus dem Bett gestiegen, um sich zu vergewissern, dass diese Schlampe endlich keine Bedrohung mehr darstellte. »Ich habe nichts in den Nachrichten gesehen«, sagte er.

»Hör zu, ich habe sie verdammt noch mal erschossen, genau wie du es wolltest«, sagte der Mann. »Wann bekomme ich mein Geld?«

Der Offizier biss die Zähne zusammen. Er hatte diesen Kerl für den Spottpreis von eintausend Dollar angeheuert. Er traute ihm nicht weiter, als er ihn werfen konnte. Er wusste, dass sein Verlangen nach Drogen größer war, als dafür zu sorgen, dass er seinen Auftrag richtig erfüllte.

»Sobald ich den Beweis habe, dass sie wirklich tot ist.«

»Scheiße. Hätte ich vielleicht ein Foto machen sollen oder was?«, beschwerte sich der Junkie.

»Wo ist die Waffe?«

»Ich habe sie ins Meer geworfen, wie du gesagt hast«, gab der Mann ungeduldig zurück.

Erleichtert, dass zumindest die Pistole nicht zurückverfolgt werden könnte, sagte Chambers: »In Ordnung, wir treffen uns morgen Mittag im selben Motel wie zuvor. Dann bekommst du dein Geld.«

»Ich dachte, ich bekomme es heute«, jammerte der Typ.

»Es ist mitten in der Nacht«, knurrte Chambers. »Ich werde meine Familie nicht allein lassen und den ganzen Weg dort rausfahren. Du musst dir woanders einen Schuss besorgen, bis du morgen dein Geld bekommst.«

»In Ordnung, aber morgen tauchst du besser hier auf.«

»Oder was?«

»Oder du wirst es bereuen, glaub mir.«

»Drohe mir nicht«, erwiderte Chambers in einem tödlichen Tonfall.

»Dann sorg dafür, dass ich morgen mein Geld bekomme«, sagte der Drogenabhängige zu ihm.

Chambers legte auf, ohne zu antworten. »Diese Schlampe ist besser tot«, murmelte er. Wenn nicht, war sie entweder der Mensch mit dem meisten Glück auf der Welt oder er derjenige mit dem größten Pech.

KAPITEL ELF

Eine Woche später drehte Caite sich im Bett um und lächelte, als sie den Abdruck auf dem Kissen neben ihr sah. Seit er von seiner Mission zurückgekehrt war, hatte Rocco jede Nacht in ihrem Bett geschlafen. Sie hatten nicht mehr gemacht, als zu schlafen, aber sie musste zugeben, dass es sich wie ein wahr gewordener Traum anfühlte, ihn bei sich zu haben und mit ihm reden zu können, bis sie einschlief.

Er war der perfekte Mitbewohner. Er half beim Kochen, machte seine eigene Wäsche und das Bett. Und was am wichtigsten war, er brachte sie zum Lachen und sie fühlte sich besser dabei, dass sie jetzt arbeitslos war ... schon wieder.

Am Morgen nach dem Vorfall hatte sie die Entscheidung getroffen. Nachdem sie einen Albtraum gehabt hatte, in dem sie in den Lauf einer Waffe geschaut hatte, wusste sie, dass sie nicht mehr in den Laden zurückkehren konnte.

Rocco hatte ihre Entscheidung natürlich hundertprozentig unterstützt.

»Nimm dir Zeit, es zu verarbeiten«, hatte er gesagt. »Wenn du Geld brauchst, kann ich dir helfen.«

»Das ist nicht nötig«, hatte sie sofort gesagt. »Meine Eltern können mich unterstützen, wenn ich Geld brauche.«

»Wo denkst du wird das zwischen uns hinführen?«, hatte er gefragt.

»Ähm ... ich weiß es nicht?«

»Dies ist mehr als nur eine Verabredung, Caite«, hatte er gesagt. »Wenn du etwas brauchst, möchte ich es wissen, damit ich dir helfen kann.«

Sie hatte einfach zugestimmt, weil sie so glücklich war.

Aber da nun bereits eine ganze Woche vergangen war und Rocco sich immer noch weigerte, sie intim zu berühren, begann Caite, ihre Beziehung zu hinterfragen. Oh, er küsste sie, achtete aber sehr darauf, nicht weiterzugehen. Vielleicht hatte er, nachdem er eine Woche bei ihr gelebt hatte, letztendlich entschieden, dass die Dinge zwischen ihnen nicht funktionieren würden. Vielleicht spürte er nicht dieselbe sexuelle Spannung wie sie.

Caite wusste nur, dass es wunderbar und gleichzeitig eine Qual war, jede Nacht neben ihm zu schlafen. Sie wollte ihm seine Jogginghose herunterziehen und sehen, was er vor ihr versteckte. Sie wollte ihn schmecken und tief in ihrem Körper spüren. Aber er hatte ihr nicht das geringste Zeichen gegeben, dass er dasselbe wollte. Und wenn sie den ersten Schritt machte und zurückgewiesen wurde, wäre das mehr als peinlich. Es wäre vernichtend.

Also schluckte sie es herunter und tat so, als wäre sie jede Nacht supermüde und versuchte verzweifelt einzuschlafen.

Es hatte bis jetzt funktioniert, aber jetzt, wo sie sich besser fühlte, war sie nur noch angemacht von ihm. Und da er die ganze Zeit um sie herum war, konnte sie sich nicht einmal selbst helfen.

Sie lauschte und hörte nichts, was darauf hinwies, dass Rocco zu Hause war.

Seit ein paar Tagen ging er wieder zur Arbeit und stand immer vor ihr auf, um sie mit einem keuschen Kuss auf die Stirn und einem gemurmelten »Guten Morgen« zu wecken, bevor er sich auf den Weg machte, um mit seinem Team zu trainieren.

Caite sah auf die Uhr und bemerkte, dass es erst fünf Uhr fünfundvierzig war. Sie hatte noch ungefähr eine halbe Stunde Zeit, bis er zurückkam, um ihr Frühstück zu machen, bevor er sich wieder auf den Weg zum Stützpunkt machte.

Sie drehte sich auf den Rücken, schloss die Augen und schob eine Hand in ihre Schlafanzughose. Die andere schob sie unter ihr Oberteil und kniff sich in die Brustwarze, während sie sich vorstellte, wie es sein würde, mit Rocco intim zu sein. Würde er langsam und sanft sein oder ihre Beine auseinanderreißen und sich nehmen, was er wollte?

Caite wusste es nicht, vermutete aber, dass es ihr so oder so gefallen würde.

Sie streichelte ihre Klitoris schneller und fantasierte über all die Dinge, die sie mit ihm machen wollte.

Ihre Erregung stieg schnell und hart an und Caite

drückte den Rücken durch, stöhnte und genoss die Ekstase, die sie durchströmte.

Nachdem sie gekommen war, streichelte sie sich langsam weiter, weil es ihr gefiel, wie feucht sie jetzt war und wie gut sich ihre Finger auf ihrer Klitoris anfühlten. Sie spielte mit sich selbst und achtete darauf, nicht zu fest zu drücken, um die Erregung wieder ansteigen zu lassen, sondern gerade genug, um das schöne Gefühl etwas hinauszuzögern.

Caite war sich nicht sicher, was sie dazu brachte, die Augen zu öffnen. Sie drehte den Kopf zur Tür herum – und erstarrte.

Rocco stand in der Tür und Licht aus dem Wohnbereich hob seinen großen, straffen Körper hervor.

Er trug kein Hemd und seine Jogginghose saß tief auf seinen Hüften. Sein Schwanz war hart und lang unter dem Stoff zu sehen ... und sie konnte nicht anders, als sich über die Lippen zu lecken.

Wortlos stieß Rocco sich von der Tür ab und kam auf sie zu.

Caite zog die Hand unter ihrem Hemd hervor, wagte es aber nicht, die andere zu bewegen. Vielleicht wusste er nicht, was sie getan hatte. Vielleicht hatte er noch nicht so lange dort gestanden.

Rocco setzte sich auf die Bettkante, schaltete das Licht ein und zog die Bettdecke zurück.

Scheiße, er wusste es.

Sie wollte ihre Hand aus der Hose ziehen, aber er hielt sie davon ab, indem er ihr Handgelenk packte. Caite konnte fühlen, wie ihre Brustwarzen gegen den Stoff ihres T-Shirts drückten, wagte es aber nicht, nach unten zu schauen. Sie war von Roccos intensivem dunklen Blick gefangen.

»Darf ich?«, fragte er mit einer Stimme, die sie nicht von ihm kannte. Er deutete mit dem Kopf auf ihren Schoß und sie nickte.

Gott ja, sie wollte seine Hände auf sich spüren, sie brauchte es.

Er setzte sich mit dem Rücken ans Kopfteil hinter sie und arrangierte sie zwischen seinen Beinen, sodass sie an seiner Brust lag. Dann schob er seine rechte Hand unter ihren Hosenbund und verschränkte seine Finger mit ihren.

Ein Knurren entwich seiner Kehle, als er spürte, wie feucht sie war, und Caite lief ein Schauer den Rücken herunter. »Streichle dich weiter«, forderte er.

Machtlos, etwas anderes zu tun, als er verlangte, und erregt genug, um die Verlegenheit zu ignorieren, die durch ihren Körper strömte, begann Caite erneut, ihre Finger über ihre Klitoris zu bewegen.

Sie wünschte, sie hätte keine Hose an, sie wollte die Beine spreizen – aber sie vergaß alles außer seiner Berührung, als seine starken Finger sich im Einklang mit ihren bewegten. Jetzt war sie es, die stöhnte und ihren Kopf fest gegen seinen Oberkörper drückte.

Ohne ein Wort arbeiteten sie zusammen, um sie zu einem weiteren Orgasmus zu bringen. Als sie kurz davor war, schob Rocco ihre Finger aus dem Weg und übernahm es allein, ihre Klitoris zu streicheln. Er hatte offensichtlich aufgepasst, denn er übte den perfekten Druck aus und wusste genau, wie er sie streicheln musste, um sie zum Orgasmus zu bringen.

Aber im Gegensatz zu Caite wich er nicht in der Sekunde zurück, in der sie kam. Stattdessen drückte er fester und zögerte ihren Orgasmus hinaus.

Als es sich anfühlte, als würde ihr gleich das Herz aus der Brust springen, löste er endlich seine Finger von ihrer sensiblen Knospe und glitt über ihre Schamlippen. Er drückte seine von ihren Säften feuchten Finger sanft in ihren Körper hinein und zog sie wieder heraus.

Caite konnte seinen Schwanz hart an ihrem Rücken spüren und rekelte sich. Sie wollte ihn sehen, ihn fühlen.

Rocco zog seine Finger zwischen ihren Beinen hervor und führte sie zu seinem Gesicht. Caite wusste, dass sie vor Scham errötete, als sie hörte, wie er sie ablutschte. Sie schwor, dass sein Schwanz dabei zuckte, als er jeden Tropfen ihrer Essenz von seinen Fingern leckte.

Sie wollte etwas Tiefgründiges sagen, wollte einmal in ihrem Leben keine Idiotin sein. Aber das war natürlich ein großer Misserfolg. »Ich dachte, du wärst weg«, kam es aus ihrem Mund.

Er lachte leise. »Das habe ich vermutet.«

»Es tut mir leid«, flüsterte sie und wusste nicht, was sie sonst sagen sollte.

»Sag das nicht«, erwiderte er und bewegte sich so schnell, dass Caite keine Zeit hatte zu reagieren. Er hatte sie flach auf den Rücken unter sich gelegt und seine Arme zu beiden Seiten ihres Kopfes abgestützt. Sie konnte ihn nur anblinzeln. »Das war das Erotischste, was ich je in meinem Leben erlebt habe. Es war ein Geschenk. Nichts, was dir leidtun sollte, Caite. Oh Gott, bitte bereue es nicht.«

»Okay, werde ich nicht.« Als er weiter auf sie herabstarrte, sagte sie: »Kannst du ... ähm ...« Ihr fehlten die Worte und sie presste ihren Unterkörper nach oben, bis sie gegen seinen harten Schwanz stieß.

»Alles gut.«

»Alles gut?«, wiederholte sie verwirrt. »Aber du bist immer noch hart.«

»Bin ich, aber darum kümmere ich mich unter der Dusche.«

Sie war immer noch verwirrt. »Aber ... willst du nicht ...« Wieder verstummte sie. Caite verstand ihn nicht. Sie war gerade intimer mit ihm gewesen als je zuvor mit einem anderen Mann. Sie hatte noch nie vor jemandem masturbiert und sie hatte sich definitiv noch nie von jemandem so fingern lassen wie von Rocco.

»Ich will, aber ich habe dir schon gesagt, dass ich mir Zeit lassen möchte. Ich will die ganze Nacht. Wir haben gerade nicht die Zeit, das zu tun, was ich mit dir machen möchte. Sobald ich meinen Schwanz in deine heiße, feuchte Muschi bekommen habe, werde ich lange nicht mehr wegwollen. Und ich habe heute Pläne für uns, die nicht warten können. Also ... ja, ich will mit dir schlafen, Caite. Ich will das fast mehr, als ich atmen möchte, besonders nachdem ich gesehen und gehört habe, wie du in meinen Armen gekommen bist. Aber ich kann warten.«

Sie blinzelte zu ihm auf. Er konnte warten? War er überhaupt echt? Sie griff nach oben und tippte gegen seine Brust, genau dort, wo sein Herz war.

Er grinste. »Was machst du?«

»Ich wollte nur sichergehen, dass ich nicht träume. Du fühlst dich echt an.«

»Ich bin echt«, beruhigte er sie, dann senkte er seine Hüften und presste sich gegen sie. »Jeder Zentimeter von mir ist echt.«

Caites Atmung beschleunigte sich noch einmal. »Das kann ich fühlen.«

»Danke, *ma petite fée*. Das war ein Geschenk, das ich für den Rest meines Lebens schätzen werde. Ich weiß, dass du nicht bemerkt hast, dass ich da war, aber mir zu vertrauen, dass ich dich ein zweites Mal zum Höhepunkt bringen kann, ist etwas, das ich niemals als selbstverständlich ansehen werde.«

Caite konnte nur nicken.

»Und um die Frage zu beantworten, die ich in deinen Augen sehen kann, ich war heute nicht beim Training, weil ich etwas anderes für uns geplant habe. Etwas, von dem ich hoffe, dass es dir gefallen wird. Es ist teils Physiotherapie für deinen Arm, um dir zu helfen, ihn besser bewegen zu können, und teils Eigeninteresse meinerseits.«

Caite war fasziniert. »Ach ja?«

»Ja, ich werde jetzt aufstehen und duschen ... und nicht gucken, sonst kommen wir nie aus dieser Wohnung heraus«, sagte er, als das Wort »duschen« sie zum Lächeln brachte. »Dann kannst du aufstehen, im Badezimmer tun, was du tun musst, dann frühstücken wir und fahren los.«

»Wohin?«

»Das ist eine Überraschung.«

Seufzend, aber nicht wirklich irritiert versuchte sie, ernst zu wirken, als sie ihn anstarrte.

Lachend küsste er sie auf die Stirn und entfernte sich

langsam von ihr. Dann verblüffte er sie, als er seine Hand an sein Gesicht hob und tief einatmete, während er sich mit den Fingern unter die Nase strich. »Wenn ich es schaffen könnte, nie wieder zu duschen, würde ich es tun«, sagte er mehr zu sich selbst als zu ihr.

Er stand auf, zwinkerte ihr zu und ging in das kleine Badezimmer.

Caite warf den Kopf zurück auf das Kissen und stieß einen gewaltigen Seufzer aus. »Dieser Mann ist tödlich«, murmelte sie und fühlte sich so befriedigt und entspannt wie schon seit langer, langer Zeit nicht mehr.

***

Eine Stunde später war Caite so gestresst wie schon lange nicht mehr.

»Ich bin nicht bereit«, sagte sie.

»Du bist bereit«, erwiderte Rocco ruhig.

Caite blickte von Roccos ruhigem Gesicht zum Meer. Er hatte sie zu einem kleinen, versteckten Strand gebracht und ihr mitgeteilt, dass er ihr heute das Schwimmen beibringen würde ... oder zumindest daran arbeiten wollte.

»Ich habe keinen Badeanzug.«

»Den brauchst du nicht. Die Shorts und das Trägerhemd, das du anhast, reichen.«

»Ich habe keine Wechselsachen mit.«

Rocco drehte sie zu ihr um und hob mit einem Finger ihr Kinn. »Ich werde nicht zulassen, dass dir etwas passiert. Ich habe eine Tasche mit Handtüchern und ein paar Klamotten für uns beide dabei. Diese Bucht ist geschützt, es gibt also keine Wellen. Ich werde nicht von deiner Seite weichen. Du schaffst das.«

Caite schloss die Augen und seufzte. Theoretisch war es gut, dass Rocco ihr das Schwimmen beibringen wollte. Aber in der Realität war es viel beängstigender, als sie vermutet hatte. Während sie in Gedanken alles durchging, was schiefgehen konnte, stand Rocco stumm vor ihr. Sie spürte seine Hände auf ihren Schultern, mit denen er sie sanft massierte.

Sie öffnete die Augen. »Okay.«

»Okay?«, vergewisserte er sich.

»Aber wenn ich das halbe Meer schlucke und eine hirnfressende Amöbe in meinen Körper bekomme, ist das deine Schuld.«

»Gehirnfressende Amöben gibt es nur in Süßwasser.«
Caite verdrehte die Augen.

»Komm schon, zieh deine Sandalen aus und wir machen uns ans Werk.«

»Wirst du mir keine Tipps oder Anweisungen geben, bevor wir ins Wasser gehen?«, quietschte sie. Sie hatte angenommen, sie würde noch ein paar Minuten Zeit haben, um Mut zu sammeln, bevor sie ins Meer waten musste.

»Nein, wenn ich dir Zeit gebe, länger darüber nachzudenken, wirst du ausflippen.«

Damit lag er nicht falsch.

Rocco zog sich sein T-Shirt mit einer Hand über den Kopf. Caite hatte keine Ahnung, wie Männer das machten. Sie hatte es an einem Abend allein in ihrem Schlafzimmer ausprobiert und hatte sich fast den Hals gebrochen.

Als sie seine muskulöse Brust sah, konnte Caite ihn nur einen Moment lang anblinzeln. Seine leichte Brustbehaarung lief spitz auf seine Leistengegend zu und er hatte einen erstaunlichen Waschbrettbauch. Seine Shorts klebten förmlich an seinen kräftigen Oberschenkeln und sie richtete den Blick schnell wieder auf sein Gesicht, bevor sie sich selbst blamierte, indem sie ihm zwischen die Beine starrte.

Er grinste sie an, als sie seinem Blick begegnete. »Gefällt dir, was du siehst?«, fragte er mit einem Grinsen.

Caite verdrehte wieder die Augen. »Als würdest du dir darüber Sorgen machen.«

Er war schneller bei ihr, als sie gucken konnte, packte sie an der Taille und zog sie in seine Arme. Caite kreischte und warf ihre Arme um seinen Hals, während sie lachte. Rocco schob einen Arm unter ihre Knie und wirbelte sie im Kreis herum.

Dann ließ er sie herunter und sie umklammerte fest seinen Bizeps. Sie konnte die Adern auf seinen Unterarmen sehen und dachte, dass sie die Arme eines Mannes noch nie zuvor so sexy gefunden hatte.

»Männer haben auch Probleme mit ihren Körpern, *ma petite fée*.«

»Du musst dir keine Sorgen machen«, beruhigte Caite ihn. »Kein bisschen.«

Er warf ihr einen so animalischen Blick zu, dass sie wusste, sie wurde rot.

»Schwimmunterricht«, sagte Rocco mehr zu sich selbst als zu ihr, als müsste er sich daran erinnern, warum sie hier waren. Mit seinen Fingern fuhr er über ihren Arm und verschränkte sie mit ihren, als er ihre

Hand erreichte. Dann drehte er sich um und zog sie sanft zum Wasser.

Caite holte tief Luft und folgte ihm widerstrebend.

Das Wasser war überraschend warm. Rocco watete hinein, bis es ihm bis zu den Knien und Caite bis zu den Oberschenkeln reichte. Dann wandte er sich ihr zu. »Und jetzt musst du dich erst mal nur entspannen. Stell dir vor, du liegst im Bett. Strecke deine Arme seitlich aus und spreize deine Beine ein wenig. Ich werde gleich hier an deiner Seite sein.« Seine Hand ruhte unter ihrem Rücken und selbst durch ihr Hemd konnte Caite die Hitze seiner Berührung fühlen.

»Du wirst mich nicht loslassen, oder?«, fragte sie.

Er verdrehte weder die Augen noch lachte er sie aus. Stattdessen sagte er: »Niemals.«

Nickend holte Caite tief Luft. Sie war ganz allein in die Stadt Manama in Bahrain gegangen, hatte Rocco und seine Freunde gefunden und ihnen das Leben gerettet. Das hier würde sie schaffen.

Sie duckte sich ins Wasser, bis es ihr bis zum Hals stand, dann lehnte sie sich langsam zurück. Jeder Muskel in ihrem Körper war angespannt und sie hielt Roccos Arm mit einem Todesgriff fest. Sie stellte sicher, dass sie sein Gesicht die ganze Zeit im Blick behielt, damit er nirgendwo hinging.

Der sanfte Druck seiner Hand an ihrem Rücken war konstant und beruhigend. Er lächelte auf sie herab. »Entspann dich, Caite. Das Salzwasser wird die meiste Arbeit übernehmen. Es ist schwerer, sich treiben zu lassen, wenn du so angespannt bist.«

Caite zwang sich, ihre Muskeln zu entspannen, und

versuchte zu tun, was er verlangte. Roccos Stimme war gedämpft, da ihre Ohren unter Wasser waren, aber sie konnte ihn trotzdem hören. Er beugte sich hinunter und strich mit seinen Lippen über ihre Stirn. »Du machst das großartig, *ma petite fée*. Ich bin so stolz auf dich.«

Es war nicht so, als täte sie wirklich etwas, aber sein Lob fühlte sich gut an. Rocco begann, ihren Körper zu bewegen, aber sie wandte den Blick nicht von seinen Lippen ab, während er sie durchs Wasser zog und weiter mit ihr sprach, bevor er ihren Körper umdrehte und zurückging.

Schließlich lockerte sie auch ihren Griff um seinen Arm und ließ eine Hand los. Sie entspannte ihren Arm und stellte überrascht fest, dass er neben ihrem Körper förmlich im Wasser schwebte, fast ohne dass sie darüber nachdachte.

»Siehst du? Das Salzwasser verleiht deinem Körper mehr Auftrieb. Lass die andere Hand auch los und strecke den Arm zur Seite aus.«

Caite zwang sich, ihn loszulassen, und streckte vorsichtig auch den anderen Arm aus.

Rocco strahlte sie an. »Wunderschön«, sagte er.

Caite sah, wie er den Blick zu ihren Haaren wandern ließ, die um ihren Kopf trieben, dann hinunter zu ihrer Brust. Sie hatte nicht mehr darüber nachgedacht, was sie anhatte, bis zu diesem Moment, in dem sie sah, wie sich seine Pupillen weiteten. Er leckte sich die Lippen und ließ seinen Blick nicht von ihrer Brust, selbst als er sie durchs Wasser zog.

Bei dem Gefühl seines Blickes auf ihr wurden ihre Brustwarzen hart. Caite spürte, wie sie sich unter dem

BH zusammenzogen, den sie an diesem Morgen angezogen hatte.

Plötzlich senkte Rocco den Kopf. Caite spürte, wie er mit der Hand fester gegen ihre Wirbelsäule drückte, als sich sein Mund um eine ihrer Brustwarzen schloss. Sie stöhnte.

Sein Mund fühlte sich im Vergleich zu dem Wasser und der Luft glühend heiß an. Er grub die Finger in ihren Rücken, während er sich an ihr labte.

Sie setzte sich auf und Rocco richtete sich sofort auf und sah ihr noch einmal in die Augen. »Bleib«, forderte er.

Caite nickte und versuchte, sich zu entspannen. Erst als sie wieder trieb, lehnte Rocco sich wieder nach unten. Diesmal nahm er die andere Brustwarze in den Mund und knabberte und saugte an ihrer Kleidung, als hätte er alle Zeit der Welt.

Caite dachte nicht daran, dass sie sich an einem öffentlichen Strand befanden und dass jemand vorbeikommen und sie sehen könnte. Sie dachte nicht daran, dass sie im Wasser trieb oder dass Rocco ihr das Schwimmen beibringen wollte. Jeder Funke ihrer Aufmerksamkeit war darauf konzentriert, wie sie sich durch ihn fühlte – sexy und schön.

Sie schloss die Augen und spreizte die Beine etwas mehr. Das kalte Wasser zwischen ihren Schenkeln war quälend und erotisch zugleich. Sie stellte sich vor, wie Rocco seine Hand in ihre Shorts stecken würde, wie er es vor einigen Stunden getan hatte.

Als sie bemerkte, dass Rocco sie nicht mehr berührte, öffnete Caite die Augen und sah ihn direkt neben ihr stehen, beide Hände in die Luft gereckt, wo sie sie sehen konnte.

»Du kannst es«, sagte er zu ihr. »Allein! Ich wusste, dass du es kannst.«

Anstatt in Panik zu geraten, dass Rocco sie nicht mehr festhielt, konzentrierte sie sich darauf, wie es sich anfühlte zu treiben. Er hatte recht gehabt, im Meer war es viel einfacher als im Schwimmbecken, wo sie es das letzte Mal versucht hatte. Ihre Muskeln waren locker und sie tat nicht wirklich etwas. Aber trotzdem trieb sie auf dem Wasser.

»Versuche, deine Hände ein wenig hin- und herzubewegen«, wies Rocco sie an. »Wie eine Schöpfkelle«, demonstrierte er über ihr.

Sie tat es und war erstaunt, als sie tatsächlich vorankam. »Ich schwimme«, rief sie ehrfürchtig aus.

Rocco lachte und Caites Aufmerksamkeit wurde von dem, was sie tat, wieder auf den Mann an ihrer Seite gelenkt. Instinktiv versuchte sie, sich aufzusetzen, und sofort ging ihr Kopf unter.

Bevor sie in Panik verfallen konnte, legte Rocco seine Arme um sie und hob sie aus dem Wasser.

Caite hustete ein wenig und klammerte sich an Rocco fest.

»Alles in Ordnung, *ma petite fée*?«

Sie nickte. »Ich bin geschwommen«, sagte sie mit einem ehrfürchtigen Flüstern.

»Das bist du.«

Sie neigte den Kopf und sagte: »Ich habe etwas Bedenken, dich zu fragen, wie ich aussehe, jetzt, wo mein Hemd nass ist.«

»Wunderschön«, sagte Rocco ehrfürchtig.

»Hattest du das geplant?«

»Wenn du den Schwimmunterricht meinst, ja. Wenn du dich in diesem weißen Trägerhemd meinst, nein. Aber ich bin auch nur ein Mann, Caite. Und du machst mich mehr an als jede Frau, die ich je getroffen habe. Ich müsste schon tot umfallen, um nicht hinzusehen.«

»Du hast mehr als nur hingesehen«, sagte sie mit einem Lächeln.

»Willst du dich beschweren?«

»Nur darüber, dass du aufgehört hast«, gab sie, ohne zu zögern, zurück. Caite dachte, es hätte ihr peinlich sein sollen, aber in Roccos Nähe fühlte es sich gut an.

Er stöhnte. »Ich habe dich hierhergebracht, damit du dich im Wasser wohler fühlen kannst«, sagte er, »nicht, um dich zu verführen.«

»Kannst du nicht beides tun?«, fragte Caite und rieb ihr Bein an der Außenseite seines Oberschenkels auf und ab. Sein grobes Beinhaar rieb an der empfindlichen Innenseite ihres Oberschenkels und ließ sie daran denken, wie sich sein Bart dort unten anfühlen würde.

»Verdammt, du bringst mich um«, hauchte Rocco. Aber er lächelte, als er es sagte. »Erst schwimmen, dann kümmern wir uns um den Rest.«

Überraschenderweise entspannte sie sich bei seinen Worten. Sie wollte wirklich schwimmen lernen und zu hören, dass er ihre körperliche Beziehung ebenfalls voranbringen wollte, war eine Erleichterung. Vor allem seit heute Morgen.

Caite wollte Rocco. Sie wollte ihn tief in sich. Sie hatte

nicht gemerkt, wie sehr, bis er sich heute Morgen geweigert hatte. Sie war bereit für ihn, mehr als bereit.

Die nächsten dreißig Minuten vergingen schnell. Rocco war ein ausgezeichneter Schwimmlehrer. Er zeigte Vertrauen in ihre Fähigkeiten und als sie schließlich aus dem Meer kamen, konnte Caite bereits gleichzeitig mit den Füßen treten und ihre Arme benutzen, um sich vorwärtszubewegen, während sie auf dem Rücken trieb. Und alles ohne seine Hilfe, was sich unglaublich anfühlte.

Caite zitterte und legte die Arme um ihren Oberkörper, um sich aufzuwärmen. Innerhalb von Sekunden war Rocco bei ihr. »Wie geht es deinem Arm?«

»Gut«, sagte Caite überrascht. »Ich hatte ihn eigentlich vergessen.«

»Gut. Das Salzwasser hilft auch bei der Wundheilung. Frag nicht warum, ich habe keine Ahnung, aber es ist so. Hey, was ist das?«, fragte Rocco, brachte sie zum Stehen und drehte sie herum, um auf ihren Rücken zu schauen. Er strich mit dem Finger über etwas auf ihrem Schulterblatt.

Caite drehte den Kopf, um zu sehen, wovon er sprach, konnte aber nichts erkennen. »Was?«

»Sieht aus wie ein schlimmer blauer Fleck«, sagte Rocco und runzelte besorgt die Stirn.

»Ich habe keine Ahnung. Aber ich bekomme leicht blaue Flecke.« Sie zitterte wieder.

»Komm schon«, sagte Rocco, legte seinen Arm um ihre Schultern und zog sie wieder an seine Seite. »Wir trocknen dich ab und bringen dich ins Warme.«

Gerade als sie die Tasche erreichten, die Rocco in den

Sand geworfen hatte, kamen einige Männer Anfang zwanzig vorbei, die lachten und einen Volleyball hin und her warfen. Sie gingen zum Volleyballfeld und fingen an, sich gegenseitig Unsinn an den Kopf zu werfen.

»Hier«, sagte Rocco und hielt ihr ein Handtuch hin. »Bedeck dich, Baby.«

Caite sah an sich herunter und zuckte zusammen. Sie hätte genauso gut oben ohne gehen können, so durchsichtig war der Stoff jetzt. Sie drückte das Handtuch an ihre Brust und versuchte, nicht rot zu werden.

Rocco zog sie zu sich und küsste sie auf den Kopf. »Dort drüben ist eine Toilette. Wir können uns umziehen, bevor wir zurückfahren.«

Caite war auf jeden Fall dafür. Sie wollte keinesfalls in nasser, klammer Kleidung in seinem Wagen sitzen. Sie nickte und griff nach der Tasche. Rocco packte sie, bevor sie es konnte.

»Ich nehme das.«

»Ich kann sie auch tragen«, protestierte sie.

»Ich weiß, dass du es kannst«, gab Rocco zurück. »Aber ich habe sie schon.«

Sie schüttelte verärgert den Kopf und ging neben ihm zur Toilette. Er griff in die Tasche und holte seine Wechselsachen heraus, dann reichte er ihr die Tasche. »Ich habe heute Morgen ein paar Sachen für dich eingepackt, nachdem du aufgestanden warst. Ich hoffe, sie sind in Ordnung.«

»Ich bin mir sicher, dass es in Ordnung sein wird«, murmelte Caite und versuchte, nicht daran zu denken, dass er ihre Unterwäscheschublade durchwühlt hatte.

Als könnte er ihre Gedanken lesen, beugte Rocco sich

vor und sagte in ihr Ohr: »Es war eine schwere Entscheidung, aber ich kann es kaum erwarten, dich in dem zu sehen, was ich herausgesucht habe.«

Caite kicherte und wich von ihm zurück.

»Ich werde hier draußen warten«, sagte Rocco unnötigerweise. Wo sollte er sonst sein?

Aber sie nickte nur und ging in die Toilette. Sich auf einer öffentlichen Toilette umzuziehen war nicht ideal, aber Caite ging in eine der Kabinen, zog ihre nassen Kleider aus und schnell die sauberen, trockenen an, die Rocco für sie eingepackt hatte. Er hatte sich für ein schwarzes Spitzenhöschen entschieden, das sie normalerweise nur trug, wenn sie sich schick machte. Der BH, den er gewählt hatte, war ebenfalls schwarz und mit Spitze besetzt, und ihre Brustwarzen wurden sofort wieder hart, als sie daran dachte, dass er sie in diesem Ensemble sehen würde.

Sie hatte das Gefühl, dass es eher früher als später passieren würde, und damit war sie einverstanden. Sie zog schnell die kurze Jeans und das T-Shirt mit V-Ausschnitt an, das er ebenfalls eingepackt hatte. Als sie aus der Toilette kam, lehnte Rocco an der Wand. Sie konnte nicht anders, als anerkennend zu seufzen, als sie ihn sah. Er trug jetzt eine Jeans und Flipflops, dazu ein schwarzes T-Shirt, und ihr Blick wurde wieder auf die Adern an seinen Unterarmen gelenkt.

Sein Haar war nass, genau wie ihres, und sie konnte sehen, dass es etwas zu lang war und ihm in die Augen hing. Als er sie sah, schüttelte er den Kopf, um es zur Seite zu werfen. Caite hatte einige Zeit beim Militär gearbeitet und hatte geglaubt, gegen das gute Aussehen mancher Soldaten und Matrosen immun zu sein. Aber plötzlich hatte sie den Wunsch, Rocco in seiner weißen Uniform zu sehen. Sie wusste, dass er umwerfend aussehen würde.

»Hallo«, sagte sie unbeholfen.

Er grinste. »Hey, bereit zu gehen?«

»Ja.«

Er packte ihre Hand und sie gingen auf den Parkplatz zu, der jetzt zur Hälfte mit Fahrzeugen gefüllt war, wahrscheinlich von den jungen Männern, die Volleyball spielten, oder von Leuten, die in der Nähe trainierten.

»Danke, dass du mich heute dazu gezwungen hast«, sagte Caite zu ihm.

»Dich gezwungen? Ich würde dich nie zu etwas zwingen, was du nicht tun willst«, sagte Rocco stirnrunzelnd.

»So habe ich es nicht gemeint«, beruhigte Caite ihn. »Ich meine nur, danke, dass du mich dazu gedrängt hast, etwas auszuprobieren, bei dem ich mir nicht sicher war. Du solltest wissen, dass ich im Allgemeinen recht zufrieden bin, zu Hause zu sitzen, anstatt auszugehen und ... so ziemlich egal was zu tun. Ich werde es tun, wenn du willst, aber wenn es nach mir geht, bin ich ein Stubenhocker und Einsiedler. Genau wie in Bahrain ist es einfacher, in meiner Wohnung zu bleiben, als ein Risiko einzugehen.«

»Das stört mich nicht«, sagte Rocco. »Ob du es glaubst oder nicht, ich sitze auch gern zu Hause.«

»Aber du bist ein SEAL«, sagte Caite.

»Bin ich. Und so sehr mir die Arbeit gefällt, möchte ich das nicht rund um die Uhr tun. Jemanden zu haben, mit dem man zu Hause bleiben kann, klingt sehr ansprechend. Wenn du immer unterwegs sein und Sachen machen wolltest, würde es zwischen uns wahrscheinlich nicht funktionieren. Aber Caite, wenn ich jemals etwas für uns arrangiere, was du wirklich nicht willst, musst du es mir nur sagen. Das meine ich so.«

»Ich weiß, und ich weiß es zu schätzen. Ich wollte schon seit einiger Zeit schwimmen lernen. Zumindest so weit, um mich im Wasser wohler zu fühlen. Aber es war mir peinlich, mich für einen Schwimmkurs anzumelden, da die normalerweise für Kinder sind. Und einem Fremden zu vertrauen, dass er mich nicht ertrinken lässt, steht auch nicht ganz oben auf meiner Wunschliste.«

»Du weißt aber, dass du noch nicht bereit für die Olympischen Spiele bist, oder?«, fragte Rocco, als sie sich seinem Wagen näherten.

Caite kicherte. »Bin ich nicht? Du meinst, ich kann Katie Ledecky keine Konkurrenz machen?«

»Wem?«

»Egal. Ich weiß, Rocco, aber ich fühle mich schon selbstbewusster. Wenn du bereit wärst, mir weiter zu helfen, weiß ich, dass ich noch besser werden kann. Vielleicht kann ich sogar irgendwann in einem Schwimmbecken schwimmen anstatt im Meer.«

»Wenn du den Dreh raushast, wirst du dich fragen, wie in aller Welt du jemals nicht schwimmen konntest«, beruhigte er sie und drückte leicht ihre Hand. Dann legte er seine Hand auf ihren Rücken und schob seine Fingerspitzen in ihr Höschen, um ihren Hintern zu berühren. »Ich glaube, es gibt nichts, das man nicht tun kann, wenn man es sich in den Kopf gesetzt hat.«

»Gib mir den Autoschlüssel und niemand wird

verletzt!« sagte in dem Moment eine leise, wütende Stimme in der Nähe.

Caite hatte sich gerade in dem Gefühl seiner Fingerspitzen auf ihrem empfindlichen Hintern verloren, als sie die Drohung hörte. Sie drehte sich um, um zu sehen, wer gesprochen hatte, und keuchte vor Schreck und Angst.

Zwischen ihnen und dem Strand stand ein ganz in Schwarz gekleideter Mann mit einer tief in die Stirn gezogenen Baseballmütze.

In seiner zitternden Hand hielt er eine Pistole, die er auf sie gerichtet hatte.

KAPITEL ZWÖLF

Rocco zog Caite mit einer Hand hinter sich, während er die andere hob, um zu zeigen, dass er unbewaffnet war. »Ganz ruhig, Mann«, sagte er, da er den jungen Mann nicht noch nervöser machen wollte, als er es ohnehin schon war.

»Gib mir deinen Schlüssel«, wiederholte der Typ.

»Er ist in meiner Tasche«, sagte Rocco. »Ich muss danach greifen.«

»Nein, lass sie das machen«, befahl er und richtete die Waffe auf Caite.

Rocco spürte, wie Caite mit ihrer kleinen Hand in seine Tasche griff, um nach dem Schlüssel zu suchen. In jeder anderen Situation hätte er eine anzügliche Bemerkung darüber gemacht, dass sie vorsichtig sein sollte, wonach sie griff, aber jetzt war weder der richtige Zeitpunkt noch der richtige Ort dafür.

Irgendetwas an diesem Autodiebstahl kam Rocco komisch vor. Der Mann erschien ihm nicht wie ein hartgesottener Krimineller. Er sah verängstigt aus, verängstigt, aber entschlossen. Rocco wusste, dass er ihn überwältigen und innerhalb von Sekunden zu Fall bringen könnte. Aber er konnte nicht riskieren, dass Caite verletzt würde. Sollte der Kerl einen Glückstreffer landen, würde er sich das nie verzeihen. Es war besser, ihm einfach zu geben, was er wollte. Caites Leben war viel mehr wert als sein Wagen.

Caite zog die Hand mit dem Schlüssel für den Acura aus seiner Tasche. Sie wollte ihn Rocco geben, aber der Mann brüllte: »Bring ihn her!«

Rocco schüttelte den Kopf. »Nein, nimm den Schlüssel und dann geh.«

»Nein, sie muss ihn mir bringen. Besser noch, sie muss in den Wagen steigen und fahren.«

»Auf keinen Fall!«, rief Rocco. »Sie geht nirgendwo hin.«

»Doch, das wird sie, wenn du am Leben bleiben willst.«

Rocco biss die Zähne zusammen. Unter keinen Umständen würde Caite mit diesem Arschloch in das Fahrzeug einsteigen. »Pass auf, sie ist meine Freundin. Ich lasse sie nicht mit dir in den Wagen steigen. Nimm einfach den Schlüssel und verschwinde.«

Bei Roccos Worten presste der Mann frustriert die Lippen zusammen. »Sie muss mitkommen.«

»Wieso?«, forderte Rocco.

»Wieso?«, gab der junge Mann zurück.

»Du brauchst sie nicht. Nimm einfach den Wagen«, wiederholte Rocco.

Der Autodieb schüttelte den Kopf und sah sich um,

bevor er Caite in die Augen blickte. »Du musst ins Auto steigen. Steig einfach ein!«

Rocco spürte Caites zitternde Hand an seinem Rücken. Er war sauer, dass dieser Typ sie verängstigte. Genug war genug. Er würde ihn schließlich doch überwältigen müssen.

Gerade als er sich darauf vorbereitete, den Kerl so anzugreifen, dass möglichst keine Gefahr für Caite entstand, sah er aus dem Augenwinkel, wie jemand auf sie zulief.

Bevor er etwas tun konnte, fiel ein Schuss.

Instinktiv drehte Rocco sich um, packte Caite und warf sie beide zu Boden. Er landete auf dem Rücken und grunzte, spürte den Schmerz aber kaum. Er rollte sich sofort herum und schirmte Caite mit seinem Körper ab, während er sie hinter seinen Wagen und weg von dem Mann mit der Waffe zerrte.

Rocco hörte Schreie, aber seine ganze Aufmerksamkeit galt Caite. »Geht es dir gut? Bist du verletzt?«, fragte er und ließ den Blick über ihr Gesicht und ihren Körper gleiten.

»Ich bin o-okay«, sagte sie mit einem kleinen Stottern. »Und du?«

»Gut«, sagte er zu ihr und ignorierte den Schmerz in seinen Schultern von dem Aufprall auf den Boden. »Wie geht es deinem Arm?«

»Gut. Was ist los?«

»Bleib hier«, befahl Rocco. »Bleib einfach liegen und ich werde nachsehen.«

Caite packte seinen Unterarm, als er sich aufrichtete. »Das kannst du nicht«, rief sie aus.

Rocco hatte eigentlich keine Zeit, sie zu beruhigen, aber er nahm sie sich trotzdem. »Caite, ich bin ein SEAL. Ich habe es unter Kontrolle. Ich hätte den Kerl innerhalb von Sekunden ausschalten können, aber ich wollte dich nicht in Gefahr bringen. Ich werde mich darum kümmern, aber ich muss wissen, dass du in Sicherheit bist. Kannst du bitte hierbleiben? Am besten roll dich unter den Wagen, nur für den Fall. Ich bin gleich wieder da, versprochen.«

Sie musterte ihn eine Weile, bevor sie nickte und auf ihrem Bauch unter den Wagen kroch. »Sei vorsichtig«, flüsterte sie.

Rocco nickte und dankte seinem Glücksstern, dass sie so besonnen war. Sobald sie unter dem Wagen lag, ging er in geduckter Haltung nach vorn und spähte um das Fahrzeug herum.

Bei dem Anblick, der sich ihm bot, stockte ihm der Atem.

Blitzschnell lief er auf den potenziellen Autodieb zu. Der junge Mann lag auf dem Rücken und schnappte nach Luft, Blut lief ihm aus dem Mund. Das Blut aus der Schusswunde direkt über seinem Herzen durchtränkte sein Hemd.

Fluchend warf Rocco die Pistole außer Reichweite und drückte sofort seine Hand auf die Wunde. »Halte durch«, sagte er zu ihm. Dann drehte er den Kopf und rief: »Caite?«

»Ja?«, antwortete sie sofort.

»Ruf einen Krankenwagen. Sag, dass wir überfallen worden sind und der Täter angeschossen wurde.«

»Scheiße. In Ordnung«, antwortete sie.

»Bist du okay?«, ertönte eine Männerstimme über ihm.

Rocco blickte auf und sah einen Mann in seinem Alter in der Nähe stehen. In seiner Hand hielt er eine Pistole. »Geh langsam zurück und leg die Waffe auf den Boden«, befahl er ihm.

»Alter, er hatte dich mit vorgehaltener Waffe bedroht«, sagte der Mann, ohne nachzugeben. »Ich habe dir das Leben gerettet.«

Rocco zwang sich, sein Temperament zu zügeln. »Danke. Jetzt leg bitte die Waffe weg.«

»Okay, okay, beruhige dich«, sagte der Mann und legte die Pistole auf den Kofferraum des Wagens neben sich.

Der junge Mann unter ihm hustete und Rocco konnte ein Gurgeln in seiner Brust hören. Das war nicht gut. »Halte durch«, sagte er zu ihm. »Der Rettungswagen ist unterwegs.«

»Sie ist nicht geladen«, keuchte er.

»Was?«

»Meine Waffe, sie ist nicht geladen. Der Typ hat gesagt, ich müsse nur die Frau zu ihm bringen, das war alles.«

»Welcher Typ?«, fragte Rocco, beugte sich hinunter und sah dem jungen Mann ins Gesicht.

»Ich brauchte die Beförderung«, fuhr er fort und ignorierte die Frage. »Er sagte, wenn ich tun würde, was er wollte, würde er dafür sorgen, dass ich befördert werde ...« Er hielt inne, um wieder zu husten. Blut spritzte aus seinem Mund. Rocco lehnte sich gerade noch rechtzeitig zurück, um auszuweichen.

»Wer hat gesagt, dass du befördert wirst?«, fragte er eindringlich.

Aber es war zu spät. Die Augen des Jungen rollten zurück und sein Körper wurde schlaff.

»Scheiße. Scheiße!« Rocco legte seine freie Hand an den Hals des Jungen und suchte nach einem Puls.

Nichts.

»Beginne mit Herz-Lungen-Massage«, verkündete Rocco.

Innerhalb von Sekunden stand Caite neben ihm. »Was kann ich tun, um zu helfen?«

»Tritt zurück«, sagte Rocco sofort. »Ich meine es ernst, Caite. Ich will dich nicht in der Nähe seines Blutes sehen.«

»Aber du trägst nicht einmal Handschuhe«, protestierte sie.

»Bitte«, flehte Rocco zwischen den Massagen. »Das musst du nicht sehen. Bitte geh einfach wieder hinter den Wagen.«

»Okay.«

»Aber geh nicht weit weg«, schrie er und sah sie zum ersten Mal an. »Ich will dich nicht aus den Augen verlieren.«

Sie ging um den Wagen herum, stellte sich neben die Motorhaube und drehte sich um. »Ist das okay?«, fragte sie.

»Perfekt.« Von dort würde sie nicht mit ansehen müssen, wie der Typ, der sie entführen wollte, starb, und sie war vor seinen Körperflüssigkeiten sicher. Außerdem war er zwischen ihr und dem anderen Kerl, der glaubte, er wäre der Hilfssheriff oder so.

Es dauerte zehn Minuten, bis Hilfe eintraf. Rocco wusste, dass es nach einem Schuss ins Herz kaum eine Überlebenschance gab, aber er fuhr mit der Herz-Lungen-Massage fort, nur für alle Fälle. Er zählte noch die Bewegungen, als die Sanitäter eintrafen. Rocco stand erleichtert auf und überließ den Profis die Arbeit. Er sah sich nach Caite um und lächelte schwach, als er sie neben dem Wagen stehen sah, wie sie ihm ein Handtuch entgegenhielt, das er am Morgen eingepackt hatte.

»Ich dachte, das könntest du gebrauchen.«

Rocco nahm es und wischte sich die Hände ab, so gut er konnte. Es würde eine Weile dauern, das Blut abzuwaschen. Er riss sich sein Hemd vom Leib, weil er wusste, dass es auch voller Blut war. Dann schlang Caite ihre Arme um seinen Oberkörper und presste sich an seine Brust.

Rocco streckte die Arme aus und wagte es noch nicht, sie zu berühren. Er wollte keinen Tropfen des Blutes von diesem Arschloch auf ihr haben.

Sie schien zu verstehen, warum er sie nicht festhielt, aber das störte sie nicht. Sie klammerte sich an ihn und legte schließlich ihre Wange an ihn, während sie zusahen, wie die Sanitäter versuchten, den jungen Mann wiederzubeleben ... ohne Erfolg.

Inzwischen war die Polizei eingetroffen. Ein Deputy befragte den Mann, der den tödlichen Schuss abgefeuert hatte, ein anderer kam zu ihnen. »Sind Sie das Paar, das von dem Mann überfallen wurde?«

Rocco nickte. »Er wollte meinen Wagen stehlen.«

»Wie kam der andere Mann zu der Szene?«, fragte der

Deputy und deutete mit dem Kopf auf den anderen Mann.

»Ich bin mir nicht sicher. Ich nehme an, er hat gesehen, was passiert ist, und ist herbeigelaufen, um zu helfen.«

»Hat er etwas gesagt, bevor er seine Waffe abgefeuert hat?«

Rocco schüttelte den Kopf. »Nein.«

»Sind Sie sicher?«

»Positiv. Aber der andere Kerl hatte seine Waffe auf uns gerichtet. Er wollte nicht einfach den Wagenschlüssel nehmen und verschwinden«, sagte Rocco und verteidigte den Zivilisten, der versucht hatte zu helfen.

»Okay, ich werde Aussagen von Ihnen beiden benötigen.«

»Natürlich.«

»Ma'am?«, fragte der Deputy und sah Caite an.

Sie rückte näher an Roccos Seite und nickte. »Was auch immer Sie brauchen.«

»Danke. Wenn Sie bitte dort rüber zu meinem Partner gehen würden. Er wird sich gleich um Sie kümmern.«

Rocco nickte erneut und legte seinen Arm um Caites Schulter. Er führte sie zuerst zum Krankenwagen und bat um etwas Alkohol zum Händewaschen, das die Sanitäter ihm gern zur Verfügung stellten. Nachdem seine Hände endlich sauber genug waren, um Caite zu berühren, zog er sie an sich und hielt sie so fest, wie er konnte, ohne sie zu erdrücken.

Das war knapp gewesen. Zu knapp. »Meine Güte, *ma*

petite fée, du weißt, wie man einen Ausflug spannend macht.«

Sie stieß ein kleines Lachen aus und sagte: »Das bin nicht ich. Du bist es. Bevor ich dich getroffen habe, ist mir nie etwas Aufregendes passiert. Jetzt bin ich durch ein fremdes Land gewandert, habe drei Navy SEALs das Leben gerettet, wurde gefeuert, fast von einem Auto überfahren, bei einem Raubüberfall angeschossen und jetzt beinahe entführt. Meine Güte. Ich bin wie Domino aus dem zweiten Deadpool-Film. Glück muss meine Superkraft sein.«

Rocco erstarrte bei ihren Worten. »Du wurdest fast von einem Wagen überfahren?«, fragte er und versuchte, seine Stimme so ruhig wie möglich zu halten.

Irgendetwas an seiner Stimme musste sich komisch angehört haben, denn Caite sah zu ihm auf. »Ja, ähm ... das war an dem Abend, an dem wir zum ersten Mal ausgegangen sind. Ich bin zu spät von der Arbeit los und nach Hause geeilt, weil ich wusste, dass ich nicht genügend Zeit haben würde, mich fertig zu machen, bevor du kommst. Der Typ ist von der Straße abgekommen und über den Bordstein gerast. Jemand hat geschrien, ich solle aufpassen. Ich bin gerade noch rechtzeitig aus dem Weg gesprungen. Ich vermute, er hat eine SMS geschrieben oder war betrunken oder so.«

»Ist davon der blaue Fleck auf deinem Rücken?«, fragte Rocco.

Caite runzelte die Stirn. »Oh ... vermutlich.«

Seine Gedanken rasten und er erinnerte sich daran, was der junge Mann gesagt hatte. *Der Typ hat gesagt, ich müsse nur die Frau zu ihm bringen, das war alles. Er sagte, wenn ich tun würde, was er wollte, würde er dafür sorgen, dass ich befördert werde ...*

»Verdammtes Arschloch«, sagte Rocco leise.

»Was?«, fragte Caite. Die Besorgnis in ihrer Stimme war leicht zu erkennen. »Was ist los?«

Rocco schüttelte den Kopf und presste die Lippen zusammen. Er musste noch seine Aussage machen und dann sofort ein Gespräch mit seinem Team führen. Sobald sie den Namen des potenziellen Autodiebs hatten, sollte es ein Leichtes sein herauszufinden, unter wessen Kommando er stand. Sein direkter Vorgesetzter war wahrscheinlich nicht die Person, nach der sie suchten, aber wer sonst könnte ihn befördern?

Rocco hätte wissen müssen, dass Caite zur Zielscheibe werden könnte nach dem, was in Bahrain passiert war. Angestellte wie sie wurden normalerweise nicht gefeuert und aus dem Land geworfen, wie es mit ihr geschehen war. Zusammen mit all den Vorfällen in so kurzer Zeit konnte das nur bedeuten, dass jemand sie aus dem Weg räumen wollte.

Rocco beschloss, dass jetzt nicht der richtige Zeitpunkt war, sie damit zu erschrecken. Er küsste sie auf den Kopf und schüttelte seinen eigenen. »Wir reden später darüber, *ma petite fée*.«

»Okay«, flüsterte sie. Nach einem Moment sagte sie: »Ich wette, jetzt tut es dir leid, dass du mir ausgerechnet heute das Schwimmen beibringen wolltest, oder?«

Rocco hatte darauf keine Antwort. Er hatte das Gefühl, dass es egal war, wann er ihr das Schwimmen beigebracht hätte. Jemand war hinter ihr her, oder ihm, oder ihnen beiden. Im Moment war es egal. Es galt herauszufinden, warum jemand Caite tot sehen wollte.

Eines stand fest, niemand würde seine Frau töten.

Er hatte bereits entschieden, dass er Caite McCallan für sich haben wollte. Aber als er realisierte, dass ihr Leben in Gefahr war, wurde es ihm noch klarer.

Als er zu dem toten Mann unter dem weißen Tuch hinüberblickte, der nur den Befehlen eines anderen gefolgt war, wurde ihm klar, dass es Caite gewesen sein könnte, die dort lag.

Nein! Scheiße, nein.

Er würde das Team zusammenrufen und sie würden herausfinden, wer Caite tot sehen wollte und warum. Die Alternative war inakzeptabel.

———

Zwei Stunden später saß Caite in Roccos Wohnung, sah von einem seiner Teamkameraden zum anderen und wartete darauf, dass jemand etwas sagte. Rocco hatte sich ohne Erklärung geweigert, zurück zu ihr zu fahren, sondern hatte sie direkt mit zu sich nach Hause genommen. Gumby, Ace, Phantom, Rex und Bubba waren zu einem Notfalltreffen gerufen worden.

Caite war nervös, seit sie Rocco von all ihrem Pech erzählt hatte ... oder Glück, je nachdem, wie man es betrachtete. Etwas beunruhigte ihn, und sie konnte nicht herausfinden, ob es etwas war, das sie gesagt oder getan hatte, oder etwas ganz anderes. Sie kannte Rocco ziemlich gut, aber offensichtlich nicht gut genug.

»Was ist los?«, fragte sie.

Rocco zog den Tisch näher an die Couch heran und griff nach ihren Händen. Caite schluckte schwer.

»Du erinnerst dich, dass du mir von deiner Pechsträhne erzählt hast?«, fragte er.

Caite nickte.

»Das ist kein Pech«, sagte Rocco zu ihr. »Jemand will dich tot sehen.«

Sie starrte ihn an. »Was? Nein, das kann nicht sein.«

»*Ma petite fée*, du hast absolut recht, wenn du sagst, dass dir niemals etwas passiert ist, bevor du mich getroffen hast. Aber ich denke, es steckt mehr dahinter. Ich habe an das Gespräch dieser Bitoo-Brüder zurückgedacht, das du überhört hast. Ich habe darüber nachgedacht, bis ich nicht mehr nachdenken konnte. Ich bin zu dem Schluss gekommen, dass es damit zu tun haben muss. Ich glaube, du hast etwas gehört, das auf keinen Fall an die Öffentlichkeit gelangen soll.«

Caite schüttelte sofort den Kopf. »Ich habe dir gesagt, woran ich mich erinnern konnte«, sagte sie mit zitternder Stimme. »Ich habe versucht, mich an mehr Details zu erinnern, aber ich habe Angst bekommen, als sie anfingen zu reden. Ich dachte zuerst, sie würden mir etwas antun, aber das, worüber sie schließlich diskutiert haben, war noch beängstigender.«

»Ganz ruhig, Süße«, sagte Rocco und drückte sanft ihre Hände. »Du bist hier in Sicherheit.«

»Im Ernst, Rocco, mir fällt nichts anderes ein als das, was ich dir bereits gesagt habe.«

Ace stieß sich von der Wand ab und kam zu ihr herüber. Er setzte sich neben sie und legte beruhigend eine Hand auf ihren Oberschenkel. »Vielleicht war es nur ein kleines Detail des Gesprächs und du hast es nicht einmal registriert. Kannst du das Gespräch noch einmal für uns durchgehen? Vielleicht erkennen wir etwas, wenn wir es hören.«

Caite wusste, dass sie zu schnell atmete. Es fühlte sich an, als würde ihr Herz eine Million Mal pro Minute schlagen. »Der junge Mann heute wurde meinetwegen getötet?«, fragte sie leise und ignorierte Ace' Vorschlag.

»Nein«, sagte Rocco. »Absolut nicht. Er wurde getötet, weil er gierig war, weil er es sich leicht machen wollte. Und weil dieser andere Typ ein wenig übereifrig war bei seinem Versuch, uns zu helfen. Dieser junge Mann hatte zugestimmt, einem Arschloch zu helfen, um selbst etwas dabei herauszuholen. Es war ihm egal, was mit dir passieren könnte, wenn er dich wie versprochen ausgeliefert hätte.«

In diesem Moment fiel Caite noch etwas ein. »Bist du meinetwegen in Gefahr?«, fragte sie mit fast schriller Stimme. »Du hättest heute meinetwegen erschossen werden können! Heilige Scheiße!« Caite sah sich um, als suchte sie einen Fluchtweg, aber Rocco stellte sich in ihr Blickfeld, nahm ihren Kopf und zwang sie, ihn anzusehen.

»Beruhige dich.«

Sie schüttelte den Kopf, so gut sie es in seinem Griff konnte, hob die Hände und legte sie so fest um seine Handgelenke, dass ihre Finger vom Druck weiß wurden. »Nein. Das ist zu viel. Wir müssen Schluss machen. Du musst mich nach Hause bringen. Vergiss, dass du jemals meinen Namen gehört hast.«

»Wir machen nicht Schluss«, sagte Rocco ruhig. »Und

ich bin nicht in Gefahr. Der Einzige, der sich von nun an Sorgen machen muss, ist das Arschloch, das dich tot sehen will.«

»Ist meine Familie sicher?«, fragte Caite. »Muss ich meine Eltern anrufen und ihnen sagen, dass sie in Timbuktu Urlaub machen sollen, weil jemand denkt, ich hätte etwas gehört, was ich nicht gehört habe?«

»Ich werde dafür sorgen, dass sie Schutz bekommen«, sagte Phantom, als er sein Telefon herauszog.

Sie schaute zu Phantom und dann wieder zu Rocco. »Ihr seid irgendwie beängstigend«, sagte Caite. »Wen ruft er an, Superman?«

Alle lachten leise außer Rocco. »Bist du bei mir?«, fragte er stattdessen.

»Bei dir?«

»Mit mir zusammen. Meine Freundin«, stellte er klar.

»Ähm ... ja?«

»In Ordnung. Das heißt, du bekommst alles, was du brauchst. Egal, ob das ein verdammter Tag im Wellnesscenter, Schokolade für die gewissen Tage des Monats oder Schutz für deine Eltern ist.«

»Das ist ... ich weiß nicht, was das ist.«

»Es ist, was es ist«, sagte Bubba von der anderen Seite der Couch. »So sind wir. Wir kümmern uns um uns selbst, und du bist eine von uns.«

»Ich kann kaum schwimmen«, murmelte Caite. »Wie kann ich eine von euch sein, wenn ich nicht einmal schwimmen kann?«

Rocco ignorierte ihren Kommentar und sagte: »Schließ die Augen, *ma petite fée*. Denk an die Konferenz auf dem Marinestützpunkt zurück. Du hast dort gesessen und Papierkram gemacht, mit dem sich dein Arschloch-Chef nicht abgeben wollte. Dann hast du die Brüder auf Französisch sprechen gehört. Was haben sie gesagt?«

Caite holte tief Luft und konzentrierte sich darauf, wie sich Roccos Hände auf ihrer Haut anfühlten. Sie konnte die Wärme seines Körpers bis in ihre Knie spüren. Seine Freunde zu beiden Seiten gaben ihr das Gefühl, sicherer zu sein. Sie hasste den Gedanken, vielleicht etwas gehört zu haben, das jetzt jemanden dazu brachte, sie umbringen zu wollen. Aber sie hasste es noch mehr, keine Ahnung zu haben, was es war.

Sie dachte an diesen Tag zurück. Sie erinnerte sich daran, wie genervt sie war, dass sie auf der Konferenz sein musste, obwohl sie sich lieber in Selbstmitleid vergraben hätte, weil Rocco sie versetzt hatte. Sie hatte nicht auf die Leute um sie herum geachtet, weil sie immer noch sauer über das verspätete Mittagessen war, und schlug ihre Zeit damit tot, auf dem Papier zu kritzeln.

»Ihre Stimmen sind mir sofort aufgefallen, weil sie Französisch gesprochen haben«, sagte Caite nach einem Moment. »Die anderen Leute im Raum sind irgendwie in den Hintergrund getreten. Weil ich schon so lange kein Französisch mehr gehört hatte, habe ich genauer hingehört.«

»Was haben sie gesagt?«, fragte Rocco sanft und bewegte seine Hände nach unten, um ihre zu halten.

Caite konnte fühlen, wie er mit seinen Daumen sanft über ihre Handrücken rieb. Es fühlte sich gut an, beruhigend. »Ich saß mit dem Rücken zu ihnen, also weiß ich nicht, wer etwas sagte, aber zuerst waren sie besorgt, dass jemand sie belauschen und verstehen könnte. Um zu beweisen, dass niemand sie verstand, und wahrscheinlich, weil ich am nächsten war, beleidigte einer der Männer mich sehr laut auf Französisch. Ich nehme an, um zu sehen, ob ich sie böse anstarre oder ihnen sagen würde, sie sollen verschwinden. Aber das tat ich nicht. Ich saß nur da und tat so, als hätte ich nichts gehört.«

»Es tut mir leid, dass du dir das anhören musstest, *ma petite fée*.«

Bei dem Klang von Roccos sanfter, tiefer Stimme entspannte sie sich. Sie merkte, dass sie seine Hände viel zu fest umklammert hatte, also versuchte sie, sich zu beruhigen. Sie war nicht mehr dort, sie war hier, umgeben von Rocco und seinem Team. Sie war in Sicherheit.

»Sie waren nicht glücklich darüber, auf der Konferenz sein zu müssen. Sie wollten sofort losgehen und euch töten«, sagte sie zu der Gruppe.

»Warum haben sie es nicht getan?«, fragte Ace.

Caite runzelte die Stirn und versuchte, sich daran zu erinnern, was sie gesagt hatten. »Ich weiß es nicht«, gab sie nach einer Weile zu. »Einige der Brüder wollten sofort losziehen und sich um euch kümmern, aber der ältere, zumindest glaube ich, dass er es war, wollte warten. Er wollte sichergehen, dass sie ein Alibi haben. Ich bin mir ziemlich sicher, dass sie wussten, dass ihr SEALs seid. Oder zumindest, dass sie euch nur überwältigen könnten, wenn ihr nicht darauf vorbereitet wärt.«

»Da hatten sie recht«, sagte Bubba leise.

»Waffen«, sagte Caite und setzte sich aufrechter hin. »Sie hatten keine Waffen und wollten welche besorgen.«

»Woher?«, fragte Rocco.

»Ähm ... ich weiß es nicht. Sie sagten etwas darüber, dass die Navy die Steintafeln beschlagnahmen würde, wenn sie sie fände, und dass sie sich verdeckt halten müssten oder so. Sie fingen an, darüber zu diskutieren, wer euch erschießen darf. Dann sagten sie, dass sie eure Leichen dort lassen wollten. Es war ihnen sogar egal, dass ihr Vater in Schwierigkeiten geraten würde. Sie hofften, er würde abgeschoben werden und sie könnten den Laden übernehmen.« Caite hielt inne und öffnete die Augen. »Ich glaube, einer hat gesagt, es sei ihm egal, ob eure Körper anfangen würden zu verrotten.« Sie schluckte schwer, als sie Rocco anstarrte.

»Mir geht es gut, *ma petite fée*. Du warst rechtzeitig da. Du hast uns gerettet«, sagte er sanft.

Caite nickte und zwang ihre Tränen zurück. »Verdammt richtig, das habe ich«, sagte sie mit so viel Mut, wie sie aufbringen konnte.

Sie wurde mit einem Lächeln von Rocco belohnt. »Das ist mein Mädchen«, lobte er. »Zurück zu den Waffen. Sie hatten keine. Bist du sicher, dass sie nicht darüber gesprochen haben, woher sie welche bekommen wollten?«

Caite schloss wieder die Augen und konzentrierte sich. Dann riss sie die Augen plötzlich wieder auf. »Einer von ihnen hat einen Namen genannt. Er sagte, die Person würde ihnen helfen. Einer der Brüder wies die Idee zurück und sagte, der Typ sei Amerikaner und interessiere sich nur für die Steintafeln.«

»Denk nach, Caite«, drängte Rocco. »Wie war sein Name?«

»Ich weiß es nicht. Sie hatten einen schlimmen Akzent und es fiel mir schwer, sie zu verstehen. Ich habe Pariser Französisch gelernt, kein afrikanisches Französisch. Und ich glaube, sie hatten zudem einen lokalen Dialekt.«

»Ist schon okay«, beruhigte Rocco sie.

»Es wird dir einfallen, wenn du es am wenigsten erwartest«, beruhigte Rex sie.

»Wir müssen NCIS anrufen«, sagte Bubba.

»Und Kommandant North«, fügte Rocco hinzu und sah zu seinem Freund auf. »Wir wissen es nicht genau, aber alle Indizien deuten darauf hin, dass dieser Kerl wahrscheinlich bei der Navy ist. In Bahrain gibt es einen Maulwurf und Kommandant Horner glaubt, es sei jemand in seiner Einheit. Ich denke, ein ziemlich hohes Tier muss eine schützende Hand über diese undichte Stelle halten. Ein hochrangiger Offizier wäre sicherlich dazu in der Lage, jemand anderen die Drecksarbeit für ihn erledigen zu lassen. Wenn dieser Typ also bei der Navy ist, muss er ziemlich weit oben stehen. Auf keinen Fall hätte ein frischer Rekrut oder nicht einmal ein Unteroffizier den nötigen Einfluss. Ganz zu schweigen davon, dass der junge Mann heute etwas über eine Beförderung erzählt hat, wenn er Caite entführt. Das klingt nach einem leitenden Offizier oder Flaggoffizier.«

»Wissen wir schon, wer der Bursche war?«, fragte Bubba.

Rocco schüttelte den Kopf. »Nein, er hatte keinen Ausweis dabei. Aber wenn er bei der Navy ist, werden seine Fingerabdrücke definitiv im System sein. Hoffentlich kommen sie bald zurück und diese Sache ist vorbei.«

»Ich bin mir nicht sicher, ob es eine gute Idee ist, Kommandant North anzurufen«, sagte Ace. »Ich meine, vielleicht kennt er die Person und sie sind befreundet.«

»North ist sauber, darauf würde ich meine Karriere setzen«, sagte Rocco. »Und ich kenne ihn. Er würde niemanden wegen versuchten Mordes decken, auf keinen Fall.«

»In Ordnung, ich fahre zum Stützpunkt und rede mit ihm«, sagte Ace.

»Und ich werde NCIS anrufen, sobald ich gehe«, sagte Bubba. »Sie werden mit Caite reden wollen.«

Caite sah von einem Mann zum anderen, während sie ihre nächsten Schritte besprachen. Sie wünschte sich im Moment nichts lieber, als in ihr Bett zu kriechen und sich unter der Decke zu verstecken, aber sie saß gefügig da, während das Team darüber sprach, was zu tun sei.

Sie versuchte, sich an den Namen zu erinnern, den einer der Brüder genannt hatte, aber sie konnte ihn einfach nicht aus den Tiefen ihres Gedächtnisses hervorkramen. Er war da, sie wusste es, aber sie konnte es anscheinend nicht erzwingen.

»Vielleicht können wir ihr eine Liste aller hier stationierten hochrangigen Offiziere geben und schauen, ob ihr ein Name bekannt vorkommt«, schlug Phantom vor.

»Vielleicht«, sagte Rocco, »aber noch nicht sofort. Wir haben gerade erst herausgefunden, dass jemand sie tot sehen will, und das wahrscheinlich wegen dem, was sie gehört hat. Ich denke, wir sollten ihr ein bisschen Zeit geben, über das Gespräch nachzudenken, bevor wir sie mit Namen überhäufen. Caite?«

Sie blinzelte Rocco an. »Ja?«

»Worüber denkst du nach?«

»Oh ... ähm. Okay. Könnte die Navy nicht die Bitoo-Brüder ausfindig machen und sie fragen, von wem sie die Waffe bekommen wollten?«

Rocco starrte sie lange an und Caite verkrampfte sich sofort der Magen. Was er als Nächstes sagte, würde ihr nicht gefallen.

»Sie sind tot, Caite.«

Sie blinzelte. »Was?«

»Die Behörden in Bahrain haben erfolglos versucht, sie festzunehmen, bis ihre Leichen in einem Industriegebiet im Westen des Landes angespült wurden.«

Caite schluckte schwer. Sie hatte die Männer nicht im Geringsten gemocht. Sie hatten Rocco und die anderen töten wollen ... aber sie hatte nicht gewollt, dass sie ermordet werden.

Ihre Hoffnung sank dahin. Es lag wirklich alles an ihr. Wenn sie sich nicht an den Namen der Person erinnerte, über die sie gesprochen hatten, würde der Mann sie wahrscheinlich töten. Sie hatte bisher großes Glück gehabt. Sie hatte das Gefühl, ihr Glück würde nicht mehr lange anhalten.

»Hör auf«, schimpfte Rocco sie sanft.

»Womit?«, fragte Caite.

»So zu denken.«

»Woher weißt du, was ich denke?«, fragte sie mit schief gelegtem Kopf.

»Weil ich dich kenne, *ma petite fée*. Und jetzt, wo wir alle wissen, dass dein Leben in Gefahr ist, wird niemand in deine Nähe kommen. Ich werde jeden Kontakt einschalten, den ich habe, um das in Ordnung zu bringen.«

Die lästigen Tränen drohten erneut herauszubrechen, aber Caite blinzelte sie weg. »Okay.«

»Also, sag den Mitarbeitern des NCIS, dass ich Caite morgen mitbringen werde, damit sie mit ihr sprechen können«, sagte Rocco zu Bubba.

»Wird gemacht«, antwortete der andere Mann.

»Sollen wir Wache halten?«, fragte Phantom.

Rocco schüttelte den Kopf. »Nein. Wir sind hier sicher genug.«

»Ich werde mit dem Kommandanten sprechen und ihm erklären, was los ist«, sagte Ace.

»Danke, Leute«, erwiderte Rocco.

Und damit standen die fünf Männer auf und gingen zur Tür. Rocco folgte ihnen und schloss hinter ihnen ab. Innerhalb weniger Augenblicke waren Caite und Rocco allein.

Diesmal setzte er sich neben sie auf die Couch und nahm sie in die Arme. »Wir werden das in Ordnung bringen«, sagte er leise in ihr Haar. »Ich habe dich auf keinen Fall gefunden, nur um dich jetzt zu verlieren.«

Caite fehlten die Worte. Sie konnte sich nur an das klammern, was im Moment das einzig Stabile in ihrem Leben zu sein schien.

Hauptmann Isaac Chambers starrte auf die Nachrichten-App auf seinem Handy. Es war eine Schlagzeile über einen versuchten Autodiebstahl an einem der Strände in der Umgebung. Seine Eingeweide verkrampften sich. Er atmete ein paarmal tief durch und ballte die Hände zu Fäusten. Wie er so viel Pech haben konnte, war ihm ein Rätsel.

Der Matrose hatte ihm das Mädchen nur bringen müssen. Wie zum Teufel er es geschafft hatte, sich dabei umbringen zu lassen, war ein Mysterium, das er nicht wirklich auflösen wollte.

»Das ist absolut lächerlich«, murmelte Chambers. »Was ist so schwer daran, eine Frau zu töten?«

Er hatte den Junkie dafür bezahlt, sie bei dem vorgetäuschten Raub zu erschießen, aber es hatte sich herausgestellt, dass er sie nicht einmal richtig getroffen, sondern nur am Arm gestreift hatte. Das Blut auf dem Boden hatte von der Kopfwunde gestammt, die sie sich beim Sturz zugezogen hatte.

Er wusste, dass das FBI eine Datenbank mit Fingerabdrücken aller Militärangehörigen hatte. Jetzt musste er sich auch noch damit auseinandersetzen. Wenn die Behörden herausfanden, dass es sich bei dem Autodieb um Carter Richards handelte, der unter seinem Kommando stand, würden sie wahrscheinlich eins und eins zusammenzählen und er wäre erledigt.

Schnell holte er eines seiner abhörsicheren Telefone heraus und schickte eine SMS an seinen Kontakt in Bahrain.

Boss: Lösche die Fingerabdrücke von Carter Richards aus der FBI-Datenbank. Sofort.

· · ·

Trotz der Zeitverschiebung erhielt er fast sofort eine Antwort.

Dr. Who: Ernsthaft? Das ist nicht so einfach, wie es klingt.

Boss: Ist mir egal. Es muss getan werden. Pronto. Sonst sind wir alle am Arsch.

Es dauerte mehrere Minuten, bis eine Antwort zurückkam.

Dr. Who: Ich habe mich noch nie zuvor in die FBI-Rechner gehackt. Aber ich werde mein Bestes geben.

Scheiße! Chambers fuhr sich aufgeregt mit der Hand durchs Haar. So lange war alles so perfekt gelaufen. Der Unteroffizier in Bahrain war bei der Weitergabe von Informationen äußerst hilfreich gewesen. Chambers hatte leicht alles herausgefunden, was er wissen musste, um nicht erwischt zu werden. Er hatte den Tech-Experten kennengelernt, als er noch Matrose war, und hatte sich die Tatsache zunutze gemacht, dass dieser zwei Kinder und eine Frau hatte, die er ernähren musste.

Die Situation war ideal gewesen. Aber durch Caite McCallans Versetzung nach Bahrain hatte sich alles verändert. Natürlich mussten sie jemanden einstellen, der fließend Französisch sprach.

Und Carter Richards, der eine einfache Entführung

vermasselte, brachte sein Kartenhaus endgültig zum Einsturz.

Chambers war fertig mit den Spielereien.

»Wenn man will, dass etwas richtig gemacht wird, muss man es eben selbst machen«, murmelte er.

Chambers stand auf und ging zu dem verschlossenen Aktenschrank in der Ecke seines Büros. Er sollte keine geladene Schusswaffe haben, aber scheiß drauf. Er befestigte das Holster an seinem Knöchel und steckte die Pistole hinein.

Dann ging er zum Fenster hinüber und starrte nach draußen. Von seinem Büro aus überblickte er einen der Trainingsstrände der SEALs. Zu sehen, wie die Rekruten in der Ferne auf Herz und Nieren geprüft wurden, lenkte ihn heute aber nicht ab. Alles, woran er denken konnte, waren die Folgen für ihn, wenn Caite McCallan nicht aus dem Weg geschafft wurde.

Sie würde sich an seinen Namen erinnern. Er würde in Gewahrsam genommen werden und seine Kunden würden von seiner Verhaftung erfahren und wären sauer. Und sie hätten Angst davor, was er den Behörden erzählen könnte. Er war so gut wie tot, wenn er nicht zuerst zuschlug. Chambers kannte die Verbindungen der Leute, mit denen er arbeitete. Sie würden keine Probleme haben, ihn zum Schweigen zu bringen. Innerhalb von vierundzwanzig Stunden wäre er tot, sollte diese Schlampe plaudern.

Verdammte Caite McCallan. Das war alles ihre Schuld.

In seinem Kopf ging er verschiedene Szenarien durch. Er könnte an ihre Tür klopfen und ihr das Gehirn wegblasen, wenn sie öffnete, oder neben ihr an einer Ampel halten und sie erschießen.

Er musste sie allein antreffen. Er wollte, dass sie wusste, dass ihr Tod allein ihre Schuld war. Sie sollte wissen, dass er nicht zu diesem Extrem greifen wollte und dass es nicht persönlich war. Wenn sie nicht Französisch könnte, wäre nichts davon passiert. Sie war einfach zur falschen Zeit am falschen Ort gewesen, das war alles.

KAPITEL DREIZEHN

Rocco machte sich Sorgen um Caite. Sie hatte nicht viel gesagt, seit seine Teamkameraden gegangen waren. Er versuchte, ihr etwas Raum zu geben, damit sie Zeit hatte, die Dinge zu verarbeiten, aber er begann zu glauben, dass es der falsche Ansatz war.

Sie versuchte zu sehr, sich zu erinnern. Er musste sie ablenken. »Caite?«

»Hmmm?«, sagte sie abwesend von ihrem Platz auf der Couch aus.

»Komm her«, forderte Rocco aus der Küche.

Er sah, wie sie den Kopf umdrehte und über die Sofakante schaute. »Stimmt etwas nicht?«

»Nein, aber ich brauche dich.«

Das genügte, sie stand sofort auf, ging um die Couch herum und kam an seine Seite. »Was ist los?«

»Nichts«, sagte er zu ihr, legte seine Hände um ihre Taille und drückte sie zurück, bis sie gegen die Theke stieß. »Spring hoch«, bat er sie.

»Was? Wieso?«

»Bei drei«, sagte er. »Eins zwei drei!«

Sie hätte ihm nicht wirklich helfen müssen, aber sie tat, was er verlangte, und machte einen kleinen Sprung. Er hob sie hoch und setzte sie vor sich auf die Arbeitsplatte.

»Rocco, was tust du?«

»Wo waren wir am Strand stehen geblieben, als wir so grob unterbrochen wurden?«, fragte er rhetorisch. »Oh ja, genau hier ...« Er legte seine Hand an ihren Rücken und strich mit den Fingern über ihren Po.

Er spürte, wie sie zitterte und den Rücken krümmte, um ihm einen besseren Zugang zu ermöglichen. »Rocco«, protestierte sie schwach.

»Caite«, ahmte er nach, während er seinen Angriff auf ihre Sinne fortsetzte. »Ich habe dir heute Morgen eine Weile beim Schlafen zugesehen, bevor ich aufgestanden bin. Du hast bezaubernd ausgesehen ... und ich kann mir ernsthaft nicht mehr vorstellen, woanders aufzuwachen. Ich hatte beschlossen, dich nach Blue Cove zu bringen, um dir zu helfen, deine Angst vor dem Wasser zu überwinden.«

Während er sprach, streichelte er sie weiter, und Rocco beobachtete, wie sie die Augen schloss und sich mit jeder Sekunde, die verging, mehr und mehr entspannte. Er wusste, dass sie wahrscheinlich kaum zuhörte, aber er sprach weiter. »Ich habe dieses Outfit ausgesucht und überlegt, nicht in deine Privatsphäre einzudringen und dich BH und Unterwäsche selbst aussuchen zu lassen ... aber dann wurde ich neugierig. Was für Unterwäsche besitzt du? Mit Spitze und sexy, oder aus Baumwolle und praktisch? Es stellte sich heraus, dass du beides hast. Als ich das passende Set sah, wusste ich allerdings, dass ich dich darin sehen wollte.«

Caite atmete jetzt unregelmäßig und umklammerte sein T-Shirt an seiner Taille. Gut. Sie dachte nicht mehr an das, was sie in Bahrain gehört hatte. Ihre ganze Konzentration galt jetzt ihm und den Gefühlen, die er ihr vermittelte.

»Was machst du mit mir, *ma petite fée*? Ich kann nicht mehr klar denken. Ich verbringe jede Minute, in der ich nicht bei dir bin, damit, mich zu fragen, was du tust. Bist du in Sicherheit? Bist du glücklich? Es macht mich wahnsinnig.«

»Ich fühle das Gleiche. Jede Sekunde, die du weg warst, hatte ich solche Angst um dich«, gab sie zu und sah ihn mit großen Augen an. »Ich habe keine Ahnung, wie das so schnell passiert ist.«

»Was?«, fragte Rocco.

»Mich in dich zu verlieben«, antwortete sie geradeheraus. »Das ist untypisch für mich. Dafür bin ich zu praktisch veranlagt. Ich denke lange nach, bevor ich Dinge tue. Ich mache mir Listen. Du hättest die Liste der Vor- und Nachteile sehen sollen, die ich erstellt habe, bevor ich die Stelle in Bahrain angenommen habe. Es war verrückt.«

»War die Liebe deines Lebens zu treffen unter den Vorteilen?«, fragte Rocco mit einem Lächeln.

»Nein, genauso wenig, wie zur Zielscheibe eines Verrückten zu werden, der mich umbringen will.«

Scheiße. Daran hatte er sie nicht erinnern wollen.

»Ich bin in dich verliebt, Caite McCallan. Ich liebe deine Stärke und deine Verletzlichkeit. Ich liebe es, dass du bereit bist, neue Dinge auszuprobieren, genauso wie ich es liebe, dass du vollkommen glücklich bist, mit einem guten Buch zu Hause zu sitzen, anstatt auszugehen. Ich liebe es, dass du akzeptierst, was ich beruflich mache, genauso wie ich es liebe, dass du dir Sorgen um mich machst, wenn ich weg bin. Ich liebe es, dass du meine Freunde magst, und ich liebe es, dass du eine enge Beziehung zu deinen Eltern hast. Ich liebe es, dass du mir vertraust, und ich liebe es, dass du nicht gleich ausflippst, wenn ich etwas herrisch werde.«

Sie starrte ihn mit großen Augen an. Rocco hielt seine Finger still und drückte gegen ihren Hintern, wobei er sie bis zum Rand der Theke vorschob. Er trat vor, bis er sich an sie drückte. Sie konnte seine Erektion auf keinen Fall übersehen. Er brauchte sie mehr als seinen nächsten Atemzug ... aber er musste ihr die Entscheidung überlassen.

Mehrere Augenblicke vergingen und sie sagte kein Wort, sondern starrte ihn einfach weiter an, als hätte sie einen Geist gesehen. Rocco hatte nicht gemerkt, wie nervös er gewesen war. Ihr Schweigen begann, ihn zu verunsichern.

Schließlich griff sie nach oben und legte ihre Arme um seinen Hals. Dann hob sie die Beine und legte sie um seine Hüften. »Du hast mir dein Schlafzimmer noch nicht gezeigt«, stellte sie heiser fest.

Und einfach so kehrte Roccos Libido mit voller Kraft zurück. Sie hatte nicht gesagt, dass sie ihn liebte, aber er wusste, dass er ihr wichtig war. Damit könnte er arbeiten.

Rocco legte seine Hände unter ihren Hintern und hob sie so leicht hoch wie seinen Missionsrucksack. Er konnte ihre Hitze an seinem Schwanz spüren und bei jedem Schritt, den er in Richtung Schlafzimmer machte, spürte er, wie ihre Brüste sein T-Shirt streiften.

Sie wandte den Blick nicht von ihm ab, als er sie zu seinem Bett trug. Selbst als er sich vorbeugte und ihren Hintern auf die Bettkante setzte, sah sie nicht weg. Er beugte sich über sie und schob sie rückwärts, als er auf das Bett kroch.

»Dies ist mein Schlafzimmer«, sagte er zu ihr.

»Es ist schön«, antwortete sie, obwohl sie sich nicht einmal umgesehen hatte. Sie legte ihre Hände an seine Jeans und fummelte an dem Knopf herum. Er kauerte einen Moment über ihr und genoss einfach den Moment.

Er prägte sich das Gefühl ihrer warmen Finger auf der Haut seines Bauches ein und stützte sich mit den Händen neben ihrem Kopf ab. Ihre Nippel waren hart unter ihrem T-Shirt und Rocco wollte nichts mehr, als ihr die Kleider vom Leib zu reißen und seinen steinharten Schwanz in sie zu schieben.

Aber noch nicht sofort.

Er wollte sie genießen.

Sie hatten nur ein erstes Mal.

Caite konnte den Blick nicht von Roccos Gesicht abwenden, während sie ihr Bestes tat, um seine Hose zu öffnen. Mit dem Blick aus seinen dunkelbraunen Augen durchbohrte er sie fast.

Er liebte sie. Es schien unmöglich, aber tief in ihrem Inneren wusste sie, dass es das Richtige war.

Um ihm zu zeigen, wie viel ihr seine Worte bedeuteten, drückte Caite sanft gegen seine Hüften. Er stand auf und ließ sich von ihr zurückstoßen. Caite dachte nicht einmal daran, dass er glauben könnte, dass sie ihn von sich schubste, und ging neben dem Bett auf die Knie. Sie legte den Kopf zurück, um Augenkontakt mit ihm zu halten, während sie die Jeans über seinen Hintern zog. Sie fiel herunter, aber er rührte sich nicht.

Caite ließ ihre Hände über seine Schenkel gleiten und war erstaunt, wie stark sie waren. Wie stark er war. Als an diesem Morgen der Schuss fiel, hatte er sie hochgehoben und beide, ohne nachzudenken, zur Seite geworfen. Er hatte sie sicher an sich gehalten und ihren Körper mit seinem abgeschirmt.

Sie dachte daran zurück, wie sie in diesem Laden in Bahrain die Luke im Boden geöffnet hatte. Sie hatte damals nicht verstanden, was passiert war, aber da sie nun wusste, dass es Rocco gewesen war, der Ace aus dem Keller geschleudert hatte, konnte sie sich jetzt erklären, wie er das geschafft hatte.

Seine Oberschenkel bestanden nur aus Muskeln. Das grobe Haar kitzelte auf ihren Handflächen, während sie auf und ab strich. Er trug Boxershorts, die nicht viel Raum für Fantasie ließen. Er war groß. Sein Schwanz drückte gegen den Stoff und flehte darum, freigelassen zu werden.

Caite bewegte ihre Hand zum Bund des Slips, aber er hielt sie auf.

»Kannst du zuerst dein Hemd ausziehen?«, fragte er. »Ich habe heute Morgen diese Kombination aus BH und

Slip ausgesucht, in der Hoffnung, dich später darin zu sehen.«

Errötend nickte Caite. Fast ohne nachzudenken, zog sie das Hemd über ihren Kopf. Da sie wusste, dass er nicht fragen würde, öffnete sie die Knöpfe ihrer Shorts und zog auch diese aus. Dann lehnte sie sich gegen das Bett zurück. Sie wäre nie so selbstbewusst gewesen, hätte er ihr nicht zuvor seine Liebe gestanden.

»Gott verdammt«, stöhnte Rocco. »In der Realität ist es so viel besser als in meiner Vorstellung.«

Caite sah an sich herunter und zuckte in Gedanken mit den Schultern. Alles, was sie sehen konnte, waren Brüste, die für ihren Geschmack etwas zu schlaff waren, ihr Bauch stand zu stark hervor und ihre Oberschenkel waren ein wenig zu dick, um als heiß angesehen zu werden.

Aber als sie wieder in Roccos Augen sah, wurde ihr etwas klar. Er sah keinen ihrer Makel. Er sah nur sie.

Sie fühlte sich selbstsicherer, drückte den Rücken durch und lächelte, als er tief Luft holte.

»Gib mir eine Sekunde«, sagte Rocco, legte den Kopf zurück und schloss die Augen. Er hatte seine Hände neben sich zu Fäusten geballt und sie hatte noch nie in ihrem Leben etwas Heißeres gesehen.

So wie er dort stand, mit seinen Stiefeln, der Jeans um die Knöchel und seinem Schwanz, der versuchte, sich aus seinem Baumwollverließ zu befreien, sah er unglaublich aus. Und er gehörte ganz ihr.

Caite ging auf die Knie, nahm durch seine Unterhose seine Hoden in die Hand und leckte ihn vom Bund seiner Boxershorts bis hoch zu seinem Bauchnabel.

Sein Magen zog sich zusammen und sie stöhnte, als er ihren Kopf zwischen seine Hände nahm. Er zog sie nicht an sich, es war eher so, als würde er sie benutzen, um sich selbst aufrecht zu halten. Damit könnte sie umgehen.

Langsam, ganz langsam zog sie seine Unterhose herunter, bis sie auf der Jeans um seine Knöchel lag. Aber Caite hatte nur Augen für seinen Schwanz.

Als sie ihn anstarrte, lief ein Lusttropfen daran herunter.

Caite war mutiger als je zuvor in ihrem Leben, beugte sich näher und leckte die Flüssigkeit ab.

Rocco stöhnte und ein weiterer Tropfen erschien sofort. Sie sah zu ihm auf und stellte fest, dass er sie mit einer Intensität anstarrte, die sie noch nie zuvor gesehen hatte.

Caite fühlte sich sexyer als je zuvor, griff nach ihrem BH und zog die schwarze Spitze herunter, bis ihre Brüste entblößt waren und vom BH nach oben gepresst wurden.

Ihr Magen verkrampfte sich bei der Gänsehaut, die auf Roccos Oberschenkeln ausbrach. Er musste kein Wort sagen, um ihr zu zeigen, wie erregt er war.

Sie kam zu dem Schluss, dass sie ihn lange genug hingehalten hatte. Caite nahm seinen Schwanz in die linke Hand und packte mit der anderen seinen Hintern. Sie öffnete den Mund und führte ihn, soweit sie konnte, hinein.

Seine salzige Essenz übermannte sofort ihre Sinne und obwohl sie nie ein Fan dieses Geschmacks gewesen war, war es in diesem Moment absolut köstlich.

Sie ließ es nicht sanft und locker angehen. Stattdessen saugte sie fest, während sie auf und ab über seinen Schwanz glitt. Er stöhnte lange und tief und sie lächelte, während sie ihn weiter verwöhnte.

Mit dem kleinen Finger der Hand, die seine Erektion festhielt, streichelte sie seine Hoden, während sie weiter ihr Bestes tat, um ihm einen Orgasmus zu entlocken. Sie konnte sehen, dass er kurz davor war. Sein Hintern war angespannt, ebenso wie seine Oberschenkel. Der Schwanz in ihrer Hand und ihrem Mund schien noch härter zu werden und sie verdoppelte ihre Anstrengungen, um ihn explodieren zu lassen.

In einem Moment war sie noch mit seinem Schwanz im Mund vor ihm auf den Knien gewesen und im nächsten lag sie flach auf dem Rücken auf seinem Bett. Rocco ragte über ihr auf und dann war sein Mund auf ihrem.

Es gab keine andere Beschreibung für das, was er tat, als sie zu verschlingen. Und sie liebte es.

Caite öffnete die Beine und spürte, wie sein Schwanz gegen ihr durchnässtes Höschen drückte. Sie wand sich unter ihm und wollte ihn in sich haben. Rocco riss seinen Mund von ihrem und legte seine Stirn an ihre. Sie spürte, wie das seidenweiche Haar seines Bartes über ihr Kinn und ihre Wangen strich.

»Gib mir eine Sekunde«, flehte er.

Caite schüttelte den Kopf. »Ich brauche dich«, sagte sie zu ihm und drückte ihre Hüften gegen seine.

»Scheiße, warte mal«, sagte er, dann drückte er sich von ihr weg. Caite hätte über die Art und Weise gelacht, wie er stolperte, als er sich bemühte, seine Stiefel aufzumachen und seine Jeans und die Unterhose auszuziehen, gefolgt von seinem Hemd, aber sie war zu fasziniert von der Verzweiflung in seiner Bewegung, um etwas anderes tun zu können, als ihn anzustarren.

Sie legte ihre Hände an ihr Höschen und fing an, es herunterzuziehen, als er sie aufhielt.

»Meins«, sagte er in einem leisen, erstickten Ton.

Caite ließ los und legte die Arme über ihren Kopf, um ihm das Vergnügen zu gönnen, ihre Unterwäsche auszuziehen. Aber stattdessen kletterte er zurück auf das Bett und schwebte über ihr wie ein Löwe, der darauf wartete, ihr den Todesstoß zu versetzen. Seine Brust hob und senkte sich und sein Schwanz wippte bei jeder Bewegung. Seine Augen funkelten intensiv und seine Hände waren auf dem Bett neben ihr zu Fäusten geballt.

»Rocco?«, fragte sie zögernd.

»Du bist so verdammt schön«, murmelte er und starrte ihren Körper an. »Ernsthaft, ich kann nicht einmal ... Scheiße. Ich wollte es langsam angehen. Ich wollte dich zuerst lecken und mir Zeit für dich nehmen, wie du es verdient hast, aber ich kann es nicht länger aushalten. Es tut mir leid. Dein Mund an meinem Schwanz war verdammt phänomenal und ich weiß, dass ich explodiere, sobald ich dich berühre.«

Dann sah er sie an. »Sag mir, dass du bereit für mich bist«, flehte er fast.

Caite fuhr mit einer Hand über ihren Bauch und ließ ihre Finger unter den Bund ihres Höschens an ihre Muschi gleiten.

Rocco verfolgte jede ihrer Bewegungen. Er leckte sich die Lippen, als könnte er sie in der Luft schmecken.

»Ich bin bereit«, sagte Caite zu ihm.

»Bist du dir sicher? Ich bin groß«, sagte er ihr unnötigerweise.

»Ich bin sicher.«

Dann riss er ihr das Höschen so schnell herunter, dass Caite beeindruckt gewesen wäre, wenn sie noch klar hätte denken können.

Er schob ihre Beine mit seinen auseinander und rutschte nach oben. Caite spreizte ihre Beine weiter, um ihm Platz zu geben. In der letzten Sekunde, bevor sein Schwanz sie dort berührte, wo sie es am meisten wollte, fluchte er und beugte sich zum Nachttisch. Er zog so fest an der Schublade, dass sie herausflog und auf dem Boden landete. Aber das schien Rocco nicht einmal zu beunruhigen. Er hatte ein Kondom in der Hand und in der nächsten Sekunde knirschte er mit den Zähnen, während er es über seinen Schwanz rollte.

Dann war er da und drückte sich mit einem langsamen und stetigen Stoß in sie hinein.

Caite warf den Kopf zurück und biss die Zähne zusammen. Es war lange her. Sie war feucht, ja, aber wie Rocco gesagt hatte, war er groß.

Seine früheren Worte widerlegend ließ er sich Zeit, in sie einzudringen. Und selbst als er ganz drin war und seine Hüften direkt auf ihren lagen, hielt er still und gab ihr Zeit, sich anzupassen.

Caite spürte, wie er eine Hand unter ihren Rücken schob und sie ermutigte, ihren Rücken durchzudrücken. Dann schloss sich sein Mund um eine ihrer Brustwarzen. Diesmal war sie es, die stöhnte. Das Gefühl seiner Lippen auf ihrer nackten Haut war so viel intensiver als durch ihr

Hemd und den BH hindurch, wie es im Meer gewesen war.

Sie hob eine Hand und griff nach seinem Rücken, um etwas zu finden, an dem sie sich festhalten konnte. Sie spannte ihre inneren Muskeln um ihn herum an, als die Lust durch ihren Körper strömte. Sie brauchte ... mehr.

»Mehr!«, flehte sie.

Wortlos ließ Rocco ihre Brustwarze los und hielt sich über ihr. Ihr Blick traf auf seinen und sie erstarrte, unfähig wegzusehen. Er begann, seine Hüften zu bewegen, und pumpte seinen Schwanz mit schnellen, harten Stößen in sie hinein und wieder heraus.

Caite versuchte, ihre Bewegungen seinen Stößen anzupassen, aber am Ende, als er sich immer schneller bewegte, konnte sie nur noch liegen bleiben und es sich so von ihm geben lassen, wie er es brauchte. Sie packte seinen Bizeps mit zitternden Händen und hielt ihn fest, während er in sie hineinhämmerte. Seine Kiefer waren aufeinandergepresst und er sah so intensiv aus, wie sie ihn noch nie gesehen hatte.

Innerhalb von Minuten begann Rocco, unregelmäßig zu atmen, und sie konnte Schweiß auf seiner Stirn sehen. »Ich komme«, entfuhr es ihm zwischen zwei Stößen. Dann drückte er sich so weit wie möglich in sie hinein und kam.

Caite liebte es, ihm dabei zuzusehen, wie er explodierte, und wusste, dass sie allein dafür verantwortlich war. Sie konnte nicht anders, als ein wenig enttäuscht zu sein, dass sie nicht BH mit ihm gekommen war, aber er hatte sie gewarnt, dass er kurz davor war.

Es dauerte ein paar Sekunden, bis er sich erholt hatte,

und Caite war bereit, ihm ein Lächeln zu schenken, als sein Kopf hochkam. Aber stattdessen entwich ihr vor Überraschung ein kleiner Schrei, als er sich auf die Fersen setzte und dabei ihre Hüften an sich zog.

Er war immer noch in ihr, obwohl Caite spürte, wie er weicher wurde. Ohne ein Wort zu sagen, legte Rocco seinen Daumen auf ihre Klitoris und begann, sie mit schnellen Bewegungen zu streicheln, genau wie sie es selbst tun würde.

»Rocco ...«

»Du bist nicht gekommen«, sagte er. »Das ist inakzeptabel. Es ist schon schlimm genug, dass ich nicht abwarten konnte und mich nicht zuerst um dich gekümmert habe, aber ich soll verdammt sein, wenn du nicht auch kommst.«

»Es ist okay. Das musst du ...« Sie verstummte, als er seinen Angriff auf ihren Körper fortsetzte.

Ihr Rücken war gewölbt und ihre Hüften hochgezogen, aber nichts zählte außer seiner fachkundigen Berührung ihrer Klitoris. Innerhalb von Sekunden war sie wieder erregt und sie raste kopfüber auf einen Höhepunkt zu.

Sie bewegte ihre Hüften auf und ab und packte das Bettlaken.

»Gott, ja! Genau da. Fester! Jaaa!«

Innerhalb weniger Sekunde verlor sie sich und kam zum Höhepunkt. Sie konnte nicht mehr denken, nichts anderes tun, als sich ihm völlig hinzugeben, während Rocco weiter gegen sie drückte und ihren Orgasmus länger hinauszog, als sie es je zuvor erlebt hatte.

Sie spürte, wie sein Schwanz aus ihrem Körper

rutschte, aber er füllte sie sofort mit zwei Fingern aus. Er hielt sie auf seinem Schoß fest und sie zitterte von dem intensivsten Orgasmus ihres Lebens, bis sie endlich auf die Erde zurückkam.

Seine Finger drückten langsam und sanft in ihren Körper, während sie nach Luft schnappte.

»Großer Gott«, flüsterte sie. »Das war ...« Ihr fiel nichts ein, um zu beschreiben, was das war.

Rocco lächelte auf sie herab, zog seine Finger aus ihrem Körper und führte sie zu seinem Mund, um sie sauber zu lecken. Sie wusste, dass sie rot wurde, weigerte sich aber, den Blick von dem Mann abzuwenden, den sie liebte.

Dann hob er sanft ihren Hintern von seinem Schoß und drehte sich zur Seite, um das Kondom zu entfernen. Er zog es ab und wickelte es in ein Papiertaschentuch vom Nachttisch, ohne dass ihm peinlich zu sein schien, was er tat. Dann war er zurück und drehte sie sanft herum, um ihren BH zu öffnen. Er warf ihn zusammen mit ihrer Kleidung auf den Boden, bevor er sie in seine Arme nahm und zudeckte.

Seine Fürsorge ließ die Worte praktisch aus ihrem Mund rollen.

»Ich liebe dich«, platzte es aus Caite heraus. »Ich habe es vorher nicht gesagt ... nun ... ich weiß nicht warum. Aber ich tue es.«

»Schhh, schon okay«, sagte Rocco.

»Ich habe nur ... es ist nicht nur der Sex. Obwohl der super war. Du bist es. So habe ich mich noch nie bei jemandem gefühlt. Es erschreckt mich zu Tode, weil ich weiß, dass du mir so wehtun könntest.«

»Ich werde dir nie wehtun, *ma petite fée*.«

»Das kannst du nicht garantieren«, protestierte Caite.

»Wie wäre es dann, wenn ich alles in meiner Macht Stehende tue, um dich immer liebevoll zu behandeln? Ich werde nachdenken, bevor ich spreche, und dafür sorgen, dass du in meinem Leben immer an erster Stelle stehst.«

Tränen traten Caite in die Augen. »Ich werde dasselbe für dich tun«, versprach sie ihm.

Rocco umarmte sie fester.

»Wie spät ist es?«, fragte sie.

»Ich weiß es nicht.«

»Es ist immer noch hell draußen«, sagte Caite.

»Ist mir egal. Ich bin noch nicht fertig mit dir«, sagte Rocco schläfrig. »Ich habe dich noch nicht geleckt. Ich muss dafür sorgen, dass du weißt, dass das, was gerade passiert ist, nicht meine übliche Vorgehensweise ist.«

»Mich so hart zum Orgasmus zu bringen, dass ich Sterne gesehen habe?«, neckte Caite, die sich seltsam energiegeladen fühlte. Lustigerweise schien Rocco derjenige gewesen zu sein, der nach dem Sex weggetreten war, und nicht sie.

»Nein, das sollte jedes Mal passieren, wenn wir uns lieben, sonst mache ich meinen Job nicht richtig und bin ein egoistisches Arschloch. Ich meinte, dass ich zuerst gekommen bin. Ich mache das nicht gern und ich verspreche, dass ich es nicht zur Gewohnheit werden lasse. Aber bei diesem ersten Mal musste ich einfach sofort in dir sein.«

»Es ist okay«, sagte Caite ehrlich.

»Trotzdem werde ich ein Nickerchen machen und

wenn ich aufwache, werde ich dich lecken und dich so nehmen, wie ich es die ganze Zeit wollte. Langsam und süß. Dann schnell und hart.«

»Oh, okay.«

»Schlaf etwas, Caite. Es mag draußen noch hell sein, aber ich garantiere dir, wenn der Morgen kommt, wirst du dir wünschen, noch ein paar Stunden schlafen zu können.«

»Gehst du morgen nicht zum Training?«

»Nein, ich werde heute Nacht hier in unserem Bett all das körperliche Training bekommen, das ich brauche.«

Caite errötete. Sie war diese Art von Offenheit nicht gewohnt.

»Ich bin nicht sicher, ob dein Kommandant das genauso sieht.«

Rocco lachte leise. »Schlaf, *ma petite fée.*«

Jedes Mal wenn er sie mit seinem entzückend schlechten französischen Akzent seine kleine Fee nannte, spürte Caite Schmetterlinge in ihrem Bauch. Sie liebte es, ihm nachzugeben. Nicht dass sie das immer tun würde, aber hier in seinem Bett, sicher in seinen Armen, an seinen nackten Körper gepresst? Damit hatte sie kein Problem.

Obwohl sie eben noch hellwach gewesen war, schlief Caite innerhalb von Minuten ein. Sie hatte keine Ahnung, dass Rocco sie mindestens eine Stunde lang beim Schlafen beobachtete, bevor er schließlich selbst einschlief.

KAPITEL VIERZEHN

Eine Woche später war Rocco noch frustrierter als in dem Moment, in dem er erfahren hatte, dass Caite von einem Unbekannten verfolgt wurde.

Sie war fünf Stunden lang von den Mitarbeitern des NCIS hinter verschlossener Tür verhört worden. Fünf Stunden, in denen Rocco dachte, er würde den Verstand verlieren. Wenn Bubba und Ace ihn nicht zurückgehalten hätten, wäre er durch die Tür des Verhörraums gestürmt und hätte sie hinausgetragen.

Sie hatten ihr eine Mappe mit Namen, Bildern und Dienstgraden aller Navy-Offiziere gegeben, die auf dem Stützpunkt in San Diego stationiert waren. Nachdem sie keinen von ihnen wiedererkannt hatte, hatten sie Aufzeichnungen über Admirale und Hauptmänner der gesamten Navy geholt. Es waren Hunderte von Namen gewesen, die Caite nur noch mehr unter Stress gesetzt hatten, anstatt ihr zu helfen, sich zu erinnern.

Seine Stimmung hatte sich nicht gebessert, als er

gesehen hatte, wie müde und ausgezehrt sie war, als sie endlich aus dem Zimmer kam.

Aber trotz der Ermittlungen durch den NCIS, Kommandant North, der seine Ohren offen hielt, und selbst nachdem Tex versucht hatte, etwas herauszufinden, wussten sie immer noch nicht, wer hinter den Attentaten auf Caite steckte.

Der Mann, der versucht hatte, sie zu überfahren, war schon lange über alle Berge. Der Typ, der den Supermarkt überfallen hatte, hatte sich in Luft aufgelöst. Der Autodieb war tot und aus irgendeinem Grund konnte niemand ihn identifizieren. Unerklärlicherweise war die Suche nach Fingerabdrücken eine Sackgasse gewesen, was keinen Sinn ergab ... es sei denn, wer auch immer der Drahtzieher hinter all dem war, hatte sehr gute Verbindungen.

Tex hatte Druck auf den Zoll ausgeübt und die Zollbeamten hatten drei Lieferungen antiker Artefakte abgefangen, die ins Land geschmuggelt werden sollten. Rocco wusste, dass dieser Verlust bei der Person, die den Schmuggel organisierte, nicht gut ankommen würde. Die Käufer würden stinksauer sein, was bedeutete, dass sie viel Druck auf den Strippenzieher ausüben würden.

Es bedeutete auch, dass er viel Geld verlor, was niemals gut ausgehen konnte, wenn es um Kriminelle ging. Darüber hinaus stand sein Ruf auf dem Spiel. Leute, die mit gestohlenen Antiquitäten handelten, würden es nicht gutheißen, wenn ihre unbezahlbaren Artefakte beschlagnahmt wurden.

Rocco konnte Caites Anspannung spüren. Er würde sie nicht allein in ihre Wohnung zurückgehen lassen.

Überall, wo sie hinging, war entweder Rocco oder einer seiner Teamkameraden an ihrer Seite. Er vermutete, dass sie über den mangelnden Fortschritt in dem Fall und die Art und Weise, wie er um sie herum schwebte, frustriert war. Rocco wusste, dass sie beide eine Pause brauchten.

Die einzige Zeit, in der sie völlig entspannt zu sein schien, war abends, wenn sie sich liebten. Sie verlor alle Hemmungen, wenn er sie berührte, und er liebte es, dass er sie in diesen Momenten an nichts als ihn denken lassen konnte. Aber am nächsten Morgen konnte er buchstäblich sehen, wie der Stress zurückkam, und er hasste es.

Rocco hatte bereits mit Slade »Cutter« Cutsinger gesprochen, ob er ein paar Fäden ziehen und eine Anstellung für Caite finden könnte. Cutter war einer der besten Verwaltungsassistenten, mit denen er bei der Marine zusammengearbeitet hatte. Er arbeitete für einen anderen Kommandanten, aber Rocco nahm an, dass er genügend Leute kannte, um Caite zu helfen.

Er hatte Caite noch nichts davon erzählt, da er sie nicht in der Nähe des Stützpunktes haben wollte, bis die Person, die sie tot sehen wollte, hinter Gittern war. Aber er wusste, dass sie arbeiten musste. Es war erst eine Woche seit dem Überfall vergangen, aber sie saß den ganzen Tag in seiner Wohnung fest und sie war nicht die Art von Frau, die damit zufrieden wäre, ihn die Brötchen verdienen zu lassen.

Caite saß gerade am Tisch in seiner Küche, löste abwesend ein Kreuzworträtsel und trank Kaffee. Er hatte nicht vorgehabt, irgendwo mit ihr hinzugehen, aber er wollte sie unbedingt entspannt und glücklich sehen.

»Heute Nachmittag ist da ein Ding, von dem ich dachte, dass du vielleicht mit mir dort hingehen möchtest.«

»Ein Ding?«, fragte sie und zum ersten Mal seit einer Woche funkelte Interesse in ihren Augen.

»Ja, alle paar Monate veranstalten die Navy-SEAL-Teams Familienfeiern am Strand. Alle bringen ihre Frauen und Kinder mit und haben viel Spaß, ohne sich um Regeln und Vorschriften kümmern zu müssen.«

»Also eine Strandparty?«, fragte sie mit schief gelegtem Kopf.

»Ja und nein. Es findet nicht auf dem Stützpunkt statt. Alkohol ist also erlaubt, aber da Kinder dabei sind, wird es nicht verrückt. Wir rotieren zwischen ein paar Stränden. Im Allgemeinen ist es sehr schön.«

»Ist es sicher?«, fragte Caite.

Rocco verabscheute es, dass sie sich darüber überhaupt Sorgen machen musste. Aber er würde ihr nichts vormachen. »So sicher wie möglich. Es werden mehrere SEAL-Teams dort sein. Ich weiß, wie schwer die letzte Woche für dich war, und ich hasse das. Ich würde dir gern eines der anderen SEAL-Teams und deren Familien vorstellen. Wolf ist einer der besten SEALs, die ich je getroffen habe, ebenso wie seine Teamkameraden. Ich weiß, dass es kein Zuckerschlecken sein wird, mit mir zusammen zu sein, daher dachte ich, es wäre gut, wenn du ein paar andere SEAL-Frauen zum Reden hast. Ich hatte dir davon erzählt. Du kannst sie Dinge fragen, die du mich vielleicht nicht fragen möchtest. Du kannst dir einen Einblick geben lassen, wie es ist, mit einem SEAL verheiratet zu sein.«

Bei seinen letzten Worten bekam sie große Augen.

Rocco kam an ihre Seite und ging auf die Knie. »Ich bitte dich nicht jetzt gleich, mich zu heiraten, *ma petite fée*, aber ich will dich langfristig in meinem Leben haben. Keiner von uns weiß, was die Zukunft bringen wird, aber die letzten Wochen mit dir an meiner Seite waren unglaublich. Auch wenn wir beide gestresst sind. Ich denke, wenn wir trotz all dieser Dinge glücklich sein können, haben wir es geschafft.«

Caite nickte. »Ich bin glücklich mit dir. Ich wünschte nur, das läge alles schon hinter uns. Ich sitze nicht gern herum und habe das Gefühl, dass ich dich daran hindere, deine Arbeit zu machen. Ich habe die ungeduldigen Blicke der Ermittler gehasst, als ich dieses verdammte Buch mit Namen und Bildern durchgeblättert habe. Nach einer Weile begann alles zu verschwimmen. Irgendwann sahen alle gleich aus und nachdem ich all diese Namen gelesen hatte, erinnerte ich mich kaum noch an meinen eigenen.«

»Die Dinge werden sich wieder normalisieren. Entweder du erinnerst dich, wen die Bitoo-Brüder erwähnt haben, oder die Ermittler finden es heraus. Du wirst einen neuen Job finden und ich gehe auf Missionen und wir werden glücklich bis ans Ende unserer Tage leben.«

»Das hast du alles schon geplant, was?«, fragte sie mit einem kleinen Kichern.

»Verdammt richtig.«

Sie seufzte. »Okay, dann ja. Ich würde gern gehen. Ich kann nicht versprechen, dass ich in solchen Situationen besonders aufgeschlossen bin, aber ich gebe zu, dass ich neugierig bin, andere SEAL-Frauen kennenzulernen und von ihren Erfahrungen zu hören.«

Rocco stand auf, nahm ihre Hand und küsste sie auf den Handrücken. »Danke, *ma petite fée*.«

»Nein, ich danke dir«, erwiderte sie. »Danke, dass du nicht beim ersten Anzeichen von Schwierigkeiten verschwindest. Ich meine, du hast dir viel aufgeladen. Eine arbeitslose Frau, die täglich dem Bankrott näher rückt und zufällig gerade von jemandem umgebracht werden soll. Das ist viel, Rocco.«

»Gewöhn dich nicht daran«, erwiderte er. »Das ist nicht unser Leben. Es ist nur vorrübergehend.«

Sie lächelte. »Okay.«

»Okay. Oh, und ich dachte, vielleicht könnten wir nächste Woche einen Ausflug nach San Francisco machen, um deine Eltern zu besuchen.«

»Wirklich?«, fragte sie aufgeregt.

»Wirklich. Ich weiß, dass sie sich Sorgen um dich machen. Außerdem ist es vielleicht gar nicht so schlecht, die Stadt zu verlassen.«

Ihr Lächeln verblasste ein wenig, als sie daran erinnert wurde, warum sie aus der Umgebung des Marinestützpunktes verschwinden sollten. Aber sie fragte: »Kann ich sie anrufen und ihnen sagen, dass wir sie bald besuchen werden?«

»Natürlich. Die Genehmigung für ein paar Tage Urlaub habe ich von Kommandant North bereits erhalten.«

Caite beugte sich vor und küsste ihn. »Danke.«

Rocco fuhr mit dem Daumen über ihre Lippen und

erinnerte sich daran, was sie in der Nacht zuvor damit gemacht hatte. »Für dich tue ich alles, *ma petite fée*.«

Sie errötete und er wusste, dass sie sich auch daran erinnerte.

Er stand auf und holte auf dem Weg zurück in den anderen Raum sein Handy heraus. Er musste Wolf und Cutter anrufen, um sicherzugehen, dass sie zum Picknick kommen würden. Nicht nur, weil er sie Caite vorstellen wollte, sondern weil er für alle Fälle Unterstützung brauchte.

Er hörte, wie Caite in der Küche aufgeregt mit ihrer Mutter telefonierte, und nickte vor sich hin. Er liebte es, sie zum Lächeln zu bringen, und schwor sich, ihr ganzes Leben lang alles zu tun, was er konnte, um sie glücklich und zufrieden zu machen.

***

Caite hielt Roccos Hand fest, als er sie vom Parkplatz zum Strand führte. Sie hatte erwartet, dass ein paar Leute am Strand rumhängen würden. Aber die Realität sah ganz anders aus.

Es waren mindestens hundert Leute da. Kinder liefen wie verrückt umher und alle schienen sich zu amüsieren. Auf einer Seite des Strandes brannte ein Lagerfeuer und Kinder saßen daneben. Wahrscheinlich rösteten sie Marshmallows für S'Mores.

Caite war überwältigt von dem Gedanken, das »neue Mädchen« zu sein und weitere seiner Freunde zu treffen, insbesondere das andere SEAL-Team, über das er ständig sprach. Sie wollte auf keinen Fall auf eine der anderen Frauen einen schlechten Eindruck machen.

»Entspann dich«, sagte Rocco und drückte ihre Hand.

»Ich bin entspannt«, log Caite.

Rocco blieb stehen und drehte sich zu ihr um. Er stellte den Korb und die Stühle, die er trug, ab und nahm ihr Gesicht zwischen seine Hände. »Bist du nicht«, konterte er, senkte dann den Kopf und bedeckte ihre Lippen mit seinen.

Als er aufhörte, fühlte Caite sich wie Brei. Sie glaubte nicht, dass sie seiner Küsse jemals müde werden würde.

»Ich weiß, es scheint überwältigend zu sein, aber wir werden uns mit meinem Team zusammensetzen. Das kennst du bereits. Ich habe gesehen, dass Wolf und seine Frau Caroline auch da sind, ebenso wie die meisten seiner Teamkameraden. Vertrau mir, *ma petite fée*. Es wird schön.«

»Wenn du das sagst«, murmelte sie.

Er lächelte sie an. »Ich bin sicher, Wolf kann dir einige peinliche Geschichten über mich erzählen«, neckte er.

Dabei wurde Caite aufmerksam. »Oh, die würde ich sehr gern hören.«

»Du bist so gemein«, sagte Rocco und bückte sich, um sich die Sachen zu schnappen.

Caite ging neben ihm her, ihre Hand in seiner, und versuchte, sich nicht aufzuregen. Es war gut, dass sie das alles mit einem Mal aus dem Weg räumen konnte. Und Rocco hatte recht, sie mochte seine Teamkameraden und war froh, dass sie hier waren. Sie könnten als Puffer zwischen ihr und den anderen fungieren. So extrovertiert sie auch sein konnte, manchmal war es schwer.

Rocco grüßte fast jeden, an dem sie auf dem Weg zu seinen Teamkameraden in dem Strandabschnitt, den sie als ihren beanspruchten, vorbeikamen. Es schien, als würde er jeden kennen, und jeder ihn.

Als sie Gumby, Ace, Rex, Bubba und Phantom erreichten, verstand Caite ein bisschen mehr, was es bedeutete, Teil der SEAL-Familie zu sein.

Rocco stellte ihre Sachen ab und zog sie dann zu einer Gruppe, die in der Nähe saß. Zwei Männer standen auf, als sie näher kamen. Er ließ ihre Hand sinken und gab jedem der Männer eine dieser Macho-Umarmungen, die mehr daraus bestanden, sich auf den Rücken zu klopfen, als aus einer richtigen Umarmung. Dann griff er wieder nach ihrer Hand.

Caite hielt ihn fest, während er sie anlächelte. Dann wandte er sich den Männern zu. »Caite, ich möchte dir Wolf und Slade vorstellen, zwei der erstaunlichsten Männer und SEALs, die ich kenne.«

Der Mann links streckte seine Hand aus und Caite schüttelte sie.

»Ich bin mir nicht sicher, ob der Rest meines Teams dem zustimmen würde«, sagte er und schüttelte ihr die Hand. »Ich bin Wolf. Es ist schön, dich kennenzulernen, Caite. Rocco hat nur Gutes über dich erzählt.«

»Schön, auch dich kennenzulernen«, sagte sie höflich.

»Und ich bin Slade. Ich habe mir deinen Lebenslauf angesehen. Ziemlich beeindruckend«, sagte er, als er ihre Hand schüttelte. »Fließend Französisch zu sprechen ist eine sehr gefragte Fähigkeit. Insbesondere bei all den

Schmuggelgeschäften aus französischsprachigen afrikanischen Ländern. Ich weiß nicht, was dieser Idiot sich dabei gedacht hat, dich zu feuern. Aber keine Sorge, ich habe mit einem Kontakt beim NCIS darüber gesprochen, und ich bin mir ziemlich sicher, dass die Stelle dir gehört, wenn du sie willst.«

Caite blickte verwirrt von Slade zurück zu Rocco. »Stelle?«

»Oh scheiße, sollte ich nicht darüber reden?«, fragte Slade, sah aber kein bisschen verlegen aus.

Rocco verdrehte die Augen, bevor er Caite antwortete. »Ich habe Slade gebeten, sich umzuhören, ob es auf dem Stützpunkt Arbeit für dich gäbe. Er ist einer der besten Verwaltungsangestellten, die wir haben. Ich dachte, wenn einer dafür sorgen kann, dass du wieder eingestellt wirst, dann er.«

Caite wusste, dass sie wahrscheinlich irritiert sein sollte, dass Rocco hinter ihrem Rücken so etwas organisiert hatte, aber sie konnte ihm nicht böse sein. Sie hatte gern für die Regierung gearbeitet und befürchtet, dass sie durch ihre Entlassung diesen Arbeitgeber für immer verloren hatte. Sie wandte sich an Slade und fragte: »Ernsthaft? Ich meine, ich freue mich natürlich, wenn ich für die Stelle in Betracht gezogen werde. Ich hatte allerdings nicht daran gedacht, für eine Ermittlungseinheit zu arbeiten.«

»Es ist nichts Gefährliches«, versicherte Slade ihr, obwohl Caite den Blick sah, den er Rocco zuwarf, als spräche er mehr mit ihm als mit ihr. »Ich weiß, dass sie viele Aufzeichnungen von abgehörten Gesprächen haben, für die sie eine Dolmetscherin benötigen. Französisch sprechen zu können wäre auch für Zeugenbefragungen sehr hilfreich.«

»Ich hätte ehrlich gesagt nicht gedacht, dass ich das, was ich im College gelernt habe, jemals anwenden könnte«, sagte Caite und sah Rocco aufgeregt an.

Er lächelte sie an. »Es ist noch nicht in trockenen Tüchern«, sagte er. »Ich habe Slade nur gebeten, sich umzuhören.«

»Ich weiß«, sagte sie sofort und wandte sich dann wieder Slade zu. »Ich weiß es zu schätzen, dass du dir die Zeit genommen hast, dir meinen Lebenslauf anzusehen.«

»Was dir passiert ist, war Mist«, sagte der ältere Mann mit einem Knurren. »Du hättest nie entlassen werden dürfen. Ich habe mir auch deinen Chef da drüben in Bahrain genauer angeschaut. Er ist ein Idiot und ich kann nicht glauben, dass er es geschafft hat, so lange dabeizubleiben. Er ist faul und schmückt sich gern mit fremden Federn.«

»Ich weiß«, murmelte Caite.

»Das ist jetzt genug über die Arbeit. Ich möchte, dass du meine Frau kennenlernst«, sagte Slade und drehte sich zu einer Frau mit langen dunkelblonden Haaren um. Sie lächelte ihn an und trat an seine Seite. »Dakota, ich möchte dir Caite vorstellen. Sie ist mit Rocco zusammen.«

Die Frau lächelte freundlich und streckte eine Hand aus. »Es ist so schön, dich kennenzulernen. Rocco und seine Teamkameraden sind großartig. Sie haben mir geholfen, als ich sie vor einiger Zeit gebraucht habe. Ich finde es toll, wie alle SEAL-Teams zusammenarbeiten.«

Caite hatte keine Ahnung, wovon sie sprach, aber sie lächelte und nickte trotzdem.

»Und das ist Caroline«, sagte Wolf. Eine andere Frau hatte sich zu ihnen gesellt, als Caite Dakota begrüßte. Sie war ungefähr so groß wie Caite und sah ihr sogar etwas ähnlich. Sie hatte die gleiche Haarfarbe und den gleichen Körperbau.

»Hallo«, sagte Caroline. »Ich bin so froh, dass du heute kommen konntest. Rocco hat noch nie eine Frau zu einem dieser Treffen mitgebracht.«

»Ice«, sagte Wolf verärgert.

»Was?«, fragte sie. »Sie sollte wissen, dass Rocco es ernst mit ihr meint.« Dann sah sie Caite an und zwinkerte. »Rocco und sein Team sind gute Männer. Wenn du mit jemand anderem zusammen wärst, wäre ich vielleicht nicht so höflich.«

»Ich weiß deine Ehrlichkeit zu schätzen«, sagte Caite lächelnd. Sie mochte Caroline.

»Natürlich, wir Navy-Ehefrauen müssen zusammenhalten.«

»Oh, Rocco und ich sind nicht verheiratet«, sagte Caite errötend.

»Bildlich gesprochen«, sagte Caroline mit einer Handbewegung. »Ich weiß, dass ich eine Menge Fragen hatte, als ich Matthew kennengelernt habe, und ich hatte niemanden zum Reden. Ich würde mich freuen, wenn wir uns später etwas unterhalten könnten.« Sie drehte sich zu den anderen Frauen um, die hinter ihr am Strand saßen, von denen viele damit beschäftigt waren, mit Kindern zu spielen. »Wir sind alle gern bereit, dir zu erzählen, wie die Dinge wirklich laufen.«

»Wie wäre es, wenn du ihr keine Angst machst?«, schlug Wolf mit einem Grinsen vor, als er Caroline an seine Seite zog und sie auf die Schläfe küsste.

»Ich werde ihr keine Angst machen«, erwiderte Caroline in gespielter Beleidigung. »Ich werde ihr sagen, wie sie damit umgehen kann, wenn Rocco auf Mission muss. Wie sie ruhig bleiben und sich am besten die Zeit vertreiben kann, bis er zurückkommt. Sie sollte auch wissen, an welchen Tagen man am besten auf dem Stützpunkt einkaufen kann und welche sie meiden sollte. Ich möchte ihr erklären, wie wichtig die anderen Frauen, die mit SEALs zusammen sind, für sie werden können. Oh, und sie muss wissen, wo die besten Strände sind und wie wichtig der Kommandant ist, wenn ihr Team auf Mission ist.«

»Mein Team?«, fragte Caite, die die andere Frau immer mehr mochte. Es gab viele Details bei dem, was sie gerade gesagt hatte, aber dieser Kommentar stach heraus.

»Jawohl. Du magst mit Rocco zusammen sein, aber jeder im Team gehört dazu. Sie sind für ihn da, genauso wie er für sie. Er wird genauso viel Zeit mit ihnen verbringen wie mit dir, wenn nicht sogar mehr. Sie gehören also genauso dazu wie er. Und wer weiß«, sagte Caroline und ihr Blick wanderte zu Slade, »eines Tages retten sie dir vielleicht das Leben.«

Hinter ihren Worten steckte viel mehr, als Caite verstand, aber sie konnte deutlich den Respekt und die Liebe erkennen, die Caroline nicht nur Wolf, sondern auch den anderen SEALs entgegenbrachte.

»Das würde mir gefallen«, sagte Caite zu ihr.

»Gut. Wenn Rocco damit fertig ist, dich herumzuzeigen, und du eine Pause von all dem Testosteron brauchst, dann komm zu uns. Es wird verrückt mit den vielen Kindern, aber es ist gut.«

»Vielen Dank, das werde ich«, sagte Caite zu ihr und entspannte sich zum ersten Mal. Caroline war so herzlich und aufrichtig in ihrer Einladung zu einem Gespräch, dass Caite wusste, dass es dumm wäre, sie abzulehnen.

»Es war schön, dich kennenzulernen«, sagte Wolf zu ihr.

»Auf jeden Fall«, stimmte Slade zu.

»Wir reden später«, sagte Caroline, als Wolf sie zurück zu der Gruppe hinter ihnen führte.

»Ich freue mich darauf, dich besser kennenzulernen«, sagte Dakota mit einem Lächeln, bevor auch sie zu den anderen SEALs zurückgeführt wurde.

»Fühlst du dich besser?«, fragte Rocco einfühlsam.

Caite nickte. »Sie sind sehr nett.«

»Hast du etwas anderes erwartet?«, fragte er.

»Nein, aber manchmal sind Frauen nicht so einladend, wie man denkt. Und du bist ein Mann. Du hast wahrscheinlich keine Ahnung, wie gemein Frauen zueinander sein können.«

»Oh doch«, sagte Rocco mit einem Lächeln.

»Woher?«, fragte sie misstrauisch.

»Ich tue es einfach«, gab er zurück. »Komm schon, ich möchte dich meinem Kommandanten vorstellen.«

Zwei Männer kamen auf sie zu. Beide trugen Shorts und T-Shirts, aber sie hatten etwas an sich, das nach »Erfahrung« schrie und Respekt verlangte.

»Sir. Sir«, sagte Rocco, als sich die Männer näherten,

und nickte jedem zu. Er schüttelte beiden Männern die Hand, dann drehte er sich um, um sie vorzustellen. »Ich möchte Ihnen meine Freundin Caite McCallan vorstellen. Caite, das ist mein Kommandant Storm North, und das ist Kommandant Patrick Hurt. Er leitete Wolfs Team und kommandiert derzeit auch andere SEAL-Einheiten.«

Storm schüttelte ihr die Hand, dann hielt er sie fest und sagte: »Danke.«

Caite runzelte die Stirn. »Wofür?«

»Dafür, dass Sie Rocco, Gumby und Ace aus diesem Keller geholt haben.«

Caite schüttelte sofort den Kopf. »Oh nein, sie sind selbst da rausgekommen«, protestierte sie.

»So steht es nicht im Bericht«, erwiderte Kommandant North. »Ich habe ihn gelesen und ein langes Gespräch mit meinen Männern geführt. Wenn Sie dieses Gespräch nicht belauscht und die Initiative ergriffen und sich selbst in Gefahr gebracht hätten, indem Sie sich in das Sperrgebiet in Manama begeben haben, wären sie heute nicht hier.«

»Ich bin mir sicher, sie hätten einen Ausweg gefunden«, murmelte Caite. Es war ihr peinlich, so viel Dank zu bekommen. Sie hätte es sich nie verziehen, wenn sie nichts getan hätte.

»Vielleicht«, sagte Kommandant North und ließ das Thema fallen, nachdem er ihr Unbehagen bemerkt hatte. »Was halten Sie von unserer kleinen Party?«

Caite lächelte ihn an. »Klein?«

Alle drei Männer lachten. »Tatsächlich ist es diesmal etwas kleiner als beim letzten Mal«, sagte Kommandant Hurt. Dann sah er über ihre Schulter und sagte: »Wenn

Sie mich entschuldigen, meine Frau verlangt nach mir. Sieht so aus, als wäre ich an der Reihe, die Kinderbetreuung zu übernehmen. Es war schön, Sie kennenzulernen, Caite. Ich hoffe, wir werden Sie in Zukunft öfter sehen.«

»Das werden Sie«, antwortete Rocco für sie.

Caite drehte sich um und beobachtete, wie Kommandant Hurt auf eine schlanke Frau zuging, die ein Kleinkind im Arm hielt.

Als sie sich umschaute, blendete sie das Gespräch aus, das Rocco mit seinem Kommandanten über den Trainingsplan führte. Überall, wo sie hinsah, waren Gruppen von Männern, Frauen und Kindern, die sich amüsierten. Manche schwammen, manche bauten Sandburgen, andere aßen. Aber besonders fiel ihr auf, wie … normal alle aussahen. Wenn sie an Navy SEALs dachte, hatte sie ein Bild von muffeligen Macho-Typen vor Augen.

Und obwohl Rocco und sein Team definitiv durchtrainiert waren, waren sie auch ausgesprochen normal. Sie ließen gern fünfe gerade sein und tranken ein Bier und entspannten sich mit ihren Freunden genauso, wie jeder normale Bürger es tun würde. Dass sie morgen in ein fernes Land geschickt werden könnten, um Terroristen oder Schmuggler aufzuspüren, schien im Moment keinen zu interessieren.

Sie respektierte sie noch mehr als zuvor.

»Gibt es Fortschritte bei den Ermittlungen?«, fragte Rocco leise. Die Art, wie er die Stimme gesenkt hatte, hatte Caites Aufmerksamkeit erregt.

»Leider nein, aber wir kommen der Sache näher«,

sagte Kommandant North. »NCIS folgt einer Spur und glaubt, den Täter in ein paar Tagen aufgespürt zu haben. Die Spur der Schmuggler führt definitiv zu unserem Stützpunkt, was mich stutzig macht. Ich kann nicht glauben, dass einer meiner Offizierskollegen bis zum Hals in dieser Scheiße drinsteckt.« Er wandte sich an Caite. »Es tut mir leid, dass Sie da hineingezogen wurden. Bitte glauben Sie mir, wenn ich Ihnen versichere, dass wir alles tun, um den Verantwortlichen aufzuspüren, damit Sie Ihr Leben wieder frei leben können. Bis dahin bleiben Sie in der Nähe dieses Kerls hier und Ihnen wird nichts passieren«, sagte er und deutete mit dem Kopf auf Rocco.

»Sie sagen mir Bescheid, wenn Sie etwas hören?«, fragte Rocco.

»Natürlich. Jetzt amüsieren Sie sich und versuchen, für heute nicht daran zu denken. Der Strand ist voller Navy SEALs. Hier sind Sie sicher.«

»Danke«, sagte Caite mit einem kleinen Lächeln. Sie fühlte sich sicher, aber nicht wegen der hier versammelten Männer, sondern weil sie mit Rocco zusammen war.

Als sie auf sein Team zugingen, fragte Rocco: »Geht es dir gut?«

»Mir geht es gut«, beruhigte sie ihn.

»Sicher?«

»Ja.« Es gefiel ihr, dass er sichergehen wollte, dass sie sich in der Gegenwart seiner Freunde wohlfühlte. Sie wünschte, sie hätte auch so enge Freunde, die sie ihm vorstellen könnte, aber je länger sie mit den Leuten zusammen war, mit denen Rocco abhing, desto behaglicher fühlte sie sich.

Caite ging in Gedanken die Fragen durch, die sie Caroline und ihren Freundinnen später stellen wollte, als sie sich von Rocco zurückführen ließ. Er stellte ihre Stühle auf und vergewisserte sich, dass sie es sich bequem gemacht hatte, bevor er sich setzte. Dann nahm er ihre Hand, während sie sich mit den anderen Männern seines Teams unterhielten.

Caite schloss die Augen und legte den Kopf zurück. Sie genoss die Meeresbrise, die salzige Luft, die Sonne im Gesicht und die Gesellschaft guter Freunde.

Rocco sprach mit seinen Freunden und beobachtete Caite aus dem Augenwinkel. Sie wirkte entspannt, was eine große Erleichterung war. Er wusste, dass sie nervös gewesen war, heute mitzukommen. Aber so wie es aussah, schien sie diese Auszeit gebraucht zu haben. Sie hatte aus der Wohnung gemusst, um für einen Moment die Arbeitssuche und ihren Verfolger zu vergessen.

Noch wichtiger war, dass sie aufhörte, sich krampfhaft an den Namen des Mannes zu erinnern, den die Bitoo-Brüder beiläufig erwähnt hatten.

Ihre Hand ruhte auf seinem Oberschenkel und er fuhr mit seinen Fingern über ihre. Sie lächelte, hielt aber die Augen geschlossen. Ihre Intimität fühlte sich leicht an. Er liebte es, mit ihr zu schlafen, aber er genoss es genauso, ihre Hand zu halten und einfach so bei ihr zu sitzen. Er genoss es, wenn sie auf der Couch saßen und die Nachrichten sahen, ihre Füße in seinem Schoß. Es fühlte sich gut an. Normal.

Sie hatten sich ungefähr eine halbe Stunde lang unterhalten, als Caite sich bewegte.

»Alles in Ordnung?«

»Ja, aber ich glaube, ich muss für einen Moment aus der Sonne gehen.« Sie sah zu Caroline hinüber. »Glaubst du, es würde ihr etwas ausmachen, wenn ich hinüberschlendere und ein bisschen mit ihr plaudere?«

»Absolut nicht. Caroline hätte es nicht angeboten, wenn sie es nicht gemeint hätte.«

»Ihr Kerle werdet es doch eine Weile ohne mich aushalten?«, neckte sie.

Rocco mochte es zu sehen, wie sie mit seinen Freunden scherzte. Er hatte nie darüber nachgedacht, dass eine feste Partnerin notwendigerweise auch gut mit seinen Kameraden auskommen musste. Aber jetzt, wo er es direkt vor Augen hatte, konnte er kaum glauben, dass er nie daran gedacht hatte. Dass seine Kameraden seine Frau ebenfalls mögen, war eine Grundvoraussetzung, wenn man bedachte, wie nahe er und seine Freunde sich standen. Zum Glück schienen die Dinge gut zu funktionieren ... Gott sei Dank.

»Ich weiß es nicht«, antwortete Gumby. »Vielleicht benötigen wir ein paar Tipps zum Auftragen von Make-up. Wer kann uns da helfen, wenn du nicht da bist?«

»Ja, oder vielleicht müssen wir dich fragen, welche Liebesromane wir lesen sollen«, mischte Ace sich ein.

Caite verdrehte die Augen. »Mach dich nicht darüber lustig, bevor du einen gelesen hast. Denk dran, dass die meisten von Frauen geschrieben werden. Sie schreiben über ihre Fantasien oder zumindest über das, was sie sich von einem Mann wünschen. Es könnte euch einige Einblicke in den weiblichen Verstand geben, meint ihr nicht?«

Die anderen sahen für einen Moment fassungslos aus, bevor sie sich lautstark als Experten des weiblichen Verstands bezeichneten. Rocco beugte sich vor, während der Rest der Männer damit beschäftigt war, seine Männlichkeit zu bekräftigen und damit zu prahlen, dass sie keine Bücher lesen mussten, um zu wissen, wie man Frauen rumkriegt. Er flüsterte Caite ins Ohr: »Wir können diese Sexszene heute Abend zu Ende lesen, wenn wir nach Hause kommen. Und dann werde ich mein Bestes tun, sie für dich in die Tat umzusetzen.«

Er lächelte, als sie rot wurde. Er war überrascht gewesen, wie sehr ihm das erste Buch gefallen hatte, das er auf ihr Drängen hin gelesen hatte. Er hatte gedacht, dass es hauptsächlich kitschige Dialoge und übertriebene Sexszenen geben würde, aber tatsächlich gab es eine faszinierende Geschichte, die ihn schnell in den Bann gezogen hatte.

Er gab ihr einen Abschiedskuss und sah zu, wie sie auf Wolfs Gruppe zuging.

»Ich mag sie«, sagte Gumby, als sie außer Hörweite war.

Rocco verdrehte die Augen.

»Ernsthaft«, sagte Gumby. »Ich weiß, dass wir dich damit aufziehen, dass du mit ihr zusammen bist, aber es ist nett, wenn sie bei uns ist.«

»Ich hasse es, dass wir den Typen noch nicht

gefunden haben, der sie wegen dem umbringen will, was sie gehört hat«, fügte Bubba hinzu.

»Wer auch immer es ist, wird sich wünschen, er hätte sie in Ruhe gelassen«, versprach Phantom.

»Genau, niemand bedroht einen oder eine von uns und kommt ungeschoren davon«, warf Rex ein.

Rocco schnürte sich die Brust zu. Diese Männer waren wie seine Brüder. Ihre Zustimmung zu bekommen und zu sehen, wie sie Caite in ihre Mitte aufnahmen, war eine große Erleichterung. Er wusste nicht, was er getan hätte, wenn sie sie nicht gemocht hätten.

»Danke, Leute. Sie ist ziemlich erstaunlich«, versicherte Rocco seinen Freunden und zwang sich dazu, Caite nicht wie ein liebeskranker Troll hinterherzustarren.

»Wie sieht der Plan für nächste Woche aus?«, fragte Bubba und wechselte das Thema.

Während sie darüber sprachen, welche Missionen für sie am Horizont liegen könnten, konnte Rocco nicht anders, als an Caite zu denken ... und zu hoffen, dass das, was die anderen Frauen ihr erzählten, sie nicht verschrecken würde.

»Hab keine Angst, um Hilfe zu bitten«, sagte Fiona. »Es ist wichtig, sich auf seine Freunde zu verlassen. Sie sind für dich da, wenn es darauf ankommt.«

»Ich weiß, du hast noch keine Kinder, aber glaub mir, es ist es nicht wert, sich beim jährlichen Ausverkauf mit den Massen in dem Supermarkt auf dem Stützpunkt herumzuschlagen, um ein paar Dollar für Babynahrung zu sparen«, informierte Jessyka sie. »Bestell die Sachen online, lass sie dir liefern und pfeif auf die Zusatzkosten.«

»Fahre auf dem Stützpunkt auf keinen Fall zu schnell«, warnte Cheyenne. »Obwohl es sich lohnen könnte, von deinem Mann dafür ›bestraft‹ zu werden, wenn du nach Hause kommst.«

Die anderen Frauen kicherten darüber.

Caite drehte sich der Kopf bei all den Ratschlägen, die sie in der letzten halben Stunde erhalten hatte. Jede einzelne der Frauen hatte sie herzlich willkommen geheißen und alle waren froh zu hören, dass ihre Beziehung mit Rocco gut lief. Sie hatten viele Ratschläge, nicht nur über das Zusammenleben mit einem Navy SEAL, sondern auch über das Leben im Allgemeinen.

»Lass dich nicht von irgendwelchen Arschlöchern unterkriegen«, sagte Caroline. »Ernsthaft, bevor ich Matthew kennengelernt habe, habe ich mich immer übergangen gefühlt. Ich bin nicht superschön oder dünn oder besonders gut in irgendetwas. Aber nachdem ich ihn getroffen und er mich wirklich gesehen hatte, ist mir klar geworden, dass es in Ordnung ist, nicht von jedem ›gesehen‹ zu werden. Ich kann mir vorstellen, dass berühmte Leute es wirklich satthaben müssen, ständig im Rampenlicht zu stehen. Ich bin vollkommen zufrieden damit, der Mittelpunkt von Matthews Welt zu sein. Da ist es mir egal, wenn andere Leute vergessen, mir die Tür aufzuhalten oder so.«

»Wie sieht er das?«, fragte Caite.

»Es kotzt ihn an«, antwortete Caroline sofort. »Aber das liegt nur daran, dass er sich nicht vorstellen kann, dass jemand anderes nicht sieht, wie schön und perfekt ich bin.« Sie kicherte. »Das bin ich definitiv nicht, aber ich werde Matthew niemals vom Gegenteil überzeugen können, und das ist in Ordnung.«

»Warum nennst du ihn Matthew, wenn alle anderen ihn Wolf nennen?«, fragte Caite.

Caroline zuckte die Achseln. »Wolf ist sein Spitzname. Der Name, den alle seine Freunde verwenden. Aber als wir uns kennengelernt haben, hat er sich als Matthew vorgestellt. Ich kann ihn mir wirklich nicht anders vorstellen. Nennst du Rocco bei seinem richtigen Namen?«

Caite schüttelte den Kopf. »Sollte ich?«

»Ich denke, wenn es ihm egal ist, dann kann es dir auch egal sein«, sagte Caroline zu ihr.

Jessyka beugte sich vor und sagte leise: »Wenn du seinen richtigen Namen allerdings in ... äh ... intimen Momenten verwendest, kann das den Augenblick wirklich persönlicher machen.«

Alle nickten mit dem Kopf und stimmten zu. Caite hatte an Rocco nicht mehr als Blake gedacht, seit sie ihn kennengelernt hatte, aber sie musste zugeben, dass es etwas Besonderes sein könnte, seinen Vornamen zu verwenden, wenn er tief in ihr steckte.

»Also, wie hat er seinen Spitznamen bekommen?«, fragte Alabama.

Caite hatte bemerkt, dass diese Frau ruhiger war als die anderen, aber sie mochte sie deswegen nicht weniger.

»Ja, wir machen uns schon seit einer Weile darüber Gedanken, aber ich vergesse immer wieder, Hunter zu fragen«, warf Fiona ein.

Caite zuckte mit den Schultern. »Ich habe ihn noch nicht gefragt.«

»Du hast noch nicht gefragt?«, platzte es aus Summer mit großen Augen heraus.

Da sie sich jetzt unwohl fühlte, antwortete Caite: »Sollte ich?«

»Nun, es ist eine große Sache für sie«, erklärte Caroline. »Ich meine, du hättest sehen sollen, wie lange wir versucht haben, den Grund für Bennys Spitznamen aus ihm herauszubekommen.«

»Benny ist nicht sein richtiger Name?«, fragte Caite.

Jessyka schüttelte den Kopf. »Nein, er heißt Kason.«

»Darf ich fragen?«, fragte Caite die andere Frau.

Sie grinste. »Ich denke, wir lassen dich ein bisschen schmoren, so wie wir es mussten«, sagte Jessyka mit einem Lächeln.

»Das heißt also, ich sollte Rocco fragen, woher er seinen Spitznamen hat, hm?«, fragte Caite in die Gruppe.

Alle nickten und bejahten ihre Frage.

»Und dann vergiss nicht, es uns zu erzählen«, bettelte Cheyenne. »Ich finde es so interessant, wie diese Spitznamen zustande kommen.«

»Das werde ich«, versprach Caite ihren neuen Freundinnen. Es fühlte sich gut an, Freundinnen zu haben. Menschen, die nett zu ihr waren, einfach weil sie sie mochten und nicht, weil sie es sein mussten oder weil sie mit ihnen zusammenarbeitete. »Danke, dass ihr mir eure Nummern gegeben habt. Es gibt mir ein besseres Gefühl zu wissen, dass ich jemanden zum Reden habe«, sagte sie.

»Und wir erwarten, dass du anrufst«, sagte Caroline.

»Die meisten anderen haben Kinder, also können sie sich nicht immer mit dir treffen oder was auch immer, aber ich kann. Ich werde wirklich sauer sein, wenn etwas passiert, während Rocco im Einsatz ist und du dich nicht bei mir meldest.«

Caite wusste, dass es ihr immer noch komisch vorkommen würde, die andere Frau anzurufen, aber sie sagte: »Das werde ich.«

»Wenn du zum Beispiel bei einem Raubüberfall angeschossen wirst und Rocco ist auf Mission, dann erwarte ich, dass du anrufst«, betonte Caroline.

Da Caite wusste, dass sie rot wurde, nickte sie nur.

Caroline trat näher und legte ihren Arm um Caites Schultern. »Ich weiß, dass du uns gerade erst kennengelernt hast, aber glaub mir, wenn ich dir sage, dass wir wissen, wie du dich fühlst. Wir sind alle durch die Hölle gegangen und führen jetzt ein gutes Leben. Egal was passiert, du kannst auf uns zählen, okay?«

Caite wollte fragen, was sie durchgemacht hatten, aber stattdessen nickte sie. Sie würde Rocco später fragen. »Okay.«

»Gut. Rocco kann den Blick nicht von dir lassen. Warum gehst du nicht wieder rüber und erlöst ihn von seinem Leid«, scherzte Caroline.

Caite drehte sich um und sah, dass Rocco tatsächlich in ihre Richtung schaute.

»Er ist ein guter Mann«, sagte Alabama.

»Ich weiß«, sagte Caite. »Nochmals vielen Dank für das Gespräch«, sagte sie zu allen.

»Vergiss nicht, uns über seinen Spitznamen zu erzählen«, rief Jessyka Caite hinterher, als sie über den Sand zurückging.

»Werde ich«, antwortete Caite und ging mit einem breiten Lächeln im Gesicht zurück zu Rocco.

Als sie näher kam, fragte Gumby: »Warum lächelst du so? Manchmal vertraue ich diesen Frauen nicht.«

Es war offensichtlich, dass er Witze machte, also nahm Caite es ihm nicht übel. Als sie sich näherte, streckte Rocco die Hand aus und zog sie auf seinen Schoß. Caite stieß einen überraschten Schrei aus und kicherte, als ihr klar wurde, dass sie nicht im Sand landen würde. »Ähm, wird dieser Stuhl uns beide aushalten?«, fragte sie, als sie ihre Arme um Roccos Hals legte.

»Keine Sorge. Ist da drüben alles gut gelaufen?«

Caite fühlte sich gut, als er sich erkundigte, ob es ihr gut ging, und nickte. »Großartig.«

»Gut.«

»Komm schon, Caite, worüber lächelst du so?«, fragte Gumby noch einmal.

»Die anderen haben mir gesagt, dass ich es versäumt habe, Rocco zu fragen, woher er seinen Spitznamen hat«, sagte sie zu Gumby, ohne den Blick von Rocco abzuwenden. »Wenn du darüber lieber nicht reden möchtest, ist das in Ordnung«, erklärte sie, als er nicht sofort anfing zu sprechen.

Ace brach in Gelächter aus. »Das ist etwas, an das er sich lieber nicht erinnern möchte.«

»Oh, tut mir leid«, entschuldigte sich Caite. »Ich wollte keine bösen Erinnerungen wachrufen.«

»Ja, wirklich böse«, scherzte Rex.

»Hört auf, Leute«, grummelte Rocco. »Keine Sorge,

Caite.« Er begegnete ihrem Blick und sagte: »Es ist nichts Sensibles, *ma petite fée*. Als wir das SEAL-Training absolvierten, fiel es mir schwer, die Klappe zu halten, wenn die Ausbilder uns durch den Fleischwolf gedreht haben. Ich wollte immer wissen, warum wir das tun mussten, was wir gerade taten, und ob es überhaupt einen Zweck erfüllte. Natürlich hatten viele der Dinge, die wir tun mussten, keinen anderen Zweck, als uns zu zermürben und sicherzugehen, dass wir Befehle befolgen können. Eine ihrer Lieblingsstrafen war es, Rekruten einen großen Stein herumtragen zu lassen. Ich hatte das Privileg, dieses verdammte Ding öfter tragen zu müssen als alle anderen, weil ich anscheinend zu vorlaut war.«

Bubba lachte und fuhr mit der Geschichte fort: »Ich schwöre bei Gott, dieser Stein war wie sein Baby. Er musste ihn überall hin mitnehmen.«

»Zum Mittagessen, Abendessen und sogar während des Trainings musste er das Ding herumschleppen«, ergänzte Rex und schloss sich der Geschichte an. »Er musste sogar ein paarmal damit in seiner Koje schlafen.«

»Die Ausbilder nannten ihn deshalb Rocco«, fügte Phantom hinzu. Dann ahmte er einen der Ausbilder nach: »Hey Rocco, how is your rock? Los, hol deinen Stein, Rocco. Hast du dem Ding schon einen Namen gegeben, Rocco?«

Alle lachten und Caite konnte nicht anders, als sich ihnen anzuschließen. »Hast du deine Lektion nicht gelernt und den Mund gehalten, nachdem du den Stein ein paarmal herumtragen musstest?«

»Nein«, antwortete Rocco. »Und ... ich habe das Ding noch.«

Ihr ging ein Licht auf. »Der Felsbrocken im Trainingsraum in deiner Wohnung? Das Ding musstest du schleppen? Der muss doch mindestens fünfzig Kilo wiegen«, rief Caite aus. Sie hatte den fraglichen Stein gesehen und dachte, er sei Dekoration oder so. Eine seltsame Dekoration, aber wer war sie schon, dass sie Roccos Geschmack infrage stellen würde?

Er lachte. »Nur etwa zwanzig Kilo oder so.«

»Ich kann nicht glauben, dass du ihn noch hast«, sagte Caite kopfschüttelnd.

»Nach seinem Abschluss haben unsere Ausbilder ihn feierlich an ihn überreicht und gesagt, dass jemand, der so stur ist wie er, es verdient hatte«, informierte Rex sie.

»Du bist ein Spinner«, sagte Caite zu Rocco.

»Ich bin dein Spinner«, korrigierte Rocco sie.

Sie lächelte und gab ihm einen schnellen Kuss auf die Lippen, während sie daran dachte, wie sehr den anderen Frauen diese Geschichte gefallen würde.

»Stillgestanden«, sagte Phantom leise, »Hauptmann Chambers und Konteradmiral Creasy an Deck.«

Caite war erschrocken, als alle sechs Männer aufstanden, einschließlich Rocco. Er stellte sie auf die Beine und salutierte den beiden sich nähernden Männern, ebenso wie seine Teamkameraden.

Sie war sich nicht sicher, was sie tun sollte, also stand sie einfach nur still da. Rocco und seine Freunde hatten niemandem mehr salutiert, seit sie eingetroffen waren. Sie wusste, dass ein Hauptmann und ein Konteradmiral über dem Rang der Kommandanten North und Hurt standen, aber sie war sich nicht sicher, wie hoch.

»Sirs«, sagten die sechs Männer praktisch gleichzeitig.

»Rühren Sie sich«, sagte der Schwarzhaarige, nachdem er den Salut erwidert hatte.

Der blonde Mann nickte der Gruppe zur Begrüßung zu.

»Genießen Sie Ihre Freizeit?«, fragte der erste Mann.

»Was gibt es nicht zu genießen?«, scherzte Gumby. »Sonne, surfen und wir müssen uns nicht im Dreck wälzen.«

»Stimmt, natürlich könnte ich Ihnen das jederzeit zum Spaß befehlen«, sagte der Offizier.

Alle lachten.

»Sirs, ich möchte Ihnen meine Freundin vorstellen. Das ist Caite McCallan. Caite, das sind Konteradmiral Creasy und Hauptmann Chambers. Sie sind für alle SEAL-Einheiten auf dem Stützpunkt verantwortlich.«

»Es ist nett, Sie kennenzulernen«, sagte Caite. Sie schüttelte dem Konteradmiral die Hand, dann die des Hauptmanns.

Letzterer lächelte knapp und ließ ihre Hand sinken. »Schön, Sie kennenzulernen«, sagte er leise. Er hatte dunkelblondes Haar und dunkelblaue Augen. Er war ziemlich braun und wirkte in der lockeren Runde entspannt. Aber trotz seines entspannten Auftretens war Caite nervös. Sie vermutete, dass es daran lag, dass er einen höheren Rang hatte als fast alle anderen. Caite dachte auch, dass sie seine Position nicht haben wollte, denn es war offensichtlich sehr stressig nach den Falten um seine Augen zu urteilen.

Als die Männer anfingen, über die bevorstehende Ausbildung und das Navy-Tagesgeschäft zu sprechen, blendete sie die Unterhaltung irgendwie aus. Sie starrte auf das Wasser, wo Kinder in der Brandung spielten, und beneidete sie darum, wie sorglos sie im Wasser zu sein schienen. Sie wünschte, sie hätte in ihrer Jugend schwimmen gelernt, so wie sie. Wenn ihre Eltern sie etwas früher für den Unterricht angemeldet hätten, hätte sie vielleicht nicht so viel Angst gehabt.

»Es macht dir nichts aus, oder?«, fragte Rocco und stupste sie sanft an.

Caite sah ihn ausdruckslos an. Sie hatte nicht gehört, was er gesagt hatte.

Er schenkte ihr ein kleines Grinsen. »Tut mir leid, aber ich vergesse oft, dass nicht jeder so interessiert am Navy-Geschäft ist wie wir. Der Konteradmiral muss kurz mit uns über die Arbeit sprechen. Es wird nicht sehr lange dauern, höchstens fünf oder zehn Minuten. Der Hauptmann sagte, er bleibt hier, um dir Gesellschaft zu leisten, während wir fachsimpeln.«

Sie wollte niemandem zur Last fallen und sagte: »Ich gehe einfach rüber und hänge mit Caroline und den anderen ab.«

»Sieht aus, als würden sie zusammenpacken«, stellte Rocco fest. »Ich kenne den Hauptmann schon lange, du bist bei ihm gut aufgehoben. Ich verspreche, es wird nicht lange dauern.« Er wartete nicht darauf, dass sie zustimmte, sondern küsste sie auf die Stirn und drückte ihren Arm. »Ich bin gleich wieder da«, versicherte er ihr.

Es war klar, dass Rocco und die anderen großen Respekt vor den beiden Offizieren hatten, die zu spät zur Party erschienen waren. Und obwohl sie während ihrer Zeit als Angestellte des Verteidigungsministeriums viel Zeit mit höherrangigen Offizieren verbracht hatte, schüchterte er sie ein. Sie beobachtete, wie Rocco sich ein Stück entfernte, damit sie mit dem Konteradmiral sprechen konnten, ohne belauscht zu werden.

»Sie sind eine schwer zu tötende Frau, Miss McCallan«, murmelte Hauptmann Chambers, sobald die Männer außer Hörweite waren.

Caite sah ihn verwirrt an. »Was?«

»Sie haben mich gehört«, sagte er, streckte die Hand aus und packte sie am Oberarm. Er zog sie dicht an seine Seite. »Wir werden einen Spaziergang machen und Sie werden den Mund halten und tun, was ich sage«, sagte Chambers.

Daraufhin sah Caite kurz zu Rocco, bevor sie sich wieder dem Hauptmann zuwandte. Sein Gesicht war ausdruckslos, aber sie konnte sehen, wie hasserfüllt sein Blick war. Sie hatte keine Ahnung, wie er es vorher hatte verbergen können.

Sie versuchte, ihren Arm aus seinem Griff zu reißen, und fühlte sofort, wie etwas Hartes gegen sie drückte. Sie sah nach unten und entdeckte schockiert den Lauf einer kleinen Pistole an ihrer Seite.

»Wenn du jetzt nicht sofort mitkommst, erschieße ich erst dich und dann eine dieser verdammten Gören, die hier herumlaufen, und dann erschieße ich deinen geliebten Navy-SEAL-Freund, wenn er kommt, um herauszufinden, was los ist. Kapiert?«

Caite begegnete dem Blick des Hauptmanns, als er ihren Arm so fest packte, dass sie blaue Flecke bekommen würde ...

Und plötzlich erinnerte sie sich an das, was die Bitoo-Brüder gesagt hatten.

. . .

»Woher bekommen wir eine Waffe?«

»Ich weiß nicht. Vielleicht kann Chambers uns helfen.«

»Dieses Arschloch ist auch Amerikaner. Er kümmert sich um nichts anderes als darum, diese Tafeln zu seinem Käufer zu bringen.«

Es bestand kein Zweifel, dass dies der Mann war, von dem die Brüder gesprochen hatten, der Mann, der ihren Tod wollte.

Caite warf einen weiteren Blick von dem kalten, tödlichen Blick des Mannes neben ihr hinüber zu Rocco. Er lachte über etwas, das jemand sagte, und der Ausdruck von Entspannung und Glück auf seinem Gesicht war herzzerreißend.

Er vertraute dem Hauptmann. Er hätte sie nie bei ihm gelassen, wenn er es nicht täte. Irgendwie war der Mann unter dem Radar geflogen.

»Du hast ein bisschen zu lange gebraucht, um zu erkennen, wer ich bin«, sagte Chambers mit einem seltsamen Grinsen. »Komm, wir gehen. Halte den Mund, dann wird niemand verletzt.«

Caite konnte nicht das Leben eines der kostbaren Kinder riskieren, die nur einen schönen Tag am Strand genossen. Und Roccos Leben konnte sie definitiv nicht riskieren.

Sie musste mitspielen und versuchen zu fliehen, wenn sie die Gelegenheit bekam. Und die Gelegenheit würde kommen. Sie waren an einem Strand randvoll mit

Navy SEALs. Sicherlich würde einer von ihnen bemerken, dass etwas nicht stimmte, und ihr zu Hilfe kommen.

Hauptmann Chambers führte sie den Strand entlang, weg vom Picknick und zu einem Steg, der ins Wasser ragte. Caite erwartete bei jedem Schritt, dass jemand rufen und fragen würde, wohin sie gingen. Aber als sie sich immer weiter von der Gruppe entfernten und niemand ein Wort sagte, begann sie zu glauben, dass dieser Mann vielleicht doch noch damit durchkommen würde, sie zu töten.

KAPITEL FÜNFZEHN

Sie waren ungefähr dreißig Meter gegangen, als Caite erkannte, dass sie die Sache selbst in die Hand nehmen musste. Wenn Hauptmann Chambers sie außer Sichtweite brachte oder mit ihr in seinem Wagen davonfuhr, war sie so gut wie tot. Der Mann hatte wochenlang versucht, sie zu töten. Sobald er die Chance bekäme, es ohne Zeugen zu tun, würde er nicht länger zögern.

Der Strand war hier schmaler und sie gingen fast im Wasser. Zu ihrer Linken waren hohes Gras, Unkraut und Felsen, zu ihrer Rechten das Meer und vor ihnen war der Steg.

Hauptmann Chambers sagte nichts, während sie den Strand hinuntergingen und sich von den anderen Gästen entfernten, die ihr helfen könnten. Caite hatte versucht, sich umzudrehen, aber er riss ihr so fest am Arm, dass ihr Tränen in den Augen standen.

Er murmelte leise über Geld, Schmuggel und wie viel Ärger Frauen machten.

Sie wusste, dass die Wahrscheinlichkeit, gerettet zu

werden, mit jedem Schritt sank, den sie sich weiter von Rocco, seinem Team und den anderen, die sich auf der Party amüsierten, entfernten. Caite traf eine Entscheidung.

In der Hoffnung, dass der Hauptmann sie nicht sofort erschießen würde, weil er versuchte, unter dem Radar zu bleiben, riss sie ihren Arm aus seinem Griff und warf sich so fest sie konnte zur Seite.

Sie landete auf ihren Knien im Wasser und eine Welle, die ausgerechnet in diesem Moment an Land spülte, spritzte ihr ins Gesicht.

Caite ignorierte die Tatsache, dass ihre Shorts durchnässt waren und ihre Flipflops gerade vom Wasser weggespült wurden. Sie stand schnell auf und wich vor dem wutentbrannten Mann zurück.

»Komm her, Caite«, befahl er und deutete auf den Sand vor sich.

Sie schüttelte den Kopf und trat einen weiteren Schritt zurück.

Chambers stapfte auf sie zu und blieb stehen, als Wasser vor seine Füße gespült wurde. »Ich warne dich«, sagte er und hob den Arm, um die Pistole auf sie zu richten.

Caite trat einen weiteren Schritt zurück und stolperte, als eine Welle ihre Waden traf.

Jemand rief etwas vom anderen Ende des Strandes, aber sie wagte es nicht, den Blick von dem Mann vor ihr abzuwenden. Sein Gesicht war wutverzerrt und er starrte sie an, als könnte allein die Kraft seines Blickes sie zwingen, sich seinem Willen zu beugen. Sie fragte sich, wie viele Leute es wagen würden, diesem Mann zu widersprechen.

»Ich wollte das leise und schmerzlos für dich machen«, sagte er zu ihr. »Aber du machst das unmöglich. Wenn du nicht innerhalb von zehn Sekunden hierherkommst, erschieße ich dich auf der Stelle. Und ich habe bessere Verbindungen, als du dir vorstellen kannst. Ich werde dafür sorgen, dass dein Freund einen schrecklichen Tod erleidet. Er hätte in Bahrain sterben sollen, aber du hast ihn gerettet. Willst du jetzt für sein Ableben verantwortlich sein?«

Caite schüttelte den Kopf und weigerte sich, seinem Wahnsinn nachzugeben. Sie hatte keine weiteren Rufe gehört, aber die Haare auf ihren Armen standen ihr zu Berge. Da Caite wusste, dass es nur einen Weg gab, diese Pattsituation zu beenden, machte sie einen weiteren Schritt zurück ins Wasser, dann einen weiteren und noch einen.

Das Wasser stand ihr jetzt bis zu den Oberschenkeln und jedes Mal, wenn eine Welle brach, stolperte sie nach vorn, bevor sie sich fangen konnte und weiterging.

»Was zum Teufel tust du? Komm hierher zurück«, rief Chambers verzweifelt. Er trat ins Wasser und machte ein paar Schritte auf sie zu.

»Stehen bleiben Chambers!«, ertönte eine Stimme links von Caite.

In der Sekunde, in der sich der Hauptmann umdrehte, um zu sehen, wer gesprochen hatte, nutzte Caite die Gelegenheit, etwas völlig Verrücktes zu tun, das sie hoffentlich aus der Situation befreite.

Sie drehte sich um und sprang kopfüber ins Meer.

Rocco hatte keine Ahnung, was ihn dazu gebracht hatte, den Kopf herumzudrehen und den Strand hinunterzuschauen, aber was er sah, überraschte ihn.

Hauptmann Chambers und Caite entfernten sich fast Arm in Arm von der Gruppe.

Er unterbrach den Konteradmiral mitten im Satz und fragte: »Wohin gehen sie?«

Fast synchron drehten sich die anderen sechs Männer um, um zu sehen, wovon er sprach.

»Vielleicht will der Hauptmann ihr unten am Steg etwas zeigen?«, überlegte Creasy gedankenverloren.

Rocco runzelte die Stirn. Etwas an der Art, wie sie gingen, schien ... nicht zu stimmen. Er versuchte noch, es einzuordnen, als Caite plötzlich ins Wasser auf die Knie fiel.

»Was zum Teufel?«, murmelte er und trat einen Schritt zurück. Dann sah er, wie Hauptmann Chambers den Arm hob.

»Heilige Scheiße«, fluchte Gumby und packte Rocco am Arm, bevor er den Strand hinuntersprinten konnte.

»Lass mich los«, knurrte Rocco und kämpfte gegen den Griff seines Freundes an.

»Wenn du so auf sie zuläufst, wird er sie ganz sicher erschießen«, zischte Ace und half Gumby, Rocco zurückzuhalten.

»Wir müssen sie umzingeln, damit er nicht entkommen kann«, sagte Phantom.

Rex drehte sich in die Richtung einiger anderer, die

gerade ihre Sachen zusammenpackten, und pfiff einmal lang und leise.

Sofort hob Wolf den Kopf und sein gesamtes Verhalten änderte sich, als er Rex' Handzeichen sah. Die sechs pensionierten SEALs ließen ihre Sachen fallen und bedeuteten ihren Frauen und Kindern, zum Parkplatz zu gehen, bevor sie so schnell sie konnten auf die Gruppe zukamen.

»Ich positioniere Wolf und sein Team hinter der Düne und schneide ihm auf der anderen Seite den Weg ab«, sagte Phantom, bevor er zu den anderen Männern lief.

Rocco wusste, dass Phantom sich mit dem anderen Team erfolgreich hinter den Hauptmann schleichen könnte, aber das war im Moment nicht seine Sorge. Einen Moment beobachtete er, wie Caite weiter ins Wasser ging, während Chambers etwas zu ihr sagte, dann rief er Phantom nach: »Sie kann nicht schwimmen.«

Er sah das Handzeichen seines Teamkameraden zur Bestätigung, bevor er Wolf abfing und ihn und die anderen ehemaligen SEALs in Richtung Parkplatz lenkte, damit sie sich an dem Hauptmann vorbeischleichen konnten. Cookie, einer der Männer aus Wolfs Team, blieb zurück und eilte zu Rocco und den anderen.

Rocco nickte dem Mann zu, bevor er die Aufmerksamkeit wieder Caite zuwandte. Sie stolperte und stürzte beinahe, als eine Welle gegen ihre Beine krachte. Rocco war wie gelähmt.

Er war mit dem schlimmstmöglichen Fall konfrontiert und konnte nichts tun. Er konnte keinen klaren Gedanken fassen, wie Caite gerettet werden sollte.

»Wenn wir ihn in die Enge treiben, wird er unter Druck geraten und schießen«, sagte Gumby leise. »Aus irgendeinem Grund hat er es noch nicht getan. Wir müssen das langsam und ruhig angehen.«

»Er wird sie töten«, sagte Rocco, während er langsam seine Füße zu bewegen begann und seinen Teamkameraden zu der Frau folgte, die er mehr liebte als sein eigenes Leben. Caite sah verängstigt aus, aber sie flippte nicht aus. Das war gut. Er war stolzer auf sie als je zuvor.

»Wenn das seine einzige Absicht wäre, hätte er das schon getan«, sagte der Konteradmiral.

Rocco war nicht überrascht, dass der Mann sich ihnen anschloss. Er war selbst einmal ein SEAL gewesen und er musste stinksauer sein, dass der Mann, über den sie gerade diskutiert hatten, der Mann, nach dem sie alle die letzten Wochen gesucht hatten, jemand aus seiner eigenen Einheit war.

»Wahrscheinlich hat er versucht, sie von der Party wegzubringen, damit niemand erfährt, dass er sie getötet hat.«

Rocco knurrte noch einmal. Das Geräusch vibrierte in seiner Brust, als er daran dachte, wie Chambers seine Frau erschießen würde. Creasys Worte gefielen ihm nicht, aber er wusste, dass er recht hatte.

Rocco behielt Chambers und Caite im Auge und ging schweigend neben seinen Waffenbrüdern. So plötzlich ihn seine Fähigkeit zu denken verlassen hatte, so plötzlich kehrte sie zurück, als er sah, wie Caite langsam rückwärtsging. Er wusste genau, was sie vorhatte. Und er hasste es. Er wollte sie anschreien, stehen zu bleiben und ihm zu vertrauen, dass er sich um Chambers kümmern würde, bevor er sie erschießen konnte, aber er war immer noch zu weit weg.

»Gumby und Cookie, ihr müsst Caite aus dem Wasser holen. Sie kann nicht schwimmen.«

»Verstanden«, sagte Gumby und bog nach rechts in Richtung Meer ab.

Cookie nahm sich die Zeit und legte Rocco die Hand auf die Schulter. »Wir schaffen das«, sagte er. »Ich gebe dir mein Wort als SEAL, dass wir sie in Sicherheit bringen.«

Nickend beobachtete Rocco, wie Cookie sein Hemd auszog und Gumby ins Wasser folgte.

Die fünf verbliebenen Männer gingen weiter auf Chambers zu, wobei sie außerhalb seines Sichtfeldes blieben. Sie näherten sich ihm von hinten und sprachen leise über Strategien, ihn auszuschalten, ohne Caite oder einen von sich zu gefährden, während Caite noch ein paar Schritte zurücktrat. Das Wasser stand ihr jetzt fast bis zu den Hüften und sie stolperte jedes Mal, wenn eine Welle sie traf.

Als würde Chambers erst jetzt bemerken, wie weit draußen sie bereits war, brüllte er etwas, das die Männer nicht hören konnten, und ging auf Caite zu.

»Stehen bleiben Chambers!«, rief Konteradmiral Creasy.

Der Hauptmann drehte sich um und sah die herannahenden Männer mit wuterfülltem Blick an.

Rocco sah, wie Caite sich umdrehte und kopfüber ins Meer sprang.

Er wollte ihr nachlaufen, wusste aber, dass sie Angst haben würde. Er musste seinen Teamkameraden vertrauen. Sie würden sie beschützen, bis er die Bedrohung ausgeschaltet hatte.

Chambers schrie vor Wut, dann drehte er sich um, drückte den Abzug seiner Pistole und schoss blindlings in die Wellen, in denen Caite verschwunden war.

»Du willst jemanden erschießen, dann erschieß mich«, brüllte Rocco und versuchte verzweifelt, den Mann zum Aufhören zu bewegen.

Abrupt drehte Chambers sich um und zielte mit der Pistole auf Rocco. »Das ist alles deine Schuld«, schrie er. »Wenn du in diesem verdammten Keller einfach gestorben wärst, wäre das nicht passiert.«

Rocco hob die Hände in die Luft und blieb etwa sechs Meter vor dem offensichtlich verwirrten Mann stehen. »Das kann alles geregelt werden, Herr Hauptmann. Legen Sie einfach die Waffe weg und dann können wir reden.«

Chambers lachte manisch. »Genau. Das kann nicht behoben werden. Mein Leben ist versaut, und das wissen wir beide.«

»Ich befehle Ihnen, die Waffe wegzulegen«, sagte der Konteradmiral.

»Fick dich«, schrie Chambers. »Fickt euch alle. Glaubt ihr, ich weiß nicht, dass diese Waffe das Einzige ist, was euch davon abhält, euch auf mich zu stürzen? In der Sekunde, in der ich sie weglege, werden alle verdammten SEALs ihr Ding machen und ich werde nie wieder das Licht der Welt erblicken.«

Der Mann lag falsch. Die Waffe war nicht der Grund, der die Männer zurückhielt, es war die Tatsache, dass sie Caite noch sehen konnten. Sie war immer noch zu nahe am Ufer und damit in Reichweite seiner Waffe. Kein SEAL hätte Angst davor, angeschossen zu werden. Ja, es tat höllisch weh, aber sie würden es in Kauf nehmen, um Chambers zu überrumpeln.

Wut kochte in Rocco hoch. Dieser Mann hatte versucht, Caite umbringen zu lassen. Nicht einmal, nicht zweimal, sondern dreimal.

Rocco kümmerte es nicht, dass er durch die Taten des Mannes fast selbst gestorben wäre. Das gehörte in seinem Beruf dazu. Aber die Vorstellung, dass er es auf eine Unschuldige abgesehen hatte, war inakzeptabel.

Er musste Chambers aufhalten. Er musste Caite Zeit geben, sich weiter zu entfernen, und Cookie und Gumby, zu ihr zu gelangen.

»Was dachten Sie, wie das hier ablaufen soll, Chambers?«, rief er. »Wollten Sie Caite einfach mitnehmen und dachten, niemand würde es bemerken? Ich habe sie bei Ihnen gelassen, Mann. Wen hätte ich sonst verdächtigen sollen?«

»Das hatte ich alles durchdacht«, schrie der Hauptmann zurück, gestikulierte mit der Waffe und schien immer verrückter zu werden. »Ich hätte gesagt, dass sie dachte, ein Kind allein auf dem Steg gesehen zu haben. Ich habe sie hierher begleitet und jemand hat uns überfallen. Er hat einen Schuss abgegeben, bevor ich etwas tun konnte. Das hätte funktioniert, verdammt. Aber diese dumme Schlampe hat sich entschieden, die Heldin zu spielen.«

Der Hauptmann wollte sich zum Wasser umdrehen, aber Rocco machte schnell ein paar Schritte auf ihn zu und fragte: »Und was dann? Die Kugel wäre zu Ihnen zurückverfolgt worden. Ich hätte gedacht, Sie sind schlauer als das.«

Rocco wusste, dass Ace und Bubba sich zu seiner Rechten absetzten. Rex und der Konteradmiral taten dasselbe zu seiner Linken. Sie hatten eine Reihe gebildet und könnten den Hauptmann überwältigen, genau wie er es befürchtet hatte. Rocco sah jetzt auch Wolf, Phantom, Abe, Mozart, Dude und Benny, die sich schnell und lautlos von hinten dem Hauptmann näherten.

Es war seine Aufgabe, die Aufmerksamkeit des Mannes auf ihn zu lenken und nicht auf Caite oder das, was hinter ihm geschah.

»Ich bin schlauer«, tobte Chambers. »Ich bin ein verdammtes Genie. Ich war es, der herausgefunden hat, dass in diesen dummen Artefakten viel Geld steckt. Ich habe Andy Edwards gefunden und ihn dazu gebracht, mir Informationen zu beschaffen. Niemanden interessiert, was im Irak vor sich geht. Die Regierung hat unser Land verdammt noch mal bombardiert. Warum sollte sie all diese Schätze behalten? Sie wird sie am Ende nur zerstören oder in die Luft jagen. Ich habe sie gerettet.«

»Gerettet?«, fragte Creasy ungläubig. »Sie haben sie an den Meistbietenden verkauft.«

»Genau. An Leute, die sie ins Museum bringen und die Dinge mit Respekt behandeln, was mehr ist, als die verdammten Taliban tun würden«, schrie Chambers. »Die Navy zahlt uns nur einen Hungerlohn. Warum sollten alle anderen von diesen verdammten Steintafeln profitieren und ich nicht? Ich habe mein ganzes Leben für dieses Land gegeben und werde nicht annähernd das bekommen, was ich verdiene, wenn ich in den Ruhestand gehe.«

»Was macht Sie besser als die Bitoo-Brüder?«, fragte Rocco, der keine Ahnung hatte, wer Andy Edwards war, aber er nahm sich vor, es so schnell wie möglich herauszufinden. »Was macht Sie besser als die Terroristen, die im Irak heilige Grabstätten und Museen plündern?«

»Ich bin besser als sie«, brüllte Chambers.

»Legen Sie die Waffe weg. Sofort, Chambers!«, befahl der Konteradmiral erneut. »Im Ernst, Isaac ... bis jetzt hast du niemanden verletzt. Wir können eine Lösung finden.«

Chambers lachte. Es war ein schrilles, wahnsinniges Geräusch, aber als er wieder sprach, waren seine Worte klar und deutlich. »Da ist nichts zu lösen. Ich bin erledigt. Wenn mich die Schläger im Gefängnis nicht töten, werden meine Kunden einen Weg finden, mich aus dem Weg zu schaffen. Ich musste nur dafür sorgen, dass sie ihren verdammten Mund hielt. Ich wusste, wenn sie plappern würde, wäre alles vorbei.«

»Es ist vorbei«, sagte Creasy. »Wir sind Freunde, Isaac. Lass mich dir helfen.«

»Du kannst mir nicht helfen«, sagte Chambers und seine Stimme war jetzt unheimlich leise. »Sag meiner Frau, dass es mir leidtut.«

Während Wolf und Phantom von hinten auf den Mann zusprangen, hob der Hauptmann die Waffe an seinen Kopf und drückte ab.

»Nein!« Der Konteradmiral sprang auf den Mann zu, mit dem er mehrere Jahre zusammengearbeitet hatte.

Innerhalb von Sekunden waren die SEALs neben

ihm und leisteten Erste Hilfe, aber Roccos Aufmerksamkeit galt nicht dem Mann, der zu leicht davongekommen war, sondern dem Meer. Er lief zu der Stelle, wo er Caite zuletzt gesehen hatte, und blinzelte, wobei er mit einer Hand seine Augen vor der Sonne schützte.

Aber alles, was er sehen konnte, war Wasser, und weit und breit keine Caite.

***

Caite hielt die Luft an und ihre Augen geschlossen, als sie sich ins Meer warf. Für eine Sekunde geriet sie in Panik, als sie nicht mehr wusste, wo oben und unten war, aber dann entspannte sie ihren Körper, so wie Rocco es ihr beigebracht hatte, und ließ sich an die Oberfläche treiben. Sie drehte sich auf den Rücken und versuchte, sich zu beruhigen.

Die Wellen trieben sie zurück zum Ufer, was der letzte Ort war, an den sie wollte. Sie war zuversichtlich, dass Rocco und sein Team Hauptmann Chambers ausschalten könnten, solange sie sich selbst aus der Gefahrenzone bringen konnte.

Caite trat mit den Füßen und bewegte die Hände hin und her, um durch das Wasser zu treiben. Eine Welle krachte über ihrem Kopf zusammen und sie schluckte Wasser, aber sie machte weiter, so gut sie konnte.

Als sie Schüsse hörte, bereitete sie sich auf den kommenden Schmerz vor, aber nichts passierte.

Es war ein Fehler, den Kopf zu heben und zum Ufer zurückzublicken, da sie sofort unterging. Spuckend und hustend zwang sie sich, sich wieder zu entspannen und den Kopf in den Nacken zu legen, um in den Himmel zu starren, während sie versuchte, sich durch das Wasser zu bewegen.

»Wenn das hier vorbei ist, werde ich darauf bestehen, dass Rocco mir richtig das Schwimmen beibringt«, sagte sie laut. Ihre Worte waren gedämpft und klangen seltsam in ihrem Kopf, aber irgendwie fühlte sie sich besser, wenn sie mit sich selbst redete.

»Ich bin mir sicher, dass ich wie ein gestrandeter Wal aussehe, aber das ist mir egal. Gott sei Dank hilft das Salzwasser dabei, mich oben zu halten, denn das hier ist viel schwieriger als in der ruhigen Bucht, in die Rocco mich mitgenommen hat.«

Sie hustete, als sie wieder Wasser in den Mund bekam, und entschied, dass es vielleicht besser wäre, sich darauf zu konzentrieren, vom Strand wegzukommen, anstatt zu reden. Es fühlte sich an, als würde sie sich seltsam wellenförmig bewegen, aber ein Blick nach unten bestätigte ihr, dass sie tatsächlich in die richtige Richtung trieb.

Caite hörte schließlich auf, mit den Händen zu paddeln und mit den Füßen zu treten. Sie wollte nicht bis nach Hawaii schwimmen, sie musste nur weit genug wegkommen, um aus der Schusslinie zu sein. Sie blieb still liegen und starrte weiter nach oben. Alles schien ruhig und friedlich draußen auf dem Meer. Sie wollte sich aufrichten und versuchen, auf der Stelle im Wasser zu treten, um sehen zu können, was vor sich ging, aber sie wusste nicht wie und sie wollte nicht untergehen.

Caite hatte keine Ahnung, wie lange sie so auf dem

Rücken getrieben war, aber als sie spürte, wie etwas sie berührte, geriet sie in Panik.

Um sich schlagend, als hinge ihr Leben davon ab, ging Caites Kopf wieder unter und sie schluckte eine Menge Salzwasser, bevor ihr Kopf über Wasser gedrückt und ein Arm fest um ihre Taille gelegt wurde.

»Ganz ruhig, Caite, ich habe dich.«

Überrascht von der tiefen Stimme direkt neben ihr drehte Caite sich um und sah Gumby. Sie hustete und würgte immer noch das Wasser heraus, das sie geschluckt hatte, und schaffte es zu sagen: »Was für ein Zufall, dich hier draußen anzutreffen.«

Er verzog das Gesicht und bekam Lachfalten um die Augen, als er sie anlächelte. »Bist du okay?«

Caite begann zu nicken, als sie etwas an ihrer anderen Seite spürte. Sie schrie und warf ihre Arme um Gumby, aus Angst, von einem Hai gefressen zu werden.

Bei dem Geräusch eines Lachens zu ihrer Rechten öffnete sie die Augen und starrte den anderen Mann böse an. Cookie, wenn sie sich richtig erinnerte.

»Entschuldige«, sagte er, »ich wollte dich nicht erschrecken. Normalerweise freuen sich Frauen, mich zu sehen, wenn ich mitten im Meer neben ihnen auftauche.«

»Machst du das oft?«, fragte Caite bissig.

»Öfter, als du dir vorstellen kannst«, antwortete Cookie.

»Bist du verletzt?«, fragte Gumby und lenkte ihre Aufmerksamkeit wieder auf sich. »Wurdest du angeschossen?«

Caite schüttelte den Kopf. »Nein, mir geht es gut.«

Während sie sprach, bekam sie wieder Wasser in den Mund und sie hustete noch mehr.

»Warum lehnst du dich nicht wieder zurück«, schlug Gumby vor. »Cookie und ich sind bei dir und sorgen dafür, dass du sicher wieder an Land kommst.«

»Noch nicht«, jammerte Caite. »Es ist nicht sicher.«

»Rocco und die anderen haben die Situation unter Kontrolle«, sagte Gumby zu ihr. »Er hat behauptet, du könntest nicht schwimmen, aber ich würde sagen, er hat sich geirrt. Du hast genau das Richtige getan.«

Sein Lob trug dazu bei, dass Caite sich mit ihrer vorschnellen Entscheidung, ins Meer zu tauchen, etwas besser fühlte. »Sie werden ihn nicht entkommen lassen, oder?«, fragte sie. »Er ist derjenige, der versucht hat, mich zu töten.«

»Er wird nicht entkommen«, sagte Cookie und Caite sah ihn noch einmal an. »Du kannst uns vertrauen. Wir bringen dich sicher und gesund zu Rocco zurück.«

»Lehn dich zurück und entspann dich«, drängte Gumby und löste ihre Hände von seinem Hals. »So ist es gut.«

Caite zwang sich, Gumby loszulassen, blieb aber angespannt, bis sie sowohl Cookies als auch Gumbys Hände unter ihrem Rücken spürte. Sie halfen ihr dabei, über Wasser zu bleiben, sogar während sie selbst schwammen. Sie sah, dass sie parallel zum Ufer schwammen und nicht direkt darauf zu, und das war in Ordnung für sie. Sie machte sich Sorgen um Rocco, wusste aber tief in ihrem Inneren, dass Hauptmann Chambers ihm und seinem Team nicht gewachsen war.

Da fiel ihr etwas ein. »Ich dachte, ihr wolltet gerade gehen«, sagte sie und warf Cookie einen Blick zu.

»Wollten wir auch, aber dann hat Wolf Rex pfeifen gehört und gesehen, wie er das Handzeichen für Hilfe gegeben hat.«

»Oh.« Danach hatte sie wirklich nicht mehr viel zu sagen. Sie wollte wissen, was passierte und wo Rocco war, aber sie wollte sich auch nicht wie ein kleines bedürftiges Mädchen in Not aufführen. Sie war dem Hauptmann ganz allein entkommen, vielen Dank, jetzt war nicht die Zeit dafür, die Nerven zu verlieren.

»Ich denke, damit sind wir quitt«, sagte sie zu Gumby, als sie mit ihr durch die Wellen schwammen.

»Was war das?«, fragte er.

»Wir sind quitt. Ich habe dich gerettet und du hast mich gerettet.«

Er grinste. »Ich denke, das bedeutet, dass wir unsere Kinder nacheinander benennen müssen.«

»Ich werde keines meiner Kinder Gumby nennen.«

»Decker.«

»Was?«

»Mein Name ist Decker.«

Caite drehte leicht den Kopf, damit sie ihn sehen konnte. »Ach ja, das hast du mir damals in dem Aufzug in Bahrain erzählt.«

»Richtig.«

»Gefällt mir.«

Er grinste wieder.

»Okay, abgemacht.«

»Hey, was ist mit mir?«, neckte Cookie von ihrer anderen Seite. »Ich habe auch dein Leben gerettet.«

»Gut, wie heißt du, ich meine mit richtigem Namen?«, fragte Caite.

»Hunter.«

»Großer Gott«, grübelte Caite. »Hunter und Decker, das werden wohl die abgefahrensten kleinen Burschen werden. Die Mädchen in der Schule werden sich beim Vorbeigehen voller Anbetung vor ihnen verbeugen müssen.«

Darüber lachten beide Männer.

Caite wurde wieder nüchtern. Sie vertraute darauf, dass die Männer sie über Wasser hielten, und griff nach oben, um die Schultern beider Männer zu berühren. »Danke.«

Als könnten sie sich telepathisch verständigen, hielten sowohl Cookie als auch Gumby inne und traten auf der Stelle im Wasser. Sie halfen ihr, sich aufzurichten, und hielten sie beide an den Armen fest, damit sie nicht unterging.

»Du musst dich nicht bedanken«, sagte Gumby und verlor den Humor, den er gerade noch in seiner Stimme gehabt hatte.

»Doch, das tue ich«, argumentierte Caite. »Als ich ins Wasser gesprungen bin, habe ich mir eine fünfzigprozentige Chance gegeben, hier lebend wieder herauszukommen. Ich meine, Rocco hat mir gezeigt, wie ich mich über Wasser halten kann, aber das war in einer ruhigen Bucht ohne Wellen ... und ohne durchgedrehte Männer, die auf mich schießen. Ich wusste nur, dass ich mich von ihm nicht außer Sichtweite der anderen Partygästen bringen lassen durfte. Wenn er das geschafft hätte, hätte er mich sicher getötet. Das Meer war mein einziger Ausweg.«

»Schön und schlau«, überlegte Cookie.

»Caite, hör mir zu. Du bist vielleicht mit Rocco zusammen, aber du gehörst zu uns. Zu Ace, Bubba, Rex, Phantom und mir ... zu uns allen. So wie die Frau, die ich vielleicht finden werde, und Ace' Frau und so weiter. Wenn Rocco dich verlieren würde, würden wir alle leiden. Ich mag dich vielleicht nicht auf dieselbe Weise lieben wie er, aber ich liebe dich verdammt noch mal ... wenn das Sinn macht.«

Caite konnte ihn nur überrascht anstarren.

»Du hast heute meine Frau kennengelernt und gesehen, wie nahe wir uns im Team stehen. Jeder von uns würde alles tun, um die Frauen und Kinder des anderen zu schützen. Fiona und ich haben vielleicht keine eigenen Kinder, aber du kannst darauf wetten, dass ich für die Kinder von Alabama, Jess oder Cheyenne sterben würde. Und Caite ... wenn ein SEAL entscheidet, dass eine Frau die Richtige für ihn ist, dann ist sie es. Punkt. Sei dir also sicher, wenn du dich auf Rocco einlässt. Du könntest ihn schlimmer verletzen, als eine Kugel es jemals könnte.«

Caite schluckte schwer. Sie wollte Rocco nicht wehtun, aber von seinen Freunden zu hören, wie viel sie ihnen bedeutete, bedeutete ihr mehr als alles, was sie je in ihrem Leben gehört hatte.

Sie öffnete den Mund, um etwas zu sagen, aber in diesem Moment ertönte ein einzelner Schuss am Strand.

Cookie und Gumby handelten sofort. Sie legten sie auf den Rücken und schwammen mit ihr davon, so schnell es ging.

Caite wollte fragen, was los war, ob Rocco angeschossen wurde oder ob Hauptmann Chambers immer noch in ihre Richtung schoss ... aber alles, was sie tun konnte, war durchzuhalten, während sie sich viel schneller durch das Wasser bewegte, als sie es jemals alleine hätte tun können.

Caite schloss die Augen und vertraute den beiden Männern an ihrer Seite. Sie würden sie zu Rocco bringen. Daran hatte sie keinen Zweifel.

KAPITEL SECHZEHN

Rocco starrte frustriert und ängstlich auf die Wellen. Er sah nur Schaumkronen. Gerade als er sein Hemd ausziehen wollte, um sich auf die Suche nach Caite zu machen, hörte er Ace sagen: »Zwei Uhr.«

Rocco wandte sich nach rechts und sah drei Gestalten aus der Brandung auftauchen.

Rocco lief los und ignorierte die Rufe der örtlichen Polizei, die gerade eingetroffen war. Da Rocco wusste, dass sein Team hinter ihm stehen würde, ganz zu schweigen vom Wort eines Konteradmirals, lief Rocco weiter auf Cookie, Caite und Gumby zu und bemühte sich, in der starken Brandung auf den Beinen zu bleiben.

Rocco watete durchs Wasser in ihre Richtung. Sobald er konnte, packte Rocco Caite und hob sie in seine Arme. Als Rocco spürte, wie Cookie und Gumby ihn auf beiden Seiten festhielten, vergrub er seine Nase in Caites Haaren und drückte sie so fest wie möglich an sich.

Keiner sagte ein Wort, er hielt sie einfach fest,

während er sie zum Strand brachte. Dort angekommen wollte Rocco sie nicht mehr loslassen. Er sank auf die Knie und brachte kein Wort heraus. Er war von der Erleichterung überwältigt, dass sie am Leben und wohlauf in seinen Armen war.

Da kam ihm ein Gedanke und er zog sich zurück. »Wurdest du angeschossen, *ma petite fée*?«

Caite schüttelte sofort den Kopf.

»Gott sei Dank«, stöhnte Rocco und stieß dann den Atem aus.

»Bist du in Ordnung? Wir haben einen Schuss gehört«, sagte sie und legte eine Hand auf sein Gesicht.

»Es geht mir gut. Uns allen geht es gut.«

»Wer wurde dann erschossen?«

Rocco tauschte einen Blick mit Gumby aus und wandte sich dann wieder Caite zu. »Chambers.«

Sie starrte ihn an. »Hast du ihn erschossen? Wirst du verhaftet werden?«

Rocco schüttelte den Kopf. »Nein, *ma petite fée*. Er hat sich selbst erschossen. Keiner von uns war bewaffnet.«

Anstatt schockiert zu sein, als sie von Chambers' Tod hörte, konzentrierte sie sich auf das andere, was er gesagt hatte. »Du warst nicht bewaffnet? Wie wolltest du ihn dann überwältigen? Er hatte eine Waffe. Er hätte dich erschießen können. Er sagte, er würde dich oder eines der Kinder töten, wenn ich schreie.«

»Ich bin ein SEAL. Wir alle sind SEALs«, antwortet Rocco nüchtern. »Wir brauchen keine Waffen, weil wir selbst Waffen sind, Caite.«

Sie verdrehte die Augen und Rocco war sehr erleichtert, dass sie so ruhig war. »Rette sich, wer kann, vor den Navy-Machos.«

»Sie hat viel Wasser geschluckt«, sagte Gumby von oben. »Sie wird wahrscheinlich dehydriert sein.«

»Mir geht es gut«, murmelte Caite, als sie ihr Gesicht wieder an Roccos Hals vergrub.

»Helft mir auf«, sagte Rocco und stand mit einem kleinen Schubser seiner Freunde auf.

Rocco hielt Caite immer noch fest, als wäre sie aus Glas, obwohl er aus Erfahrung wusste, dass sie einen Kern aus Stahl hatte. Er trug sie den Strand hinunter zu der Stelle, an der sie ihre Stühle zurückgelassen hatten. Er wusste, dass sie mit der Polizei sprechen und noch eine Weile hierbleiben mussten, aber er musste sichergehen, dass es Caite gut ging. Sie kam an erster Stelle, immer.

Caite wunderte sich nicht, dass Rocco sich weigerte, ihr von der Seite zu weichen. Sie nahm an, dass er mit den Navy-Wichtigtuern reden musste, die wie eine Heuschreckenplage über den kleinen Strand hergefallen waren. Und nicht nur mit ihnen, sondern auch mit den Ermittlern der Navy und der örtlichen Polizei, die ebenfalls aufgetaucht waren. Innerhalb von dreißig Minuten befanden sich mehr Polizisten am Strand als Partygäste.

Caroline und der Rest der Frauen hatten der Polizei gegenüber bereits ihre Aussagen darüber gemacht, was sie von ihrem Standpunkt aus gesehen hatten, und waren von ihren Männern nach Hause geschickt worden. Auch die anderen Gäste waren befragt und anschließend gebeten worden zu gehen.

Caite war die einzige Frau am Strand, abgesehen von den Polizistinnen. Sie zitterte, sowohl weil ihr kalt war als auch als Reaktion auf das, was sie durchgemacht hatte. Jetzt, wo sie Zeit hatte, wirklich darüber nachzudenken, wurde ihr klar, wie viel Glück sie gehabt hatte.

»Es ist alles in Ordnung, *ma petite fée*«, sagte Rocco leise. Sie waren beide mehrmals vom NCIS und der örtlichen Polizei vernommen worden. Es war ein Glücksfall, dass Konteradmiral Creasy anwesend war. Er hatte die Leitung übernommen und fast jeder schien ihm nachzugeben.

»Nur noch ein paar Minuten und dann können wir gehen«, sagte Rocco zu ihr.

Sie nickte.

»Caite?«

»Ja«, sagte sie und sah zu ihm auf.

»Was du getan hast, war unglaublich dumm, das weißt du, oder?«, stellte Rocco fest.

Sie spürte sofort, wie sich ihre Nackenhaare aufrichteten. Sie hatte das Einzige getan, was sie hatte tun können. Im Gegensatz zu Rocco und dem Rest der Männer war sie keine lebendige Waffe.

Sie hatte kürzlich im Internet ein Video gesehen, in dem ein Navy SEAL den Nahkampf mit einem Messer demonstrierte. Die Kamera schwenkte von dem heißen SEAL weg zu dem Angreifer mit dem Messer, und als sie zurück auf den SEAL schwenkte, war nur noch der

Rücken des Mannes zu sehen, als er, so schnell er konnte, vor dem Kampf davonlief.

Das war ihr einziger Ausweg gewesen. Sie hätte es nicht gegen den Hauptmann aufnehmen können. Er war größer, gemeiner und viel verzweifelter als sie.

Roccos Worte taten weh und sie versuchte, sich von ihm zu lösen, obwohl ihr noch kalt war. Aber er ließ nicht locker.

Caite öffnete den Mund, um sich zu verteidigen, aber er sprach, bevor sie es konnte.

»Es war auch das Mutigste, was ich je in meinem Leben gesehen habe ... und ich habe unglaublich viel mutige Scheiße gesehen. Ich bin so stolz auf dich, *ma petite fée*. Du hast das einzig Richtige getan, um dafür zu sorgen, dass weder du noch einer von uns verletzt wurde. Du hast dich selbst aus der Schusslinie gebracht.«

Tränen liefen ihr über die Wangen. »Hat er gesagt, warum er es getan hat?«, fragte sie zwischen Schluchzern.

»Nichts, was Sinn machen würde«, antwortete Rocco. »Ich bin sicher, die Mitarbeiter des NCIS werden noch mehr herausfinden, sobald sie sich mit seiner finanziellen Situation befassen. Er hat über Geld und Ruhestand geplappert und einen Typen namens Andy Edwards. Unterm Strich ist mir das aber scheißegal. Er hat die Navy und die SEALs entehrt. Und nicht nur das, er hat auch versucht, dich zu töten, mehrmals sogar. Ich hoffe, er schmort in der Hölle.«

Caite konnte sich ein Grinsen nicht verkneifen. Ihr Mann war blutrünstig, aber es gefiel ihr. Aber dann bemerkte sie etwas anderes. »Unteroffizier Edwards?«, fragte sie.

Rocco verengte die Augen. »Ich weiß es nicht genau. Wer ist Unteroffizier Edwards?«

»Er arbeitet in der IT-Abteilung in Bahrain. Immer wenn wir Computerprobleme hatten, hat er uns geholfen. Er ist ziemlich ruhig. Ich hatte den Eindruck, dass er am glücklichsten war, wenn er in der Kaserne Videospiele mit seinen Kumpels spielen konnte. Aber er war immer sehr nett zu mir.«

»Scheiße«, sagte Rocco kopfschüttelnd.

»Was? Steckt er auch mit drin?«, fragte Caite stirnrunzelnd.

»Sieht so aus«, sagte Rocco. »Ich werde es Creasy und Kommandant Horner wissen lassen. Aber es macht Sinn. Das ist wahrscheinlich der Grund, warum die Fingerabdrücke von dem jungen Mann, der versucht hat, uns zu überfallen, nicht gefunden wurden.«

Caite drehte sich in seinen Armen um und legte ihre eigenen um seine Taille. Rocco sah sauer aus. »Ist es vorbei?«, fragte sie.

»Ja, du bist in Sicherheit, Caite.«

Rocco senkte den Kopf und fuhr mit der Hand über ihr Haar. Es war jetzt größtenteils trocken und ragte wahrscheinlich in eine Million verschiedene Richtungen, aber Caite kümmerte sich im Moment nicht um ihre Haare.

»Ich liebe dich, Blake Wise.«

Sie sah, wie die Wut aus seinen Augen wich und durch Zärtlichkeit ersetzt wurde. »Ja?«, fragte er.

Lächelnd nickte Caite.

»Das ist gut, denn ich liebe dich auch, *ma petite fée.* Das wird es dir leichter machen, wenn du bei mir einziehst.«

Sie kicherte. »Würdest du mich trotzdem einziehen lassen, selbst wenn ich dich nicht liebe?«

»Sehr richtig. Ich dachte mir, wenn ich dir genügend Zeit gebe, könntest du mir nicht widerstehen.«

Kopfschüttelnd lächelte Caite ihn an. »Wenn du dich nicht benimmst, kann ich dir dann befehlen, diesen Stein zur Bestrafung durch die Wohnung zu tragen?«

Sein Gesicht hellte sich auf und er lächelte. »Du könntest mir befehlen, so ziemlich alles zu tun, und ich würde Himmel und Hölle in Bewegung setzen, um dafür zu sorgen, dass es passiert.«

Seine Worte ließen ihr Herz dahinschmelzen. »Danke, dass du Gumby und Cookie losgeschickt hast, um mich aus dem Wasser zu holen.«

»Ich wäre selbst gegangen, aber ich musste mich um Chambers kümmern. Ich musste dafür sorgen, dass er dich nie wieder terrorisieren kann.«

»Ich weiß.« Sie war nicht verärgert, dass es nicht Rocco gewesen war, der sie aus dem Meer gefischt hatte. Er hatte Männer geschickt, denen er vertraute, und war zurückgeblieben, um die Bedrohung auszuschalten. Sie wusste, dass er alles getan hätte, damit sie in Sicherheit war.

»Ich liebe dich, Caite. Ich weiß nicht, was ich in meinem Leben ohne dich tun würde«, sagte Rocco ernst.

»Gut, dass du es nie herausfinden wirst«, gab Caite zurück.

Er drückte sie an sich und Caite hatte sich noch nie so sicher gefühlt. Die Art und Weise, wie sie sich in Roccos Armen fühlte, war so anders als bei jedem anderen Mann, mit dem sie je zusammen gewesen war. Es war, als wären seine Arme kugelsichere Schilde, die sicherstellten, dass ihr nichts Schmerzen zufügen könnte. Sie wusste, dass es eine Fantasie war und dass sie in Zukunft auch streiten würden – sie war zu unabhängig und er war zu herrisch, um das auszuschließen –, aber sie wusste zweifelsohne, dass sie sich am Ende eines jeden Tages tief in seine Arme kuscheln würde, genau wie sie es jetzt tat.

***

»Wie ist dein neuer Job?«, fragte Gumby und lehnte sich gegen ihren Schreibtisch. Er grinste, als Caite ihn anstarrte und mit ihren Händen wedelte, um ihn abzuwimmeln.

»Er ist in Ordnung, abgesehen davon, dass alle fünf Minuten einer von euch vorbeikommt, um nach mir zu sehen. Mein Chef wird denken, dass ich nur hier bin, um zu quatschen, anstatt zu arbeiten«, protestierte Caite.

»Niemals«, beruhigte Gumby sie. »Er weiß, dass er sich glücklich schätzen kann, dich eingestellt zu haben.«

Caite verdrehte die Augen. »Als hätte er eine Wahl gehabt. Nachdem Slade und Konteradmiral Creasy mich empfohlen hatten, blieb ihm nichts anderes übrig, als mich einzustellen.«

»Falsch«, erwiderte Gumby. »Deine bisherige Arbeit hat für sich selbst gesprochen. Nur weil dieses Arschloch in Bahrain nicht sehen wollte, was für eine großartige Mitarbeiterin du bist, heißt das nicht, dass andere es nicht tun. Außerdem war es ausschlaggebend, dass du Französisch sprichst. Du weißt, wie dringend sie jemanden gebraucht haben, um Hunderte Stunden von Aufnahmen zu transkribieren. Du bist ein Glücksfall für die Ermittler des NCIS.«

Caite nickte. »Ich schätze, das ist es, was dabei rauskommt, wenn ich mich über Langeweile beschwere, oder?«, scherzte sie.

Gumby lachte. Er wusste genau, wie gelangweilt Caite gewesen sein musste. Rocco hatte ihnen erzählt, dass sie seine Wohnung mehrmals von Grund auf gereinigt hatte.

Von den Geschehnissen am Strand hatte sie sich gut erholt, obwohl die Nachwirkungen von Hauptmann Chambers' Betrugsmasche weiterhin die gesamte Navy beschäftigten. Er hatte zu viele gute Männer in seine Pläne hineingezogen, darunter Andy Edwards, den Maulwurf, nach dem Kommandant Horner in Bahrain gesucht hatte. Wegen der Rolle, die er in Manama gespielt hatte, und weil er sich in den FBI-Computer gehackt hatte, um die Fingerabdrücke von Carter Richards zu löschen, war er in Gewahrsam genommen worden.

Gumby freute sich für Rocco. Es war offensichtlich, dass er und Caite füreinander bestimmt waren. Er war nicht eifersüchtig, nicht wirklich ... aber zu sehen, wie glücklich sein Freund war, spornte ihn weiter an, seine eigene Seelenverwandte zu finden.

»Ich wollte nur vorbeischauen und mich vergewissern, dass es dir gut geht«, sagte Gumby zu Caite.

»Mir geht es gut«, beruhigte sie ihn. »Rocco holt mich später ab und wir gehen aus, um zu feiern.«

»Denk daran, dass du deinen Erstgeborenen nach mir benennen wolltest«, neckte Gumby.

Caite spottete: »Warum denken Männer automatisch an Sex, wenn die Rede von Feiern ist?«

»Willst du leugnen, dass das heute Abend passieren wird?«, fragte Gumby grinsend.

Caite lachte und hob die Hände. »Also gut, du hast gewonnen. Wir werden heute Abend heißen Affensex haben, aber erst nachdem Rocco mich zu einem schönen, schicken Abendessen eingeladen hat.«

Gumby gefiel es, dass Caite ihn fast wie einen nervenden Bruder behandelte. Er hatte selbst einen älteren Bruder, aber keine Schwester, die er hätte ärgern können. »Ich wusste es.«

»Wie auch immer«, sagte Caite. »Jetzt verschwinde, ich habe Arbeit zu erledigen.«

»Jawohl, Ma'am«, erwiderte Gumby und salutierte. Sobald er außer Hörweite war, holte er sein Handy aus der Tasche und rief Rocco an. »Es geht ihr gut«, sagte er zu seinem Freund.

Rocco seufzte erleichtert. »Das hatte ich gehofft, aber ich weiß es zu schätzen, dass du trotzdem nach ihr gesehen hast.«

»Gern geschehen.«

»Bist du schon losgefahren?«

»Ja, zum Mittagessen fahre ich nach Hause und danach treffen wir uns im Büro für die Mission nächste Woche.«

»Hört sich gut an. Fahr vorsichtig«, sagte Rocco zu ihm.

»Immer. Bis später.«

»Tschüss.«

Gumby legte auf und ging zu seinem Pritschenwagen. Weil er in Texas aufgewachsen war, war es für ihn undenkbar, einen kleineren Wagen zu fahren. Er bog vom NCIS-Parkplatz und fuhr nach Hause. Er hatte das kleine Strandhaus zum Schnäppchenpreis erworben, als den Vorbesitzern die Hypothek gekündigt worden war. Er musste noch eine Menge Arbeit hineinstecken, aber das würde er nach und nach in seiner Freizeit tun.

Er war ein paar Straßen von zu Hause entfernt, als etwas am Straßenrand seine Aufmerksamkeit erregte. Gumby hielt an, bevor er überhaupt darüber nachgedacht hatte. Er sprang aus dem Wagen und lief auf den Mann und die Frau zu, die sich im Vorgarten eines baufälligen Hauses einen Kampf lieferten.

Die Frau war zierlich und der Mann mindestens dreißig Zentimeter größer und wesentlich kräftiger. Aber erstaunlicherweise hielt sie ihm stand.

»Aufhören!«, schrie Gumby, als er näher kam.

Der Mann sah überrascht auf und fluchte, bevor er sich umdrehte und davonlief.

Gumby wollte ihm gerade folgen, um dafür zu sorgen, dass der Schweinehund dafür zur Rechenschaft gezogen wurde, eine Frau geschlagen zu haben, als die fragliche Frau seinen Arm packte und eindringlich sagte: »Hilf mir.«

Gumby war in Erster Hilfe ausgebildet, da er und der Rest des Teams jederzeit bereit sein mussten, lebensrettende Maßnahmen zu ergreifen. Er drehte sich um, bereit, eine Blutung zu stoppen oder sich einen Knochenbruch anzusehen, aber was er sah, schockierte ihn viel mehr.

Die Frau hatte seinen Arm losgelassen und kniete neben einem schwer verletzten Hund auf dem Boden. Es war ein kleiner Pitbull, der vor Angst abwechselnd knurrte und wimmerte und sich vor seinem Retter wegduckte.

»Ich bin mir nicht sicher, ob du ihm so nahekommen solltest«, sagte Gumby leise und versuchte, das verletzte Tier nicht noch mehr zu provozieren, als es ohnehin schon war.

»Warum nicht?«, fragte die Frau und drehte sich um, um ihn anzusehen. Ihre Lippe blutete und ihr Hemd war zerrissen und hing lose von einer ihrer Schultern. Gumby konnte ihren rosa BH-Träger auf ihrer fast gleichfarbigen Haut sehen. Sie hatte sogar ein blaues Auge, aber sie schien ihre eigenen Verletzungen nicht zu bemerken.

»Weil er dich beißen könnte. Er ist verletzt. Wer war dieser Typ? Ich muss die Polizei rufen.«

»Nein. Keine Polizei«, sagte die Frau und sah zum ersten Mal nervös aus. »Ich brauche nur Hilfe, um sie in meinen Wagen zu bringen.«

Gumby runzelte die Stirn. »Kennst du den Typen, der dich geschlagen hat?«

»Nein«, sagte sie ein wenig zu schnell und Gumbys Alarmglocken schrillten.

»Was ist hier los?«

Seufzend setzte sich die Frau auf ihre Fersen und sah

zu ihm auf. »Wirst du mir helfen, wenn ich es dir erzähle?«

»Ja.«

»In Ordnung, dieser Typ besorgt sich immer Pitbulls, die andere Leute in den sozialen Medien oder sonst wo im Internet verschenken. Ich habe seine Adresse herausgefunden, die er dummerweise in einer Facebook-Gruppe gepostet hat, als jemand versucht hat, einen Hund loszuwerden. Er hat diese Schönheit seit mindestens einer Woche in seinem Garten. Soweit ich es beurteilen kann, hat er sie weder gefüttert noch ihr Wasser gegeben. Als ich ihn heute Morgen beobachtet habe, hat er ihr etwas über den Rücken gegossen. Guck! Was auch immer es war, es hat sie verbrannt. Es muss ätzend gewesen sein. Ich muss sie zum Tierarzt bringen. Und das ist nicht alles, sieh dir ihre Pfoten an. Sie muss umhergezogen worden sein. Wahrscheinlich hinter einem Auto oder einem Motorrad oder so. Diese Arschlöcher haben sie wahrscheinlich auch als Köderhund benutzt. Schau dir die Narben in ihrem schönen Gesicht an.«

Gumby sah auf die zitternde Hündin zu ihren Füßen hinab. Auf ihrem Rücken fehlten Haare. Es sah tatsächlich so aus, als würde das von einer Verbrennung oder Verätzung stammen. Und die Pfoten des Hundes waren blutig.

Sein Herz schmolz dahin. Kein Hund hatte es verdient, so misshandelt zu werden.

Wie magisch von dem erbärmlichen Tier angezogen, kniete er sich neben die schwarze Hündin, die für ihre Größe viel zu dünn aussah, und streckte zögerlich seine

Hand aus. Sie wimmerte und streckte ihre Nase in seine Richtung.

Dann erschreckte sie ihn fast zu Tode, als sie auf dem Bauch zu ihm kroch, bis sie direkt vor ihm war und den Kopf auf seinem Bein ablegte.

Gumby sah überrascht zu der Frau auf. Sie schien genauso überrascht. Dann erholte sie sich und sah sich nervös um. »Wir müssen von hier verschwinden. Ich war gerade dabei, diesen Hund zu stehlen, als der Typ aus dem Haus kam und versucht hat, mich aufzuhalten.«

»Du willst sie stehlen?«

Sie setzte sich auf und stemmte die Hände in die Hüften. Selbst auf dem Boden kniend hatte sie kraftvoll ausgesehen. »Ja, ganz richtig. Er hatte offenbar etwas dagegen und ist auf mich losgegangen.«

Kopfschüttelnd sagte Gumby: »Das werde ich bereuen.« Dann stand er langsam auf, beugte sich vor und hob den zitternden, misshandelten Hund mit Leichtigkeit auf.

»Mann, du bist groß«, sagte die Frau und sah zu ihm auf. »Ich hätte sie auf keinen Fall so einfach tragen können.«

»Komm schon«, sagte Gumby. »Wenn dieser Typ Freunde hat, ist es keine gute Idee, länger hier herumzustehen.«

»Richtig«, sagte sie und deutete auf die Straße. »Ich heiße übrigens Sidney, Sidney Hale.«

»Decker Kincade«, gab Gumby zurück.

»Danke, dass du angehalten hast, um zu helfen, Deck«, sagte Sidney, als sie zu ihrem kleinen Honda Accord vorauslief, der schon bessere Tage gesehen hatte.

Der Wagen war mindestens zehn Jahre alt und hatte mehrere Dellen und Kratzer im schwarzen Lack.

Gumby ging an ihrem Wagen vorbei auf seinen Pritschenwagen zu.

»Hey, was machst du?«, fragte sie verärgert, als sie neben ihm aufschloss.

»Ich bringe Hannah zum Tierarzt.«

»Hannah?«, fragte Sidney.

»So werde ich sie nennen«, sagte Gumby, ohne zu wissen, wie er auf diesen Namen gekommen war. Aber er schien zu dem kleinen schwarzen Pitbull zu passen. Es war ein würdevoller Name für ein Tier, das die meiste Zeit seines Lebens mit allem anderen als Würde behandelt worden war.

»Aber *ich* bringe sie dorthin.«

»Falsch«, sagte Gumby und drehte sich zu Sidney um. »Aber du darfst gern mitkommen. Ich bestehe sogar darauf.«

»Oh, aber ich ... vielleicht können wir darüber reden.« Sie stolperte über ihre eigenen Worte.

»Wir haben keine Zeit zum Reden«, sagte Gumby, als er mit einer Hand die Tür öffnete und den verletzten Hund auf den Beifahrersitz legte. »In der Nähe meines Hauses gibt es einen Tierarzt. Du kannst mir hinterherfahren.« Dann streckte er langsam die Hand aus und wischte mit einem Finger einen Blutfleck von ihrem Mundwinkel. »Nachdem ich mich um Hannah gekümmert habe, möchte ich mich davon überzeugen, dass es dir gut geht.«

Mit ihrer Schulter wischte sie sich über den Mund. »Es geht mir gut.« Die Worte waren mit mehr Mut ausgesprochen worden, als Gumby seit Langem gehört hatte. Er nahm an, dass die Frau Anfang dreißig war, aber der Schmerz in ihren Augen deutete auf ein sehr hartes Leben hin.

Er war fasziniert. Eine Frau, die einen Mann, der offensichtlich stärker war als sie, für das Leben eines Hundes bekämpfte, wollte er auf jeden Fall kennenlernen.

»Komm schon«, sagte er sanft. »Hilf mir, Hannah zu versorgen. Deshalb hast du doch um sie gekämpft, richtig?«

»Richtig«, sagte Sidney. »In Ordnung, aber glaube nicht, dass du einfach mit ihr abhauen kannst. Ich werde dir auf den Fersen sein, Deck.« Und damit drehte sie sich um und stapfte zu ihrem Wagen zurück.

Gumby sah ihr lächelnd nach. Sie mochte klein sein, aber sie hatte ordentliche Kurven.

Ja, er war definitiv fasziniert von ihr.

Er joggte um seinen Wagen und setzte sich auf den Fahrersitz, nachdem er sich davon überzeugt hatte, dass Sidney sicher in ihrem Fahrzeug saß. Hannah jammerte und Gumby legte ihr eine Hand auf den Kopf. Er war erstaunt, dass sie bei seiner Berührung sofort still wurde. »Halte durch, Mädchen. Wir kümmern uns um dich und geben dir so schnell wie möglich etwas zu fressen.«

Als hätte die Hündin ihn verstanden, leckte sie über seine Hand und seufzte zufrieden. Gumby blickte in den Rückspiegel auf das ihm folgende Fahrzeug und lächelte. Er hatte das Gefühl, dass Sidney Hale nicht annähernd so fügsam sein würde wie der verletzte Hund neben ihm. Aufregung und Vorfreude rasten durch seine Adern.

Zum ersten Mal seit langer Zeit freute Gumby sich auf etwas anderes als auf die nächste Mission.

**

Holen Sie sich jetzt die nächsten beiden Bücher der Reihe SEALs of Protection: Legacy, *Ein Beschützer für Brenae* & *Ein Beschützer für Sidney*!

BÜCHER VON SUSAN STOKER

<u>SEALs of Protection: Legacy</u>

Ein Beschützer für Caite

Ein Beschützer für Brenae (7 May)

Ein Beschützer für Sidney (1 July)

Ein Beschützer für Piper (1 Aug)

Ein Beschützer für Zoey (1 Sept)

Ein Beschützer für Avery (1 Dec)

Ein Beschützer für Kalee

Ein Beschützer für Jane

<u>Die SEALs von Hawaii:</u>

Die Suche nach Elodie

Die Suche nach Lexie

Die Suche nach Kenna

Die Suche nach Monica

Die Suche nach Carly

Die Suche nach Ashlyn (7 Feb)

Die Suche nach Jodelle

Das Bergungsteam vom Eagle Point

Ein Retter für Lilly

Ein Retter für Elsie

Ein Retter für Bristol

Ein Retter für Caryn

Ein Retter für Finley

Ein Retter für Heather

Ein Retter für Khloe

Die Zuflucht in den Bergen

Zuflucht für Alaska

Zuflucht für Henley

Zuflucht für Reese (30 May)

Zuflucht für Cora

Zuflucht für Lara

Zuflucht für Maisy

Zuflucht für Ryleigh

Delta Team Zwei

Ein Held für Gillian

Ein Held für Kinley

Ein Held für Aspen

Ein Held für Jayme

Ein Held für Riley

Ein Held für Devyn

Ein Held für Ember

Ein Held für Sierra (1 Mar)

Die Delta Force Heroes:

Die Rettung von Rayne

Die Rettung von Emily

Die Rettung von Harley
Die Hochzeit von Emily
Die Rettung von Kassie
Die Rettung von Bryn
Die Rettung von Casey
Die Rettung von Wendy
Die Rettung von Sadie
Die Rettung von Mary
Die Rettung von Macie
Die Rettung von Annie

Mountain Mercenaries:
Die Befreiung von Allye
Die Befreiung von Chloe
Die Befreiung von Morgan
Die Befreiung von Harlow
Die Befreiung von Everly
Die Befreiung von Zara
Die Befreiung von Raven

Ace Security Reihe:
Anspruch auf Grace
Anspruch auf Alexis
Anspruch auf Bailey
Anspruch auf Felicity
Anspruch auf Sarah

SEALs of Protection:
Schutz für Caroline
Schutz für Alabama
Schutz für Fiona

Die Hochzeit von Caroline
Schutz für Summer
Schutz für Cheyenne
Schutz für Jessyka
Schutz für Julie
Schutz für Melody
Schutz für die Zukunft
Schutz für Kiera
Schutz für Alabamas Kinder
Schutz für Dakota

Eine Sammlung von Kurzgeschichten
Ein langer kurzer Augenblick

BIOGRAFIE

Susan Stoker ist die New York Times, USA Today und Wall Street Journal Bestsellerautorin der Buchreihen »Badge of Honor: Texas Heroes«, »SEAL of Protection«, »Die Delta Force Heroes« und einigen mehr. Stoker ist mit einem pensionierten Unteroffizier der US-Armee verheiratet und hat in ihrem Leben schon überall in den Vereinigten Staaten gelebt – von Missouri über Kalifornien bis hin zu Colorado. Zurzeit nennt sie die Region unter dem großen Himmel von Tennessee ihr Zuhause. Sie glaubt ganz und gar an Happy Ends und hat großen Spaß daran, Geschichten zu schreiben, in denen Romantik zu Liebe wird.

Besuchen Sie Susan im Netz!
www.stokeraces.com
facebook.com/authorsusanstoker
twitter.com/Susan_Stoker

bookbub.com/authors/susan-stoker
instagram.com/authorsusanstoker
Email: Susan@StokerAces.com